I0742502

HILFE FÜR AMANDA

DIE RESCUE ANGELS
BUCH 2

SUSAN STOKER

Schutz für Maggie
Schutz für Addison
Schutz für Kelli
Schutz für Bree (6 Jan)

<u>Die Zuflucht in den Bergen</u>
Zuflucht für Alaska
Zuflucht für Henley
Zuflucht für Reese
Zuflucht für Cora
Zuflucht für Lara
Zuflucht für Maisy
Zuflucht für Ryleigh

<u>Ein Spiel des Glücks</u>
Ein Beschützer für Carlise
Ein Prinz für June
Ein Held für Marlowe
Ein Holzfäller für April

<u>Badge of Honor: Die Texas Heroes</u>
Gerechtigkeit für Mackenzie (1 Dez)
Gerechtigkeit für Mickie (1 Dez)
Gerechtigkeit für Corrie (1 Mar)
Gerechtigkeit für Laine (1 Mar)
Sicherheit für Elizabeth (1 Apr)
Gerechtigkeit für Boone (1 Apr)
Sicherheit für Adeline (1 Jun)
Sicherheit für Sophie (1 Jun)
Gerechtigkeit für Erin (1 Aug)
Gerechtigkeit für Milena (1 Aug)
Sicherheit für Blythe (1 Oct)
Gerechtigkeit für Hope (1 Oct)

Ein Beschützer für Zoey
Ein Beschützer für Avery
Ein Beschützer für Kalee
Ein Beschützer für Jane

<u>Die SEALs von Hawaii:</u>
Die Suche nach Elodie
Die Suche nach Lexie
Die Suche nach Kenna
Die Suche nach Monica
Die Suche nach Carly
Die Suche nach Ashlyn
Die Suche nach Jodelle

<u>Delta Team Zwei</u>
Ein Held für Gillian
Ein Held für Kinley
Ein Held für Aspen
Ein Held für Jayme
Ein Held für Riley
Ein Held für Devyn
Ein Held für Ember
Ein Held für Sierra

<u>Mountain Mercenaries:</u>
Die Befreiung von Allye
Die Befreiung von Chloe
Die Befreiung von Morgan
Die Befreiung von Harlow
Die Befreiung von Everly
Die Befreiung von Zara
Die Befreiung von Raven

<u>Ace Security Reihe:</u>

Anspruch auf Grace
Anspruch auf Alexis
Anspruch auf Bailey
Anspruch auf Felicity
Anspruch auf Sarah

<u>Die Delta Force Heroes:</u>
Die Rettung von Rayne
Die Rettung von Emily
Die Rettung von Harley
Die Hochzeit von Emily
Die Rettung von Kassie
Die Rettung von Bryn
Die Rettung von Casey
Die Rettung von Wendy
Die Rettung von Sadie
Die Rettung von Mary
Die Rettung von Macie
Die Rettung von Annie

<u>SEALs of Protection:</u>
Schutz für Caroline
Schutz für Alabama
Schutz für Fiona
Die Hochzeit von Caroline
Schutz für Summer
Schutz für Cheyenne
Schutz für Jessyka
Schutz für Julie
Schutz für Melody
Schutz für die Zukunft
Schutz für Kiera
Schutz für Alabamas Kinder
Schutz für Dakota

Eine Sammlung von Kurzgeschichten
Ein langer kurzer Augenblick

KAPITEL EINS

Amanda Rush hatte Angst. Und nicht nur ein bisschen Angst. *Schreckliche Angst.* Nach ihren Berechnungen waren zwei Wochen vergangen, plus oder minus einen Tag, seit sie und dreiundzwanzig Kinder aus ihrer Schule in Guyana entführt, in einen Lastwagen verfrachtet, der Venezuela durchquert hatte, und dann gezwungen worden waren, Tag für Tag tiefer in den Amazonas-Regenwald zu laufen.

Sie war erschöpft, schmutzig, hungrig und hatte eine Heidenangst davor, was die Männer, die sie als Geiseln hielten, wohl wollen könnten. Sie hatten nicht viel gesprochen, sondern sie nur mit ihren Gewehren angestoßen, wenn sie zu langsam wurden. Sie hatten nicht erklärt, wohin sie wollten oder warum sie überhaupt entführt worden waren.

Auch wenn sie sich wünschte, irgendwo anders zu sein als dort, wo sie war, würde Amanda nicht ändern, was sie getan hatte. Wenn sie nicht bei den Kindern geblieben wäre, wenn sie in die entgegengesetzte Richtung gelaufen wäre, als die Männer in das Klassenzimmer stürmten, wie die anderen Erwachsenen es getan hatten, wären die Kinder hier draußen ganz allein.

Und obwohl sie nicht glaubte, dass sie etwas Besonderes war, war Amanda stolz darauf, dass sie bei ihnen geblieben war. Auch wenn es wahrscheinlich bedeutete, dass sie deswegen sterben würde.

Aber sie war noch nicht tot. Und auch wenn die Dinge schlecht standen, konnten sie immer noch schlimmer werden. Bis jetzt hatte keiner der schroffen Soldaten, die sie bewachten, irgendeinen Schritt auf sie zu gemacht. Sie hatten weder sie noch eines der Kinder geschlagen. Sie schienen wie Roboter zu sein ... ruhig, ausdruckslos ... ungerührt von den Schreien der Kinder. Unempfänglich für Amandas Bitten um Nahrung, Wasser, um die Möglichkeit, sich einen Moment zu setzen.

Also gingen sie weiter.

Es regnete, wie eigentlich schon seit zwei Wochen am Stück. Nicht konstant, aber gerade wenn sie dachte, dass sie eine Chance hätte, trocken zu werden, fing es unweigerlich wieder an zu regnen.

Aber heute war alles anders. Sie waren in einer Art behelfsmäßigem Lager angekommen. Auf einer kleinen Lichtung zwischen den Bäumen standen ein paar schäbige Zelte aus Segeltuch. An einer Seite des Lagers befand sich eine große Feuerstelle, die rauchte, während der Regen sein Bestes tat, um die Flammen zu löschen. Sie sah niemanden dort, als sie ankamen, aber es musste jemand in der Nähe sein, da das Feuer schon vor ihrer Ankunft entzündet worden war.

Der Mann, von dem sie annahm, dass er das Kommando hatte – denn die anderen Soldaten taten, ohne zu zögern, was er befahl –, wies auf die Zelte hin. »Jungs dort drüben, fünf in ein Zelt. Mädchen dort«, sagte er und zeigte auf die andere Seite des Lagers. »Alle acht in das hintere Zelt.«

Als Amanda sah, wohin er zeigte, wurde ihr klar, dass es eng werden würde, alle acht Mädchen in das kleine Zelt zu bekommen, aber sie protestierte nicht. Es war ihr sogar lieber, wenn sie alle zusammenblieben. Die Mädchen waren zwischen vier und elf Jahre alt, und die Jungen waren zwischen drei und dreizehn.

Sie schenkte Michael ein kleines Lächeln, um ihn wissen zu lassen, dass es ihr gut ging, dass alles in Ordnung sein würde. Der Junge war während der letzten zwei Wochen an ihrer Seite geblieben und hatte getan, was er konnte, um sie zu beschützen. Es war herzerwärmend und herzzerreißend zugleich. Denn sie wusste ganz genau, wenn die Soldaten ihr etwas antun wollten, würde er nichts tun können, um sie aufzuhalten.

»Wir wollen bei den Mädchen bleiben«, erklärte Michael dem Anführer.

Er ignorierte ihn, drehte der Gruppe den Rücken zu und ging auf ein größeres Zelt am Rande der Bäume zu.

»Hey! Wir wollen bei den Mädchen bleiben«, sagte Michael wieder, diesmal lauter und eindringlicher.

Der Mann hielt inne, und Amanda blieb fast das Herz stehen. Etwas Schlimmes würde passieren, das wusste sie genau.

Er drehte sich um und starrte Michael einen langen Moment an. Dann ging er langsam auf ihn zu.

Michael zog die Schultern zurück und hob das Kinn. Seine Weigerung, vor diesem Mann klein beizugeben, war beeindruckend ... und nicht sehr klug.

Bevor Amanda ein Wort sagen konnte, um dem Anführer zu erklären, dass Michael müde und hungrig sei und nicht respektlos sein wollte, holte er aus. Er verpasste dem Jungen eine so harte Ohrfeige, dass Michael rückwärts flog und einige Meter entfernt im Matsch landete.

Der Anführer nickte einem der anderen Soldaten zu, und der Mann beugte sich hinunter, zog Michael auf die Beine und stieß ihn in Richtung der Bäume.

Amanda konnte kaum noch atmen.

»Bitte nicht!«, flehte sie. Sie hatte keine Ahnung, was der Soldat mit Michael vorhatte, aber es konnte nichts Gutes sein.

Der Anführer richtete seinen eisigen Blick auf sie, und zum ersten Mal seit ihrer Entführung hatte Amanda das Gefühl, als würde er sie sehen. Sie *wahrhaftig* sehen. Er ließ den Blick an ihrem Körper auf und ab wandern, aber sie konnte nicht erkennen, was er dachte.

Sie hatte sich selbst nie als besonders attraktiv empfunden. Sie war ... niedlich? Mit ihren eins zweiundfünfzig war sie mehr als einmal für einen Teenager gehalten worden, obwohl sie fast dreißig war. In Virginia, an der Schule, an der sie unterrichtet hatte, war sie kleiner als viele ihrer Siebtklässler. Ihr Haar war eine Mischung aus Hellbraun und Blond, und sie trug es kurz, einfach weil es pflegeleichter war, worüber sie hier im Regenwald sehr froh war. Ihre Augen waren blau, ihr Gewicht durchschnittlich. Sie war weder zu dünn noch übergewichtig. In Wahrheit war sie durchschnittlich. Nicht von der Größe her, aber in jeder anderen Hinsicht.

Doch als der Anführer Amanda ansah, bekam sie eine Gänsehaut.

»Willst du dich zu ihm gesellen?«, fragte er mit tiefer, ruhiger Stimme, der jede echte Emotion fehlte. Seine Cargohose und sein Hemd waren schweißnass und schmutzig, genau wie die Kleidung von Amanda und den Kindern. Er hatte dunkles Haar und ein kantiges Kinn, das von einem Vollbart verdeckt wurde. Das Gewehr, das er sich um die Brust geschnallt hatte, erinnerte sie eindringlich daran, dass es in ihrem besten Interesse war, diesen Mann nicht zu verärgern.

»Nein, Sir«, antwortete sie so respektvoll, wie sie konnte. »Michael macht sich nur Sorgen um die Mädchen. Er hat immer sein Bestes getan, sich um sie zu kümmern.«

»Sie sind nicht mehr seine Angelegenheit. Er hat eine neue Aufgabe ... er wird Soldat.«

Amanda krampfte sich der Bauch zusammen. Sie war sich

ziemlich sicher gewesen, dass die Kinder deshalb entführt worden waren, aber diesen Mann das so lässig sagen zu hören war trotzdem ein Schock.

»Das werdet ihr alle«, sagte er etwas lauter und schaute zu den anderen Jungen, die sich zusammengerottet hatten. »Ihr werdet hier alles lernen, was ihr wissen müsst. Ihr werdet ausgebildet, und solange ihr kooperiert, habt ihr das Recht, in den Zelten zu schlafen und zu essen. Wenn nicht ...«

Er musste seinen Satz nicht beenden – es war klar, was passieren würde, wenn sie es nicht taten. Michaels schmerzhafte Schreie schienen auf der Lichtung sehr laut zu sein.

Er war tief in die Bäume verschleppt worden, sodass Amanda nicht sehen konnte, was mit ihm geschah, aber ihr brach das Herz bei jedem Geräusch, das er machte.

»Und ihr«, fuhr der Anführer fort und schaute die Mädchen an, als könnte er die jämmerlichen Schreie eines Kindes nicht hören, die durch den Wald hallten, »werdet für das Kochen und Putzen verantwortlich sein, zumindest für den Moment. Es wurden bereits Ehemänner für euch ausgewählt, und sie werden in ein paar Tagen eintreffen, um euch abzuholen. Eure Aufgabe ist es, euren Ehemännern zu dienen und Kinder zu gebären, die unsere Sache voranbringen.«

Wenn sie schon vorher entsetzt gewesen war, war Amanda es jetzt noch mehr. Bibi war erst vier. Und Natasha, die Älteste, war elf. Der Gedanke, dass jemand ihnen wehtun könnte, machte sie körperlich krank.

»Was ist mit Mandy?«, fragte Sharon. Sie war während ihrer Wanderung durch den Regenwald extrem anhänglich gewesen, und obwohl Amanda ebenfalls ihr eigenes Schicksal wissen wollte, wünschte sie, das Mädchen hätte in diesem Moment den Mund gehalten.

Dann lächelte der Anführer – ein böses Lächeln, bei dem sich Amanda die Nackenhaare aufstellten.

»Ah ja, die tapfere Lehrerin, die sich geweigert hat, ihre

Schüler zu verlassen. Wir haben definitiv Pläne für sie. Aber im Moment macht sie das, was sie die ganze Zeit gemacht hat … sie hält euch alle im Zaum.«

Und damit drehte er sich um und ging in die Richtung, die er eingeschlagen hatte, als Michael ihn unterbrach.

Ein Schauer lief Amanda über den Rücken. Sie würde nicht hier rauskommen. So viel war klar. Sie wurde benutzt, um die Kinder ruhig und gefügig zu halten, aber sobald die Mädchen demjenigen übergeben wurden, der sie holen wollte, und die Jungen durch Erschöpfung oder Schläge eingeschüchtert waren, war sie entbehrlich.

Und die Gesichter der Männer um sie herum waren plötzlich ein wenig zu eifrig. Als hätten sie sich gefragt, was der Anführer mit ihr vorhatte, und nun, da er gesprochen hatte, nahmen sie an, dass sie nichts weiter als ein Spielball sein würde, den sie bis zu ihrem Tod nach Belieben benutzen konnten.

»Mandy?«, wimmerte Sharon.

Sie lenkte ihre Gedanken von ihrer unausweichlichen Zukunft ab, richtete sich auf und wandte sich den Mädchen zu. »Kommt, lasst uns in unser Zelt gehen«, sagte sie. Mit einem Blick auf Joseph, den ältesten Jungen, fügte sie hinzu: »Joe, pass auf Richard, James und Mark auf. Teilt sie auf den Rest von euch auf.« Die drei Jungen, die sie ausgesucht hatte, waren die jüngsten und mussten betreut werden, wenn sie überleben wollten.

Joseph nickte, und Amanda war froh, dass die Jungen sich sofort aufteilten und in jedem Zelt eine Mischung aus älteren und jüngeren Kindern unterbrachten.

Natascha, das älteste Mädchen, nahm Bibi auf den Arm und trug sie zu dem Zelt, das ihnen zugewiesen worden war. Die anderen Mädchen folgten dem Beispiel, wobei sich die älteren Mädchen mit den jüngeren zusammentaten und sich an den Händen hielten, während sie dorthin stapften, was für unbestimmte Zeit ihr neues Zuhause sein würde.

Amanda wollte fragen, ob sie etwas zu essen bekommen würden. Etwas Wasser. Ob sie ihre Kleidung waschen könnten. Nach zwei Wochen Wanderung rochen sie alle ziemlich unangenehm. Aber sie wollte auch nicht noch mehr Aufmerksamkeit auf sich lenken, als sie ohnehin schon hatten. So sehr sie sich auch eine Strategie ausdenken wollte, um zu fliehen, in den Dschungel zu laufen und dem zu entkommen, was auch immer diese Gruppe von Männern vorhatte, wusste sie, dass das nicht wirklich machbar war.

Sie hatte keine Ahnung, wo sie waren. Allein konnte sie im Dschungel nicht überleben und schon gar nicht dreiundzwanzig Jungen und Mädchen mitnehmen. Und Amanda würde die Kinder genauso wenig sich selbst überlassen, wie sie einen verletzten Welpen auf der Straße treten würde.

Nein, sie würde hierbleiben, bis sie starb. Ganz gleich, wie die Sache ausging.

Sie hatte keinerlei Vertrauen, dass ein Wunder geschehen würde, dass man sie entweder gehen lassen oder dass jemand zu ihrer Rettung kommen würde. Das Leben funktionierte nur in Filmen und Romanen so. In der Realität würden die Jungen gezwungen sein, für diese Rebellen zu kämpfen, und die Mädchen …

Sie wollte nicht über deren Schicksal nachdenken.

Amanda weigerte sich zu weinen, weil das nichts gebracht hätte, und trieb die Mädchen zum Zelt.

Eine Minute nach der anderen. Das war alles, was sie tun konnte. Das war alles, was sie mental bewältigen konnte. Was auch immer geschehen würde, würde geschehen, aber sie schwor sich, bis zum bitteren Ende zu kämpfen, wenn die Zeit für *ihr* Schicksal gekommen war. Sie würde es ihnen nicht leicht machen, egal was ihre Entführer für sie geplant hatten.

Nash »Buck« Chaney ballte die Fäuste unter dem Tisch und versuchte, Geduld zu wahren. Er und sein Co-Pilot Obi-Wan befanden sich gerade in Guyana und bereiteten sich auf einen Rettungseinsatz vor. Dreiundzwanzig Kinder und eine amerikanische Lehrerin waren aus ihrer Schule nahe der Grenze zu Venezuela entführt und in den Regenwald verschleppt worden. Der Direktor der Schule hatte sie gerade darüber informiert, was an jenem Tag vor etwas mehr als zwei Wochen geschehen war, als die Schule überfallen wurde, und nichts von dem, was sie gehört hatten, stimmte ihn froh.

Er und Obi-Wan befanden sich zwar nicht inmitten eines Kriegsgebiets, aber das Wissen, dass unschuldige Kinder in diesem Moment etwas Schreckliches durchmachten, ließ ihn mehr als nur ein wenig darauf brennen, diese Mission zu beginnen.

Der Aufenthaltsort der Entführungsopfer war derzeit nicht bekannt, aber die Regierung von Guyana hatte eine Vorstellung davon, wo sie sich aufhalten könnten, oder zumindest in welche Richtung sie gegangen waren. Es gab mehrere Ausbildungslager in den Tiefen des Regenwaldes, die sie im Auge behielten, da sie sich relativ nahe an der Grenze befanden. Die Spannungen mit dem Nachbarland hatten sich in den letzten Jahren verschärft, und niemand wollte von einer Invasion über den Wald überrascht werden.

Die Feindseligkeiten waren seit einer Weile noch größer, weil Venezuela die Annexion der westlichen Gebiete Guyanas in einem sogenannten venezolanischen Referendum angekündigt hatte. Guyana hatte seine militärische Partnerschaft mit den USA verstärkt, um sein Volk und sein Land vor dem größeren Nachbarn zu schützen.

Aber dennoch waren sie von der Entführung überrascht worden. Es ging alles so schnell. Die Männer hatten die Grenze unbemerkt überquert, waren direkt zur Schule gefahren, hatten die Kinder und die Lehrerin eingeladen und waren umgehend zurück nach Venezuela gefahren, alles innerhalb von zehn Minuten. Es hatte ein Todesopfer gegeben – ein Lehrer war erschossen worden –, was bewies, dass die Männer nicht davor zurückschreckten, bei Bedrohung tödliche Gewalt anzuwenden.

Buck und Obi-Wan waren dort, weil der Vizepräsident der Vereinigten Staaten eine Verbindung zu dem kleinen Land Guyana hatte und den Präsidenten gedrängt hatte, etwas zu unternehmen, und zwar den Einsatz der Night Stalkers zu genehmigen, um zu sehen, ob sie die Kinder retten konnten.

Offiziell wurde die Spezialeinheit der Armee wegen der amerikanischen Lehrerin hinzugezogen, die sich um die Kinder kümmerte. Das war sozusagen ihr »Zugang«. Das Vermitteln der Botschaft, dass die Entführung amerikanischer Staatsbürger nicht geduldet wurde.

Es war bestenfalls eine dürftige Ausrede, denn Amanda Rush hatte weder Verbindungen zum Militär noch zur Regierung. Sie hatte keine Informationen, die ein ausländisches Militär für begehrenswert halten würde. Sie war eine ehrenamtliche Mitarbeiterin, die in Guyana einer Organisation half, eine Schule voller Waisenkinder zu unterrichten.

Doch je länger Buck am Tisch saß und sich die Informationen über die Gruppe anhörte, die die Kinder und ihre Lehrerin entführt hatte, desto unruhiger wurde er. Dies war keine unorganisierte, zusammengewürfelte Gruppe von Männern. Es waren Terroristen, schlicht und einfach. Die Berichte über ihre Taten in der Vergangenheit brachten sein Blut in Wallung. Sie waren rücksichtslos, und es war ihnen egal, ob die Soldaten, die sie »rekrutierten«, neunzehn oder neun Jahre alt waren.

Diese Kinder würden gezwungen werden, abscheuliche Dinge zu tun, ob sie es wollten oder nicht.

Und noch schlimmer war die Art und Weise, wie die Gruppe Frauen behandelte. *Mädchen.* Sie waren entbehrlich. Bürger zweiter Klasse. Nur gut für die Kinder, die sie gebären konnten. Das war eine barbarische und altmodische Denkweise, und Buck machte sich echte Sorgen um das Wohlergehen von Amanda Rush und den acht Mädchen, die entführt worden waren.

Buck fragte sich, warum diese Schule überhaupt ins Visier genommen worden war. Es war nicht so, als sei sie voller reicher Kinder. Es war eine Schule für Waisenkinder. Kinder, die keine Familie hatten. Kein Geld. Buck nahm an, dass es Sinn machte, wenn die Rebellen einfach nur Rekruten vor Ort haben wollten. Aber es gab noch andere Schulen, die näher an der Grenze lagen. Warum also *diese*? Warum zwei andere, wesentlich größere Schulen mit viel mehr Kindern auslassen? Es gab sogar eine reine Jungenschule mit älteren Kindern zwischen dreizehn und achtzehn Jahren, an der die Rebellen vorbeigekommen sein mussten, um zu dem kleinen Waisenhaus zu gelangen.

Es war möglich, dass sie sich für die kleinere Schule entschieden hatten, weil sie dort möglicherweise mit weniger Erwachsenen zu tun hatten ... aber würde das wirklich im Weg stehen, wenn sie hofften, eine große Anzahl von Kindern zu erwischen?

Im Großen und Ganzen, dachte Buck, spielte das keine Rolle. Es zählte nur, diese Kinder und ihre Lehrerin zu finden, bevor sie für immer verschwanden.

Das war der Punkt, an dem er und Obi-Wan ins Spiel kamen.

Sie würden in den Dschungel fliegen, die Kinder retten und sie alle zurück nach Guyana bringen. In Sicherheit. Sie würden ein halbes Dutzend Mitglieder des guyanischen Militärs mitnehmen, da mehr nicht in den Hubschrauber passten, sobald die Kinder gerettet wären. Ihm und Obi-Wan war versichert worden, dass die sechs Männer mehr als in der Lage waren, es mit dem guten Dutzend Militanten aufzunehmen, die sich im Dschungel versteckt hielten.

Buck hielt das für ein großes Risiko, aber er musste davon ausgehen, dass die Armee die Fähigkeiten sowohl ihrer Spezialeinheit als auch der Männer, die sie jagten, kannte. Seine Hauptsorge galt den Kindern ... und Amanda.

Er wusste nicht, was ihn an dieser Frau so sehr faszinierte. Sie hatte ihren Job in Virginia gekündigt – ironischerweise in Norfolk, wo er gerade stationiert war –, um nach Südamerika zu fliegen und den Waisenkindern in der kleinen Schule ihre Zeit und ihr Wissen zur Verfügung zu stellen. Er kannte nicht viele Leute, die bereit waren, ihr Leben für so etwas aufzugeben. Ja, es gab immer wieder Leute, die sich dem Friedenskorps anschlossen, aber viele waren jünger und noch nicht beruflich etabliert. Er nahm an, dass es nicht einmalig war, aber Amandas Handeln beeindruckte ihn trotzdem.

Und etwas, das Buck beunruhigte, war die Tatsache, dass Amanda neunundzwanzig war, alleinstehend, ohne Eltern, ohne Geschwister ... und anscheinend gab es nicht eine Person, die sich Sorgen über ihr Verschwinden machte. Er wusste nicht einmal, ob jemand *wusste*, dass sie entführt worden war.

Seine Eltern lebten derzeit in Kansas, und obwohl er nicht jeden Tag mit ihnen sprach, stand er ihnen immer noch nahe. Er meldete sich mindestens ein- oder zweimal im Monat, um sich mit ihnen auszutauschen. Seine Schwester war verheiratet und hatte zwei Kinder. Sie lebte im Bundesstaat Washington, aber er wusste, dass sie alles stehen und liegen lassen würde, um nach Virginia zu kommen und zu sehen, ob sie helfen könnte, falls ihm etwas zustieße.

Aber nicht nur das, er hatte auch seine Night-Stalker-Familie, die Pilotenkollegen, mit denen er täglich zusammenarbeitete. Die ihm in der Luft und am Boden den Rücken freihielten.

Er würde für sie sterben, und er wusste, dass sie dasselbe für ihn tun würden.

Der Gedanke, dass Amanda keinen einzigen Menschen auf der Welt hatte, der sich dafür interessierte, wo sie war oder was mit ihr geschah ... das gefiel ihm nicht.

Nach allem, was er von ihren Kollegen an der Schule hier in Guyana gehört hatte, war sie eine harte Arbeiterin, rücksichtsvoll, mitfühlend und freundlich. Es schien völlig falsch zu sein, dass sie in die Geschehnisse verwickelt war.

Buck wünschte sich nur, der Rest seines Teams – Casper, Pyro, Chaos und Edge – wäre bei ihnen, um sie zu unterstützen. Stattdessen waren sie in Mexiko und halfen bei den Folgen des letzten Orkans. Ihre Fähigkeiten wurden benötigt, um gestrandete Opfer zu retten und denen, die durch die reißenden Fluten abgeschnitten waren, Lebensmittel und Wasser zu bringen. Er und Obi-Wan hatten sich freiwillig für die Mission in Guyana gemeldet und würden sich danach in Mexiko mit ihren Night-Stalker-Kollegen treffen.

»Sind wir mit dem Plan einverstanden?«, fragte Oberst Samuel Khan. Er war für die Rettungsmission verantwortlich und würde von einem kleinen Militärstützpunkt nicht weit von der venezolanischen Grenze aus den Fortgang der Dinge überwachen.

Mit ihnen am Tisch saßen mehrere andere Militärs, darunter der Hauptmann, der für die Spezialeinheit zuständig war, die sich um jeglichen Widerstand der Rebellen kümmern sollte, die Verwalterin der Schule, Blair Gaffney, und ihr Assistent Desmond Williams.

Blair und Desmond waren während des gesamten Treffens angespannt gewesen, und sie hatten eine Mappe mit den Namen und Bildern aller entführten Kinder mitgebracht. Wenn er sie jetzt ansah, schmerzte Bucks Brust erneut. Sie waren alle so jung. So unschuldig. Er hasste es, dass ihnen das passiert war. Er hasste es, dass sie wahrscheinlich zu Tode verängstigt waren. Er war nicht gerade froh darüber, dass auch ihre Lehrerin entführt worden war, aber er vermutete, dass es den Kindern ohne Amanda Rush noch schlechter gehen würde.

»Buck? Bei dir alles gut?«, fragte Obi-Wan.

Buck zwang seine Aufmerksamkeit zurück in die Gegenwart und schloss die Mappe. Die Gesichter der Kinder hatten sich in sein Gedächtnis eingebrannt ... aber er dachte vor allem an ihre Lehrerin. Auf dem Foto, das dem Informationspaket von Blair und Desmond beilag, sah sie eifrig und glücklich aus.

»Wie sieht der Notfallplan aus?«, fragte er. Er hatte den Plan, den Dschungel zu überfliegen, die Technologie des Hubschraubers zu nutzen, um Wärmequellen zu finden, sich zu vergewissern, dass es sich um die richtigen Ziele handelte, und dann mitten in der Nacht zuzuschlagen und die Geiseln wegzubringen, bereits gebilligt. Aber selbst die besten Pläne funktionierten nicht immer so wie gedacht. Die Kinder könnten getrennt worden sein, der Hubschrauber könnte einen Motorschaden haben – unwahrscheinlich, aber möglich – oder hundert andere Dinge könnten schiefgehen.

Er wollte wissen, wie der Plan aussah, wenn sie beim ersten Versuch nicht erfolgreich waren. Denn sobald die Rebellen wüssten, dass ihr Aufenthaltsort verraten wurde, würden sie sich zerstreuen. Möglicherweise würden sie Kinder mitnehmen oder sie sogar töten.

Dieser Gedanke war es, der Buck zögern ließ, dieses Treffen zu beenden, damit sie anfangen konnten.

»Dies ist eine heikle Situation«, sagte der Oberst.

»Ach was«, murmelte Obi-Wan leise.

Buck tat sein Bestes, um sein Gesicht ausdruckslos zu halten, während er den Verantwortlichen anstarrte.

»Ich bin mir nicht sicher, ob wir in der Lage sein werden, einen weiteren Rettungsversuch zu starten, falls diese Mission scheitert«, erklärte der Oberst. »Die Rebellen kennen den

Dschungel besser als wir und können sich an Stellen verstecken, die wir vielleicht nicht erreichen. Und wenn sie die Kinder aufteilen ...«

»Das darf nicht passieren!«, rief Blair aus und unterbrach ihn. »Wenn sie die Kinder trennen, werden wir sie nie wiedersehen.«

»Sie könnten sie bereits aufgeteilt haben«, sagte ein Soldat der Spezialeinheit sachlich. »Es ist sechzehn Tage her, dass sie entführt wurden. Soweit wir wissen, könnten sie schon in Caracas sein.«

Buck widersprach nicht, aber er hoffte wirklich, dass dies nicht der Fall war.

»Ich weiß nicht, warum sie die Mädchen mitgenommen haben«, sagte Blair und wischte sich mit einem Taschentuch über die Augen. Sie war Anfang siebzig, schätzte Buck, und sah viel zu zerbrechlich aus, um in dem winzigen südamerikanischen Land ein Waisenhaus zu leiten. Ursprünglich stammte sie aus Texas, doch nachdem ihr Mann vor einem Jahrzehnt unerwartet verstorben war, hatte sie offenbar beschlossen, etwas anderes mit ihrem Leben anzufangen. Dieses andere bestand darin, nach Guyana zu ziehen und eine Schule für Waisenkinder zu gründen.

Desmond war ein gebürtiger Guyaner, der als Verbindungsmann zwischen Blair und den anderen Einheimischen angestellt worden war.

Im Laufe der Jahre war die Schule immer beliebter geworden, und die Menschen vor Ort hatten gelernt, Blair zu vertrauen. Die Schule wurde zu einem Vollzeit-Waisenhaus, und nun wurden Kinder von Einheimischen oder der Regierung dorthin gebracht, oder sie fanden selbst den Weg zu Blair.

»Wenn wir die Kinder nicht zurückbekommen, sind wir hier fertig«, sagte sie unter Tränen.

Buck konnte nicht verhindern, dass seine Lippen sich vor Verachtung kräuselten. Sie machte sich Sorgen um den Ruf ihrer Schule? Was war mit den Kindern? Was war mit Amanda Rush? Was war mit der Sicherheit der Kinder, die *nicht* entführt worden waren? Ihm schien, dass es andere Dinge gab, über die diese Frau sich Sorgen machen sollte.

Desmond tätschelte ihre Hand. »Sie werden sie finden, Blair. Ich weiß es.«

»Diese Kinder sind unschuldig. Sie haben das nicht verdient«, schniefte sie.

»Ja, Ma'am. Wir werden unser Bestes tun, um sie alle unversehrt zu Ihnen zurückzubringen«, sagte der Hauptmann zu ihr.

»Was den Notfallplan angeht«, sagte der Oberst in hartem Ton, »so gibt es keinen. Es muss Ihnen gelingen, die Kinder bei Ihrem ersten Durchgang zu befreien. Ansonsten ...«

Er ließ seinen Satz in der Luft hängen.

Buck wusste, was er vor den Zivilisten nicht sagen wollte. Wahrscheinlich würden die Rebellen alle jüngeren Kinder einfach erschießen, weil sie eine Belastung darstellten. Die ältesten Jungen würden sie vielleicht behalten, aber das war es auch schon.

Und Amanda Rush? Auch sie wäre so gut wie tot.

Sie mussten das Überraschungsmoment nutzen und die Geiseln retten. Wenn sie das nicht taten ...

Buck wusste, dass die Beendigung dieses Gedankens genauso sinnvoll war wie die Vervollständigung der Aussage des Obersts. Er war sich der Verantwortung, die auf seinen und Obi-Wans Schultern lastete, durchaus bewusst. Dieselbe, die er jedes Mal trug, wenn sie einen Hubschrauber mit Navy SEALs oder Delta-Force-Soldaten beluden, bevor sie in ein anderes feindliches Gebiet aufbrachen.

Er war ein Night Stalker. Einer der besten Piloten der Welt. Es spielte keine Rolle, ob er in einen Dschungel oder in die Berge flog. Er kam mit dem Hubschrauber und dem Gelände zurecht ... aber es waren die unbekannten Faktoren, die über Erfolg oder Misserfolg der Mission entscheiden würden.

Und Buck würde nicht versagen. Nicht heute. Nicht, wenn so viel auf dem Spiel stand. Nicht, wenn so viele unschuldige Leben von ihm und Obi-Wan und den Soldaten, die sie in den Dschungel bringen würden, abhingen. Sie mussten nicht nur die vermissten Kinder und die Lehrerin finden und nach Guyana zurückbringen, sondern auch alle Bedrohungen abwenden.

Es gab noch ein paar andere Details zu besprechen, aber nach weiteren zwanzig Minuten hatte sich das Treffen aufgelöst und Buck und Obi-Wan standen auf. Sie hatten noch zwei Stunden Zeit, bevor sie zu ihrer Such- und Rettungsmission in den Dschungel aufbrechen würden.

Blair hielt sie auf, bevor sie gehen konnten. Sie legte eine Hand auf Bucks Arm und sagte mit leiser, tränenreicher Stimme: »Da ist ein Mädchen. Bibi. Sie ist die Jüngste. Sie ist erst vier. Sie ist wie eine Tochter für mich. Ich möchte, dass alle Kinder wohlbehalten zurückkommen, aber sie ist ...« Tränen liefen ihr über die Wangen, als sie mit ihren Gefühlen kämpfte.

Das weiße Haar der Frau war unordentlich, und das Make-up, das sie getragen hatte, war längst verblasst. Sie hatte Ringe unter den Augen und es sah nicht so aus, als hätte sie in letzter Zeit viel geschlafen. Buck hatte Mitleid mit ihr ... und ein schlechtes Gewissen wegen seiner früheren Gedanken. Die ganze Welt der Frau war aus den Fugen geraten, und es schien, als könnte sie sich kaum noch halten.

»Wir werden sie zurückbringen. Wir werden sie alle zurückbringen«, versprach er impulsiv. Es war ein dummes Versprechen, denn er hatte keine Ahnung, ob sie die vermissten Kinder überhaupt finden würden, aber er konnte nicht dastehen, *ohne* die Frau irgendwie zu beruhigen.

»Danke«, flüsterte sie, bevor Desmond einen Arm um ihre Schultern legte und sie den Flur hinunterführte, in die entgegengesetzte Richtung von Buck und Obi-Wan.

»Das war heftig«, bemerkte Obi-Wan.

»Ja.«

»Zivile Einsätze sind hart. Ich glaube, ich bin lieber ein Bus für SEALs.«

Buck verstand, worauf sein Co-Pilot hinauswollte. Wenigstens wussten alle, was von ihnen erwartet wurde, wenn sie militärisches Personal in Krisengebiete brachten oder dort herausholten. Worauf sie sich eingelassen hatten. Dass es keine Garantie dafür gab, dass irgendjemand die extrem gefährlichen Missionen, auf die sie geschickt wurden, überleben würde.

Kinder waren eine ganz andere Sache. Sie waren kostbar. Unschuldig. Unberechenbar.

Als er und Obi-Wan sich auf den Weg zum nahe gelegenen Hangar machten, um ihren Hubschrauber noch einmal zu überprüfen und sich davon zu überzeugen, dass alles in Ordnung war, musste Buck wieder einmal an Amanda Rush denken. Alle konzentrierten sich auf die Kinder, und das zu Recht. Aber das hielt ihn nicht davon ab, sich zu fragen, wie sie zurechtkam. Ob sie überhaupt noch am Leben war.

Ob die Rebellen beschlossen hatten, sie zur Befriedigung ihrer niederen Bedürfnisse zu benutzen.

Er runzelte die Stirn bei dem unangenehmen Gedanken. Keine Frau sollte das erleben müssen. Niemals. Es war die ultimative Erniedrigung.

Selbst wenn es der Lehrerin gelungen war, diesem Schicksal zu entgehen, musste sie dennoch extrem gestresst sein. Sie trug die Verantwortung für über zwanzig Kinder, die sie wahrscheinlich in gewisser Weise als ihre eigenen betrachtete. Sie befand sich in einer unmöglichen Situation, und Buck hasste das für sie.

Er nahm sich einen Moment Zeit, um zu hoffen und zu beten, dass sie erfolgreich sein würden. Dass die Informationen, die sie über die Richtung, in die die Rebellen gegangen waren, und den vermuteten Standort ihres Lagers erhalten hatten, korrekt waren. Wenn das nicht der Fall war ...

Es war sehr wahrscheinlich, dass Amanda Rush und die von ihr betreuten Kinder für immer verloren sein würden.

Buck biss die Zähne zusammen und war von Entschlossenheit erfüllt. Er würde alles tun, was nötig war, um sie zu finden. Er wusste nicht, warum diese Mission sich so viel persönlicher anfühlte als alle anderen, an denen er bisher teilgenommen hatte ... lag es daran, dass es um Kinder ging? Zivilisten? Waisenkinder, die ohnehin schon nicht viel in dieser Welt hatten?

Er war sich nicht sicher. Aber falls er und Obi-Wan sie fanden, würde er alles in seiner Macht Stehende tun, um sie sicher aus dem Dschungel zu bringen.

KAPITEL ZWEI

Amanda war erschöpft. Es war nicht einfach, eine Mutter für acht bedürftige Mädchen zu sein und gleichzeitig zu versuchen, die fünfzehn Jungen zu beruhigen und zu trösten, die immer noch in verschiedenen Zelten auf der anderen Seite des behelfsmäßigen Lagers untergebracht waren.

Nicht dass sie viel Zeit für irgendeine Art von Bemutterung gehabt hätte. Tagsüber, während die Jungen gezwungen wurden, durch primitive Hindernisparcours zu rennen und mit Waffen, die zu groß und zu mächtig waren, um sie zu handhaben, auf Ziele in den Bäumen zu schießen, kochten, putzten und wuschen Amanda und die Mädchen die Kleidung ihrer Entführer.

Alle waren müde, verängstigt und gereizt. Amanda sorgte dafür, dass die jüngeren Mädchen die leichteren Aufgaben bekamen und dass sie selbst den Großteil der Arbeit erledigte, aber das Ergebnis war, dass sie bereits nach zwei Tagen am Rande des Zusammenbruchs stand.

Bis jetzt war noch kein Mann für eines der Mädchen gekommen, aber die Spannung in der Luft blieb groß. Besonders für sie. Denn jedes Mal, wenn sie sich umdrehte, sah sie einen der Rebellen, der sie beobachtete. Und sie mochte den Ausdruck in ihren Augen nicht. Sie war sich nicht sicher, worauf sie warteten, aber sie hatte das Gefühl, dass ihr Aufschub bald vorbei sein würde.

Die letzten paar Tage seit ihrer Ankunft im Lager waren ihr wie eine Ewigkeit vorgekommen. Ihr Rücken schmerzte. Ihre Füße schmerzten. Ihr Herz schmerzte, wenn sie das Leid und die Erschöpfung der Kinder sah. Sie war noch nicht lange an der Schule, aber selbst in ihrer kurzen Zeit dort hatte sie das Leben der Kinder verändern können. Zumindest *dachte* sie das.

Sie hatten fröhlicher gewirkt. Sie hatten bereitwilliger und häufiger gelacht. Sie hatten begonnen, ihr offen ihre Zuneigung zu zeigen, besonders die jüngeren Kinder. Sie legte Wert darauf, alle so oft wie möglich zu umarmen und ihnen für jede Kleinigkeit ein Kompliment zu machen. Das Selbstvertrauen, das sie gewonnen hatten, war bemerkenswert, und es gab Amanda das Gefühl, dass sie endlich etwas in der Welt bewirkte.

Und jetzt? Sie waren wieder verschlossen. Gefühlsmäßig und körperlich. Sie begegneten ihrem Blick nicht, und ihre kleinen Schultern hingen die ganze Zeit über nach unten. Amanda fühlte sich, als hätte sie versagt, obwohl nichts davon ihre Schuld war.

Am liebsten hätte sie die Kinder mitten in der Nacht weggeschmuggelt, aber das wäre unmöglich gewesen. Erstens konnte sie sich nicht einfach mit dreiundzwanzig Kindern davonschleichen, und sie war nicht bereit, auch nur eines zurückzulassen. Zweitens war es dumm, in den Dschungel zu gehen. Sie würde keinen Tag überleben. Einige der älteren Kinder, wie Joseph, Michael, Andrew und Natasha, wussten wahrscheinlich mehr über das Überleben im Dschungel als sie, aber sie war nicht bereit, das Leben aller zu riskieren.

Schließlich waren es zu viele Rebellen, als dass sie auch nur daran denken konnte, sich zu wehren. Und sie waren alle bewaffnet. Etwa ein Dutzend Männer beobachteten und bewachten sie ständig.

Aber heute ... war etwas passiert. Den ganzen Morgen über waren ihre Wächter besonders gesprächig. Amanda konnte ein wenig Spanisch und konnte hier und da ein paar Worte verstehen. Morgen sollte Verstärkung eintreffen. Vorräte. »Ehemänner« für die Mädchen.

Amanda war fast außer sich vor Sorge. Sie hatte keine Ahnung, was sie tun sollte, aber sie hielt den Mund. Es hatte keinen Sinn, ihre Kinder noch mehr zu beunruhigen, als sie es ohnehin schon waren. Von ihren Freunden getrennt zu werden wäre für alle traumatisch. Und Amanda fürchtete sich mehr vor dem Sonnenaufgang am nächsten Tag, als sie es in Worte fassen konnte.

Ihr Bauch schmerzte so sehr von dem Stress, dass sie nicht in der Lage war, mehr als ein paar Bissen von dem ekelhaften Eintopf zu essen, den sie und die Mädchen zum Abendessen gemacht hatten. Während des Essens hatte sie Michaels Blick über die festgetretene Erde hinweg erhascht. Er hatte ihr ein kleines Lächeln geschenkt, das sie fast zum Weinen brachte. Er hatte ein blaues Auge und blaue Flecke an den Armen und Beinen. Das hatten alle Jungen. Sie wurden hart behandelt, da sie »ausgebildet« wurden ... und dennoch tat Michael mit diesem Lächeln alles, was er konnte, um ihr zu versichern, dass es ihm gut ging.

Er war anscheinend fast bis zur Bewusstlosigkeit geschlagen worden, als man ihn am ersten Tag in den Dschungel gebracht hatte, aber er hatte sich davon nicht unterkriegen lassen. Er hatte danach auch eine Weile gehumpelt, aber entweder war sein Bein nicht so schwer verletzt, dass es lange wehtat ... oder er hatte sich geweigert, ihren Entführern die Genugtuung zu geben, seine Schmerzen zu sehen.

Amanda hatte sich noch nie so hilflos gefühlt wie in diesem Moment. Sie wollte zu den Jungen hinübergehen, sie umarmen

– *all* ihre Jungs – und sie wissen lassen, dass sie sie liebte. Aber sie wusste, wenn sie es versucht hätte, wäre sofort einer der Rebellen an ihrer Seite gewesen, hätte sein Gewehr auf sie gerichtet und ihr befohlen, sich wieder hinzusetzen.

Jetzt war sie wieder im Zelt der Mädchen, mit Sharon unter dem einen und Patricia unter dem anderen Arm. Michelle hielt Bibi, während sie schlief, und die anderen Mädchen lagen nebeneinander und schliefen, so gut sie konnten, auf dem harten Boden. Man hatte ihnen keine Decken gegeben – nicht dass sie sie gebraucht hätten, denn es war höllisch heiß, selbst nachts. Aber selbst diese kleine Annehmlichkeit hätte ihre Situation ein wenig menschlicher erscheinen lassen.

Amanda konnte jedoch nicht schlafen. Zu viele Gedanken schwirrten ihr im Kopf herum. Darüber, was die Zukunft für sie *und* ihre Kinder bereithielt.

Und dieser Schlafmangel war der Grund, warum sie das schwache Geräusch von ... etwas hörte. Es war ein ungewohntes Geräusch, eines, das sie im Dschungel noch nie gehört hatte. Sie brauchte einen Moment, um zu verstehen, was sie glaubte zu hören.

Ein Hubschrauber!

Instinktiv weckte sie schnell und leise die Mädchen und forderte sie auf, still zu sein. Glücklicherweise taten sie, was sie verlangte, und sie saßen alle mit großen Augen im Dunkeln, warteten, lauschten und beteten, dass der Hubschrauber für sie da war.

So abwegig der Gedanke auch war, Amanda konnte nicht anders, als zu hoffen, dass es sich um eine Rettungsaktion handelte. Aber es könnten genauso gut weitere Rebellen sein, die sich der Gruppe anschlossen, die sie entführt hatte.

Wer auch immer es war, Amanda wollte bereit sein. Sie hatte keine Ahnung, wie spät es war, nur dass es dunkel war und nur der Mond die Gegend beleuchtete. Es gab keine Geräusche, die darauf hindeuteten, dass sich jemand rührte, und sie hoffte, das lag daran, dass die Männer alle noch schliefen und zu sehr an die verschiedenen nächtlichen Geräusche des Regenwaldes gewöhnt waren, als dass ihre Gehirne bemerkten, dass der Hubschrauber fehl am Platz war.

Amanda dachte an die Jungs. Hatten sie es auch gehört? Oder waren sie zu erschöpft von all der körperlichen Anstrengung, zu der sie in den letzten Tagen gezwungen worden waren? Dem Bedürfnis, zu ihren Zelten hinüberzulaufen, um zu sehen, ob sie wach waren, war schwer zu widerstehen, aber sie blieb, wo sie war, da sie nicht den Zorn – oder die Lust – ihrer Entführer riskieren wollte, falls diese sie mitten in der Nacht außerhalb des Zeltes erwischten.

Also wartete sie. Sie hielt den Atem an. Betete trotz aller Widrigkeiten, dass der Hubschrauber für sie und die Kinder da war.

Im einen Moment schien das Geräusch weit weg in der Ferne zu sein. Im nächsten Moment war es so, als sei der Hubschrauber direkt über ihren Köpfen. Die Wände des Zeltes wurden sogar von den Rotoren bewegt.

Ihre Entführer hörten es jetzt auch. Natürlich hörten sie es, es war direkt über ihnen. Schreie kamen von außerhalb des Zeltes, und Amanda hielt den Atem an. Es waren keine aufgeregten Rufe, als würden sie Freunde oder Mitrebellen begrüßen – sondern schockierte, wütende Laute.

Es war jedoch das Geräusch von Schüssen, das Amanda in Bewegung setzte. Sie hatte nicht vor, in diesem Zelt darauf zu warten, dass eine verirrte Kugel die Zeltplane durchschlug. Oder darauf, dass die Rebellen beschlossen, dass es besser sei, ihre Geiseln zu töten, als ihnen die Rettung zu ermöglichen. Und sie würde sich nicht zurücklehnen und jemand anderen die ganze Arbeit machen lassen. Wenn es bedeutete, von hier wegzukommen und all ihre Kinder zu befreien, würde sie alles tun, was nötig war.

»Beeilt euch, Mädchen, hier entlang!«, flüsterte sie

eindringlich und deutete auf die Rückseite des Zeltes. Sie hatte es vor zwei Tagen ausprobiert und festgestellt, dass der Boden nicht mit der Erde verbunden war. Sie hob die Plane an, legte sich auf den Boden und spähte in die Dunkelheit hinaus. Alles, was sie sah, waren Bäume. Was auch immer geschah, es spielte sich auf der Lichtung auf der anderen Seite des Zeltes ab.

Sie gab Natasha und Patricia ein Zeichen, nach vorn zu gehen. »Rutscht raus, aber bleibt beim Zelt«, befahl sie.

Natasha nickte und nahm Patricias Hand. Als Nächstes kamen Michelle und Jennifer. Dann Karen und Sharon. Sandra griff nach Bibis Hand, aber die Vierjährige weigerte sich, sie zu nehmen, und hielt stattdessen ihre Arme für Amanda hoch.

So sehr es ihr auch das Herz zerriss, Amanda schüttelte den Kopf. »Geh mit Sandra«, sagte sie zu Bibi so streng, wie sie konnte. »Ich bin gleich hinter dir.«

Sie liebte dieses kleine Mädchen. Sie war bezaubernd, süß und liebevoll. Sie war erst vor Kurzem zur Waise geworden, nachdem ihre Eltern bei einem Motorradunfall ums Leben gekommen waren. Sie war verloren und verwirrt gewesen, als sie in der Schule ankam, aber vor der Entführung hatte sie sich langsam geöffnet und sich vor allem Amanda zugewandt.

Da sie es hasste, dass das kleine Mädchen ein solches Trauma erlebte – wie all die Kinder –, war sie ihnen dicht auf den Fersen und schlich sich aus dem Zelt zu den anderen Mädchen. Sie eilte dorthin, wo Michelle am Rande des Zeltes stand, und spähte um die Ecke.

Ihre Augen weiteten sich bei dem, was sie sah. Männer, die sie nicht erkannte – sie schienen irgendeine Art von Uniform zu tragen, nicht die Shorts und T-Shirts, die die meisten Rebellen trugen –, versteckten sich hinter Bäumen und schossen auf ihre Entführer. Sie sah einige Rebellen regungslos im Dreck liegen, während die anderen sich fast verzweifelt wehrten.

»Gehen Sie in diese Richtung!«

Amanda stieß einen Schrei aus und zuckte zusammen, als sie eine Stimme mit Akzent hinter sich hörte. Sie drehte sich um und sah, dass es einer der Neuankömmlinge war. Ein Mann in einer Militäruniform.

»Da ist eine Lichtung, etwa einen halben Kilometer durch die Bäume in diese Richtung«, blaffte er. »Nehmen Sie die Kinder und gehen Sie!«

Das mussten sich die Mädchen nicht zweimal sagen lassen. Natasha und Michelle übernahmen die Führung und trieben den Rest der Gruppe in die Richtung, in die der Mann gezeigt hatte. Amanda wollte sie nicht allein gehen lassen, aber sie musste dafür sorgen, dass auch die Jungen gerettet wurden.

»Der Rest der Kinder?«, fragte sie den Mann.

»Wir werden sie holen.«

Sie hätte ihm vertrauen sollen – aber sie konnte das Lager nicht verlassen, ohne die Jungen zu sehen. Ohne zu wissen, dass sie auch kommen würden. Sie beobachtete, wie der Mann zu den anderen Zelten lief. Es war eine große Erleichterung, Michael und die anderen Jungen zu sehen, die aus den Zelten strömten.

Doch als einer der Rebellen sah, was geschah, schrie er vor Wut und stürzte sich auf den kleinen Richard und Leon.

Michael sprang absichtlich vor ihn und wurde auf den Hintern gestoßen, als der Mann direkt mit ihm zusammenprallte. Sie fielen in einem Wirrwarr von Gliedmaßen zu Boden. Zum Glück war der Soldat da, der mit Amanda gesprochen hatte. Er und der Rebell rangen miteinander und schlugen so fest zu, wie sie konnten.

In der Zwischenzeit rief Michael den anderen Waisen verzweifelt zu, so schnell wie möglich in die Bäume zu rennen. Nur waren sie dabei nicht sehr ordentlich. Sie zerstreuten sich wie Blätter im Wind, und Amanda hatte Mühe, die Köpfe zu zählen, um sich davon zu überzeugen, dass alle entkamen. In der Dunkelheit und dem Chaos des Kampfes um sie herum hatte sie keine Ahnung, ob sie überhaupt wussten, in welche Richtung sie zum Hubschrauber gelangen sollten.

Die Panik war groß und kam schnell.

»Laufen Sie! *Jetzt!*«, sagte ein anderer Soldat, packte Amandas Oberarm und warf sie praktisch in die Richtung, in die die Mädchen gegangen waren. »Wir werden alle Kinder holen!«

Das war das Beste, was sie im Moment bekommen konnte, und Amanda wusste das. Sie drehte sich um und lief hinter den Mädchen her in die Bäume. In dem Moment, in dem sie die Lichtung verließ, verschwand jegliches Licht des Mondes. Es war, als sei sie blind unterwegs. Amanda musste langsamer werden und stattdessen so schnell wie möglich gehen, wobei sie die Arme vor sich ausstreckte, um nicht gegen einen Baum zu knallen.

Das Adrenalin machte sie zittrig, aber sie ging weiter. Die Freiheit war nahe. So nahe, dass sie sie riechen konnte. Oder vielleicht war es der Geruch ihrer eigenen Angst.

Das Geräusch des Hubschraubers wurde immer lauter, nur so wusste sie, dass sie in die richtige Richtung ging. In dem Moment, in dem sie aus den Bäumen auf eine andere Lichtung trat, konnte sie dank des Mondlichts, das das Blätterdach des Dschungels nicht durchdrungen hatte, wieder etwas sehen. Ein riesiger Hubschrauber stand am Boden, seine Rotoren drehten sich, ein Mann stand an der offenen Tür und half Kindern in den riesigen Frachtraum.

Aufregung strömte durch Amandas Adern. Sie machte sich auf den Weg zum Hubschrauber, denn sie wusste, sobald sie drin war, wäre sie endlich in Sicherheit und diese Tortur wäre vorbei.

Doch bevor sie mehr als ein paar Schritte näher kam, erschien Michael wie von Geisterhand an ihrer Seite.

»Mandy! Ich kann James nicht finden!«

»Was?«, schrie Amanda praktisch, um über das Geräusch des Hubschraubers hinweg gehört zu werden.

»James! Er war bei Patrick, aber er hat sich auf dem Weg hierher irgendwo in den Bäumen verirrt!«

»Scheiße«, murmelte Amanda. »Was ist mit den anderen?«

»Ich glaube, sie sind alle hier. Ich habe versucht, der Letzte zu sein und zu zählen, als alle an mir vorbeigelaufen sind. Wir sind in Richtung des Hubschraubers gegangen, weil wir die Mädchen in diese Richtung gehen sahen. Er war bei den Zelten, aber als wir hier ankamen, habe ich ihn nicht mehr gesehen!«

»Also gut. Keine Panik. Ich werde ihn finden!«, rief Amanda. »Geh zum Hubschrauber! Wir können nicht gebrauchen, dass zwei von euch verloren gehen. Sag den Soldaten, dass ich mit ihm zurückkomme, okay?«

»Okay!« Michael nickte, dann ging er weiter zum Hubschrauber und zu seinen Freunden.

Dankbar, dass er auf alle Kinder aufgepasst hatte, vor allem auf die jüngeren – James war erst fünf und hatte sich mit den körperlichen Aktivitäten, zu denen er im Lager gezwungen wurde, schwergetan –, warf Amanda einen langen Blick auf den Hubschrauber, der ihre Freiheit repräsentierte, dann drehte sie sich um und ging zurück in die Bäume.

»Was zum Teufel macht sie da?«, fragte Buck, mehr sich selbst als die anderen. Er sah, wie eine Person, bei der es sich nur um Amanda Rush handeln konnte, auf sie zulief, und seine Erleichterung war riesig gewesen. Sie schien in Ordnung zu sein. Müde und schmutzig, aber auf zwei Beinen und ohne allzu große Probleme.

Dann war sie stehen geblieben, um mit einem der älteren

Jungen zu sprechen – dann hatte sie sich umgedreht und war in den Dschungel zurückgelaufen.

»Wir müssen hier verschwinden«, sagte einer der Soldaten der Spezialeinheit in Bucks Ohr. Sie trugen alle Funkgeräte, damit sie sich verständigen konnten. Nachdem sie sich aus dem Hubschrauber abgeseilt hatten, waren Buck und Obi-Wan auf der Lichtung gelandet, um auf die Befreiung der Kinder zu warten. Er war aus dem Pilotensitz ausgestiegen, um den Kindern in den Hubschrauber zu helfen, sobald sie auf der Lichtung erschienen waren.

Als die Mädchen ankamen, waren Buck und Obi-Wan erleichtert gewesen.

»Verstärkung im Anmarsch«, sagte ein anderer Soldat. »Wir haben die unmittelbare Bedrohung entschärft, aber es nähern sich Lastwagen aus dem Westen. Sie werden in zwei Minuten hier sein. Es sind mehr als drei Dutzend Männer, zu viele, als dass wir sie in Schach halten könnten. Wir kommen zum Hubschrauber. Bringt die Kinder rein und macht euch bereit zum Abflug!«

Jeder Muskel in Bucks Körper spannte sich an. Amanda. Wo war sie?

»Wie viele Kinder haben wir?«, fragte Buck Obi-Wan über das Funkgerät.

»Zweiundzwanzig.«

»Dreiundzwanzig mit dem letzten Jungen«, gab Buck grimmig zurück.

Ein großer, schlanker Junge mit mehr blauen Flecken am Körper, als ein Kind jemals haben sollte, rannte mit wildem Blick auf den Hubschrauber zu.

»Amanda!«, platzte er heraus, sobald er in Hörweite war. »Sie ist los, um James zu suchen!«

»James?«, fragte Buck.

»Ja! Er ist fünf. Er hat sich auf dem Weg hierher in den Bäumen verirrt!«

»Nein, hat er nicht. Es sind vierzehn Jungen und acht Mädchen drinnen. Ihr seid insgesamt dreiundzwanzig. Es sind alle da.« Es sei denn, ihre Zahlen waren falsch. Es sei denn, es waren tatsächlich vierundzwanzig Kinder entführt worden.

Der Junge runzelte sofort die Stirn. Er sah verwirrt aus.

Buck zögerte nicht. Er hob ihn hoch und setzte ihn in dem hinteren Teil des Hubschraubers wieder ab.

Der Junge stand einen Moment lang da und ließ den Blick über die anderen Kinder schweifen, bevor er sich umdrehte und völlig am Boden zerstört aussah. »Ich habe ihn nicht gesehen! Ich dachte, er hätte sich verlaufen!«, rief er.

Buck wandte sich wieder den Bäumen zu und betete, dass er Amanda wieder auf sich zukommen sehen würde. Aber die einzigen Leute, die er sah, waren die Soldaten der Spezialeinheit. Sie liefen mit aller Kraft – als würden sie gejagt.

Scheiße, Scheiße, Scheiße! Das war nicht gut. Warum zum Teufel musste sie allein losziehen? Warum konnte sie sich nicht vergewissern, dass alle Kinder da waren, bevor sie handelte? Verdammt, sie hätte *ihn* direkt um Hilfe bitten sollen, anstatt wie eine verdammte Idiotin in den Dschungel zu laufen.

Buck traf eine sekundenschnelle Entscheidung.

Er würde sie nicht zurücklassen.

Ihm würde der Arsch aufgerissen werden, weil er seinen Hubschrauber verlassen hatte. Ein Night Stalker verließ *niemals* seinen Hubschrauber. Kürzlich hatte Casper genau das getan, wobei er Laryn schutzlos zurückließ und sie in der Türkei entführt worden war. Und jetzt tat er es ihm gleich.

Aber er konnte Amanda Rush *nicht* in diesem Dschungel zurücklassen. Nicht wissend, dass Dutzende von Rebellen im Begriff waren, das Gebiet zu überfallen. Er wusste, dass sie ihre eigene Sicherheit für die eines fünfjährigen Jungen geopfert hatte.

»Verschwinde«, sagte er zu Obi-Wan und drehte sich um,

um seinem Blick zu begegnen. »Ich kann sie nicht allein zurücklassen, und du musst die Kinder in Sicherheit bringen.«

»Buck, ich glaube nicht, dass ...«

»Ich werde sie finden, einen Kreis ziehen und nach Osten gehen. Wenn das nicht möglich ist, gehen wir nach Süden. Ich bringe sie über die Grenze und treffe dich dann in Guyana.«

Mit diesen Worten riss Buck seine Kopfhörer ab und warf sie in den hinteren Teil des Hubschraubers, als die Soldaten zurückkehrten. Ohne zu zögern, sprintete er über die Lichtung in die Richtung, in der Amanda verschwunden war. Er musste die Lichtung verlassen, bevor die Neuankömmlinge eintrafen. Wenn sie wussten, dass er noch auf dem Boden oder dass Amanda dort war, würden sie gejagt werden wie Tiere. Möglicherweise würden sie ohnehin herausfinden, dass sie zurückgelassen worden war, aber falls er Glück hatte – *wirklich* Glück –, konnten er und die Lehrerin sich in der Dunkelheit und dem Chaos der Nacht davonschleichen.

Er spürte den Wind der Rotoren und hörte, wie der Motor aufdrehte, als Obi-Wan den Hubschrauber gekonnt anhob. Rufe ertönten, und Buck verschwand in den Bäumen, kurz bevor sechs Männer mit Gewehren in der Hand auf die Lichtung stürmten, die ein Dutzend Meter entfernt war. Sie blieben stehen, hoben ihre Waffen und richteten ihre ganze Aufmerksamkeit auf den Himmel, während sie auf den Hubschrauber zielten, der schnell aufstieg und bereits außer Reichweite zu fliegen begann.

Als Schüsse ertönten, sah Buck aus dem Augenwinkel etwas. Instinktiv drehte er sich um und streckte die Hand aus, als jemand an ihm vorbeilief. Er wusste sofort, dass es Amanda war, auch als sie hart zu Boden gingen.

Er hielt ihr mit der Hand den Mund zu und verhinderte so, dass sie etwas sagte, das den nun sehr wütenden Rebellen ihren Aufenthaltsort hätte verraten können.

Ihre Augen waren weit aufgerissen, und er spürte, wie

schnell sie atmete, als er auf ihr lag und verzweifelt versuchte, ihr ohne Worte zu vermitteln, wie wichtig es war, absolut still zu sein.

Sie wehrte sich nicht, sondern starrte nur zurück, während ihre Nasenlöcher sich bei jedem angestrengten Atemzug weiteten. Buck spürte, wie ihr Herz gegen seine Brust schlug, während die Rebellen weiter auf den Hubschrauber schossen, der nun weit außerhalb der Reichweite war.

Eine große Welle der Erleichterung überkam ihn. Die Kinder waren in Sicherheit. Die Soldaten waren in Sicherheit. Obi-Wan war in Sicherheit. Sie hatten es geschafft, die Kinder zu retten. Obwohl er und Amanda am Arsch waren, war er froh, dass die Mission so gut gelungen war.

Aber er und Amanda konnten nicht hierbleiben. Sie waren viel zu nahe am Lager der Rebellen. Und diese Männer auf der Lichtung waren mehr als empört. Er wusste nicht, in welchem Verhältnis sie zu den Rebellen standen, aber da sie mit der Entführung von dreiundzwanzig Kindern in Verbindung standen, dachte er sich, dass es auf jeden Fall nicht gut war. Sie waren entweder wegen der Mädchen da oder um die Jungen zu zwingen, für ihre Sache zu töten oder zu sterben.

Sie waren der Abschaum der Menschheit, und Buck wollte um jeden Preis vermeiden, entdeckt zu werden.

Vor allem weil er keine Waffe hatte. Verdammt, er hatte keine Vorräte, Punkt. Keine Lebensmittel, kein Wasser, kein gar nichts. Alles, was er hatte, war das Armeemesser, das er immer in seinem Fluganzug trug, und ein altmodischer Kompass. Letzteren hatte ihm sein Vater zum Highschool-Abschluss geschenkt, bevor er sich auf den Weg ins Ausbildungslager gemacht hatte. Und er hatte ihn bei jeder Mission dabei, seit er ein Night Stalker war. Er könnte seine einzige Rettung sein. Seine und Amandas.

Er beugte sich hinunter und brachte seine Lippen ganz in die Nähe ihres Ohrs. In einem Ton, der leiser als ein Flüstern war, sagte er: »Wir müssen Abstand zwischen uns und ihnen schaffen.«

Sie nickte, und Buck nutzte die Gelegenheit und nahm seine Hand von ihrem Mund. Sofort führte sie ihre Lippen in Richtung seines eigenen Ohrs.

Nachdem er seinen Kopf gedreht hatte, damit sie ihn besser erreichen konnte und nicht lauter als nötig sprechen musste, hörte er ihre gequälten Worte. »Es wird ein Junge vermisst.«

Er schüttelte den Kopf. »Nein. Sie waren alle im Hubschrauber.«

Sie sah verwirrt aus. Und jetzt schüttelte *sie* den Kopf. »James. Er ist fünf.«

»Er war da. Sie waren alle da.«

Buck sah die Sekunde, in der sie die Information verstand. Den Moment, in dem ihr klar wurde, dass ihre verzweifelte Suche nach einem vermissten Jungen vergeblich gewesen war. Er sah die Verzweiflung in ihren Augen über die Tatsache, dass sie den Hubschrauber umsonst verpasst hatte.

Er wollte sie am liebsten beruhigen. Ihr sagen, dass alles gut werden würde. Aber die Dinge waren im Moment alles andere als in Ordnung. Sie steckten tief in der Scheiße, und nur die Zeit würde zeigen, ob sie es unentdeckt aus dem Gebiet herausschafften.

Er sollte wütend auf sie sein. Wütend, dass sie allein weggelaufen war. Und das war er auch. Aber er verstand auch, dass man auf der Grundlage begrenzter Informationen blitzschnelle Entscheidungen treffen musste.

Hatte er nicht vor weniger als einer Minute das Gleiche getan?

»Bleiben Sie unten. Bleiben Sie ruhig. Und folgen Sie mir«, befahl er.

Er wartete, bis sie nickte, dann glitt er langsam von ihrem Körper herunter und wies mit dem Kopf nach Westen. Sie würden das Lager umrunden müssen. Sie konnten es sich nicht leisten, ihm zu nahe zu kommen.

Nun, das durfte *sie* nicht. Buck würde ihr Lager infiltrieren, um zu sehen, was er erbeuten konnte.

Aber zuerst musste er für Amandas Sicherheit sorgen. Einen Ort finden, an dem sie sich verstecken konnten. Dann würde er sehen, was er von den Rebellen stehlen konnte, und sie würden wenn möglich nach Osten gehen.

Obi-Wan kannte seinen Plan. Buck würde Amanda auf die eine oder andere Weise zur Grenze führen. Der Dschungel war noch nie einer seiner Lieblingsorte gewesen, aber er war besser als die Wüste. Er hasste Sand und würde es jederzeit vorziehen, nass zu sein, anstatt in der Wüstenhitze bei lebendigem Leib gekocht zu werden.

Ganz langsam begann er zu kriechen, hielt den Kopf gesenkt und sah alle paar Sekunden nach Amanda. Es würde lange dauern, aus dem Gebiet herauszukommen, aber er wollte nicht riskieren, gefangen genommen zu werden. Denn er wusste ganz genau, dass die Rebellen niemandem die Chance geben würden, einen zweiten Rettungsversuch zu starten.

Ihre einzige Chance, dort lebend herauszukommen, bestand darin, unter dem Radar zu bleiben. Die Rebellen sollten denken, dass alle mit dem Hubschrauber verschwunden waren.

KAPITEL DREI

Amanda war übel. Sie hatte nicht gezögert, zurück in die Bäume zu laufen, um nach dem kleinen James zu suchen ... und es war gar nicht nötig gewesen. Er saß bereits im Hubschrauber. Sie machte Michael keinen Vorwurf wegen des Fehlers. Es gab eine Menge kleiner Körper, und es war dunkel, und sie waren aus einem tiefen Schlaf in völligem Schrecken geweckt worden.

Aber durch ihre überstürzte Entscheidung hatte sie ihre Chance zur Flucht verpasst.

Der Hubschrauber war ohne sie abgeflogen.

Es tat weh. Sehr sogar. Aber sie machte dem Piloten auch keine Vorwürfe. Sie war froh, dass er sich für die Kinder und nicht für sie entschieden hatte.

Sie hatte keine Ahnung, wer der Mann war, der sie im Grunde niedergerissen hatte, bevor sie auf die Lichtung laufen und den Hubschrauber zurückrufen konnte. Er war Amerikaner, so viel konnte sie an seinem fehlenden Akzent erkennen. Und sie konnte nicht glauben, dass er nicht mit dem Rest des Rettungsteams abgeflogen war.

Warum war er geblieben? *Ihretwegen?* Das konnte nicht richtig sein. Vielleicht war er auch auf der Suche nach James gewesen und wurde zurückgelassen.

Aber nein … er wusste, dass James bereits im Hubschrauber saß.

Sie konnte nicht mehr klar denken. Ihr drehte sich der Kopf. Das Adrenalin machte sie zittrig. Erschwerte ihr das rationale Denken. Aber im Moment musste sie nur genau das tun, was ihr gesagt worden war … und das war auch gut so, denn Amanda glaubte nicht, dass sie im Moment irgendwelche Entscheidungen treffen konnte. Zumindest keine guten.

Sie tat ihr Bestes, um es dem Mann gleichzutun, und kroch auf ihren Ellbogen und Knien über den nassen Dschungelboden. Sie weigerte sich, darüber nachzudenken, welche Art von Tieren sie störte, während sie über deren Verstecke unter Blättern, Dreck und Matsch kroch. Sie war ein wenig verstört. Sie war froh, dass die Kinder in Sicherheit und aus diesem stinkenden Dschungel heraus waren, aber sie hatte Angst um sich selbst.

Sie hatte keine Ahnung, wie lange sie und der Mann von der Lichtung, auf der der Hubschrauber gelandet war, weggekrochen waren, aber als der Mann anhielt, war Amanda so erleichtert wie noch nie.

Sie ließ sich auf den Bauch fallen und versuchte, ihre zitternden Muskeln zu ignorieren. Zu kriechen und dabei so leise und niedrig wie möglich zu bleiben war harte Arbeit. Viel schwieriger, als es aussah.

Amanda stützte ihre Stirn auf den Handrücken und schloss die Augen. Sie war müde. So müde. Das Adrenalin, das ihre Flucht angetrieben hatte, war abgeklungen, und jetzt spürte sie nur noch Erschöpfung.

»Wir werden uns hier ein wenig ausruhen«, sagte er zu ihr.

Daraufhin hob Amanda den Kopf. Der Mann hatte sich zu

ihr umgedreht und sprach etwas lauter als das kaum hörbare Flüstern von vorhin, aber nicht viel. »Sollten wir uns nicht so weit wie möglich von hier entfernen?«, fragte sie, wobei sie seinen leisen Tonfall nachahmte.

Ihr Retter starrte sie einen langen Moment wortlos an.

»Wahrscheinlich. Wir sollten so viel Abstand wie möglich zwischen uns und den Arschlöchern, die Sie und die Kinder entführt haben, bringen, aber die Sache ist die ...« Er seufzte, dann fuhr er fort: »Wir haben keine Vorräte. Ich hatte nicht vor, meinen Hubschrauber zu verlassen, also habe ich nichts bei mir. Keine Lebensmittel, keinen Wasserbehälter, keine Möglichkeit, ein Feuer zu machen. Wir brauchen diese Dinge, wenn wir nach Guyana zurückkehren wollen.«

Er hatte nicht unrecht, aber der Gedanke, den Weg zurück zu nehmen, den sie gekommen war, um hier zu landen, war äußerst entmutigend. »Kann der Hubschrauber nicht zurückkommen und uns abholen?«, fragte sie, obwohl sie die Antwort schon kannte.

»Wir haben sie einmal überrascht. Ein zweites Mal würden wir das nicht schaffen. Und ich habe keine Möglichkeit, mit meinem Partner und dem Rest des Rettungsteams zu kommunizieren. Ich kann ihnen nicht sagen, wo wir sind. Mein Freund und Co-Pilot könnte versuchen, uns mit dem Thermoradar zu finden, aber das würde auch darauf aufmerksam machen, dass wir uns im Dschungel befinden, und den Rebellen unseren Standort verraten. Unterm Strich werden wir wahrscheinlich zur Grenze zurücklaufen müssen.«

Amanda wollte gern protestieren. Diesem Mann sagen, dass sie es nicht tun konnte. Dass sie zu müde, zu schmutzig, zu hungrig, zu durstig, zu ... schwach war. Aber die Worte wollten nicht kommen. Sie war überwältigt und verängstigt. Und sie hatte das Gefühl, wenn sie den Mund aufmachte, würde sie das bisschen Gelassenheit verlieren, an die sie sich gerade noch so klammerte.

Stattdessen nickte sie einfach.

Aber der Mann schien zu verstehen, wie nahe sie am Kontrollverlust stand. Er rückte näher heran, sodass ihre Köpfe direkt nebeneinander lagen. »Sie machen das toll. Halten Sie einfach durch.«

Seine Worte waren sanft und ermutigend ... und sie trugen nicht dazu bei, dass die Tränen, die Amanda verzweifelt zurückhielt, verschwanden. Sie nickte erneut und schluckte schwer. Nach etwa zehn Sekunden glaubte sie, sprechen zu können, ohne zusammenzubrechen. »Und was machen wir jetzt wegen der Vorräte?«, fragte sie.

»Sie bleiben hier. Ich werde das Lager auskundschaften. Sehen, was ich stehlen kann. Ich nehme mit, was wir brauchen, da es noch dunkel ist, und treffe Sie hier wieder, dann können wir uns auf den Weg machen.«

Amanda fühlte sich mit diesem Plan äußerst unwohl. Aber es machte Sinn, dass er jetzt, solange es dunkel war, sehen wollte, was er bekommen konnte. Auf keinen Fall wollte sie einen ganzen Tag bleiben und darauf warten, dass es wieder Nacht wurde.

Als könnte er ihre Unzufriedenheit mit seinem Plan spüren, fuhr er fort: »Wir haben keine Ahnung, was sie morgen früh tun werden. Sie könnten einfach aufstehen und gehen und die Dinge, die wir brauchen, mitnehmen. Ich muss sehen, was ich jetzt kriegen kann, während sie alle noch verwirrt sind über das, was gerade passiert ist, und sich fragen, wie ihnen die Kinder vor der Nase weggeschnappt werden konnten.«

»Aber werden sie nicht sauer sein? Macht sie das nicht noch gefährlicher?«

»Ja«, antwortete der Mann, und Amanda schätzte es, dass er nicht versuchte, die Situation herunterzuspielen, »aber ich werde vorsichtig sein.«

Amanda traf eine blitzschnelle Entscheidung, von der sie

ahnte, dass sie sie bereuen würde, und sagte: »Ich sollte mit Ihnen gehen.«

Ihr Retter schüttelte entschieden den Kopf. »Nein. Sie werden hierbleiben, wo ich weiß, dass Sie sicher sind.«

Amanda schnaubte.

»Schhhh«, mahnte er.

»Tut mir leid«, flüsterte sie wieder, »aber ich glaube nicht, dass es im Moment so etwas wie Sicherheit gibt. Ich könnte von einer Vogelspinne gebissen werden, oder irgendein Rebell könnte auf der Suche nach einem Platz zum Pinkeln über mein Versteck stolpern. Außerdem war ich schon mal im Lager. Sie noch nicht. Ich kann Ihnen sagen, wo alles ist. Wo Sie höchstwahrscheinlich Sachen finden werden, die wir brauchen können.« Sie wusste nicht, warum sie darüber diskutierte, an den Ort zurückzukehren, an dem sie völlig unglücklich und verängstigt gewesen war, aber sie hatte noch mehr Angst davor, hier mitten im Dschungel allein zu sein. Was, wenn ihm etwas zustieß und er nicht zurückkam? Dann würde sie hier draußen mit Sicherheit sterben.

Sein Gesichtsausdruck änderte sich nicht, als er sie anstarrte.

»Es tut mir leid, dass ich weggelaufen bin«, sagte sie ein wenig verzweifelt. »Das war unverantwortlich und dumm. Das ist mir klar. Aber als Michael sagte, dass James vermisst wird, geriet ich in Panik. Ich konnte keines der Kinder zurücklassen. Ich *konnte* es einfach nicht. Ich hätte selbst nachsehen sollen. Ich hätte die Köpfe zählen sollen, bevor ich zu den Bäumen lief. Sie sind hier wegen meiner dummen Entscheidung. Das tut mir leid. Es tut mir *so* leid.«

»Es war mutig«, erwiderte der Mann, ohne zu zögern. »Vielleicht impulsiv, aber extrem selbstlos. Das ist heutzutage ziemlich selten.«

Amanda starrte ihn an. »Es tut mir trotzdem leid«, sagte sie.

»Mir auch. Ich wünschte, Sie wären nicht in dieser Situation. Ich wünschte, die Dinge wären bei der Extraktion ein wenig glatter verlaufen. Aber es ist, wie es ist, und wir müssen mit dem umgehen, was uns in die Hand gegeben wurde. Ich könnte ein paar Informationen über das Lager gebrauchen, und wenn Sie bereit sind, mir zu sagen, was Sie können, sollte das ausreichen, damit ich unentdeckt hinein- und hinausgelangen kann.«

»Es wäre einfacher, wenn ich persönlich auf die Dinge hinweisen könnte«, argumentierte sie. Sie wollte nicht zurück ins Lager, zu den Männern, die nicht nur ihr, sondern auch den Kindern Schreckliches hatten antun wollen, aber die Angst, allein gelassen zu werden, war stärker als die Angst, sich an den Rand ihres behelfsmäßigen Gefängnisses zurückzuschleichen.

»Ich bin Nash. Nash Chaney. Mein Flugname ist Buck. Angesichts der Situation können wir uns wohl duzen.«

Amanda blinzelte. Sie hatte inmitten dieses intensiven Gesprächs keine Vorstellung erwartet. Sie lagen beide auf dem Dschungelboden und waren mit Dreck bedeckt, und es kam ihr vor, als sei dies ein sehr seltsamer Zeitpunkt, um Namen auszutauschen. Aber sie machte mit. »Amanda Rush. Die Leute nennen mich Mandy.«

»Es ist schön, dich persönlich kennenzulernen. Fürs Protokoll, damit du es später nicht herausfindest und dich aufregst ... ich weiß schon eine Menge über dich, weil ich die Akte gelesen habe, die wir für die Rettungsaktion bekommen haben.«

»Es gibt eine Akte über mich?«

»Ja.«

Amanda war sich nicht sicher, was sie davon halten sollte. Aber schließlich beschloss sie, dass es ihr egal war. Wenn die Leute, die geschickt worden waren, um sie zu retten, jedes winzige Detail über ihr Leben wissen mussten, um das zu tun, was machte das schon? Sie hatte nichts zu verbergen. »Okay.«

»Nur okay?«

Sie zuckte mit den Schultern, so gut sie es von ihrer Position auf dem Boden aus konnte. »Die Kinder sind in Sicherheit, das ist alles, was zählt. Nicht das, was in irgendeiner Akte über mich steht. Ich habe in meinem Leben nichts Illegales getan oder etwas, wofür ich mich schämen müsste. Es ist wie mit den Überwachungskameras. Sie stören mich nicht, weil ich nichts Falsches tue. Wenn jemand mich beim Autofahren, auf dem Parkplatz, auf der Straße oder in den Gängen eines Geschäfts filmen will, ist mir das egal. Wenn ich ruchlose Dinge tun würde, wäre es mir vielleicht nicht egal. Aber das tue ich nicht, also ist es mir egal.«

Nash lachte leise. »Ruchlose Dinge?«

»Ja. Ladendiebstahl, Geschwindigkeitsübertretungen, unschuldige Menschen von der Straße drängen ... solche Sachen.«

»Sicher.«

»Also ... was das Mitkommen ins Lager angeht ... ich verspreche, nichts Impulsives mehr zu tun. Ich werde alles tun, was du sagst, sobald du es sagst. Ich bin nicht dumm, ich will nicht erwischt werden. Ich will nur helfen. Ich habe uns in diese Situation gebracht, und ich will helfen, uns da rauszuholen.«

»Du hast uns nicht hierhergebracht. Das waren die Arschlöcher, die dich und diese Kinder entführt haben.«

»Ja, aber ich war diejenige, die vor dem Hubschrauber *weg*gelaufen ist, anstatt auf ihn *zu*zugehen«, argumentierte Amanda.

»In Ordnung. Aber ich werde dich an dein Versprechen erinnern, alles zu tun, was ich sage. Auch wenn du nicht verstehst warum. Ich habe eine Ausbildung, Mandy. Ich kann mit den Dingen umgehen, falls sie schiefgehen. Aber ich kann *nicht* damit umgehen, dass du wieder in ihre Hände fällst. Hast du das verstanden?«

»Verstanden«, stimmte sie sofort zu. »Ich glaube, die anderen Kerle, die gekommen sind, waren hier, um die

Mädchen mitzunehmen. Als Ehefrauen. Oder Sklavinnen.« Sie erschauderte. »Danke, dass du dein Leben riskiert hast, um sie zu holen.«

»Und dich. Wir sind auch deinetwegen gekommen«, sagte Nash.

Mandy schüttelte den Kopf. »Die Kinder sind das, was wichtig ist. Nicht ich.«

»Verkauf dich nicht unter Wert. Du bist der Grund, warum wir auf diese Mission geschickt wurden. Weil eine Amerikanerin entführt wurde. Wenn du nicht bei diesen Kindern gewesen wärst ...« Er ließ die Worte in der Luft hängen.

Amanda war froh, dass sie der Vorwand war, den ihre Regierung brauchte, um die Kinder zu retten.

»In Ordnung. Es wird bald hell. Wenn wir das machen wollen, müssen wir jetzt los«, sagte Nash.

Amanda nickte. Ihr drehte sich sofort der Magen um, wenn sie an das dachte, was noch kommen würde. Aber er hatte recht, sie brauchten Vorräte, wenn sie nach Guyana zurücklaufen wollten. Und der beste Ort, um sie zu bekommen, war das Lager, aus dem sie gerade entkommen war.

Nash legte den Kopf schief, als würde ihm das helfen zu hören, ob jemand in der Nähe war. Alles, was Amanda hörte, waren Grillen und Vögel. Und das Geräusch von Wasser, das nach einer Regenpause von den Blättern über ihr tropfte.

»Folge mir«, befahl Nash und stand langsam auf.

Erleichtert, dass sie nicht den ganzen Weg zurück zum Lager kriechen mussten, stand Amanda auf – und wäre fast mit dem Gesicht voran wieder auf den Boden gefallen. Zumindest hätte sie das getan, wenn Nash sie nicht am Arm festgehalten hätte, um sie aufrecht zu halten.

Er runzelte die Stirn. »Vielleicht ist das keine gute Idee.«

»Es ist alles Ordnung. Mir geht es großartig. Ich bin nur zu schnell aufgestanden«, beruhigte Amanda ihn schnell. Sie würde auf ihren Füßen bleiben oder bei dem Versuch sterben.

Alles war besser, als zurückgelassen zu werden. Sie musste einfach das Bedürfnis ihres Körpers nach Schlaf ignorieren. Oder Nahrung. Oder Wasser. Ein Kinderspiel.

Der skeptische Blick, den Nash ihr zuwarf, kam nicht unerwartet. Amanda tat ihr Bestes, um ein Lächeln zu erwidern.

Nachdem er ihren Arm losgelassen hatte, griff er zu ihrer Überraschung nach ihrer Hand. Er hielt sie fest umklammert, während er sich auf den Weg zum Lager machte. Es war offensichtlich, dass er ihre Hand festhielt, um zu verhindern, dass sie stürzte, aber die Wärme und der Trost, den diese kleine Handlung vermittelten, waren in diesem Moment alles.

Sie war so lange allein für die dreiundzwanzig Kinder verantwortlich gewesen, und der Stress dieser Verantwortung war immens. Es fühlte sich einfach großartig an, einen weiteren Erwachsenen zu haben, der bei Entscheidungen helfen konnte. Genauso wie das Wissen, dass die Kinder in Sicherheit waren. Zum Teil wegen Nash.

Sie schwor sich in Gedanken, nichts zu tun, womit sie ihm zur Last fallen würde. Nun ... noch mehr, als sie es ohnehin schon tat. Sie war hier nicht in ihrem Element und hatte keine andere Wahl, als sich in fast allen Dingen auf ihn zu verlassen. Aber sie konnte ihr Bestes tun, um nicht das stereotype »Stadtmädchen« zu sein, das im Dschungel ausgesetzt worden war. Sie würde sich damit abfinden und alles durchstehen, was sie tun musste, um zurück nach Guyana und in Sicherheit zu kommen.

Das Leben hatte sie während der letzten zwei Wochen sicherlich aus der Bahn geworfen, und es sah nicht so aus, als sei ihr unerwartetes Abenteuer zu Ende. Sie konnte nur durchhalten und hoffen, dass niemand ihretwegen verletzt wurde. Das war buchstäblich ihr schlimmster Albtraum.

Amanda verdrängte die dunklen Gedanken aus ihrem Kopf und stapfte hinter Nash her, wobei sie sich darauf konzentrierte, wo sie ihre Füße platzierte, damit sie nicht wie ein riesiger Elefant klang, der sich seinen Weg durch die Bäume bahnte. Die Heimlichkeit war ihr Freund. Die Tatsache, dass die Rebellen nicht wussten, dass sie nicht im Hubschrauber saßen, war ein großer Vorteil. Und sie würde alles tun, um das nicht zu verraten.

KAPITEL VIER

Buck konnte zugeben, dass er sich über Mandy geärgert hatte. Er war verärgert darüber, dass sie etwas so Dummes getan hatte, wie vor dem Hubschrauber wegzulaufen, und ihn damit gezwungen hatte, sie zu verfolgen und damit ihren Abflug zu verpassen.

Aber das Gefühl hielt nicht lange an. Denn mal ehrlich ... hatte er nicht das Gleiche getan?

Er hatte keine Waffe, keine Vorräte, hatte die Sicherheit seines Hubschraubers verlassen und war ihr unvorsichtigerweise in den Dschungel nachgelaufen. Wie konnte er sich über Mandy ärgern, wenn er selbst genauso leichtsinnig gewesen war? Außerdem hatte sie gedacht, sie würde ein Kind retten. Wenn es jemals einen guten Grund für ihr Verhalten gab, dann war es dieser.

Also nein, er war nicht mehr verärgert. Je länger er in ihrer Nähe war, desto beeindruckter war er. Sie war offensichtlich verängstigt, aber nicht hysterisch. Damit konnte er arbeiten. Und dass sie mitfühlend war, wusste er, seit er ihre Akte gelesen hatte. Die Tatsache, dass sie nicht widerstehen konnte, nach dem angeblich vermissten Jungen zu suchen, war nicht

44

ungewöhnlich für sie. Es war nur scheiße, dass sie aufgrund falscher Informationen gegangen war.

Und Buck war niemand, der an Fehlern festhielt. Das brachte nichts. Er konnte nur umdrehen und einen neuen Plan entwerfen. Entweder würden er und Mandy auf eigene Faust nach Guyana zurückkehren – wenn auf dem Weg nach Osten nichts schiefging – oder Obi-Wan würde den Oberst und seine Spezialeinheit dazu bringen, über den Dschungel zu fliegen, um sie zu finden.

Auf die eine oder andere Weise würde Buck ihn und Mandy lebend aus dem Dschungel bringen. Aber der erste Schritt war, Vorräte zu besorgen. Und der einzige Ort, an dem er das tun konnte, war das Lager, in dem Mandy und die Kinder gefangen gehalten worden waren. Sie mitzunehmen war nicht ideal, aber so würden sie schneller aus dem Gebiet herauskommen, was gut war.

Während sie sich leise durch den Dschungel bewegten, schaute Buck in den Himmel und runzelte die Stirn. Er hatte nicht mehr viel Zeit, bevor es hell wurde. Und er und Mandy mussten weit vom Lager entfernt sein, bevor das geschah. Er konnte die Männer im Lager jetzt hören, was sowohl eine Erleichterung als auch ein zusätzlicher Stressfaktor in einer bereits angespannten Situation war.

Ein paar Meter weiter blieb er stehen und kauerte sich hinter einen großen Baum, wobei er Mandy mit sich zog. Buck hatte keine Ahnung, warum er ihre Hand nicht schon längst losgelassen hatte. Er hatte sie ergriffen, um dafür zu sorgen, dass sie nicht hinfiel und ihren Aufenthaltsort verriet, aber sobald sie sich auf den Weg gemacht hatten und sie sicher auf den Beinen war, hätte er sie loslassen können.

Ehrlich gesagt wollte er sie irgendwie trösten. Sie hatte ein paar verdammt harte Wochen hinter sich, und die Dinge würden nicht einfacher werden. Sie hatten noch einen langen Weg vor sich, und sie hatte offensichtlich zu kämpfen. Allerdings war er beeindruckt von ihrem Versuch, sich nicht unterkriegen zu lassen und so zu tun, als sei sie noch nicht am Ende ihrer Kräfte. Ihre Hand zu halten war eine kleine Möglichkeit, ihr zu helfen, weiterhin stark zu bleiben. Um ihr vielleicht etwas von seiner Kraft zu geben.

»Was ist los?«, flüsterte sie ängstlich, als sie angehalten hatten.

Sie hockte neben ihm und starrte ihn mit großen Augen an. Ihr kurzes Haar war fettig und stand in alle Richtungen ab. Sie hatte Dreck im Gesicht und unter den Fingernägeln, und auch ihre Kleidung war mit Schmutz und Matsch bedeckt, nachdem sie von der Lichtung weggekrochen waren.

Und doch ... hatte sie etwas an sich, das Buck ungemein schön fand. Körperliche Schönheit konnte er mögen oder auch nicht, aber innere Stärke und Freundlichkeit waren zwei Dinge, für die er schon immer eine Schwäche gehabt hatte. Und Amanda Rush hatte beides in Hülle und Fülle.

»Nichts«, antwortete er. »Ich möchte nur, dass du mir schnell alles, was du kannst, über den Grundriss des Lagers erzählst.«

Ohne zu zögern, tat sie genau das. Sie erzählte ihm von den vier Zelten, die die Jungen benutzt hatten, wo sich der behelfsmäßige Hindernisparcours befand, das Zelt, in dem die Mädchen geschlafen hatten – und vor allem, wo sich das Zelt, das die Entführer als Küche benutzt hatten, im Verhältnis zu den anderen befand und wie es eingerichtet war.

Sie beschrieb alles so gut, dass Buck eine klare Vorstellung vom gesamten Lager hatte. Er stellte noch ein paar Fragen – vor allem zu den Vorräten im Küchenzelt und zu den Waffen –, aber es dauerte nicht lange, und er war bereit zum Aufbruch.

»Du musst hierbleiben«, befahl er in der Erwartung, dass sie erneut protestieren würde. Deshalb war er froh, als sie einfach nickte.

»Kann ich irgendetwas tun, um dir von hier aus zu helfen?«

»Bleib ruhig. Zeige dich unter keinen Umständen den Rebellen, egal was du hörst. Verstanden?«

»Ich will nicht, dass du verletzt wirst«, sagte sie stirnrunzelnd.

»Das will ich auch nicht. Aber falls es passiert, falls sie mich entdecken, wird es nichts bringen, wenn du mir zu Hilfe eilst, außer dass sie sich mit noch jemand anderem anlegen können, verstehst du?«

Immer noch stirnrunzelnd, nickte sie. »Können wir einen Lastwagen stehlen?«, fragte sie.

Buck hatte darüber nachgedacht, aber beschlossen, dass die Tarnung die bessere Option war. Ja, mit dem Lastwagen wären sie schneller an der Grenze, aber die Rebellen würden ihnen folgen, und er wollte auf keinen Fall eine Verfolgungsjagd mitten im verdammten Dschungel. Die Rebellen kannten diese Gegend wie ihre Westentasche. Es wäre wahrscheinlicher, dass er in einen Graben oder Fluss fahren würde. Es war besser, das Nötigste zu stehlen und sich mit Mandy aus dem Gebiet zu schleichen. Dann hatten sie wenigstens eine Chance, dass die Rebellen nicht einmal wussten, dass sie hier draußen waren. Hoffentlich.

»Keine gute Idee«, erklärte er. »Sie würden sofort wissen, dass wir hier sind.«

Sie nickte. »Gut. Okay. Ich werde mich genau hier bei diesem Baum verstecken. Ich warte auf dich. Aber ich kann meinen Teil leisten, indem ich das trage, was du besorgst.«

Wiederum beeindruckt, nickte Buck. Er wollte nicht, dass sie irgendetwas tragen musste. Sie würde es so schon schwer genug haben, zur Grenze zu laufen. Er hoffte, einen Seesack oder etwas anderes zu finden, in dem er die erbeuteten Vorräte verstauen konnte, während er im Lager war.

Doch aus irgendeinem Grund zögerte Buck jetzt, sie zu verlassen. Er musste sich in Bewegung setzen. Es würde viel zu früh hell werden, aber der Gedanke, Mandy zurückzulassen, ließ ihn zögern.

»Ich komme wieder«, zwang er sich zu sagen.

»Ich verlasse mich darauf«, entgegnete sie ruhig. »Denn wenn du es nicht tust, werde ich in diesem verdammten Dschungel im Kreis laufen, bis ich keinen Schritt mehr machen kann, und dann werde ich mich einfach hinlegen und sterben. Und ich bin nicht dramatisch. Ich habe keinen Orientierungssinn und habe keine Ahnung von Überlebenskram. Tut mir leid.«

»Entschuldige dich nicht. Ich weiß dafür gar nichts über das Unterrichten. Wir haben alle unsere Stärken und Schwächen.«

Sie schenkte ihm ein kleines Lächeln.

Buck zwang sich, ihr zuzunicken, dann drehte er sich um und ging zum Lager. Jeder Schritt kam ihm wie ein Fehler vor, aber er musste es tun. Er musste Vorräte finden.

Als er am Rande des Lagers ankam, hatte er sich etwas beruhigt. Er konzentrierte sich auf die bevorstehende Mission. Die Rebellen hatten auf der Lichtung Lichter aufgestellt, was eigentlich zu seinem Vorteil war. Sie konnten sehen, was sie taten, aber alles außerhalb des Lichtkreises würde dunkler sein. Ihre Sicht wäre leicht beeinträchtigt ... hoffentlich genug, um ihm zu ermöglichen, das zu tun, was er tun musste, und zu verschwinden, ohne entdeckt zu werden.

Das Lager war genau so eingerichtet, wie Mandy es beschrieben hatte. Er konnte den Hindernisparcours sehen, den die Jungen immer wieder hatten durchlaufen müssen. Die Zelte, in denen sie geschlafen hatten, und das Küchenzelt waren genau dort, wo sie es gesagt hatte. Auf der anderen Seite des Lagers befand sich die große Feuerstelle. Wie es aussah, saßen die meisten Männer gerade um das Feuer herum und lästerten über die Rettung und die Tatsache, dass ihnen vor allem die Mädchen durch die Lappen gegangen waren.

Es war ekelhaft, aber Buck zwang sich, die Rache zu vergessen und sich auf seine Aufgabe zu konzentrieren.

Gerade als er sich auf den Weg zum Küchenzelt machen wollte, fiel ihm etwas ins Auge.

Es war ein Hund.

Zumindest *glaubte* er, dass es das war. Das Tier lag am Rande der Gruppe von Männern. Jedes Mal wenn einer von ihnen eine Hand zum Mund führte, folgte der Hund dieser Bewegung mit seinem Blick. Er oder sie war sehr dünn, soweit Buck das von seinem Aussichtspunkt aus erkennen konnte, sein Fell war verfilzt und mit getrocknetem Matsch bedeckt. Das Ding sah erbärmlich aus ... und es tat Buck im Herzen weh, es zu sehen. Er hatte keine Ahnung, ob er mit den Männern gekommen war oder ob er ein Streuner war, aber Letzteres schien unwahrscheinlich, da sie so weit von jeder Art von Zivilisation entfernt waren.

Als er sich um das Lager herum zum Küchenzelt schlich, tat Buck sein Bestes, um sein Temperament im Zaum zu halten. Aufgrund seines Jobs konnte er nicht wirklich ein Haustier haben, aber er hatte eine Schwäche für Tiere. Warum jemand ein Tier haben sollte, wenn er es nicht versorgen konnte, wusste er nicht. Warum sollten die Rebellen einen Hund halten, wenn sie ihn nicht wenigstens fütterten?

Er tat sein Bestes, um den Hund aus seinem Gedächtnis zu verdrängen, schon um seiner eigenen geistigen Gesundheit willen, und konzentrierte sich auf die anstehende Aufgabe. Aus dem Gespräch mit Mandy wusste er, dass es in den Zelten, in denen die Kinder und Mandy untergebracht gewesen waren, nichts Brauchbares gab, denn ihre Entführer hatten ihnen weder Decken noch Ersatzkleidung gegeben. Das meiste, was sie brauchten, befand sich in dem Zelt, in dem alle Frauen und Mädchen gezwungen gewesen waren, das Essen zu kochen.

Buck legte sich auf den Bauch und hob langsam den Rand des Zeltes an, um zu lauschen und nach jemandem Ausschau zu halten, der sich darin befinden könnte. Erleichterung erfüllte ihn, als er sah, dass es leer war. Das hieß aber nicht, dass nicht jeden Moment jemand eindringen konnte. Er musste schnell sein. Es wäre einfacher, die Plane aufzuschneiden, als sich darunter durchzuschlängeln, aber ein beschädigtes Zelt würde sofort zeigen, dass jemand dort gewesen war. Und er brauchte jede Sekunde, die die Entführer nicht merkten, dass sie überfallen worden waren. Je länger sie brauchten, desto weiter konnten er und Mandy kommen, bevor sie die Jagd auf sie eröffneten.

Mit etwas Glück würden sie die Dinge, die er stahl, nie vermissen.

Aber diese Hoffnung schwand, sobald er das Zelt betrat. Mandy hatte ihn gewarnt, dass sie und die Mädchen nicht viel zur Verfügung hatten, was Kochutensilien anging, und sie hatte nicht gelogen. Es gab einen großen Kochtopf, den er nicht mitnehmen konnte, und zwei kleinere Pfannen. Außerdem ein paar Löffel und eine Zange. Eine Gabel und zwei stumpfe Küchenmesser. Alles, was er mitnahm, würde sicher bald vermisst werden.

Allerdings entdeckte er einen Rucksack, der in der Ecke lag. Er hatte schon bessere Tage gesehen, die Nähte lösten sich auf, aber das war besser als nichts.

Schnell packte Buck eine kleine Pfanne, die Gabel und ein Messer ein. Er polsterte sie mit den willkürlich im Zelt herumliegenden schmutzigen Tüchern aus, damit beim Gehen nichts klapperte.

Obwohl es nicht viel an Kochutensilien gab, war Buck sehr zufrieden mit der Menge an Lebensmitteln. Hauptsächlich Konserven, was nicht ideal war, aber sobald die Dosen leer waren, konnte man sie als Wasserbehälter und Kochgefäße verwenden. Deshalb machte er sich auch nicht die Mühe, beide Pfannen mitzunehmen. Die Dosen würden im Notfall ausreichen.

Noch besser waren die vielen Streichholzschachteln, die wahllos auf dem Boden verstreut lagen.

Aber das Beste, was er fand, war die Packung mit den Reinigungstabletten. Sie sorgten dafür, dass das Wasser komisch schmeckte, aber sie töteten alle Bakterien ab, die sie sonst extrem krank machen könnten.

Stimmen von draußen machten Buck darauf aufmerksam, dass seine Plünderungsmission sich dem Ende zuneigte. Er musste weg sein, bevor derjenige, der ihm entgegenkam, das Zelt betrat. Er schob den Rucksack hinten unter die Plane, legte sich dann schnell hin und kroch selbst hinaus.

Er schaffte es gerade noch rechtzeitig heraus. Buck erstarrte, um kein Geräusch zu machen, als zwei Männer das Zelt betraten.

Sie sprachen natürlich Spanisch und beschwerten sich darüber, dass sie das Frühstück für alle machen mussten. Zum Glück schienen sie nicht zu bemerken, dass etwas fehlte – sie hatten offensichtlich nicht viel Zeit im Küchenzelt verbracht, sodass sie nicht wussten, welche Vorräte normalerweise vorhanden waren.

Langsam schob Buck den Rucksack auf seinen Rücken und entfernte sich vorsichtig vom Zelt. Es gab noch mehr Dinge, die er gern mitgenommen hätte, aber er musste sich mit den Dingen zufriedengeben, die er sich hatte schnappen können.

So heimlich wie möglich schlich Buck durch die Bäume zurück zu der Stelle, an der er Mandy zurückgelassen hatte. Einen Moment lang geriet er in Panik, als sie nicht hinter dem großen Baum kauerte. Dann ließ ein leises Geräusch ihn herumwirbeln, und jeder Muskel in seinem Körper erschlaffte, als er sie sah. Sie hatte sich ein wenig vom Baum entfernt, lag auf der Seite und schnarchte leise.

Die Tatsache, dass sie sich sicher genug gefühlt hatte, um einzuschlafen, war ihm nicht entgangen. Oder vielleicht war es auch nur die schiere Erschöpfung. Was auch immer es war, er hatte ein schlechtes Gewissen, dass er sie wecken musste, aber sie mussten sich so weit wie möglich vom Rebellenlager entfernen, bevor sie sich wirklich ausruhen konnten.

Er legte ihr eine Hand auf die Schulter und schüttelte sie sanft.

Sie wachte sofort auf, die Augen vor Panik geweitet, als sie vor ihm zurückwich.

Buck fühlte sich schrecklich, dass er sie packen musste, um sie daran zu hindern, einen Laut von sich zu geben, und landete auf ihr, eine Hand auf ihrem Mund, bevor sie auch nur den kleinsten Quietscher von sich geben konnte.

»Tut mir leid!«, entschuldigte er sich sofort. »Es tut mir so leid. Geht es dir gut? Bist du jetzt wach?«

Als sie nickte, nahm er seine Hand schnell weg. »Habe ich dir wehgetan?«

»Nein. Tut mir leid. Ich wollte nicht einschlafen. Hast du die Sachen gefunden, die wir brauchen?«

Buck nickte. »Wir haben ein paar gute Sachen. Aber wir müssen gehen. Jetzt.«

Sie war auf den Beinen, fast bevor er zu Ende gesprochen hatte. Offensichtlich war sie mehr als bereit, einen Ort zu verlassen, der mit schrecklichen Erinnerungen verbunden war.

»Ich führe. Bleib mir dicht auf den Fersen. Halte dich am Rucksack fest, wenn du musst. Tritt dorthin, wo ich hintrete. Versuche, keinen Lärm zu machen, verstanden?« Er war besonders schroff, aber die Haare in seinem Nacken stellten sich auf. Draußen war es jetzt zu hell, selbst unter den Blättern. Sie mussten verschwinden.

»Ja.« Ihre Antwort war kurz und bündig.

Buck nahm sie beim Wort, drehte um und ging nach Norden. Sie würden in diese Richtung gehen und dann nach Osten zurückkehren. Das war ein langer Weg um das Lager herum, aber er wollte lieber auf Nummer sicher gehen.

Gerade als er dachte, dass sie es geschafft hatten, dass sie entkommen waren, ohne dass jemand wusste, dass jemand vom Hubschrauber zurückgelassen worden war, ertönte ein Schrei aus der Richtung des Lagers.

»Jemand war hier. Es fehlen Lebensmittel!«

»*Scheiße*. Wir müssen laufen«, sagte Buck. »Kannst du das machen?«

»Ja!«

Er zögerte nicht, sondern joggte einfach los. Sie waren immer noch viel zu nahe am Lager. Und an dem Geschrei, das er hörte, konnte Buck erkennen, dass die Rebellen sowohl wütend als auch aufgeregt waren.

Der Gedanke, dass sie Mandy in die Finger bekommen könnten, spornte ihn an, schneller zu laufen. Er konnte hören, wie sie hinter ihm schwer atmete, aber sie beschwerte sich nicht, sondern tat einfach ihr Bestes, um mit ihm Schritt zu halten.

Zumindest hatten die Rebellen keine Ahnung, wen oder wie viele Leute sie suchten oder in welche Richtung sie gingen. Wahrscheinlich dachten sie, sie suchten nach ein oder zwei Kindern – was wiederum zu ihren Gunsten war.

Doch je mehr Abstand sie schaffen konnten, desto besser war es für sie. Buck hatte keinen Zweifel daran, dass die Rebellen nicht so schnell aufgeben würden, aber er hoffte, dass sie irgendwann, wenn sie niemanden fanden, an sich selbst zweifeln würden ... in der Annahme, dass die Kinder vielleicht Nahrungsmittel gestohlen hatten, bevor sie gerettet worden waren, und die Suche einfach aufgaben.

Wie lange sie liefen, wusste Buck nicht. Aber erst als ihm auffiel, dass er Mandys Atem nicht hörte, schaute er hinter sich.

Sein Herz hörte buchstäblich auf zu schlagen, als er sie nirgends sah.

»Scheiße«, flüsterte er und drehte sich um, um zurückzugehen.

Er brauchte nicht weit zu gehen. Als er sie fand, wusste er

sofort, dass sie nicht mehr viel weiter kommen würden. Ihr Gesicht war knallrot von der Anstrengung und Tränen liefen ihr über das Gesicht.

»Es tut mir leid«, flüsterte sie. »Ich komme. Ich werde mich bessern.«

»Schhhh. *Mir* tut es leid«, sagte Buck zu ihr, während er einen Arm um ihre Taille legte und einen Teil ihres Gewichts nahm. »Ich habe dich.«

»Ich kann weitermachen. Ich brauchte nur eine Sekunde zum Durchatmen«, erklärte sie. »Und ich wollte dich nicht rufen, um dir Bescheid zu sagen, falls mich jemand hören könnte.«

Sie war schlau, aber Buck hatte trotzdem ein schlechtes Gewissen, weil er sich so sehr auf die Flucht konzentriert hatte, dass er gar nicht bemerkt hatte, dass sie zurückgeblieben war. Er schwor sich, es besser zu machen. Besser zu *sein*. Er war hier nicht mit einem seiner Night-Stalker-Piloten oder einem Soldaten einer Spezialeinheit unterwegs. Mandy war eine Zivilistin. Eine, die durch die Hölle gegangen war und sich dem Ende ihrer Kräfte näherte. Er würde sie nicht noch einmal im Stich lassen.

»Komm schon, ich bin mir ziemlich sicher, dass wir sie abgehängt haben. Wir müssen sowieso einen Ort finden, an dem wir uns verstecken können. Uns ausruhen. Etwas essen.«

»Bist du sicher? Was ist, wenn sie uns finden?«

»Das werden sie nicht.« Buck war sich nicht sicher, aber im Moment würde er alles sagen, was nötig war, um Mandy zu beruhigen.

Buck hielt seinen Arm um ihre Taille und lief wieder in die Richtung los, in die sie gegangen waren, bevor Mandy zurückfiel. Während sie gingen, hielt er Ausschau nach einem Ort, an dem sie sich für den Tag verkriechen konnten. Es war gefährlicher, nachts unterwegs zu sein, aber der Schutz der Dunkelheit würde auch helfen, sie zu verstecken, falls die Rebellen auf der Suche nach ihnen waren.

Am liebsten wäre Buck zurückgegangen und hätte jeden einzelnen dieser Mistkerle umgebracht. Es war ein blutrünstiger Gedanke, aber er konnte spüren, wie Mandy vor ihm zitterte. Sie hatten sie und die Kinder durch die Hölle gehen lassen, und sie verdienten es zu leiden. Aber seine einzige Sorge galt im Moment der Frau an seiner Seite. Dafür zu sorgen, dass sie überlebte. Sie in Sicherheit zu bringen.

Für Buck war es neu, jemandem, den er gerettet hatte, so nahe zu sein. Als Hubschrauberpilot bestand seine Aufgabe normalerweise nur darin, Menschen von einem Ort zum anderen zu transportieren. Jeder, der in irgendeiner Weise gefangen gewesen war, wurde normalerweise von einem Team von Spezialkräften begleitet. Er und seine Pilotenkollegen sprachen nur selten mit den Personen, die sie transportierten. Er fühlte sich in diesem Moment nicht in seinem Element. Er wusste nicht, was er sagen sollte, um Mandy zu beruhigen. Darin war er nicht gut. Er war gut im Fliegen, nicht darin, traumatisierte Opfer zu beruhigen.

»Wie geht es dir?«, fragte er und zuckte angesichts dieser dummen Frage sofort zusammen.

»Ganz gut«, sagte sie zu seiner Überraschung.

»Ich will nicht, dass du mir das erzählst, von dem du glaubst, dass ich es hören will«, antwortete Buck. »Wenn du dich beschissen fühlst, sag mir das. Wenn du Angst hast, will ich das wissen. Wir werden das nur überstehen, wenn wir ehrlich zueinander sind.«

Er war es gewohnt, mit seinen Night-Stalker-Brüdern auf Missionen zu gehen. Sie hatten kein Problem damit, die Dinge so zu sagen, wie sie waren. Manchmal waren sie vielleicht ein bisschen *zu* ehrlich. Aber eine Schwäche konnte das ganze Team in den Tod treiben, wenn sie nicht bearbeitet oder ans Licht gebracht wurde. Gemeinsam waren sie stärker als einzeln, und im Moment brauchte er Mandy als Teamkameradin. Sie waren ein Team bestehend aus zwei Personen.

»Wie geht es *dir*?«, fragte sie und stellte ihm so die gleiche Frage.

»Ich bin stinksauer. Nicht auf dich«, ergänzte er schnell, »sondern auf die Situation. Auf die Männer, die meinten, es sei in Ordnung, Kinder zu entführen und sie zu zwingen, Soldaten für ihre Sache zu werden. Ich bin irritiert, dass sie so schnell gemerkt haben, dass Dinge aus dem Küchenzelt fehlen. Ich mache mir Sorgen um dich. Es ist offensichtlich, dass du nicht genug gegessen hast, und ich will nicht, dass du aus Mangel an Nahrung in Ohnmacht fällst. Mir ist heiß und ich fühle mich unwohl in diesem Fluganzug. Und ich bin gestresst, weil wir einen Ort finden müssen, an dem wir uns verstecken können, damit du etwas zu essen bekommst und dich ausruhen kannst.«

Ihre Augen hatten sich geweitet, als er zu sprechen begann, und als er fertig war, starrte sie ihn mit einem Ausdruck an, den er nicht deuten konnte.

»Zu ehrlich?«, fragte er, während er auf sie herabblickte. Buck war nicht sehr groß, nur eins zweiundsiebzig, aber Mandy war dennoch winzig im Vergleich zu ihm. Sie reichte ihm nur bis zur Schulter, und mit seinem Arm um ihre Taille konnte er spüren, wie dünn sie war. Er machte sich Sorgen um ihren körperlichen *und* geistigen Zustand.

»Es beruhigt mich eigentlich, dass du dich mit all dem beschäftigst«, sagte sie. »Du wirkst so ... ich weiß nicht, wie ich es erklären soll.«

»Versuche es«, drängte Buck.

»Kompetent? Überlebensgroß? Du bist gekommen und hast uns alle aufgesammelt ... na ja, du hättest es getan, wenn ich nicht eine Idiotin gewesen und weggelaufen wäre.«

»Du warst keine Idiotin«, erwiderte Buck.

Sie zuckte mit den Schultern. »Ich habe Angst«, flüsterte

Mandy. »Und Hunger. Und Durst. Und ich habe mich an Stellen wund gescheuert, an denen ich mich noch nie wund gescheuert habe. Klamotten, die nie trocknen, sind *ätzend*. Und ich mache mir Sorgen um die Kinder. Wie es ihnen geht. Sie müssen verängstigt sein. Sie haben niemanden, der sie in den Arm nimmt und ihnen sagt, dass es ihnen gut geht, dass alles wieder gut wird.«

»Das Personal der Schule wird das nicht tun?«, fragte Buck. »Blair und Desmond?«

»Das werden sie. Aber ...«

Buck wartete, bis sie ihren Gedanken zu Ende gedacht hatte. Als sie nicht weitersprach, ermutigte er sie fortzufahren. »Aber?«

»Blair ist eine gute Leiterin, aber sie ist ein bisschen altmodisch. Ein bisschen strenger, als einige der Kinder es meiner Meinung nach brauchen. Sie liebt die Kleinen – Bibi ist einer ihrer Lieblinge geworden, sie ist vernarrt in sie. Aber Natasha und Michelle scheinen sie zu reizen. Das Gleiche gilt für Joseph, Michael und Andrew. Je älter die Kinder werden, desto distanzierter kann sie werden. Desmond ist großartig, aber er hat seine eigene Familie, sodass er nicht immer da ist, wenn die Kinder etwas brauchen könnten. Es gibt ehrenamtliche Mitarbeiter in Teilzeit, die abwechselnd nachts bei den Kindern bleiben, und das Personal, das in der Küche arbeitet und so, aber sie sind nicht so ... engagiert? Das ist nicht wirklich das Wort, das ich suche, aber mein Gehirn arbeitet im Moment nicht richtig. Die Kinder brauchen Umarmungen und die Gewissheit, dass sie in Sicherheit sind, und ich bin mir nicht sicher, ob sie das bekommen werden. Vor allem nicht die älteren Kinder.«

»Du liebst sie«, sagte Buck.

»Natürlich tue ich das«, sagte Mandy, ohne zu zögern. »Wenn ich sie alle adoptieren könnte, würde ich es tun. Aber ich kann es nicht. Ich kann ihnen lediglich bedingungslose

Liebe geben und versuchen, ihnen zu zeigen, dass sie nicht weniger wert sind als andere, nur weil sie keine Eltern haben.«

Buck war beeindruckt. Ja, manche Leute würden sie für naiv halten und ihr sagen, dass sie die Welt nicht verändern könne. Aber er bewunderte ihr Einfühlungsvermögen. Wie viel Liebe sie in ihrem Herzen für einen Haufen Kinder hatte, die von der Gesellschaft aufgrund ihrer Umstände als unwichtig angesehen wurden.

Er öffnete den Mund, um etwas zu erwidern, wurde aber von genau dem abgelenkt, wonach er gesucht hatte, während sie gingen. Er blieb stehen und sah sich in der Gegend um, um sich zu vergewissern, dass sie allein waren. Buck hatte niemanden gehört, der ihnen gefolgt war, aber da er sich mit Mandy unterhalten hatte, könnte er etwas übersehen haben.

Als er nichts Ungewöhnliches hörte und sah, schaute er Mandy an. »Bleib einen Moment hier, okay?«

Sie nickte, ohne zu zögern, und Buck war froh, dass sie ihn nicht infrage stellte. Er würde ihr alle Fragen beantworten, aber sie musste seine Befehle befolgen können, denn es konnte für sie beide buchstäblich um Leben und Tod gehen.

Er ließ sie neben einer Baumgruppe stehen und ging auf die Felsbrocken zu, die ihm ins Auge fielen. Die riesigen Felsen waren eigentlich ungewöhnlich für den Regenwald, aber er wollte nicht einfach weggehen, nur weil sie fehl am Platz waren. Sie brauchten beide einen trockenen Platz, um den Tag zu verbringen, und wenn er Glück hatte, bot die Formation genau das.

Zunächst musste er sich vergewissern, dass sich keine Tiere dort niedergelassen hatten.

Buck zog sein Armeemesser heraus und näherte sich langsam den Felsbrocken. Es dauerte nicht lange, bis er sah, dass es zwischen zwei von ihnen tatsächlich einen kleinen Raum gab, der einen perfekten Platz bot, um dem Wetter zu entkommen. Die Formation war mit Moos, Blättern und anderem Grün bedeckt, und er war überrascht, dass er die Felsen überhaupt entdeckt hatte. Auf den ersten Blick sahen sie nur wie ein weiterer kleiner Hügel im Dschungel aus. Ein weiterer überwucherter Haufen aus Wurzeln und Erde.

Das Glück war auf jeden Fall auf seiner Seite, denn auf der anderen Seite der Formation entdeckte er, dass das Wasser im Laufe der Zeit eine natürliche vertikale Rinne in einem der Felsen gebildet hatte. Frisches Wasser ließe sich leicht beschaffen, indem er eine der Konservendosen unter die Rinne stellte und das Regenwasser auffing, das durch die Vertiefung im Felsen geleitet wurde.

Buck eilte zu der Stelle zurück, an der er Mandy zurückgelassen hatte, wo sie auf unnatürliche Weise stillstand, so als hätte sie Angst, auch nur einen Muskel zu bewegen.

»Es ist okay«, sagte er sanft. »Komm, ich habe einen Ort gefunden, wo du dich den Tag über ausruhen kannst.«

Er nahm ihre Hand in seine, und wieder einmal fühlte es sich natürlicher an, als er je gedacht hätte. Er führte sie zu den Felsen und zeigte auf den kleinen höhlenartigen Raum. »Wenn wir gegessen haben, kannst du dort hineinkriechen und schlafen, solange du kannst.«

»Was ist mit dir?«

»Was ist mit mir ... was?«, fragte Buck.

»Wo wirst du schlafen?«

Er runzelte die Stirn. »Hier draußen.«

»Nein. Nicht akzeptabel.«

»Was? Warum nicht?«

»Ich werde nicht den einzigen Unterschlupf nehmen, wenn das bedeutet, dass du hier draußen im Regen stehst. Und erzähl mir nicht, dass es nicht regnen wird. Es regnet *immer*. Jeden verdammten Tag.«

»Mandy ...«, begann er, aber sie hob ihre Hand, die Handfläche zu ihm hin ausgestreckt.

»Nein. Das wird nicht passieren.«

Buck konnte sich ein Lachen nicht verkneifen. »Hast du mich gerade mit deiner Hand zum Schweigen gebracht?«

»Ja, weil du etwas Dummes sagen wolltest.«

Dieses ganze Gespräch war lächerlich, aber Buck musste trotzdem lächeln. »Du bist am Ende deiner Kräfte. Du brauchst eine Pause«, drängte er.

»Du auch. Mehr als ich, um ehrlich zu sein. Denn ohne dich bin ich hier draußen so gut wie tot, und wir beide wissen das. Du bist derjenige, der den Rucksack mit den Vorräten trägt. Du hast den Kompass. Du weißt, was du tust. Ich bin nur dabei. Ich kann damit umgehen, hungrig, müde, durstig oder was auch immer zu sein. Ich muss nur einen Fuß vor den anderen setzen. *Du* musst konzentriert bleiben. Uns in die richtige Richtung führen. Stark bleiben, damit du den Rucksack weiter tragen kannst. Ich bin hier nur zusätzlicher Ballast, Nash – du bist der Wichtigste.«

»Nein«, sagte er entschieden, »das stimmt nicht. Wenn ich mir ständig Sorgen mache, wie es dir geht, kann ich mich nicht mehr voll auf andere Dinge konzentrieren. Und wenn du vor Erschöpfung umfällst, kommt keiner von uns beiden aus diesem verdammten Dschungel heraus, denn ich werde dich nicht verlassen. Du musst dir also aus dem Kopf schlagen, dass du hier entbehrlich bist. Dass du nicht so wichtig bist wie ich. Ein Team ist nur so stark wie sein schwächstes Mitglied. Und ich habe nicht die Absicht, dass einer von uns schwach ist.«

Mandys Lippen waren hartnäckig aufeinandergepresst, und Buck war überrascht, wie sehr er das Sparring mit ihr genoss. Wenn man das als Sparring bezeichnen konnte. Und sie war verdammt reizend, wenn sie so herrisch war.

Sie war völlig durcheinander – schmutzig, verschwitzt ... sie hatte sogar einen Käferbiss mitten auf der Stirn – und Buck konnte nicht anders, als sich zu fragen: Wenn er sich *so* zu ihr hingezogen fühlte, wenn sie nicht in Bestform war, wie würde es dann wohl sein, wenn sie ausgeruht, nicht gestresst und sauber war?

Sie schaute ihn an, dann auf das Loch zwischen den Felsen, dann wieder auf ihn. »Du bist nicht riesig. Ich meine, es wäre vielleicht etwas anderes, wenn du eins neunzig groß wärst oder so. Aber ich denke, wir passen beide rein.«

Buck runzelte noch stärker die Stirn. »Nein.«

»Warum nicht?«

Buck konnte sich beim besten Willen keinen einzigen Grund vorstellen, warum sie es sich in diesem winzigen Raum nicht gemütlich machen sollten. Die Idee gefiel ihm sogar. Er versuchte, sich einzureden, dass es nur daran lag, dass er sie besser im Auge behalten konnte, wenn er sie im Arm hielt. Er könnte ihre Atmung und ihre Herzfrequenz überwachen. Dafür sorgen, dass sie sich bequem ausruhte. Und falls jemand auf sie stoßen sollte, könnte er leichter mit ihr kommunizieren und ihr sagen, was sie tun sollte, da sie direkt nebeneinander liegen würden.

»Gut«, fuhr sie fort, als ihm kein guter Grund einfiel, den Raum nicht zu teilen. »Wir werden essen und dann etwas schlafen. Und wenn es dunkel wird, können wir uns wieder auf den Weg machen. Ich habe allerdings noch eine Frage an dich.«

»Die wäre?«, fragte Buck.

»Was hältst du von Krabbeltieren?«

»Was?«

»Krabbeltieren«, sagte sie ganz sachlich. »Käfer. Spinnen. Schlangen. Denn wenn wir auf dem Boden unter den Steinen und Blättern liegen, krabbeln die Käfer auf uns. Das ist in dem Zelt in dem Lager passiert, in dem wir festgehalten wurden. Und ich denke, wenn es in einem Zelt passiert ist, dann wird es auch hier draußen in der Natur passieren.«

»Ich habe kein Problem damit. Solange uns nichts beißt, wird alles okay sein.«

Sie nickte. »Ja. Das habe ich den Mädchen auch gesagt.

Okay, was gibt es zum Frühstück? Oder Mittagessen oder was auch immer wir haben?«

Diese Frau. Je länger er in ihrer Nähe war, desto beeindruckender schien sie zu sein. Sie nahm die Dinge gelassen. Wäre er mit irgendjemand anderem zusammen gewesen, wäre derjenige wohl eher ausgeflippt. Darüber, schmutzig zu sein. Über das Ungeziefer. Darüber, auf dem Boden zu schlafen. Aber nicht Amanda Rush. Sie war einzigartig, und dabei war noch nicht einmal berücksichtigt, dass sie ihren Job gekündigt hatte, um Waisenkinder in einem Land zu unterrichten, das die meisten Menschen wahrscheinlich nicht einmal auf einer Karte finden würden.

Buck schwor sich auf der Stelle, alles zu tun, was nötig war, um dafür zu sorgen, dass sie nach Hause zurückkehrte, ohne dass ihr ein einziges Haar gekrümmt wurde. Das war das Mindeste, was er nach all dem, was sie durchgemacht hatte, tun konnte. Er würde alles tun, was nötig war, um das zu erreichen.

Und es war ihm nicht entgangen, dass »Zuhause« dieselbe Stadt war, in der *er* lebte. Es war ein riesiger Zufall ... aber andererseits glaubte er nicht an Zufälle.

»Ich bin mir nicht hundertprozentig sicher, was ich da gegriffen habe. Setz dich und wir sehen nach«, sagte er etwas unwirsch, weil er nicht zugeben wollte, dass er alle möglichen Gefühle spürte, die er noch nie zuvor erfahren hatte ... und dass ihn jedes einzelne davon verwirrte.

KAPITEL FÜNF

Amanda wünschte sich nichts sehnlicher, als in dieses Felsenloch zu kriechen und tagelang zu schlafen. Aber sie weigerte sich, das stereotype Stadtmädchen zu sein ... nicht in ihrem Element im Dschungel und deswegen weinerlich. Außerdem war alles, was sie Nash erzählt hatte, die Wahrheit gewesen. Sie brauchte ihn. Ohne ihn kam sie nicht aus dieser Sache heraus. Er musste stark bleiben, denn sie war es ganz sicher nicht. Sie war eine riesige Fessel um seinen Knöchel, und er musste sie bei jedem Schritt mitschleifen.

Ohne sie wäre er jetzt schon auf halbem Weg nach Guyana, daran hatte sie keinen Zweifel. Also würde sie tun, was nötig war, opfern, was sie musste, damit er stark blieb.

Es war nicht so, dass sie selbstlos war – sie wollte sich am liebsten eine der Dosen schnappen, die er aus dem gestohlenen Rucksack nahm, und sich die ganze Mahlzeit so schnell wie möglich in den Mund stopfen –, sondern sie war eher praktisch veranlagt.

Sie fühlte sich ein wenig unbeteiligt, als sie ihm dabei zusah, wie er die Dosen herauszog, die er gestohlen hatte. Gott sei Dank hatten sie alle Aufreißlaschen und brauchten keinen

Dosenöffner. Wäre das nicht ätzend gewesen, all diese Lebensmittel zu haben und nicht an sie heranzukommen?

Aber andererseits hatte er ja dieses riesige Messer. Mit dem Ding könnte er wahrscheinlich problemlos in eine schwache kleine Dose eindringen.

»Worüber lächelst du?«, fragte Nash, als er aufblickte.

»Eigentlich nichts.«

»Nein, komm schon. Sag es mir«, drängte er.

Amanda war sich nicht sicher, ob sie jemals einen Mann getroffen hatte, der so gern redete, wie Nash es zu tun schien. Der eine Frau ermutigte, ihm die ganze Zeit zu sagen, was sie dachte. Zugegeben, die Umstände waren im Moment ganz anders als sonst. Wahrscheinlich war er ganz anders, wenn er zu Hause bei seinen Freunden war.

Jetzt, da sie im Tageslicht waren, nahm sie sich die Zeit, ihn genauer zu betrachten. Seine Augen waren ungewöhnlich – sie hatten eine bläulich-grüne Farbe. Und seinem Blick nach zu urteilen sah er aus, als könnte er ihre tiefsten, dunkelsten Geheimnisse lesen. Seine Nase war ein wenig krumm, als sei sie irgendwann einmal gebrochen worden. Er hatte dunkles Haar, an den Seiten kurz, oben länger, und ein wenig Flaum im Gesicht. Und obwohl er einen dieser Fluganzüge trug, die vom Schritt bis zum Hals einen Reißverschluss hatten, konnte sie erkennen, dass er muskulös war.

Natürlich war der Fluganzug im Moment mit Dreck und Matsch bedeckt, weil er auf dem Boden herumgekrochen war. Er hatte Schlieren im Gesicht und seine Hände waren ebenso schmutzig. Amanda hatte das Gefühl, dass sie wahrscheinlich zehnmal schmutziger aussah als er.

»Bist du immer so?«, platzte sie heraus.

»Wie denn?«, fragte er, den Kopf auf hinreißende Art geneigt.

Nein. Nein, nein, nein. Sie durfte nicht anfangen, so über ihn zu denken. Er war ihr Retter. Mehr nicht. Sobald sie zurück in Guyana waren, würde sie noch ein paar Monate ihre Arbeit mit der Schule erfüllen, dann würde sie nach Hause zurückkehren und sich überlegen, was sie mit dem Rest ihres Lebens anfangen wollte.

»Gesprächig«, sagte sie kurz und bündig.

Nash lachte. »Ja. Das macht meine Freunde verrückt. Besonders meinen Co-Piloten Obi-Wan macht es verrückt.«

»Obi-Wan?«

»Ja. Er ist ein großer *Star-Wars*-Fan. Offensichtlich.«

»Ich nehme an, er wollte als Kind einen Starfighter fliegen.«

»Bingo«, sagte Nash mit einem Lächeln.

»Warum heißt du Buck?«

Zu Amandas Überraschung glaubte sie, seine Wangen erröten zu sehen. War sein Spitzname ihm peinlich?

»Das ist nicht sehr interessant«, sagte er. »Willst du grüne Bohnen oder Wachtelbohnen?«, fragte er und hielt zwei Dosen hoch.

»Ich will wissen, warum dein Spitzname Buck ist«, antwortete sie grinsend.

Nash seufzte. »Na schön. Ich habe in der Grundausbildung mit einem meiner Kampfgefährten gewettet, dass ich uns allen eines Morgens zehn Minuten mehr Schlaf verschaffen könnte.«

»Lass mich raten – für einen Dollar, also Buck?«

Nash grinste, und das ließ ihn so viel ... zugänglicher erscheinen ... als der ernste Soldat, der er bisher gewesen war. »Jup.«

»Hast du gewonnen?«

»Natürlich habe ich das. Ich habe mich an den CQ-Schalter geschlichen, während der diensthabende Ausbilder schlief, und habe den Wecker auf seinem Telefon geändert. Nicht viel, nur um zehn Minuten, aber es hat gereicht, um die Wette zu gewinnen ... und um meinen Spitznamen zu bekommen. Der Ausbilder hat nie herausgefunden, warum alle Gefreiten mich plötzlich Buck nannten, aber schließlich begannen er und alle anderen Ausbilder, mich auch so zu nennen. Das blieb hängen.«

»Wofür steht CQ?«

»Charge of Quarters, also praktisch die Verantwortung über die Kaserne. Die Ausbilder durften während des Nachtdienstes nicht schlafen, aber ich wusste, dass die Frau dieses Mannes gerade Zwillinge bekommen hatte. Und wenn er von der Arbeit nach Hause kam, bekam er wegen der Babys nicht viel Schlaf.«

Amanda lächelte. Die Geschichte war albern, aber hier mitten im Regenwald zu sitzen und zu versuchen, den Rebellen einen Schritt voraus zu sein, die sie sicherlich beide töten wollten, falls sie sie entdeckten, war eine schöne Dosis Normalität.

»Also, willst du grüne oder Wachtelbohnen?«

»Grüne. Bitte.«

Amanda versuchte, die Bohnen in der Dose nicht zu schnell zu essen, aber das war unmöglich. Sobald der erste Bissen ihre Geschmacksknospen traf, schaufelte sie sich die Dinger so schnell in den Mund, dass es lächerlich war. Sie war viel zu schnell fertig, und ihr Bauch fühlte sich fast aufgebläht an, trotz der geringen Menge, die sie gegessen hatte. Und weil sie so satt war, wurde sie auf einmal extrem müde. So müde, dass sie kaum noch die Augen offen halten konnte.

»Krieche ruhig rein«, sagte Nash sanft, während er ihr die nun leere Dose aus der Hand nahm.

Amanda merkte, dass sie schon seit einer gefühlten Ewigkeit fast katatonisch ins Leere starrte. »Du kommst doch auch mit, oder?«, fragte sie misstrauisch.

Nash lachte. »Ja, Ma'am. Sobald ich den Rucksack gesichert habe, damit kein Getier hineinkommt oder damit abhaut. Wenn du dich auf die Seite legen kannst, ist es für mich einfacher, zu dir reinzukommen.«

Sie nickte, dann kroch sie auf Händen und Knien in den kleinen Raum zwischen den Felsen.

Amanda beobachtete, wie Nash den Rucksack sicherte und

Steine darauf legte, wahrscheinlich nicht nur, um Tiere davon abzuhalten, in den Rucksack zu gelangen, sondern auch, um ihn zu tarnen. Die Deckel hatte er bereits in eine Tasche an der Außenseite des Rucksacks gesteckt, um keinen Müll zu hinterlassen, aber auch für den Fall, dass sie sie später für irgendetwas gebrauchen konnten, und um keine Spuren zu hinterlassen, falls die Rebellen nach ihnen suchten. Schließlich nahm er die leeren Dosen und stellte sie auf die Rückseite der Felsen.

Dann war er da. Quetschte sich in den kleinen Raum. Und sie fragte sich, ob sie überhaupt zusammen hineinpassen würden.

Das taten sie. Gerade so.

Nash hatte sich hinter ihr zusammengerollt und einen Arm um ihre Taille und den anderen unter ihren Kopf gelegt, um ihr eine Art Kissen zu geben.

»Ist das okay?«, flüsterte er. »Wenn nicht, kann ich auch draußen in der Nähe des Rucksacks schlafen.«

»Es ist in Ordnung«, sagte Amanda schnell und war selbst überrascht, wie *in Ordnung* es wirklich war. Sie war keine Kuschlerin. Das war sie nie gewesen. Sie neigte dazu, heiß zu laufen, und mochte es nicht, wenn jemand sie im Schlaf berührte. Aber jetzt? Obwohl es draußen verdammt heiß und feucht war, ihre Kleidung an ihrem schwitzenden Körper klebte und sie sich so schmutzig und ekelhaft fühlte wie noch nie in ihrem Leben ... fühlte sie sich sicher, wenn Nash sie im Arm hielt. Und nicht ganz so allein. Zum ersten Mal seit über zwei Wochen konnte sie ihre Deckung fallen lassen. Jemand anderen die Verantwortung übernehmen lassen, zumindest für den Moment.

»Danke, dass du uns geholt hast«, sagte sie mit kaum hörbarer Stimme. »Dass du mich nicht verlassen hast, selbst nachdem ich etwas extrem Dummes getan hatte.«

»Gern geschehen.«

Die beiden Worte waren einfach, aber herzlich und genau das, was Amanda hören musste.

Zum ersten Mal seit Langem schlief sie mit einem positiven Gefühl ein. Sie steckte immer noch tief in der Scheiße. Sie hatte noch einen weiten Weg vor sich, bevor sie wirklich sicher sein konnte. Aber mit Nash im Rücken, im wahrsten Sinne des Wortes, hatte sie das Gefühl, dass es möglich sein könnte.

Amanda war sich nicht sicher, was sie geweckt hatte. Oder sogar, wie spät es war. Aber es mussten mehrere Stunden vergangen sein, denn draußen war es nicht annähernd so hell, wie es beim Einschlafen gewesen war. Es sah aus wie zu der Zeit, kurz bevor die Sonne unter dem Horizont verschwand. Irgendwie grünlich und dunstig.

Sie war verschwitzt und klaustrophobisch. Dann erinnerte sie sich an den Grund. Der schwere Arm um ihre Taille erinnerte sie daran, wo sie war und mit wem sie zusammen war. Das leichte Schnarchen in ihrem Ohr war ebenfalls ein guter Hinweis. Sie lächelte, als sie Nashs tiefen Atemzügen lauschte, und war froh, dass er genauso wie sie etwas Schlaf bekommen hatte.

Doch dann ließ ein weiteres Geräusch ihr Lächeln erstarren. Sie legte den Kopf zurück, um Nash nicht zu wecken, es sei denn, es handelte sich um einen Notfall, und erstarrte.

Etwa einen halben Meter von ihren Köpfen entfernt war ein Fuchs. Er lag auf dem Boden und ignorierte den Regen, der auf ihn niederging. Er hatte den Kopf auf seine Pfoten gestützt und starrte sie mit unbewegten Augen an. Er war verfilzt und schmutzig, und er schien eine Art Verletzung am Kopf zu haben. In der Nähe seines Ohrs konnte sie etwas sehen, das sie für Blut hielt.

Aber er bewegte sich nicht. Er knurrte nicht. Er verhielt

sich nicht im Geringsten aggressiv. Er lag einfach nur da und starrte sie und Nash an.

Der Winkel, den Amanda hatte, war nicht gut. Nicht wenn sie auf der Seite lag und gegen einen Felsen gepresst war.

»Nash«, flüsterte sie, um den Fuchs nicht zu reizen. Wenn er beschloss, sie jetzt anzugreifen, wären sie aufgeschmissen. In dem engen Raum konnten sie sich nicht wirklich wehren.

Erstaunlicherweise weckte ihr leises Flüstern Nash sofort auf. Sein Arm straffte sich – und dann spürte sie, wie sich jeder Muskel seines Körpers an ihrem Rücken anspannte.

»Da ist ein Fuchs«, sagte sie, da er nicht denken sollte, dass die Rebellen dort waren oder so.

Sie spürte, wie er den Kopf hob, um zu sehen, wovon sie sprach, und zu ihrer Überraschung flüsterte er: »Hey, Junge. Was machst du denn hier?«

Amanda runzelte verwirrt die Stirn.

Zum Glück sprach Nash weiter.

»Das ist kein Fuchs. Es ist ein Hund. Ich habe ihn gesehen, als ich im Lager Vorräte holen wollte. Ich weiß nicht, ob er zu einem der Rebellen gehört oder was. Aber er sah nicht so aus, als sei er in guter Verfassung, und jetzt erst recht nicht.«

»Wie hat er uns gefunden? Glaubst du, es hat uns aufgespürt? Sind die Rebellen uns auf den Fersen?«, fragte Amanda, die die Panik in ihrer Stimme nicht verbergen konnte.

Daraufhin schlängelte Nash sich zwischen den Felsen hervor. Zu ihrer Überraschung fühlte sich Amanda, selbst wenn es sofort kühler wurde, auch ... haltlos.

Der Hund war schnell zurückgehuscht, als Nash sich bewegte, außerhalb seiner Reichweite. Aber er lief nicht weg. Amanda kroch aus dem Schutz der Felsen und krümmte den Rücken, um ihre schmerzenden Muskeln zu dehnen. Sie hatte sich daran gewöhnt, auf dem harten Boden zu schlafen, aber das hieß nicht, dass sie es mochte.

»Was macht er denn? Müssen wir von hier verschwinden?«, fragte sie.

»Ich weiß nicht, aber ich denke, wir sind okay. Soweit ich gesehen habe, hat sich niemand um den kleinen Kerl gekümmert. Ich bezweifle sehr, dass sie ihn darauf trainiert haben, Menschen zu verfolgen. Hey, Junge, hast du Hunger? Du siehst hungrig aus«, gurrte Nash.

Amanda hätte schwören können, dass ihr Inneres zuckte. Diesem erfahrenen Piloten zuzuhören, wie er mit dem erbärmlich aussehenden Hund in Babysprache redete, war süß.

Nash blickte sie an. »Wenn wir wieder anhalten, werde ich ein paar Fallen aufstellen und sehen, ob wir nicht etwas frisches Fleisch bekommen können. Aber ich würde mich wohler dabei fühlen, ein Feuer zu machen, um Fleisch zu kochen, sobald wir mehr Abstand zwischen uns und das Lager gebracht haben.«

Der Gedanke an frisches Fleisch ließ Amanda das Wasser im Mund zusammenlaufen. Sie war keine große Fleischesserin, aber im Moment sehnte ihr Körper sich nach Fett und Eiweiß. Sie nickte zustimmend.

»Im Moment wird es ein Frühstück aus Dosen mit ... was auch immer sein. Und Wasser.«

Nash ging um die Felsen herum, was den Hund dazu veranlasste, etwas mehr zurückzuweichen, und kam mit zwei Dosen voll Regenwasser zurück.

Es war ein bisschen albern, sich über etwas so Langweiliges wie Wasser zu freuen, vor allem wenn es unaufhörlich vom Himmel fiel, aber als er diese Dosen hielt, als seien es zarte Gläser, fühlte Amanda sich menschlicher als im Rebellenlager, als sie das Wasser aus ihren Händen hatte schlürfen müssen.

Als sie in ihre Dose schaute, sah sie, dass das Wasser klar und frisch war, anders als das, welches die Rebellen gesammelt hatten. Sie hatten ein System zum Auffangen von Wasser, aber es war immer voller Schmutz und Blätter gewesen. Und sie erlaubten ihr und den Kindern nicht, die Dosen als Becher zu benutzen.

Heute gab es zum Frühstück Oliven für sie und mehr Bohnen für Nash. Sie sparten sich das Hühnchen und Dosenfleisch für eine Zeit auf, in der ihre Körper die Nährstoffe wirklich brauchten.

Der Hund rührte sich nicht von der Stelle, als sie zu essen begannen. Aber mit dem Blick folgte er jeder Bewegung ihrer Hände.

Amanda konnte es nicht mehr aushalten. Sie beugte sich vor und hielt ihm eine Olive hin. »Willst du welche, Junge?«

Der Hund leckte sich die Lefzen, machte aber keine Anstalten, das Futter von ihr zu nehmen.

»Er wurde wahrscheinlich von den Rebellen misshandelt«, murmelte Nash leise.

»Ja«, stimmte Amanda zu. »Willst du es versuchen?«

»Sicher.« Aber in dem Moment, in dem Nash sich neben sie kniete und seine Hand ausstreckte, setzte der Hund sich auf und wich zurück. »Mist, er hat mehr Angst vor mir als vor dir. Wahrscheinlich weil ich ein Kerl bin. Versuch du es weiter.« Mit diesen Worten ging Nash zurück zu den Felsen, wo sie die Nacht verbracht hatten.

»Schon gut, er wird dir nichts tun«, sagte Amanda sanft zu dem Hund. Zu ihrer Erleichterung legte er sich wieder hin, anstatt in den Wald zu laufen. »Ich weiß, dass du diese Olive willst. Sie schmeckt zwar nicht besonders gut, aber wenn man Hunger hat, ist das ja auch egal, oder? Schau zu, ich esse, dann bist du dran. Hmmm, lecker. Hier ... jetzt nimmst du eine.«

Der Hund wollte das Futter. So viel war klar. Aber er war zu ängstlich, um näher zu kommen. Also ging Amanda das Risiko ein und warf ihm vorsichtig eine Olive zu.

Sie war kaum ein paar Zentimeter vor seinem Gesicht gelandet, als er sich bewegte. Er schnappte sie auf und ging wieder zurück, alles in einer Bewegung.

»Na bitte«, sagte Amanda mit einem kleinen Lachen. »Gut, nicht wahr? Hier, ich esse eine, dann bist du wieder dran.« Sie aß eine weitere Olive und warf dann dem Hund noch eine zu. Wieder verschlang er sie, als hätte er seit Wochen nichts mehr gefressen.

Zu ihrem Erstaunen rutschte der Hund auf dem Bauch nach vorn, näher zu ihr.

»So ist es gut. Komm her. Ich werde dir nicht wehtun. Wir können uns den Rest der Dose teilen. Denn ganz ehrlich? Oliven schmecken furchtbar. Aber nicht für dich, hm?« Sie setzte das einseitige Gespräch fort, immer in dem Bewusstsein, dass Nash hinter ihr stand, sie beobachtete und zuhörte.

Amanda hatte eine Schwäche für Kinder und Tiere. Besonders Streuner. Sie vermutete, dass manche Leute sie selbst als Streuner betrachten würden. Sie hatte keine Familie, irrte irgendwie ziellos umher und versuchte herauszufinden, was sie mit ihrem Leben anfangen sollte. Die Kinder in der Schule und im Waisenhaus waren auch wie Streuner. Sie taten ihr Bestes, um in dieser großen, ungerechten Welt zu überleben.

»Hier, wenn du die Oliven nicht magst, nimm meine Bohnen. Lass den Hund den Rest deines Frühstücks haben.«

Amanda drehte den Kopf und sah, dass Nash seine halb gegessene Dose Bohnen in der Hand hielt. »Du solltest das essen«, erwiderte sie. »Du brauchst die Kalorien.«

»Mir geht es gut. Wir werden heute Abend besser essen, sobald ich jagen kann. Wenn du die Oliven nicht magst, solltest du sie nicht essen, und wir können sie nicht verkommen lassen. Der Hund kann sie essen, und du kannst die Bohnen essen. Ich bin sowieso satt.«

Er erzählte nur Mist, aber Amanda war zum Weinen zumute, sowohl wegen seiner Freundlichkeit als auch wegen seiner Lüge, er sei satt. Sie bezweifelte ernsthaft, dass er nicht wenigstens ein bisschen Hunger hatte. Sie streckte die Hand aus und nahm ihm die Dose ab, wobei ihre Finger die seinen streiften. Ihre Blicke trafen sich, und die Zeit schien für einen Moment stillzustehen. Etwas Intensives spielte sich zwischen ihnen ab, aber es war so schnell vorbei, wie es begonnen hatte.

»Schau mal«, flüsterte Nash und nickte über ihre Schulter.

Amanda drehte den Kopf und konnte gerade noch verhindern, dass ein überraschtes Keuchen ihren Mund verließ. Der Hund war wieder nach vorn gekrochen, während sie mit Nash sprach, und lag nun direkt vor ihr. In greifbarer Nähe.

»Hey, Junge. Du magst diese Oliven, hm? Nash war so freundlich, dir zu erlauben, sie alle zu fressen.« Amanda nahm langsam die Dose mit den Oliven in die Hand und schüttete ein paar davon vor dem Hund auf den Boden. Er fraß sie genauso schnell wie die anderen und sah dann mit einem hoffnungsvollen Gesichtsausdruck zu ihr auf.

Sie kicherte. »Na gut, gib mir eine Sekunde.« Sie aß abwechselnd die Bohnen, die Nash ihr so uneigennützig angeboten hatte, und warf dem Hund eine Olive zu. Sie glaubte nicht, dass sie ihm den ganzen Rest der Dose auf einmal geben sollte, weil sie befürchtete, dass er sich den Magen verderben könnte.

Viel zu schnell waren sowohl die Bohnen als auch die Oliven weg.

Der Hund sah sie mit hoffnungsvollen Augen an, und sie fühlte sich schrecklich, weil sie ihm nichts anderes geben konnte. »Es tut mir leid, aber das ist alles, was wir haben. Wir haben alles aufgegessen.«

Zu ihrem großen Entsetzen rutschte der Hund näher und begann, den Saft von ihren Fingern zu lecken. Es wäre süß gewesen, wenn es nicht so traurig gewesen wäre. Der Hund war so begierig auf Kalorien, dass er bereit war, das letzte bisschen Brühe von ihren Fingern zu lecken.

Amanda traf eine blitzschnelle Entscheidung und goss etwas von dem Wasser, das Nash in der Nacht zuvor aufgefangen hatte, in die Olivendose und schüttelte sie leicht, um das Wasser mit dem restlichen Olivensaft zu vermischen. Dann kippte sie die Dose so, dass der Hund mit der Zunge die Flüssigkeit erreichen konnte. »Wie wäre es mit Wasser mit Olivengeschmack?«, fragte sie.

Bevor sie ihren Satz beenden konnte, stand der Hund auf, steckte seine Schnauze in die Dose und leckte eifrig nach dem Wasser.

Amanda drehte sich um und lächelte Nash an. »Er trinkt«, flüsterte sie begeistert.

»Das sehe ich«, antwortete Nash mit einem kleinen Grinsen.

»Braver Junge«, sagte sie zu dem Hund.

Nachdem er das Wasser ausgetrunken hatte, setzte er sich und starrte sie an.

»Das ist *wirklich* alles, was wir anbieten können«, sagte sie traurig. »Und wir müssen uns auf den Weg machen. Viel Glück, Junge. Pass dort draußen auf dich auf.«

Als könnte er das verstehen, wippte der Hund mit dem Kopf, drehte sich um und lief in die Bäume davon.

Amanda starrte ihm einen langen Moment nach, bevor sie tief durchatmete. »Gut. Ich muss pinkeln, und dann ist es wohl Zeit, dass unsere Naturwanderung beginnt, was?«

Sie war während des Sprechens aufgestanden, und als sie sich umdrehte, sah sie, dass Nash ebenfalls stand. Und er starrte sie mit einem Blick an, den sie nicht deuten konnte.

»Was?«, fragte sie und fuhr sich etwas verlegen mit der Hand über den Kopf. Sie wusste, dass sie fürchterlich aussah. Zum Glück hatte sie kurzes Haar, sodass es sich nicht vollständig in ein Vogelnest verwandelt hatte. Aber sie war immer noch schmutzig und stinkend und klatschnass – wieder einmal – vom Sitzen im leichten Regen.

»Du bist nicht das, was ich erwartet habe«, sagte Nash nach einem Moment. »Und bevor du fragst, ich bin mir nicht sicher, *was* ich erwartet habe. Vielleicht eher jemanden, der Angst hat. Schwächer ist. Mehr außerhalb seines Elements.«

Amanda konnte nicht anders. Sie lachte. »Ich habe wirklich große Angst. Und ich bin so weit außerhalb meines Elements, wie es nur geht. Aber ich habe gelernt, dass ich die Leute um mich herum, vor allem meine Schüler – und sogar mich selbst –, davon überzeugen kann, dass ich weiß, was ich tue, wenn ich es vortäusche.«

»Nun, du machst das gut. Ich mag deine positive Einstellung. Und die meisten Menschen würden in deiner Situation nicht einmal einen Teil ihrer kostbaren Nahrung an einen streunenden Hund abgeben.«

Amanda zuckte mit den Schultern. »Er hat es mehr gebraucht als ich. Ein paar Oliven werden für mich keinen großen Unterschied machen, aber für den Hund könnten sie die Welt bedeuten. Sie könnten ihm gerade genug Energie geben, um dorthin zurückzukehren, wo er hingehört. Um etwas Größerem und Stärkerem davonzulaufen, das ihn fressen will. Ich weiß nicht. Ich glaube einfach daran, dass gute Taten zehnfach zurückkommen. Außerdem, hast du seine Augen gesehen? Wie um alles in der Welt hätte ich da widerstehen können?«

»Was glaubst du, warum ich dir meine Bohnen gegeben habe?«, fragte Nash lächelnd. »Und ich schwöre, wenn der Hund sprechen könnte und mich bitten würde, alle Dosen zu öffnen und ihn alles fressen zu lassen, hätte ich, ohne zu zögern, zugestimmt.«

Amanda grinste. Sie mochte diesen Mann. Zugegeben, sie kannte ihn noch nicht lange und es war möglich, dass er ganz anders war, wenn er sich nicht in einer Krisensituation befand. Aber sie konnte nicht leugnen, dass sie sich zu dem Mann hingezogen fühlte, der er im Moment war.

Allerdings war dies weder der richtige Zeitpunkt noch der richtige Ort, um *irgendwelche* Gefühle für Nash zu hegen. Er machte einen Job – einen Job, den er gar nicht machen müsste, wenn sie nicht vorschnell beschlossen hätte, nach James zu suchen, anstatt sich zu vergewissern, dass er wirklich vermisst wurde.

Sie konnte die Vergangenheit nicht ändern. Das hatte sie im Laufe der Jahre gelernt. Sie konnte nur vorwärtsgehen. Ein Schritt nach dem anderen ... auch wenn jeder Schritt extrem schmerzhaft und einsam war.

Sie atmete tief durch und sah zu, wie Nash den Rucksack mit den spärlichen Vorräten schulterte. Dann griff sie nach einem Riemen, bevor sie ihre Wanderung durch den Dschungel wieder aufnahmen.

KAPITEL SECHS

»Warum bist du nach Guyana gekommen?«, fragte Buck Mandy ein paar Stunden später. Nicht lange nachdem sie aufgebrochen waren, fing es an zu regnen, und seine und Mandys Kleidung war durchnässt. Sie kamen nicht allzu schnell voran, denn das Gestrüpp im Dschungel war dicht, und er hatte nicht vor, einen der Pfade oder die gelegentliche Straße zu benutzen, auf die sie stießen. Und nicht nur das, es war jetzt auch völlig dunkel. Die Taschenlampe, die er aus dem Rebellenlager mitgenommen hatte, half nicht viel, um die Schwärze zu durchdringen. Das war auch gut so, denn er wollte für niemanden ein Leuchtfeuer sein, der vielleicht nach ihnen suchte, aber das machte es schwierig, schnell irgendwo hinzukommen.

Er hatte bereits die Entscheidung getroffen, dass sie nach dieser Nacht tagsüber weitergehen mussten. Sie sollten inzwischen weit genug vom Lager entfernt sein, damit es sicher war. Es war zu gefährlich, in der Dunkelheit weiterzumarschieren. Er selbst bevorzugte die Nacht – daran war er gewöhnt, da die meisten Night-Stalker-Missionen im Schutz der Dunkelheit stattfanden. Aber es war eine Sache, nachts von der Steuerung seiner MH-60 aus zu operieren, mit Nachtsichtgeräten, Radar und all der anderen ausgefeilten Technologie, die ihm half, in der Dunkelheit zu sehen.

Eine ganz andere Sache war es, mit einer Zivilistin, die bereits zwei Wochen in Gefangenschaft verbracht hatte, durch den Dschungel zu stapfen, mit einer gestohlenen Taschenlampe, deren Batterien jeden Moment leer sein konnten. Ganz zu schweigen davon, dass es nachts Viecher gab, die einen von ihnen mit einem Biss schneller töten konnten als ein Terrorist mit einer Panzerfaust.

Mandy hatte sich nicht beschwert. Kein einziges Mal. Und das gefiel ihm, aber es beunruhigte ihn auch. Sie hatte in der letzten Stunde nicht viel gesagt, und er machte sich Sorgen, dass sie ihm wieder einmal verheimlichte, wie es ihr ging. Er vermutete, dass diese Frau vor Erschöpfung in Ohnmacht fallen würde, bevor sie auch nur einen Pieps von sich gab.

Sie hielt sich an einem der Riemen des Rucksacks fest, damit sie nicht von ihm getrennt wurde. Ein paarmal, wenn er abrupt angehalten hatte, war sie direkt in ihn hineingelaufen und hatte sich danach ausgiebig entschuldigt, obwohl es definitiv nicht ihre Schuld war.

Buck wünschte sich nichts sehnlicher, als anzuhalten, aber ein sechster Sinn sagte ihm, dass sie noch nicht weit genug weg waren. Dass sie weitergehen mussten, nur für den Fall. Er hatte nicht das Gefühl, dass sich Rebellen in unmittelbarer Nähe aufhielten, also brauchten sie nicht zu schweigen, sondern nur wachsam zu sein.

Und deshalb hatte er Mandy die Frage gestellt, warum sie nach Guyana gekommen war. Er war neugierig auf sie, und er hatte das Gefühl, dass viele Amerikaner nicht die geringste Ahnung hatten, wo das Land überhaupt lag.

»Mandy?«, fragte er, als sie nicht antwortete. Ein Blick über die Schulter verriet ihm, dass sie mit geschlossenen Augen ging. Es war nicht so, als hätte sie mit offenen Augen viel sehen können, aber das Vertrauen, das sie ihm entgegenbrachte, war fast überwältigend. Buck würde sich noch mehr anstrengen, um sie nicht zu enttäuschen.

»Schläfst du?«, fragte er mit einem kleinen Lachen.

»Schhh«, sagte sie lächelnd, ohne die Augen zu öffnen. »Ich tue so, als sei ich am Strand und würde einen angenehmen Spaziergang machen, der in meinem Hotelzimmer enden wird, wo ich in eine riesige Jacuzzi-Badewanne steige, nachdem ich die riesige Mahlzeit gegessen habe, die ich beim Zimmerservice bestellt habe.«

Jetzt musste Buck lächeln. »Mit einer großen Tasse Kaffee.«

»Und einem Stück Erdnussbutter-Schokoladenkuchen.«

»Brot mit Knoblauchbutter.«

»Ein halb gares Steak.«

Bucks Lächeln wurde breiter. So sehr ihm das Reden über Essen auch auf den Magen schlug, es machte auch irgendwie Spaß. »Also ... Guyana?«, fragte er, immer noch neugierig auf die Antwort auf seine Frage.

Sie seufzte, und als er wieder hinschaute, sah er, dass ihre Augen jetzt offen waren.

»Eines Tages nach der Arbeit – einem sehr harten Tag, an dem ich angespuckt worden war, ein Elternteil mich wegen etwas zusammengeschissen hatte, mit dem ich nichts zu tun hatte, und mein Direktor mich zurechtgewiesen hatte – war ich zu Hause und scrollte in den sozialen Medien herum, als ein Video meine Aufmerksamkeit erregte. Zuerst habe ich die Augen verdreht, denn es erinnerte mich an die Werbespots für den Tierschutzverein, in denen all diese Tiere in beklagenswertem Zustand gezeigt werden – du weißt schon ... wo Welpen im Schnee zittern, während der Sprecher erzählt, dass auch du mit nur zweiunddreißig Cent pro Tag helfen kannst, ein misshandeltes und vernachlässigtes Tier zu retten. Je länger ich mir den Film ansah, desto interessierter wurde ich. Ich klickte auf die Webseite und sah weitere Bilder. Nicht von traurig aussehenden Kindern, die im Dreck sitzen und erbärmlich aussehen ... sondern von glücklichen Kindern, die herumlaufen und lächeln. Sie spielten nicht mit elektronischen Geräten, trugen keine teure Kleidung ... die meisten hatten nicht einmal Schuhe an. Aber sie schienen zufrieden zu sein. Im Gegensatz zu meinen Schülern, die an den meisten Tagen nur genervt schienen, weil sie ihre Handys im Unterricht weglegen mussten. Ich habe so viel wie möglich recherchiert und mich dann an Blair gewandt. Sie schien begeistert zu sein, dass ich Interesse hatte, mich ihnen anzuschließen. Sie erklärte mir, dass ihre kleine Mischung aus Schule und Waisenhaus nicht von der Regierung unterstützt wird und sie nur mit privaten Spenden auskommt. Sie erklärte weiter, dass ich, wenn ich käme, eine ehrenamtliche Mitarbeiterin sei, also warnte sie mich vor, dass ich sicherstellen müsse, es mir leisten zu können.«

»Ich dachte nicht, dass Lehrer viel Geld verdienen«, sagte Buck, nicht um unhöflich zu sein, sondern aus echter Neugier.

»Das tun sie nicht«, sagte Mandy, »aber meine Eltern sind bei einem Autounfall ums Leben gekommen, als ich siebzehn war. Ein betrunkener Autofahrer ist mit über hundert Stundenkilometern auf der Autobahn mit ihnen zusammengeprallt. Es gab ein Gerichtsverfahren und eine Online-Spendenaktion für ihr einziges Kind ... mich. Einen Teil des Geldes habe ich für das College verwendet, den Rest habe ich gespart, und seitdem hat es nur Zinsen angesammelt. Ich hatte genug, um meinen Job in Norfolk zu kündigen und etwas Neues und Aufregendes zu tun. Es sollte nicht mein neues Leben für immer sein, aber ich brauchte dringend eine Veränderung.«

»Das ist wirklich eine Veränderung«, sagte Buck trocken.

Mandy lachte hinter ihm. »Ja. Die Sache ist die, hier unten

zu sein, mit diesen Kindern zu interagieren ... das hat mir meine Liebe zum Unterrichten zurückgegeben. Sie sind alle so wissbegierig, saugen jede Information auf, die man ihnen gibt, und sie haben so viel Liebe in ihren Herzen. Es gibt nichts Schöneres, als an der Tür mit einer riesigen Umarmung und einem ›Guten Morgen, Miss Mandy!‹ begrüßt zu werden. Zumindest ist mir dadurch klar geworden, dass ich, sobald ich nach Hause zurückkehre, eine Fortbildung machen möchte, damit ich einen Job mit jüngeren Kindern bekommen kann. Gegen die Mittelstufe ist nichts einzuwenden, aber ich glaube, meine Leidenschaft gilt dem Unterrichten von Kindern jüngeren Alters.«

»Das ist großartig«, sagte Buck.

»Ja. Du bist dran. Erzähl mir von dir. Von deinem Co-Piloten, der *Star Wars* liebt. Wie genau bist du dazu gekommen, einen Hubschrauber nach Südamerika zu fliegen, um einen Haufen Kinder zu retten?«

»Offenbar hat der Vizepräsident Verbindungen zu Guyana. Er hat hier nach dem College mit dem Friedenskorps gearbeitet. Als das Weiße Haus von der Entführung einer Gruppe von Waisenkindern erfuhr, drängte er darauf, etwas zu unternehmen. Und Obi-Wan und ich waren dieses Etwas. Wir meldeten uns freiwillig, während der Rest unseres Teams nach Mexiko ging, um beim Wiederaufbau nach dem Orkan zu helfen.«

»Es gab einen Orkan?«, fragte Mandy. »Ich bin so gern hier unten, aber ich fühle mich so weit entfernt von allem. Die Pause von den sozialen Medien ist großartig, ich vermisse sie nicht, aber ich habe das Gefühl, dass ich nicht so gut informiert bin, wie ich es sein sollte. Mit wie vielen anderen Piloten arbeitest du zusammen?«

»Wir sind zu sechst. Casper und Pyro fliegen normalerweise zusammen, ebenso wie Chaos und Edge.«

»Ich wollte auch immer so einen knallharten Spitznamen haben«, sagte Mandy mit einem Seufzer.

»Glaub mir, die sind meistens nicht so cool, wie sie sich anhören. Du weißt schon, wie ich meinen bekommen habe.«

»Ich weiß, aber es klingt trotzdem beeindruckend, und das ist es, was zählt, oder? Ich meine, wenn ein Hund Fluffy heißt, macht das einen ganz anderen Eindruck, als wenn er Killer heißt, auch wenn er keiner Fliege etwas zuleide tun würde.«

Buck lachte. »Stimmt. Also, was würdest du wählen? Als Spitznamen?«

»Ich weiß nicht. Viper? Shadow? Storm?«

»Rebel«, platzte Buck heraus, ohne zu wissen, woher er das Wort hatte, aber sobald es seinen Mund verlassen hatte, merkte er, wie gut es passte. »Du widersetzt dich den Erwartungen, kämpfst gegen alle Widrigkeiten und tust, was du willst, auch wenn es gegen das geht, was die Gesellschaft für normal oder richtig hält.«

Als er zu Mandy zurückblickte, sah er, dass sie lächelte.

»Rebel. Das gefällt mir. Erzähl mir mehr von deinen Freunden.«

»Casper ist unser Teamleiter. Er hat einen Zwillingsbruder, der ein Navy SEAL ist. Er und unsere Mechanikerin Laryn haben vor Kurzem festgestellt, dass sie perfekt zueinanderpassen.«

»Oh, das ist cool.«

»Das ist es. Weil Laryn fantastisch ist. Sie ist nicht nur die beste Hubschraubermechanikerin des Landes, sie ist jetzt auch wegen Casper an unsere Einheit gebunden. Sie wird also nirgendwo hingehen.«

»Du weißt, wie furchtbar das klingt, oder?«, fragte Mandy kichernd.

»Ja. Aber im Ernst, die Frau hat Fähigkeiten. Und weil Casper kürzlich zwei Hubschrauber zerstört hat, ist sie sehr beschäftigt.«

Mandy atmete scharf ein. »Zwei?«

Die Zeit verging wie im Flug, als Buck ihr die Umstände der

beiden Zwischenfälle mit dem Hubschrauber seines Teamleiters erklärte. Dann erzählte er ihr alles über seine anderen Teamkameraden.

Als er zu Obi-Wan kam, tat er sein Bestes, um seine Beziehung zu dem Mann zu erklären, dem er täglich sein Leben anvertraute. »Wenn man im Cockpit sitzt, mitten in einer Mission, und es draußen stockdunkel ist, hat man nur die Instrumente vor sich, um zu wissen, wohin man fliegen muss und was vor sich geht. Da ist es ganz wichtig, dass man der Person, die neben einem sitzt, vertraut. Obi-Wan ist ... er ist wie mein Bruder. Wir verstanden uns auf Anhieb, als wir unserer neuen Einheit zugeteilt wurden. Es gibt niemanden, dem ich mehr vertraue.«

»Wird er sauer sein, dass du jetzt hier bist? Dass du nicht mit ihm gekommen bist?«, fragte Mandy leise.

Buck zögerte, beschloss aber schließlich, ehrlich zu sein. Sie war durch die Hölle gegangen und verdiente das. »Die Sache ist die – wir sollen unseren Hubschrauber nicht verlassen. Unter *keinen* Umständen. Casper hat das auf der Mission getan, von der ich dir vorhin erzählt habe, und er wird sich dafür den Rest seines Lebens selbst in den Arsch treten, weil Laryn dadurch entführt werden konnte.«

»Aber er hat diese SEALs gerettet, richtig?«

Buck nickte. »Ja, das hat er. Deshalb hat er es auch getan. Es liegt nicht in unserer DNA, tatenlos zuzusehen, wie jemand unter unserer Aufsicht verletzt wird oder stirbt. Du hast gefragt, ob Obi-Wan verärgert sei, dass ich dir hinterhergelaufen bin, und die Antwort lautet nein. Er wäre wahrscheinlich *noch* wütender, wenn ich zurück in den Hubschrauber gestiegen wäre und dich hier draußen allein gelassen hätte. Ich habe nicht daran gezweifelt, dass er die Kinder und die Soldaten zurück über die Grenze fliegen kann. Außerdem weiß ich, dass er auch jetzt noch alles in seiner Macht Stehende tut, um zu uns zurückzukommen.«

»Aber so einfach ist das nicht«, vermutete Mandy.

»So einfach ist das nicht«, bestätigte Buck. »Aber Obi-Wan wird nicht sauer sein, dass ich zu dir gelaufen bin. Das kann ich garantieren. Mein Boss? Bei ihm könnte es anders aussehen.«

Mandy zerrte an seinem Rucksack, woraufhin er stehen blieb und sie ansah.

»Was? Geht es dir gut?«

»Du bekommst Ärger für das, was ich getan habe?«, flüsterte sie entsetzt.

»Nein.«

»Aber du hast gesagt ...«

»Ich kann mit dem Oberst umgehen. Ich habe eine blitzschnelle Entscheidung getroffen, die ich keine einzige Sekunde bereue. Als Night-Stalker-Pilot muss ich im Handumdrehen Entscheidungen über Leben und Tod treffen. So gut wie bei jeder Mission. In jedem Moment, in dem ich in der Luft bin. Das Leben der Männer und Frauen, die ich transportiere, liegt ständig in meinen Händen. Ein Moment, in dem ich an mir oder meinem Co-Piloten zweifle, könnte den Tod aller bedeuten. Ich habe die Entscheidung getroffen, dich zu verfolgen, und ich stehe dazu, weil es die richtige Entscheidung war. Außerdem glaube ich nicht, dass der Oberst viel sagen wird, denn schließlich warst du der einzige Grund, warum wir die Kinder holen konnten.«

»Es fällt mir immer noch schwer, das zu glauben«, sagte Mandy. »Ich meine, ich bin ein Niemand. Auf jeden Fall nicht wichtig genug für eine Rettung.«

»Falsch. Du bist Amerikanerin. Du warst der Grund, warum die Mission genehmigt wurde. Du warst der Grund, warum der Vizepräsident den Papierkram absegnen konnte, der nötig war, um Obi-Wan und mich hierherzubringen. *Du* warst das Ziel, Rebel. Wie würde es aussehen, wenn wir ohne dich zurückkämen?« Buck durchsetzte die letzte Bemerkung mit etwas Humor, in der Hoffnung, sie wenigstens ein bisschen zum Lächeln zu bringen.

Es funktionierte. Irgendwie.

Sie schenkte ihm ein kleines Lächeln, doch gleich darauf kehrte die Sorge in ihren Ausdruck zurück. »Danke, Nash. Im Ernst.«

»Gern geschehen.« Er hatte nicht vor, ihr Bedürfnis zu ignorieren, ihre Dankbarkeit auszudrücken. Sie war überwältigt, so viel war klar. »Ich denke, es ist Zeit, dass wir anhalten«, sagte er und wechselte das Thema.

»Aber es ist doch noch dunkel«, antwortete sie verwirrt. »Ich dachte, wir müssen im Dunkeln laufen, um uns zu verstecken.«

»Das mussten wir. Zumindest als wir in der Nähe des Lagers waren. Aber ich denke, wir sind inzwischen weit genug entfernt, dass wir uns jetzt ausruhen und morgen bei Tageslicht weitergehen können. Wir müssen wachsam sein und aufpassen, ob noch jemand hier draußen ist, aber wenn es draußen hell ist, kommen wir schneller voran. Ich denke, wir halten an, schlafen etwas und machen uns dann gegen Mittag auf den Weg, nachdem ich uns dieses riesige Steak mit Erdnussbutterkuchen gemacht habe, von dem du vorhin gesprochen hast.«

»Und einen Kaffee für dich«, sagte sie mit einem neckischen Funkeln in den Augen.

»Das auch. Komm, lass uns sehen, ob wir ein weiteres Versteck finden, so wie beim letzten Mal. Obwohl ich vermute, dass wir nicht ganz so viel Glück haben werden.«

Und einfach so überkamen Buck die Erinnerungen. Wie gut er mit dieser Frau in seinen Armen geschlafen hatte. Es machte keinen Sinn. Er hatte schon viele gefährliche Missionen hinter sich, sogar solche, die schiefgelaufen waren wie diese, als er mit Zivilisten im Schlepptau vor dem Feind hatte fliehen müssen. Aber noch nie hatte er jemanden so beschützen wollen wie Mandy. Und er war sich nicht sicher warum.

Es war ihm ein wenig unangenehm. Aber in letzter Zeit hatte er das Gefühl, dass er in einem Trott steckte. Zu sehen, wie glücklich Casper mit Laryn war, zwang ihn dazu, bestimmte Aspekte seines Lebens zu überdenken – vor allem die Tatsache, dass er fast vierzig war und den Rest seines Lebens nicht allein verbringen wollte.

Bedeutete das, dass er die erste Frau heiraten würde, die ihm gefiel? Nein. Aber er war offener für die Möglichkeit, dass eine neue Beziehung zu einer langfristigen Sache werden könnte. Etwas, das er in der Vergangenheit nie wirklich in Erwägung gezogen hatte. Verdammt, er hatte seit Jahren keine Beziehung mehr gehabt.

War er froh, dass er diese Zeit mit Mandy hatte, um sie kennenzulernen? Nein, denn die Umstände waren beschissen. Er hätte sie viel lieber in Virginia getroffen, sie zum Kaffee eingeladen, zum Mittagessen, ins Kino. *Irgendetwas.* Aber es war, wie es war. Er hatte schon vor langer Zeit gelernt, das Leben zu nehmen, wie es kam. Buck hatte keine Ahnung, was in den nächsten Tagen passieren würde. Einer von ihnen könnte krank werden oder sich verletzen. Sie könnten von den Rebellen gefunden werden. Oder es würde nichts passieren, und sie würden müde und schmutzig in Guyana ankommen, bereit für die Mahlzeit, von der sie geträumt hatten.

Sich darüber Sorgen zu machen würde ihre derzeitige Situation nicht besser machen. Sie konnten die Dinge nur einen Tag nach dem anderen angehen.

Unsicher, ob er über seine Gefühle für die Frau in seinem Rücken jetzt weniger verwirrt war, machte Buck sich wieder auf den Weg, immer auf der Suche nach einem Ort, an dem sie sich für den Rest der Nacht verkriechen konnten. Sie hatten in den nächsten Tagen einige anstrengende Wanderungen vor sich, und sie brauchten dringend benötigten Schlaf, wo und wann immer sie ihn bekommen konnten.

Amanda war verwirrt.

Das konnte sie zugeben, aber nur vor sich selbst.

Die Situation war beschissen, und sie konnte nicht anders, als sich ständig Vorwürfe zu machen, weil sie hier war. Es war schließlich ihre Schuld. Hätte sie sich die kostbaren Sekunden genommen, um selbst zu überprüfen, ob James sich wirklich verirrt hatte oder nicht, wäre sie jetzt mit den anderen Kindern zurück in der Schule und Nash hätte sich ihretwegen nicht in Gefahr begeben müssen.

Aber gleichzeitig, obwohl sie außerhalb ihres Elements war und hungrig, müde und schmuddelig ... hatte sie keine schlechte Laune. Und das war *völlig* verkorkst.

Nash bei sich zu haben machte einen großen Unterschied aus. Ohne ihn wäre sie in großen Schwierigkeiten gewesen. Aber er *war* hier. Und sie vertraute ihm vollkommen, dass er das tun würde, was für sie beide am besten war. Die Wanderung durch die Nacht hatte dieses Vertrauen nur noch weiter gestärkt. Sie konnte nichts sehen und musste sich an seinem Rucksack festhalten in dem Wissen, dass er sie nicht in einen reißenden Fluss oder direkt in die Hände der Rebellen führen würde.

Nash war so anders als die anderen Männer, die sie kannte. Schroffer. Kantig. Aber auch lustig und beschützend. Sie mochte ihn. Und zwar sehr. Und das beunruhigte sie. Denn sie war sich nicht sicher, ob ihre Situation, die Tatsache, dass sie sich auf ihn verließ, ihre Gefühle verdrehte. Sie wollte nicht glauben, dass das der Fall war, aber sie war sich nicht ganz sicher.

Wären sie zu Hause, würde Nash sie wahrscheinlich

nerven, wenn er das Kommando übernähme, so wie er es hier draußen tat. Aber das war es, was sie im Moment brauchte. Sie brauchte sein Fachwissen.

Wie gestern Abend zum Beispiel. Er hatte ihr gesagt, sie solle sich an einen Baum lehnen und sich entspannen, während er den potenziellen Platz für ihre Rast auskundschaftete, den er gefunden hatte. Die Amanda aus Virginia hätte protestiert, darauf bestanden, dass sie helfen konnte. Aber die Amanda, die sie hier draußen war, war absolut bereit und dankbar, sich hinzusetzen und auf seine Rückkehr zu warten.

Diesmal handelte es sich nicht um eine Felsspalte, sondern um eine Lücke zwischen zwei riesigen Baumstämmen, deren Baumkronen dicht übereinander lagen. Wieder einmal perfekt für eine Person, aber eng für zwei. Und wieder bestand Amanda darauf, dass er bei ihr blieb. Für ihre eigene Vernunft. Sie würde nie schlafen können, wenn sie nicht sicher sein konnte, dass sie nicht allein war.

Sie hatte keine Ahnung, wie spät es war, als sie aufwachte, aber die Sonne lugte schon durch die Bäume um sie herum. Ausnahmsweise regnete es nicht, und dafür war sie *mehr* als dankbar. Sie machte sich keine Illusionen darüber, dass ihre Kleidung tatsächlich trocknen würde, wenn man bedachte, wie feucht es war, aber es fühlte sich wie ein Geschenk an, nicht nass zu werden.

Nash war wieder an ihren Rücken gepresst, und wieder einmal hasste sie es nicht. Der Mann verwandelte sie in eine Kuschlerin. Sie spürte, wie er sich bewegte, und lächelte ein wenig, als er »Morgen« murmelte, bevor er aus dem kleinen Raum kletterte, in den sie gezwängt waren.

Aber erst als er sagte: »Heilige Scheiße«, wachte Amanda vollständig auf. In der einen Sekunde schwebte sie in diesem Zwischenzustand, bevor man aus dem Bett musste, und in der nächsten floss ihr Adrenalin, sie setzte sich auf und war bereit ... etwas zu tun. Laufen, kämpfen ... sie war sich nicht sicher was.

Sie schaute sich hektisch um, um herauszufinden, was Nash so überrascht hatte, und blinzelte, als sie denselben Hund sah, mit dem sie am Tag zuvor ihr Essen geteilt hatten, der nicht allzu weit entfernt saß. Er starrte sie mit demselben flehenden Blick an wie gestern.

Sein Fell war immer noch verfilzt, und er sah immer noch ziemlich erbärmlich aus, aber Amanda hätte schwören können, dass sie in dem Gesichtsausdruck des Hundes Anerkennung sah.

»Was macht er hier?«

»Ich schätze, er ist uns gefolgt«, sagte Nash achselzuckend.

»Im Dunkeln? Durch den Dschungel?«, erwiderte sie skeptisch.

»Es gibt viele Fälle von streunenden Hunden, die sich in der Wildnis an Gruppen von Menschen hängen. Ich erinnere mich an ein Buch über einen Hund hier in Südamerika – ich *glaube*, es war Südamerika –, der einer Gruppe von Männern und Frauen folgte, die eine Art extremes Wettrennen zu Fuß machten. Und dann gibt es noch *Ruf der Wildnis*, *Sein Freund Jello*, *Wolfsblut* ... und eine Menge anderer belletristischer Bücher, an die ich mich jetzt nicht mehr erinnern kann, in denen es um treue Hunde geht.«

»Warte, ich habe das Buch gelesen. Das erste, von dem du gesprochen hast. Arthur war der Hund, richtig?«

»Keine Ahnung, aber wenn du es sagst, dann ist es so.«

»Dieser Hund sieht so ähnlich aus wie der aus der wahren Geschichte. Glaubst du, er ist eine Art Terrier?«

Nash legte den Kopf schief und betrachtete den Streuner genauso aufmerksam, wie das Tier sie beobachtete. »Vielleicht. Aber er ist größer als ein Terrier. Ich würde schätzen, dass er bei richtigem Gewicht um die zwanzig Kilo wiegen müsste. Im Moment sieht er eher wie zehn aus. Lange Beine, struppiges

Fell, kurze Ohren ... wer weiß, was er für einen Stammbaum hat. Er könnte zum Teil Wolf oder Luchs sein.«

»Genauso wie man nicht sagen kann, welche Farbe er unter dem ganzen Dreck hat«, sagte Amanda mit einem Schnauben. »Er ist genauso schmutzig wie ich. Er braucht einen Namen ...«, sinnierte sie.

»Ich weiß nicht, ob das eine gute Idee ist«, warnte Nash sie. »Ihm einen Namen zu geben. Wahrscheinlich werden wir ihn nach heute Morgen nicht mehr wiedersehen, wenn wir uns zu weit von dem Ort entfernen, von dem er gekommen ist.«

»Du hast selbst gesagt, dass du glaubst, die Rebellen hätten ihn mitgebracht. Und sie waren gemein zu ihm. Warum sollte er dorthin zurückkehren wollen? Und er ist wahrscheinlich genauso verloren wie wir. Nicht dass wir verloren wären, aber du weißt, was ich meine. Ich denke, wir sollten ihn Rain nennen. Weil wir ihn gefunden haben, oder er uns, im Regenwald.«

»Scheint angemessen.«

Amanda war erleichtert, dass Nash nichts weiter über das Verschwinden des Hundes sagte oder darüber, ihm lieber keinen Namen zu geben. Sie war bereits in die erbärmlich aussehende Kreatur verliebt. Sie war sich bewusst, dass es nichts Gutes bringen würde, wenn sie sich emotional an den Hund band, aber im Moment war für sie alles außerhalb der Norm. Da konnte sie sich genauso gut anpassen.

»Hey, Rain. Wie hast du uns gefunden? Du führst doch sonst niemanden zu unserem Standort, oder?«, gurrte Amanda.

Natürlich reagierte der Hund nicht, sondern legte nur den Kopf schief, während er Amanda zuhörte.

»Ich werde nachsehen, ob wir in der Falle, die ich gestern Abend aufgestellt habe, etwas gefangen haben«, sagte Nash zu ihr. »Kommst du hier allein zurecht, während ich weg bin?«

»Ich werde nicht allein sein«, erwiderte Amanda. »Ich habe Rain.«

»Genau. Wenn etwas passiert, schrei einfach. Ich bin im Nu wieder da, okay?«

»Danke. Das werde ich.«

Nachdem Nash gegangen war, fühlte Amanda sich nicht mehr so gestresst wie sonst, denn sie hatte wirklich nicht das Gefühl, allein zu sein. Es war albern, denn es war nicht so, als könnte der Hund etwas tun, wenn ein Rebell aus den Bäumen sprang und sie angriff. Aber einfach jemanden zu haben, mit dem sie reden konnte, mit dem sie sich austauschen konnte, auf den sie sich konzentrieren konnte, anstatt über ihre juckende Haut, ihren leeren Bauch und die verwirrenden Gedanken nachzudenken, die ihr über den Mann durch den Kopf gingen, der sein eigenes Leben riskiert hatte, um bei ihr zu bleiben, hielt sie ruhig.

Die ganze Zeit, in der Nash weg war, unterhielt Amanda sich mit Rain. Es ging nicht um etwas Bestimmtes, aber die Art, wie der Hund sie ansah und ab und zu den Kopf neigte, als würde er wirklich zuhören, gab ihr das Gefühl, dass er sie wirklich verstehen konnte.

Als Nash zurückkam, ließ Rain sie wissen, dass jemand in der Nähe war, kurz bevor er wieder auftauchte. Der Hund drehte den Kopf und schaute in die Richtung, aus der er kam, noch bevor Amanda seine Schritte hörte.

Rain schien nicht beunruhigt oder besorgt über sein Wiederauftauchen zu sein, und Amanda hoffte, dass dies ein gutes Zeichen war. Dass der Hund sich an Nash gewöhnt hatte. Ihr war nicht entgangen, wie misstrauisch er am Vortag in Nashs Nähe gewesen war. Sie hasste es, darüber nachzudenken, warum das so war. Weil er wahrscheinlich in der nicht allzu fernen Vergangenheit von Männern misshandelt worden war.

»Erfolg!«, sagte Nash mit einem Lächeln, während er ein Stachelschwein hochhielt.

Amanda war hin- und hergerissen. Sie hasste es, wenn ein

Tier getötet wurde, aber allein der Gedanke an das Fleisch, das sie bald essen würden, ließ ihren Magen knurren. Lautstark.

So laut, dass Rain die Ohren spitzte.

Nash lachte. »Es wird nicht lange dauern, bis ich es kochfertig habe. Willst du sehen, ob du ein paar Stöcke finden kannst, die nicht durchnässt sind?«

Jetzt war Amanda an der Reihe zu lachen. »Ernsthaft? *Alles* ist nass. Ich eingeschlossen.«

Sobald die Worte ihren Mund verlassen hatten, wollte sie sie zurücknehmen. Sie klangen viel zu anzüglich. Aber alle Hoffnungen, dass Nash ihre unbeabsichtigte Anspielung durchgehen lassen würde, zerschlugen sich, als sein Lächeln breiter wurde und eine seiner Augenbrauen nach oben wanderte.

»Tut mir leid, das kam falsch rüber«, sagte sie und spürte, wie ihre Wangen heiß wurden.

Zum Glück brachte er sie nicht länger in Verlegenheit. »Schau unter den Blättern. Und unter anderen Zweigen, die auf dem Boden liegen könnten. Alles, was unter anderen Dingen begraben ist, wird nicht ganz so feucht sein.« Dann sah er zu Rain hinüber und sagte: »Pass auf sie auf, Junge.«

Als hätte der Hund genau verstanden, was Nash sagte, stand er auf und sah aus, als wartete er geduldig darauf, dass Amanda auf die Suche nach Holz ging, damit er genau das tun konnte, was Nash verlangte – auf sie aufpassen.

»Geh nicht weit weg«, warnte Nash.

Das brauchte er ihr nicht zu sagen. Amanda wollte den Mann, der zu ihrem Rettungsanker geworden war, nicht aus den Augen lassen. Sie war sich bewusst, dass es wahrscheinlich nicht gesund für sie war, sich so sehr an jemanden zu binden, der sie verlassen würde, sobald sie wieder in Guyana ankamen. Aber sie konnte nicht anders. Er war nicht nur freundlich und offensichtlich kompetent im Dschungel ... er war auch noch gut aussehend.

Sie kam sich wie eine Heuchlerin vor, weil sie so dachte, obwohl es schwer war, es nicht zu tun. Den Mann anzusehen, dessen Fluganzug wegen des ständigen Regens an seinem Körper klebte, war nicht gerade eine Qual. Aber sie wäre genauso dankbar und erleichtert gewesen, dass sie bei diesem ... Abenteuer ... nicht allein war – konnte sie es überhaupt als Abenteuer bezeichnen, wenn es etwas war, das sie sich nicht ausgesucht hatte? –, wenn der Mann, der bei ihr geblieben war, vierzig Kilo Übergewicht gehabt hätte und genauso wenig in seinem Element gewesen wäre wie sie.

Sie konzentrierte sich auf die anstehende Aufgabe und machte sich auf die Suche nach Ästen und Stöcken, die trocken genug waren, um ein kleines Feuer zu machen.

Sie ging mehrmals zwischen den Bäumen um sie herum hin und her, wo Nash das Tier häutete und ausweidete. Als er fertig war, hatte sie eine anständige Menge an Stöcken für ein Feuer gefunden.

Der anerkennende Ausdruck auf seinem Gesicht wärmte Amanda von innen heraus. Mit den Streichhölzern, die er aus dem Küchenzelt gestohlen hatte – was beeindruckend war, da alles so feucht war –, entfachte er schnell ein Feuer und erhitzte die kleine Pfanne, die sie ebenfalls von den Rebellen gestohlen hatten.

Der Geruch des kochenden Fleisches war fast eine Qual. Amanda spürte förmlich, wie ihr das Wasser im Mund zusammenlief. Das Stachelschwein schien riesig zu sein, als sie es zum ersten Mal gesehen hatte, aber angesichts der Menge an Fleisch in der Pfanne war ihr klar, dass es nur ein paar ordentliche Bissen für jeden von ihnen geben würde.

Sogar Rain war ganz auf das Feuer konzentriert, genauer gesagt auf das, was darüber kochte. Er leckte sich ständig die Lefzen und sabberte, während er geduldig darauf wartete, dass das Fleisch fertig wurde.

»Iss langsam«, ermahnte Nash sie, als er die Pfanne vom

Feuer nahm. »Das Fleisch ist nicht nur heiß, du willst dir auch nicht den Magen verderben. Es wäre nicht gut, wenn du es erbrechen müsstest.«

Amanda nickte, wandte aber den Blick nicht von dem Fleisch ab. Einige Minuten später hatte es aufgehört zu brutzeln und war so weit abgekühlt, dass Nash es für unbedenklich hielt, und sie war mehr als bereit, es zu probieren. Sie hatten keinerlei Gewürze oder Salz – aber als das Fleisch ihren Geschmacksnerv traf, war es eines der besten Dinge, die sie je in ihrem Leben gegessen hatte.

Hunger zu haben veränderte alles. Wie sie das Essen, die Portionen, die Welt als Ganzes betrachtete ... und es ließ jegliches Zögern, das sie vielleicht verspürt hatte, für immer verschwinden.

Während sie aß, war sie sich der Aufmerksamkeit des Hundes bewusst. Sein Blick war auf ihre Finger gerichtet, die sie nach jedem Bissen ableckte, und auf ihren Mund, während sie kaute. Nach einem Moment überkam Amanda ein schlechtes Gewissen. Rain war wahrscheinlich genauso hungrig wie sie, vielleicht sogar noch hungriger.

So sehr sie sich auch den Rest des Fleisches in den Mund schieben wollte, riss sie ein kleines Stück ab und hielt es dem Hund entgegen.

»Mandy«, warnte Nash sie, aber sie ignorierte ihn. Was sie tat, war nicht klug. Aber sie konnte den Hunger des Hundes genauso wenig ignorieren, wie sie eines der Kinder in der Schule ignorieren konnte, wenn es nach einem schlechten Tag eine Umarmung brauchte.

Rain zitterte aufgrund seines Wunsches, das Fleisch zu nehmen, aber die Angst hielt ihn zurück. Er wollte nicht die zwei Schritte machen, die nötig gewesen wären, um nahe genug heranzukommen und das Essen aus ihren Fingern zu nehmen.

Amanda hätte ihm das Fleisch zuwerfen können, aber sie

wollte nicht, dass es im Dreck landete. Was dumm war, denn Rain hätte es bestimmt nicht interessiert ... aber sie konnte es einfach nicht tun. Also schnappte sie sich einen Stein in der Nähe und legte das Fleisch darauf, dann schob sie es so nahe wie möglich an Rain heran.

In dem Moment, in dem sie sich zurücklehnte, bewegte der Hund sich, schnappte sich das Fleisch und schluckte es, ohne zu kauen.

Amanda kicherte. »Hast du das überhaupt geschmeckt, Junge? Komm schon, du musst langsamer fressen, es genießen.«

Sie schätzte es, dass Nash nichts sagte, während sie ihre Portion weiter mit Rain teilte. Nach jedem kleinen Bissen riss sie ein kleineres Stück ab, um es dem Hund zu geben.

Nach einem Moment sagte Nash: »Du hast ein weiches Herz.«

Amanda zuckte mit den Schultern. »Er braucht es genauso sehr wie ich.«

»Er fängt wahrscheinlich Nagetiere oder so etwas. Wahrscheinlich bekommt er mehr Kalorien als du.«

Aber das war Amanda egal. Es war ein gutes Gefühl, für ein anderes Lebewesen sorgen zu können. Sie war nicht in der Lage, sich selbst zu versorgen, und war auf Nash angewiesen, um ihre Grundbedürfnisse zu befriedigen. Es gefiel ihr, dass sie das Gleiche für den Hund tun konnte. »Noch ein Stück, dann ist alles weg«, erklärte sie, als sie ihm das letzte kleine Stück Fleisch hinhielt. Sie hatte ihren letzten Bissen gegessen, und so sehr sie auch den Rest in ihrer Hand essen wollte, konnte sie dem kleinen Hund diesen Luxus nicht verwehren.

Als sie sich vorbeugte, um das Fleisch auf den Stein zu legen, trat Rain vor. Er nahm ihr das Fleisch so behutsam aus den Fingern, als hätte ihn jemand darauf trainiert, genau das zu tun.

Amanda drehte sich zu Nash um. »Hast du das gesehen? Er hat es mir direkt aus der Hand genommen!«

»Ich habe es gesehen, Rebel.« Dann nickte er dem Hund zu.

Als Amanda den Kopf drehte, sah sie, dass Rain fast direkt neben ihr stand.

Langsam führte sie ihre Hand zu seiner Brust hinauf. Sie wusste es besser, als zu versuchen, seinen Kopf zu tätscheln. Sie streichelte das verfilzte Fell an seinem linken Vorderbein. »Hey, Junge. War das gut? Fängst du an, mir ein bisschen mehr zu vertrauen?«

Sie konnte spüren, wie er zitterte, aber er ließ ihre Berührung zu. Er versuchte nicht, sie zu beißen, und rannte nicht davon. Einen Moment lang spürte sie, wie er sich in ihre Hand lehnte, dann, als hätte er es sich anders überlegt, wich er wieder zurück, aus ihrer Reichweite.

»Hier. Ich dachte mir, wir drei könnten uns eine Dose Oliven teilen«, sagte Nash und hielt ihr eine Dose hin, die er bereits geöffnet hatte.

Wir drei. Obwohl er es missbilligte, dass sie ihr Essen mit Rain teilte, schimpfte er nicht mit ihr und sagte ihr, wie dumm sie sei, das wenige, das sie hatten, zu verschwenden. Stattdessen machte er ihr klar, dass er wusste, dass sie ihr Essen weiterhin mit dem Streuner teilen würde.

Seltsamerweise war Amanda in diesem Moment so glücklich wie schon lange nicht mehr. Was verrückt war. Sie hatten sich mitten im Dschungel verirrt, zusammen mit einer Gruppe verärgerter Rebellen, die vielleicht gerade auf der Jagd nach ihnen waren, vielleicht aber auch nicht. Sie war völlig verdreckt, durstig, hatte Schmerzen vom vielen Laufen und vom Schlafen auf dem Boden ... und doch reichte die einfache Freude darüber, einen vollen Bauch zu haben und sich ein wenig das Vertrauen des streunenden Hundes zu verdienen, um sie wirklich zufrieden zu machen.

Ganz zu schweigen von dem Mann, mit dem sie gestrandet

war. Er gab ihr das Gefühl, dass sie ihre Wachsamkeit ablegen konnte. Sich nicht so sehr um die nächste Minute, Stunde oder den nächsten Tag sorgen zu müssen. Was auch immer passierte, sie würden es gemeinsam herausfinden.

Er würde sie zurück nach Guyana bringen, daran hatte sie keinen Zweifel.

»Danke«, sagte sie leise. »Dass du mich nicht anschreist, weil ich ihn füttere. Dass du so viel Geduld mit mir hast und weißt, was zu tun ist, wenn ich absolut keine Ahnung habe.«

»Gern geschehen. Iss das ruhig, während ich das Feuer lösche und versuche, alle Spuren zu beseitigen, die wir hier hinterlassen haben. Zumindest so gut wie möglich.«

Amanda wollte helfen, aber sie wollte auch nicht im Weg sein. Also tat sie, worum er sie bat, setzte sich auf ihren Platz, aß eine Olive und warf Rain eine zu – und lachte, als er sie in der Luft auffing –, bevor sie Nash eine der kleinen Leckereien hinhielt.

Er schockierte sie zu Tode, als er sich hinunterbeugte und die Olive mit seinem Mund von ihren Fingern nahm.

Er lächelte und hielt seine Hände hoch, die mit Ruß und Schmutz bedeckt waren, weil er versucht hatte, die Glut des Feuers zu löschen.

Das Gefühl seiner Lippen auf ihren Fingern war schockierend intim. Und Amanda spürte es zwischen ihren Beinen. Es war überraschend und so unpassend für die Situation, dass es sich fast falsch anfühlte.

Fast.

Es war nicht so, dass sie ernsthaft in Erwägung zog, mit dem Mann Sex zu haben.

Zumindest nicht, wenn sie auf der Flucht durch den Dschungel waren. Nicht bevor sie sich den Dreck der letzten Wochen vom Körper geschrubbt hatte. Sie hatte Bücher gelesen, in denen der Held und die Heldin auf der Flucht wilden Affensex in einem Dschungelbach hatten, aber das kam ihr immer ein bisschen eklig vor. Sie konnte nicht verstehen, wie die Figuren in einer solchen Situation überhaupt an Sex *denken* konnten.

Aber plötzlich verstand sie es. Sie wollte zwar nicht tatsächlich *sofort* Sex haben, aber der Funke, den sie spürte, als er ihr die Oliven von den Fingern nahm, öffnete ihr die Augen.

Als die Dose mit den Oliven leer war, hatte Nash das Feuer gelöscht und sie waren bereit weiterzugehen. Aus irgendeinem Grund widerstrebte es Amanda, diese kleine Oase im Dschungel zu verlassen. Es war nichts Besonderes, nur ein paar weitere Quadratmeter in der riesigen Wildnis, aber sie hatte das Gefühl, dass ihre Welt sich an diesem Ort um die eigene Achse gedreht hatte.

Die Fortschritte mit Rain, die plötzlichen und unerwarteten sexuellen Gefühle, die sie für Nash hatte, und natürlich eine weitere Erinnerung an den Schlaf in seinen Armen. Amanda war verwirrt und auch ein wenig wütend, dass all das *jetzt* passierte. Tausende von Kilometern von ihrem Zuhause in den Staaten entfernt, mit einem Mann, mit dem *jede* Art von Beziehung wahrscheinlich unmöglich wäre, und das auf der Flucht vor den Leuten, die sie entführt hatten. Das war nicht fair.

Aber andererseits war das Leben auch nicht fair. Man musste einfach mit dem umgehen, was einem in den Weg gelegt wurde, so gut man konnte.

Mit einem Seufzer versuchte Amanda, ihre aufkeimenden Gefühle für Nash aus ihrem Kopf zu verdrängen. Er hatte einen Job zu erledigen. Sie musste sich darauf konzentrieren, nicht vor Erschöpfung umzufallen. Darauf, was passieren würde, sobald sie wieder in der Schule ankam. Darauf, wie glücklich sie sein würde, all die Kinder wiederzusehen.

Sie gingen los, und dieses Mal musste Amanda nicht so dicht bei Nash bleiben, da sie sehen konnte, wohin sie ihre Füße setzte. Es gab keinen Grund, sich bei Tageslicht an seinem Rucksack festzuhalten.

Amanda ignorierte den Schmerz der Enttäuschung und blickte hinter sich, als sie den Bereich verließen, in dem sie geschlafen hatten.

Am Tag zuvor war Rain nach dem Essen weggelaufen. Aber heute? Er war da und folgte ihnen, als sei es das Normalste der Welt.

Sie konnte nicht anders als zu lächeln, während sie ging. Das Leben war nicht perfekt, es war manchmal verdammt hart. Aber die Anwesenheit des Hundes erinnerte sie daran, dass es Schönheit auf der Welt gab. Sie musste nur aufmerksam genug sein, um sie zu sehen.

KAPITEL SIEBEN

Fünf Tage später war Buck mit den Fortschritten, die sie machten, zufrieden. Mandy hielt sich viel besser als erwartet. Sie sagte nicht viel, während sie sich fortbewegten, aber das war gut so, denn so konnte er auf Anzeichen achten, dass sie verfolgt wurden oder dass die Rebellen es geschafft hatten, ihnen mit ihren Lastwagen voraus zu sein.

Man musste kein Genie sein, um zu wissen, dass jeder, der ihnen entkommen war, versuchen würde, über die Grenze zu kommen. Aber Buck war sich immer noch nicht sicher, ob die Entführer wussten, dass jemand den Rettungshubschrauber verpasst hatte oder nicht. Es war möglich, dass *niemand* nach ihnen suchte. Dass sie angenommen hatten, einige der Kinder hätten Lebensmittel aus der Küche gestohlen. Mandy hatte ihm erzählt, dass sie und die Mädchen ohne Begleitung im Zelt gewesen waren, wenn sie Mahlzeiten zubereiteten.

Das wäre das beste Szenario und das, zu dem Buck tendierte. Er hatte im Dschungel niemanden gesehen oder gehört, außer ihm und Mandy ... und Rain natürlich.

Der kleine Hund war zäh. Er hielt mit ihnen Schritt, als sie jeden Tag kilometerweit wanderten. Ab und zu verschwand er, und Buck konnte sehen, wie besorgt Mandy jedes Mal war, aber er tauchte immer wieder auf, die Zunge seitlich heraushängend, und trottete weiter, als sei er auf einem großen Abenteuer. Buck wünschte sich, der kleine Kerl könnte sprechen, denn er hätte sicher eine tolle Geschichte zu erzählen.

Die Konservendosen waren inzwischen knapp geworden, aber er hatte fast jede Nacht frisches Wild erbeuten können. Sie hatten ein Eichhörnchen, ein weiteres Stachelschwein und erstaunlicherweise sogar ein Pakarana gegessen. Buck hatte gar nicht gedacht, dass sie in diesem Teil des Regenwaldes zu finden waren, aber er hatte sich offensichtlich geirrt.

Ein Pakarana sah aus wie ein Meerschweinchen, mit schwarzem Fell, das an den Seiten mit weißen Punkten gesprenkelt war. Das Exemplar, das er gefangen hatte, war kleiner als gewöhnlich, was wahrscheinlich der Grund dafür war, dass er es in seiner Schlinge hatte fangen können. Normalerweise wogen sie um die zehn Kilo, aber dieses Exemplar war nur halb so schwer gewesen. Es lieferte dringend benötigtes Fleisch für alle drei.

Und ja, Buck betrachtete Rain jetzt als einen Teil ihrer Reisegruppe. Der Hund war immer noch misstrauisch, aber zumindest wich er nicht mehr jedes Mal zurück, wenn Buck aufstand oder sich bewegte.

Obwohl sie mit Lebensmitteln und Wasser gut zurechtkamen, da es ständig regnete und er jede Nacht ein Auffangsystem für die leeren Dosen einrichtete, war die Hygiene das dringlichste Problem.

Buck fühlte sich ekelhaft in seinem Fluganzug. Er hätte ihn schon längst ausgezogen, aber darunter trug er nur eine Unterhose und ein dünnes Trägerhemd. Er hatte den Reißverschluss geöffnet, um beim Gehen Luft zu bekommen, aber die nasse und feuchte Umgebung hatte seinen Füßen in den Stiefeln geschadet. Er hatte Wunden an Stellen, an denen er keine Wunden haben sollte, und war am ganzen Körper durch den

Anzug wundgescheuert. Er hatte abgenommen, seit sie unterwegs waren, und das Material war jetzt extrem unangenehm auf seiner Haut.

Und er wusste ohne Zweifel, dass es Mandy genauso ging. Sie trug Turnschuhe, und als sie sie neulich Abend auszog, hatte er sehen können, dass ihre Füße in demselben schlechten Zustand waren wie seine. Ihre Kleidung war zerrissen und voller Schmutz und Schweiß, und nachts, wenn sie sich zum Schlafen hinlegten, senkte sie sich vorsichtig ab und versuchte, nicht zusammenzuzucken. Sie musste am ganzen Körper blaue Flecke haben, weil sie auf dem harten Boden schlief.

So konnte es nicht weitergehen. Buck war sich nicht sicher, wie weit sie noch laufen mussten. Er hatte geschätzt, wie weit sie jeden Tag gekommen waren, und wusste, wie weit es noch bis zur Grenze war, aber da sie nicht in einer geraden Linie gingen, konnte es noch eine Woche dauern, bis sie Guyana erreichten. Mandy sagte, dass sie und die Kinder zwei Wochen lang gelaufen waren, um zum Rebellenlager zu gelangen, aber sie waren nur sehr langsam vorangekommen. Es war schwierig, mit dreiundzwanzig Kindern schnell zu gehen.

Es war eine Ironie des Schicksals, dass es, obwohl sie von Wasser umgeben waren – das jeden Tag vom Himmel fiel, Pfützen, durch die sie gingen, und sogar gelegentliche Teiche –, nichts Geeignetes zum Reinigen gab, abgesehen von den schnellen Abwaschungen, die sie jeden Morgen mit dem Regenwasser machten, das er über Nacht gesammelt hatte. Alles, was sie nicht zum Trinken brauchten.

Als Buck also etwas hörte, was er für fließendes Wasser hielt, und zwar mehr als nur ein Rinnsal, traute er seinen Ohren zunächst nicht. Aber er konnte sich ein breites Grinsen nicht verkneifen, als er plötzlich vor einem ziemlich großen Bach mit schnell fließendem Wasser stand. Noch erstaunlicher war, dass sich nicht weit von ihm entfernt ein kleines Becken gebildet hatte, weil ein großer Baum über den Bach gestürzt war und das Wasser umgeleitet hatte.

»Heiliger Strohsack, wie sollen wir denn da dran vorbeikommen?«, fragte Mandy, als sie neben ihm auftauchte und mit großen Augen auf das Hindernis starrte, das ihnen im Weg stand.

Sie verstand nicht, wie viel Glück sie in diesem Moment hatten.

»Wir werden nicht drum herum gehen. Wir gehen *hindurch*«, sagte Buck, der immer noch grinste. »Es ist zwar kein Whirlpool, aber das ist das Beste, was ich im Moment tun kann.« Er erinnerte sich daran, dass sie vor ein paar Tagen gesagt hatte, dass sie sich wünschte, am Strand zu sein, in einem Hotel mit Whirlpool.

Ihre Augen weiteten sich, als ihr klar wurde, was all das fließende Wasser bedeutete. »Ist es sicher?«

»Sicherer als die Tümpel, die wir bisher gesehen haben«, sagte Buck. »Komm schon«, lockte er sie und streckte seine Hand aus.

Er lächelte, als Mandy ihre Hand in seine legte, und führte sie zum Becken.

Er nahm den Rucksack ab, beugte sich hinunter, um seine Stiefel und Socken auszuziehen, holte sein Armeemesser und seinen Kompass aus den Taschen und ging dann mit seinem Fluganzug in das Wasserbecken.

»Nash!«, rief Mandy lachend.

»Was?«, fragte er, drehte sich um und lächelte sie an. »Meine Kleidung muss fast mehr gewaschen werden als ich. Ich meine ... ich könnte mich ganz ausziehen, wenn du das möchtest. Glaub ja nicht, dass es mir entgangen ist, wie du mir auf den Hintern gestarrt hast, Frau.« Er machte sich über sie lustig, aber die Röte auf ihren Wangen verriet ihm, dass er vielleicht näher an der Wahrheit war, als er dachte. Was in

Ordnung war, wenn man bedachte, dass er sich in den letzten Tagen *ihren* Hintern genau angeschaut hatte.

»Komm hier rein, Mandy. Das Wasser ist nicht zu kalt und es fühlt sich göttlich an!« Buck legte sich auf den Rücken und starrte auf das bisschen blauen Himmel, das er zwischen dem Blätterdach sehen konnte. Ausnahmsweise regnete es nicht, und mit jedem Schritt, den sie sich vom Lager der Rebellen entfernten, ohne ein Anzeichen dafür zu sehen oder zu hören, dass jemand hinter ihnen her war, wurde er zuversichtlicher, dass die Männer nicht wussten, dass sie nicht in den Hubschrauber gestiegen waren.

Mandy machte es ihm nach und beugte sich hinunter, um ihre Schuhe auszuziehen – nur die Socken ließ sie an –, und stieg mit ihm ins Wasser.

»Oh mein Gott, das fühlt sich *fantastisch* an!«, stöhnte sie.

Und das Geräusch ging direkt zu Bucks Schwanz. Es war gut, dass er immer noch seinen Fluganzug trug und unter Wasser war, denn nach all der Zeit, die sie zusammen verbracht hatten, wollte er sie auf keinen Fall misstrauisch machen. Und wenn sie seine Erektion sah, könnte sie denken, dass sie bei ihm nicht mehr sicher war.

Sie tauchte unter und blieb lange genug unter Wasser, dass Buck ein wenig besorgt wurde. Gerade als er sie wieder hochziehen wollte, stand sie auf, schüttelte den Kopf und spritzte Wasser in alle Richtungen.

Das Lächeln auf ihrem Gesicht veränderte sie. Bis zu diesem Moment hatte Buck Mandy noch nie unbeschwert gesehen. Aber sie jetzt zu sehen war, als würde man einen Schmetterling aus seinem Kokon schlüpfen sehen. Sie streckte die Arme seitlich aus und neigte den Kopf mit geschlossenen Augen zurück.

Sie war eine verdammte Göttin – und Buck wünschte sich nichts sehnlicher, als sie so zu verehren, wie sie es verdiente. Das Wasser ließ ihr T-Shirt und ihre Shorts auf eine Weise an ihrem Körper kleben, die er vorher nicht bemerkt hatte. Ja, sie war nass vom Regen, aber da war etwas ganz anderes zwischen zuvor und jetzt. Und er konnte den Blick nicht von ihr abwenden.

Nach einem Moment senkte sie den Kopf und die Arme, und als ihre Blicke sich trafen, hätte Buck schwören können, dass sich etwas zwischen ihnen aufbaute.

Er musste sich dringend auf etwas anderes konzentrieren als darauf, wie schön diese Frau aussah. Er ging in die Hocke und schaufelte etwas Sand vom Grund des Teiches auf. »Schau. Du kannst Sand als Peeling benutzen. Das ist nicht so gut wie Seife, aber es sollte helfen, zumindest ein bisschen.«

Natürlich wusste er, dass er von den Handgelenken bis zu den Knöcheln mit Stoff bedeckt war. Er musste zumindest das Oberteil seines Fluganzugs abstreifen, um seine Haut zu reinigen. Ohne nachzudenken, griff er nach dem Reißverschluss und zog ihn herunter, wobei er den Stoff von den Schultern schob und ihn im Wasser treiben ließ. Sein Trägerhemd war ekelhaft, und er zog es schnell nach oben und über den Kopf und seufzte erleichtert auf, als er das Wasser auf seiner nackten Haut spürte und seinen Oberkörper sozusagen »auslüften« konnte.

Er hockte sich wieder ins Wasser und strich sich mit dem Sand über die Arme, dann über die Brust und die Achselhöhlen und genoss die raue Abreibung der Körner auf seiner Haut. Er hatte aus reinem Instinkt gehandelt, wollte einfach nur sauber werden und genoss das improvisierte Bad, aber als Mandy ein Geräusch machte, sah er auf – und erstarrte.

Sie starrte ihn mit großen Augen an, und es sah nicht so aus, als hätte sie sich auch nur einen Zentimeter bewegt.

»Mandy? Geht es dir gut?«, fragte er.

Als sie nicht antwortete, wurde Buck nervös. Er bewegte sich auf sie zu, das Wasser plätscherte an seinen Hüften, sein

Fluganzug trieb hinter ihm. Erst als er weniger als einen halben Meter vor ihr war, verstand er ihren Gesichtsausdruck.

Verlangen.

Der Anblick verstärkte seine früheren Gefühle um das Zehnfache. Und jetzt, da er ihr so nahe war, konnte er sehen, was er vorher übersehen hatte. Ihre Pupillen waren geweitet, ihre Brustwarzen hart unter ihrem Hemd und ihrem BH. Sie bewegte sich, konnte aber den Blick nicht von seinem Oberkörper nehmen.

»Mandy?«, sagte er leise, denn er brauchte diese Frau in diesem Moment mehr, als er je etwas in seinem Leben gebraucht hatte. Er bewunderte sie. Respektierte sie. Er hatte Ehrfurcht vor ihr. Sie hatte sich in letzter Zeit durch einige sehr harte Situationen gekämpft, und das mit einer positiven Einstellung. Sie hatte sich nicht beklagt, hatte ihn kein einziges Mal seine Entscheidung bereuen lassen, ihr zu folgen, während Obi-Wan die Kinder in Sicherheit brachte.

Sie leckte sich über die Lippen, als sie den Blick langsam von seiner Brust hob. Das Verlangen in ihren blauen Augen entsprach dem, was er in seiner Seele spürte. Buck machte einen weiteren Schritt, der ihn bis auf wenige Zentimeter an sie heranbrachte. Sie war ein winziges Ding, und Buck fühlte sich in diesem Moment männlicher als je zuvor. Sie löste in ihm den Wunsch aus, alle ihre Drachen zu töten, sie vor allem und jedem zu beschützen, der es wagte, sie zu verletzen, sie als sein Eigentum zu beanspruchen.

Dies war weder der richtige Zeitpunkt noch der richtige Ort, und sie war extrem verletzlich. Er wollte nicht, dass sie etwas aus einem Gefühl der Verpflichtung oder Dankbarkeit heraus tat. Aber er konnte die Gefühle, die seinen Körper durchströmten, ebenso wenig ignorieren, wie er einem Tier oder einem Kind in Not den Rücken zuwenden konnte.

»Ich möchte dich küssen«, flüsterte er, »aber ich möchte,

dass du das auch willst. Nicht aus einem Gefühl der Verpflichtung oder Rückzahlung oder weil du denkst, du hättest keine andere Wahl.«

Er war sich nicht sicher, was er von ihr erwartet hatte. Vielleicht ein Nicken. Vielleicht dass sie errötete und den Blick senkte. Dass sie ihm vielleicht sagte, dass das keine gute Idee sei, was es sicherlich nicht war.

Er hatte allerdings *nicht* erwartet, dass sie den verbleibenden Abstand zwischen ihnen schloss, ihn mit einer Hand in seinem Nacken zu sich heranzog und ihre Lippen auf seine legte.

Was tat sie da? Amanda hatte keine Ahnung. Sie wusste nur, dass sie diesen Mann mehr brauchte, als sie atmen musste. Als er sich umdrehte und sie von der Mitte des Beckens aus anlächelte, war sie ihm, ohne zu fragen, gefolgt. Wenn er sagte, es sei sicher, darin zu baden, dann war es sicher, darin zu baden. Und sie hatte sich schon schwer damit getan, in ihm nicht mehr als einen Begleiter zu sehen, der sie zurück in die Sicherheit Guyanas brachte, aber als er den Reißverschluss seines Fluganzugs öffnete, als sei er ein Darsteller in einem Stripklub, der die Menge anheizte, konnte sie nur noch starren.

Als sei das nicht schon schlimm genug, hatte er auch noch sein Trägerhemd ausgezogen und seine wohlgeformte Brust und seine Bauchmuskeln entblößt. Sie fühlte sich wie eine Voyeurin, die etwas beobachtete, dessen Zeugin sie nicht sein durfte. Aber er schien es nicht zu bemerken, während er seinen Körper mit dem Sand auf dem Boden des Beckens abschrubbte. Dann stand er auf, und sein Körper war wieder zu sehen.

Der im Wasser schwimmende Fluganzug lenkte ihren Blick

direkt auf seine Hüften. Er war hart, seine Erektion drückte gegen die enge Unterhose, die er trug. Das Wasser war klar genug, um ihrer Fantasie nicht viel Raum zu lassen. Nash war vielleicht nicht der größte Mann der Welt, aber in Sachen Fortpflanzungsorgane hatte er mehr als genug zu bieten, das stand fest.

Amanda konnte nur dastehen, ihn anstarren und versuchen, die Lust zu kontrollieren, die ihren Körper durchströmte. Hatte sie nicht gerade daran gedacht, wie eklig Sex im Dschungel wäre? Aber jetzt war das alles, woran sie denken konnte. Zu ihm hinüberzugehen, seine Unterhose herunterzuziehen und seinen schönen Schwanz zu berühren und zu schmecken.

Er könnte etwas zu ihr gesagt haben, aber ihre Ohren klingelten so laut, dass sie nicht hören konnte, was es war. Dann stand er direkt vor ihr. Sie sah auf, um seinem Blick zu begegnen, und atmete leise ein bei dem, was sie sah. Das Verlangen, das sie für ihn empfand, spiegelte sich in seinen Augen wider.

»Ich möchte dich küssen«, flüsterte er, »aber ich möchte, dass du das auch willst. Nicht aus einem Gefühl der Verpflichtung oder Rückzahlung oder weil du denkst, du hättest keine andere Wahl.«

Ohne zu merken, dass sie sich bewegt hatte, berührte Amanda ihn, zog seinen Kopf nach unten und presste ihre Lippen auf seine.

Sie wollte ihm keine Chance geben, seine Meinung zu ändern. Um zur Vernunft zu kommen. Sie war die langweilige Amanda Rush. Männer sahen sie nicht so lustvoll an wie Nash. Sie hatte das Gefühl, wenn sie ihn nicht sofort küsste, würde sie ihre Chance für immer verspielen. Und sie wusste ohne jeden Zweifel, dass sie diesen Verlust für den Rest ihres Lebens spüren würde.

Aber zu ihrem Erstaunen schien Nash nicht an einem

schnellen Kuss interessiert zu sein. Er übernahm sofort die Kontrolle, schlang einen Arm um ihre Taille und zog sie an seinen Körper. Das Wasser schwappte um sie herum, aber Amanda bemerkte es kaum. Sie konnte nur fühlen. Nashs Lippen und seine Zunge auf ihren waren wie aus einem Märchen. Sie bekam sofort eine Gänsehaut, als er den Kopf neigte, um ihren Mund noch tiefer zu erforschen.

Sie dachte nicht daran, wo sie waren, in welcher Gefahr sie sich befanden oder wie lange es her war, dass sie sich die Zähne hatte putzen können. Sie konnte nur daran denken, wie verzehrend es sich anfühlte, ihn zu küssen. All ihre Sorgen verschwanden, und sie konnte an nichts anderes denken als daran, wie gut sie sich bei diesem Mann fühlte.

Es war Nash, der schließlich seine Lippen von ihren löste, was Amanda zu einem jämmerlichen Wimmern veranlasste.

»Schhhh, ich weiß«, beruhigte er sie. Er drückte ihren Kopf an seine Schulter und hielt sie fest.

In seinen Armen zu liegen fühlte sich an, als käme sie nach Hause. Es war ein seltsames Gefühl, eines, das sie noch nie zuvor erfahren hatte. Amanda hatte die Vermutung, dass es vielleicht an der Situation lag, in der sie sich befand, aber sie verwarf diesen Gedanken sofort wieder. Nash Chaney war alles, was sie sich immer von einem Partner gewünscht hatte. Ruhig, ausgeglichen, kompetent, klug, freundlich und lustig.

Und jetzt konnte sie dieser Liste hinzufügen, dass er ein guter Küsser mit einem heißen Körper war.

Ein Winseln erregte ihre Aufmerksamkeit, und sie spürte Nashs Lachen mehr, als dass sie es hörte. Da sie an seine nackte Brust gepresst war, spürte sie die Vibrationen, die durch ihn hindurch und in sie hinein gingen. Es war fast so intim wie der Kuss, den sie gerade geteilt hatten. Fast.

»Sieht aus, als sei Rain nicht glücklich, und er fragt sich wahrscheinlich, was zum Teufel wir hier tun«, sagte Nash.

Als Amanda den Kopf drehte, sah sie den Hund, der sich auf unerklärliche Weise an sie geheftet hatte und ihnen in den letzten Tagen gefolgt war, am Ufer neben ihren Schuhen und dem Rucksack sitzen, wo er sie mit besorgtem Blick anstarrte.

»Wir sind in Ordnung, Junge«, versicherte Nash ihm.

Und damit war der Bann gebrochen, unter dem sie zu stehen schien. Plötzlich war Amanda unsicher. Ja, er hatte den ersten Schritt gemacht, indem er sie gefragt hatte, ob er sie küssen dürfe, aber sie hatte sich auf ihn gestürzt. Hatte sich ihm praktisch an den Hals geworfen.

Als Beweis dafür, dass er ein scharfsinniger Mann war, lehnte Nash sich ein wenig zurück und blickte auf sie herab. »Na, das war ja eine Überraschung, hm?«

Sie schenkte ihm ein kleines Lächeln und nickte.

»Bereust du es?«

Diese Frage war leicht zu beantworten. »Nein.«

»Gut. Ich auch nicht. Dies ist ein schrecklicher Zeitpunkt und es ist wahrscheinlich das Letzte, woran wir denken sollten, aber ich kann nicht anders. Du wohnst doch in Norfolk, oder? Ich meine, wenn du nicht gerade hier in Südamerika bist.«

»Ähm, ja.«

»Ich würde dich gern kennenlernen, wenn du nach Hause kommst. Ich bin selbst dort stationiert. Es fühlt sich an wie Schicksal oder Glück oder so. Ich würde gern sehen, ob die Chemie zwischen uns immer noch so explosiv und intensiv ist, wenn wir nicht durch den Dschungel fliehen. Wenn wir nicht vielleicht oder vielleicht auch nicht auf der Flucht vor Arschlöchern sind, die dir furchtbare Dinge antun wollen. Ich möchte dich zum Essen einladen. Vielleicht ins Kino. Spazieren gehen. Dich mit dem Rest meines Teams bekannt machen. Mit Laryn, Caspers Verlobter. Wäre das etwas, an dem du interessiert bist?«

Daran interessiert? Amanda wollte vor lauter Freude am liebsten auf und ab springen.

Aber die praktische Seite von ihr meldete sich. »Ich habe noch etwa drei Monate hier, um meine Vereinbarung zu erfüllen.«

»Ich bezweifle sehr, dass die Zeit diese Sehnsucht, die ich für dich empfinde, dämpfen wird. Das Verlangen, dich besser kennenzulernen.«

Das war etwas, was ihr Traummann mit Sicherheit sagen würde.

»Es sei denn, du empfindest nicht dasselbe. Ich meine, du könntest jeden Mann haben, den du willst, warum solltest du dich also mit einem Piloten zufriedengeben, dessen Arbeitszeiten bestenfalls unvorhersehbar sind? Ich kann nicht garantieren, dass ich immer bei dir sein kann, wenn du mich brauchst. Ich muss dorthin gehen, wohin mich die Armee und manchmal auch die Marine schickt.«

Amanda hasste die Unsicherheit in seiner Stimme. Sie legte eine Hand auf seine Brust und sah zu ihm auf in der Hoffnung, dass er die Ehrlichkeit in ihren Augen sehen und in ihrem Tonfall hören konnte. »Ich bin jetzt schon eine ganze Weile allein. Es macht mir nichts aus, dass du für deinen Job reisen musst. Das macht mir nichts aus, solange du in Sicherheit bist.«

»Ich habe das Gefühl, wenn die Dinge so laufen, wie ich es mir wünsche, sind die Tage vorbei, an denen ich impulsive Dinge tue, wie während einer Mission von meinem Hubschrauber wegzulaufen, anstatt mit meinem Arsch drinnen zu bleiben.«

Das ließ ihr erneut eine Gänsehaut über die Arme laufen. Ihr wurde klar, dass sie seine ursprüngliche Frage nicht beantwortet hatte. »Das würde ich gern«, sagte sie schlicht. »Dich sehen, sobald ich wieder in Virginia bin.«

»Klasse!«, rief Nash mit einem Lächeln aus. »Jetzt gehe ich wieder da rüber«, sagte er und nickte in Richtung der anderen Seite des Beckens, »und ziehe diesen Fluganzug aus, schrubbe ihn so gut ich kann, ziehe meine Unterhose aus und mache damit das Gleiche. Ich bin sicher, dass du das Gleiche mit deiner Kleidung tun willst. Ich gebe dir mein Wort, dass ich nicht hinsehen werde, bis du wieder angezogen bist.«

Amanda fügte der Liste der Attribute dieses Mannes das Wort »ehrenhaft« hinzu. »Danke.«

Er hob eine Hand und strich ihr mit dem Fingerrücken über die Wange. »Du brauchst mir nicht zu danken. Wenn du wüsstest, was ich denke, würdest du wahrscheinlich in die andere Richtung laufen.«

»Oh, ich weiß, welche Gedanken du hast. Ich bin mir ziemlich sicher, dass es dieselben sind, die *ich* hatte, als du vorhin deinen kleinen Striptease hingelegt hast.«

Er lachte. »Ehrlich gesagt habe ich nur daran gedacht, dieses scheußliche Trägerhemd auszuziehen. Wo wir gerade dabei sind … wo ist es hin? Scheiße, ist es flussabwärts gesaugt worden?«

Amanda wollte einen Witz zu seiner Wortwahl machen, beschloss aber, dass dies weder der richtige Zeitpunkt noch der richtige Ort war. »Ich glaube, da ist es, dort drüben«, sagte sie und deutete auf das Ufer, das nicht allzu weit von ihnen entfernt war.

»Puh. Also gut, lass uns fertig baden. Unsere Klamotten werden zwar nicht trocken sein, aber da es ausnahmsweise mal nicht regnet, sind sie vielleicht nur noch feucht, wenn die Sonne untergeht.«

»Was meinst du, wie weit müssen wir noch gehen?« Amanda konnte sich die Frage nicht verkneifen. Sie hatte es in den letzten Tagen immer wieder unterlassen, genau diese Frage zu stellen, einfach weil sie nicht nerven und wie ein kleines Kind auf einer Autoreise klingen wollte, das diese Frage immer wieder stellte. *Sind wir schon da?*

»Willst du Ehrlichkeit oder willst du, dass ich mir etwas ausdenke?«, fragte er, den Kopf leicht geneigt. Nash hatte sie nicht losgelassen, und es fühlte sich … gut an, tröstlich, sich im Kreis seiner Arme zu befinden, während sie redeten.

»Ehrlichkeit. Immer.«

»Ich weiß es nicht. Du hast gesagt, du und die Kinder hättet etwa zwei Wochen gebraucht, um zum Lager zu kommen?«

»Das denke ich, ja.«

»Ich habe das Gefühl, dass wir nur ein wenig schneller vorankommen als du mit den Kindern. Das liegt einfach daran, dass wir keine bequemen Straßen oder Wege benutzen, sondern durch den Dschungel stapfen. Wir gehen auch ein bisschen im Zickzack, um jeden abzuschütteln, der uns verfolgen könnte.«

»Du denkst also, dass wir noch mindestens eine Woche zu Fuß gehen müssen. Vielleicht auch mehr«, schlussfolgerte Amanda und spürte, wie ihre Schultern zusammensackten.

»Wir schaffen das«, sagte Nash leise. »Es geht uns gut.«

»Die Lebensmittel, die du mitgenommen hast, sind fast aufgebraucht«, merkte sie an.

»Aber ich fange auch fast jede Nacht frisches Fleisch mit meinen Schlingen. Dank der leeren Dosen konnten wir auch viel Wasser sammeln. Wenn wir die Grenze überqueren, werden wir vielleicht ein wenig hungrig sein, aber wir werden es so oder so schaffen.«

Er hatte recht. Amanda wusste, dass er recht hatte, aber der Gedanke, eine weitere Woche zu laufen, war entmutigend. Sie war erschöpft. »Okay«, sagte sie leise.

»Hey, sieh mich an, Mandy.«

Seufzend tat sie, was er verlangte, und hob den Kopf, um ihm in die Augen zu sehen.

»Du machst das toll. Wir haben das im Griff. Wir müssen nur einen Fuß vor den anderen setzen. Kleine Schritte.«

»Kleine Schritte werden die Sache nur verlängern«, entgegnete sie entschieden. »Ich würde es vorziehen, riesige Nash-Schritte zu machen, vielen Dank.«

Er lächelte. »Das ist mein Mädchen.«

Seine Worte waren ein wenig herablassend, aber sie verstand sie so, wie er es beabsichtigt hatte. Als Ermutigung. Außerdem machte ihr Herz in ihrer Brust alberne Luftsprünge, dass er sie als *sein* bezeichnete.

»Wenn wir überhaupt eine Chance haben wollen, trocken zu werden, müssen wir unser Bad beenden und aus dem Wasser steigen«, sagte sie so streng, wie sie konnte. Ehrlich gesagt wollte sie dieses Becken nicht verlassen, aus Angst, dass sich alles als Traum herausstellen würde. Oder Nash würde zur Vernunft kommen. »Außerdem bekommt Rain einen Herzinfarkt, wenn wir nicht bald ans Ufer zurückkehren.«

Der Hund winselte jetzt häufiger und lief hin und her, während er sie vom sicheren Ufer aus beobachtete.

Nash nickte, beugte sich hinunter und küsste sie kurz. Nachdem er sich zurückgezogen hatte, leckte er sich über die Lippen, und Amanda schmolz fast dahin bei dem zärtlichen Ausdruck in seinen Augen.

Er wich von ihr zurück und wackelte mit dem Finger. »Nicht gucken, Frau.«

Sie kicherte und hatte das Gefühl, dass es ihn nicht im Geringsten stören würde, wenn sie es tat. Er schien ein Mann zu sein, der sich seiner Männlichkeit sicher und dem es scheißegal war, ob ihn jemand beim Baden ausspionierte.

Aber fair war fair, und da er versprochen hatte, sie nicht anzusehen, während sie sich wusch, wollte sie nicht respektlos sein, indem sie nicht das Gleiche tat.

Es dauerte nicht lange, bis sie ihren Körper mit dem Sand auf dem Grund des Beckens geschrubbt hatte und dann das Gleiche mit ihren Kleidern tat. Sie waren nicht gerade sauber, aber im Geiste fühlte es sich so an, als hätte sie einige Kilo Schmutz abgenommen, als sie sich wieder anzog.

»Was ist mit dir, Rain? Willst du sauber werden? Komm her,

Junge. Ich bade dich, damit du den ekligen getrockneten Matsch und das Blut von deinem Fell bekommst.«

Aber der Hund wollte nichts mit dem Wasser zu tun haben. Er wich zurück, als Amanda versuchte, ihn an den flachen Rand des Beckens zu locken. Sie konnte nur lachen. Sie wollte den Hund nicht zu irgendetwas zwingen, aus Angst, er würde abhauen und verschwinden. Sie hatte sich sehr daran gewöhnt, das Tier um sich zu haben. Er begleitete sie nicht immer, aber im Laufe des Tages tauchte er immer wieder auf, um sich zu vergewissern, dass sie noch da waren, bevor er sich wieder ins Unterholz des Dschungels begab.

Dann fiel ihr etwas ein. »Nash? Wie sollen wir Rain über den Bach bringen? Ich meine, wir sind schon nass, also ist es keine große Sache für uns, jetzt auf die andere Seite zu gehen, glaube ich. Aber was ist mit Rain?«

Sie beobachtete, wie Nash auf den Bach schaute, den sie noch überqueren mussten, dann auf Rain und wieder auf den Bach. Dann seufzte er und sagte: »Wir müssen hoffen, dass er begreift, dass er den Bach überqueren muss, wenn er uns folgen will.«

Amanda rutschte das Herz in die Hose. Sie hatte wirklich gehofft, dass Nash eine großartige Idee hatte, wie sie den Hund dazu bringen konnten, ihnen zu vertrauen und sich von ihnen hinübertragen zu lassen, wenn sie gingen. Aber sie hatte geahnt, dass er genau das sagen würde.

»Bis jetzt hat er mit uns Schritt gehalten. Ich habe Vertrauen in ihn«, sagte Nash entschlossen.

Da Amanda keine andere Wahl hatte, nickte sie. Während sie sich darauf vorbereiteten, den Bach zu überqueren, sprach sie mit Rain. Sie sagte ihm, was für ein guter Junge er sei. Dass er ihnen folgen sollte. Dass es nur Wasser sei. Aber Rain saß einfach mit geneigtem Kopf da und starrte sie an.

»Bist du bereit?«, fragte Nash.

Sie war es nicht. Aber wie bei den meisten Dingen, die sie

in letzter Zeit erlebt hatte, hatte sie nicht wirklich eine Wahl. Also nickte sie. Nachdem er ihr den Rucksack abgenommen hatte, nahm Nash ihre Hand und sie überquerten den Bach. Rain schritt am Ufer entlang, als sie gingen, und sah genauso gestresst aus, wie Amanda sich fühlte.

Als sie und Nash die andere Seite des Baches erreicht hatten, waren sie natürlich tropfnass. Er schlug vor, einander noch einmal den Rücken zuzuwenden, während sie ihre Kleider auswrangen und so viel Wasser wie möglich aus ihnen herausholten. Amanda war einverstanden. Es war schon schlimm genug, dass sie jedes Mal, wenn es regnete, tropfnass herumlaufen mussten. Sie würde es nie wieder als selbstverständlich ansehen, trocken zu sein. Oder eine Matratze zum Schlafen zu haben. Oder etwas zu essen. Es gab eine Menge Dinge, die sie an ihrer Denkweise ändern würde, wenn sie nach Hause kam.

Nachdem sie sich wieder angezogen hatten, fühlte Amanda sich viel besser. Es war dumm, sie war nur etwas sauberer als vor dem Fund des Beckens, aber sie fühlte sich leichter.

Sie blickte über das rauschende Wasser, sah aber keine Spur von Rain, was ihre gute Laune in den Keller trieb.

»Er wird uns finden. Ich weiß es«, sagte Nash leise.

»Ich hoffe es.«

Amanda tat ihr Bestes, um ihre Traurigkeit darüber, dass Rain ihnen nicht sofort gefolgt war, zu verdrängen, und versuchte, an etwas anderes zu denken. Nämlich an den Mann an ihrer Seite.

Die Dinge zwischen ihnen fühlten sich jetzt anders an, aber nicht auf eine schlechte Art. Die sexuelle Spannung war noch größer als zuvor, aber jetzt, da sie diesen Gefühlen nachgegeben hatten und sich einig waren, dass sie einander wiedersehen wollten, sobald sie sicher zu Hause waren, fühlte sich die Atmosphäre zwischen ihnen intimer an.

Amanda hatte keine Ahnung, was die Zukunft bringen

würde, aber zum ersten Mal seit ihrer Entführung hatte sie das Gefühl, dass alles gut werden würde. Sie fühlte sich nicht mehr ganz so allein auf der Welt. Nash wollte sie wiedersehen, wollte sich mit ihr verabreden. Das war etwas, auf das sie sich freuen konnte. Und Amanda freute sich zweifellos darauf, Nash auf einer ausgeglicheneren Ebene kennenzulernen. Einer, bei der sie nicht ganz so außerhalb ihres Elements war.

KAPITEL ACHT

Eine weitere Woche.

Sieben Tage.

Einhundertachtundsechzig Stunden.

Zehntausendachtzig Minuten.

Und Tausende und Abertausende von Schritten.

Ehrlich gesagt hatte Buck gehofft, dass er mit seiner Schätzung, wie lange sie noch bis zur Grenze brauchen würden, falschlag. Jetzt hoffte er, dass er es nicht *unterschätzt* hatte, denn sowohl er als auch Mandy waren mehr als bereit, aus diesem Dschungel herauszukommen.

Sein Rucksack war leicht, da alle Dosen leer waren. Sie lebten von dem Fleisch, das er jede Nacht mit seiner Schlinge fangen konnte, und von den essbaren Früchten, die sie bei ihrer Wanderung durch den Regenwald fanden.

Der Einzige von ihnen, der von der langen Reise unbeeindruckt schien, war Rain. Der Hund schien grenzenlose Energie zu haben, obwohl er superschlank war und seit ein paar Tagen hinkte.

Zu ihrer beider Erleichterung hatte der Hund sie weniger als einen Tag nach ihrer Überquerung des Baches gefunden, wo sie ihn widerwillig zurückgelassen hatten. Er war sauberer als zuvor, also musste er irgendwann einmal ins Wasser gegangen sein. Um ehrlich zu sein, war Buck genauso erleichtert wie Amanda, dass er wieder da war und um sie herumhuschte, während sie weitergingen.

Buck und Mandy sprachen viel über ihr Leben in Virginia. Er wusste von ihrem früheren Job als Lehrerin und warum sie das Gefühl verspürt hatte, kündigen zu müssen, anstatt sich beurlauben zu lassen. Sie erzählte ihm mehr über ihre Entscheidung, Virginia zu verlassen und nach Guyana zu kommen, um dort als ehrenamtliche Mitarbeiterin in der Schule und im Waisenhaus tätig zu sein. Sie sprach liebevoll über jedes einzelne der Kinder, und Buck war beeindruckt, dass sie jedes einzelne so gut zu kennen schien. Seine Macken, seine Stärken und Schwächen und seine Ängste.

Sie war die Traumlehrerin eines jeden Kindes, und die Kinder, für die sie verantwortlich war, hatten das Glück, sie als Lehrerin und Mentorin zu haben.

Er wiederum erzählte ihr, wie er Night-Stalker-Pilot geworden war und was das für ihn bedeutete. Er rezitierte ihr Credo und erzählte ihr sogar von einigen der Missionen, die er mit seinen Teamkameraden absolviert hatte. Spät in der Nacht, wenn er sie in seinen Armen hielt, sprachen sie über kontroverse Themen wie Politik, Religion und die Frage, ob Euthanasie für Menschen legalisiert werden sollte oder nicht.

Buck hatte sich noch nie mit einer Frau so gut verstanden wie mit Mandy, und er wollte sie nur sicher zurück über die Grenze bringen. Sie hatten keine Probleme mit den Rebellen gehabt, und in den sechs Tagen seit dem Bad im Becken hatte er seine Wachsamkeit ein wenig gesenkt und fühlte sich mit jedem Schritt näher an Guyana sicherer.

Je mehr Zeit er mit Mandy verbrachte, desto näher fühlte er sich ihr. Sie hatten das Kennenlernen eines ganzen Jahres in anderthalb Wochen gepackt. Er hatte in diesem Dschungel mehr über sie erfahren, als er es jemals bei einer lockeren Verabredung zu Hause getan hätte.

Dadurch war er sich noch sicherer, dass er eine Zukunft mit ihr haben wollte. Er wollte sie seinen Freunden vorstellen. Sie in sein Leben in Norfolk integrieren.

Aber heute fühlte er sich ... seltsam. Sie waren nahe an der Grenze, er konnte es spüren. Aber ein sechster Sinn sagte ihm, dass ihre Reise umso gefährlicher werden würde, je näher sie der Sicherheit kamen. Wenn die Rebellen wirklich glaubten, dass jemand sich im Dschungel aufhielt, wäre die beste Möglichkeit, sie zu finden – und wieder in ihre Fänge zu bekommen –, ein Hinterhalt, kurz bevor sie nach Guyana zurückkehrten.

Mandy schwieg nun schon seit Stunden, als könnte sie die Spannung in der Luft spüren. Vielleicht war sie aber auch einfach zu erschöpft, um ein neues Thema zu finden, über das sie reden konnten.

»Erzähl mir von deinen Eltern. Du hast gesagt, sie seien gestorben, als du siebzehn warst, durch einen alkoholisierten Autofahrer? Wenn du darüber sprechen kannst, ohne dass es zu sehr schmerzt«, fügte Buck hinzu.

»Das macht mir nichts aus. Ich vermisse sie immer noch mehr, als ich dachte. Ich meine, natürlich war ich direkt nach ihrem Tod am Boden zerstört, aber während ich älter werde, ist der Schmerz immer noch da. Er hat sich nur verändert. Jetzt werde ich traurig, wenn ich daran denke, dass mein Vater meinen zukünftigen Ehemann nie kennenlernen wird ... falls ich einen haben werde. Und ich kann Mom nicht anrufen und sie fragen, wie lange man einen Truthahn kocht, oder sie bitten, mir zu zeigen, wie man einen Knopf wieder an eine Bluse näht. Das sind alberne Dinge, aber ...«

»Nein, sind sie nicht«, unterbrach Buck. »Sie sind völlig normal. Und du hast jedes Recht, ihren Verlust zu betrauern.«

»Danke. Meine Eltern waren großartig. Ich hatte eine

wunderbare Kindheit. Ich bin in Richmond aufgewachsen. Wir gehörten zur Mittelschicht, waren also nicht reich, aber wir hatten genügend Geld, um Sport zu treiben und in Vereinen und so weiter mitzumachen. Ich war in meinem letzten Schuljahr, als sie von diesem Kerl frontal getroffen wurden ... er war so betrunken, dass er nicht einmal wusste, dass er auf der Autobahn in die falsche Richtung fuhr. Sie waren beide auf der Stelle tot, was im Nachhinein eine kleine Erleichterung ist, denn der Gedanke, dass einer von ihnen leiden musste, ist zu viel.«

»Was ist mit dem betrunkenen Fahrer passiert?«

Ihre Lippen kräuselten sich. »Er hatte gebrochene Knochen, eine Gehirnerschütterung und konnte sich an nichts mehr erinnern ... das behauptete er jedenfalls. Ihm wurde der Führerschein entzogen und er wurde zu ein paar Jahren Gefängnis verurteilt, aber natürlich wurde er vorzeitig entlassen, denn niemand verbüßt jemals die gesamte Zeit, die ihm aufgebrummt wird. Ich war besessen davon, über ihn informiert zu bleiben, und vor etwa fünf Jahren stahl er in einer verschneiten Nacht ein Auto vor einer Kneipe, in der er sich besoffen hatte, und verursachte einen Unfall. Diesmal kam Gott sei Dank nur er selbst ums Leben.«

Buck wusste buchstäblich nicht, was er darauf erwidern sollte.

»Tut mir leid. Das klingt herzlos, ich weiß.«

»Nein, tut es nicht«, sagte er entschieden. »Es klingt menschlich. Es tut mir aufrichtig leid.«

»Danke.«

»Du hast vorhin etwas von einer Spendenaktion erwähnt ...«

»Ja. Es gab eine Klage gegen den Besitz des Mannes – die mein unentgeltlicher Anwalt in meinem Namen gewonnen hat – und die Mitglieder der Gemeinde waren großartig. Sie sammelten eine Menge Geld, um mir bei den College-Kosten und generell zu helfen, weil sie Mitleid mit mir hatten. Ich habe viel davon gespart, und als ich in den sozialen Medien auf die Möglichkeit in Guyana aufmerksam wurde, hatte ich genug, um meinen Job zu kündigen, meine Miete für sechs Monate zu bezahlen und hierherzukommen. Ich musste herausfinden, ob ich weiterhin im Bildungsbereich tätig sein wollte. Ich bin froh, dass es geklappt hat, ich habe meine Leidenschaft wiedergefunden, aber für jüngere Kinder. Ich muss eine Fortbildung machen, aber das wird nicht allzu schwer sein, denke ich. Ich werde für meine Erfahrungen hier immer dankbar sein ... abgesehen von der ganzen Entführungsgeschichte natürlich.«

»Natürlich«, sagte Buck mit einem kleinen Lachen.

Er war so beeindruckt von dieser Frau. Sie hatte eine so erfrischende Sichtweise auf die Welt. Wenn die Dinge nicht so liefen, wie sie wollte, versank sie nicht in Selbstmitleid. Sie änderte die Richtung und ging vorwärts. Das gefiel ihm. Sehr sogar.

»Was ist mit dir? Erzähl mir mehr von deiner Familie«, drängte sie ihn.

Buck hatte kein Problem mit ihrer Bitte. »Meine Schwester ist eine Göre«, sagte er mit einem Grinsen, das Mandy zum Lachen brachte. »Sie ist älter als ich und hat es geliebt, mich herumzukommandieren und zu quälen, als wir in Kansas aufgewachsen sind. Wir hatten einen dieser unterirdischen Tornadobunker im Garten. Du weißt schon, die Art, die in *Der Zauberer von Oz* vorkommt? Wo man eine Tür hochhebt und ein paar Stufen hinuntergeht? Aber unserer war dunkel und feucht und roch nach Schimmel und toten Tieren. Einmal sagte Natalie mir, sie wolle mir etwas Cooles zeigen, und als ich vor ihr die Treppe hinunterging, schloss sie die Tür und verriegelte sie von außen. Ich hörte sie hysterisch lachen, als sie davonlief. Ich weinte und hämmerte gegen die Tür, aber sie ließ mich dort unten gefühlt stundenlang zurück, obwohl sie behauptet, dass es nur etwa zwanzig Minuten waren.«

»Warum hat sie dich rausgelassen?«

»Weil Mom gesagt hat, sie wolle mit uns Eis essen gehen, aber sie konnte mich nicht finden.«

Mandy kicherte. Buck liebte dieses Geräusch. Es war unbeschwert und offen, und er wünschte sich nicht zum ersten Mal, es zu hören, während sie sicher und wohlbehalten zu Hause auf seiner Couch saßen, fernsahen oder am Tisch eine köstliche Mahlzeit teilten.

»Klingt nach einer typischen älteren Schwester. War sie auch beschützend? Oder nur nervig?«

»Beschützend«, sagte Buck schnell. »Als ich in der fünften Klasse war, gab es ein Mädchen, das mich gern gequält hat. Ich weiß nicht warum. Meine Schwester besuchte die Mittelschule, die direkt neben der Grundschule lag, und sie holte mich am Ende eines jeden Tages ab, und wir gingen gemeinsam nach Hause. Irgendwann kam sie an, während dieses andere Mädchen, Lena, auf mir herumhackte, und Natalie ging direkt auf sie zu und schubste sie. *Hart.* In der heutigen Zeit hätte sie dafür zu Recht großen Ärger bekommen, aber damals gab es nicht so viele Lehrer, die nach der Schule ein Auge auf die Kinder hatten. Sie sagte zu Lena, dass sie es bereuen würde, wenn sie mir noch einmal näher als drei Meter käme. Und natürlich schüttelte Natalie ihre Faust, als sie das sagte. Es war übertrieben dramatisch, und ich glaube nicht, dass meine Schwester jemals jemanden geschlagen hätte, aber die Drohung hat gewirkt, und Lena hat mich danach in Ruhe gelassen.«

»Das ist großartig.«

»Ja. Meine Eltern waren sehr stolz, als ich ein Night Stalker wurde, aber Natalie weigerte sich, zu meiner Abschlussfeier zu kommen, und zeigte mir über ein Jahr lang die kalte Schulter. Als ich schließlich die Nase voll hatte und nach Washington flog, um sie zur Rede zu stellen und herauszufinden, was ihr Problem war, gab sie zu, dass sie Angst um mich hatte. Sie hatte recherchiert, was Night Stalker tun, und sie hasste es, dass ich mich in Gefahr begeben würde. Sie sagte mir, sie wolle nicht, dass ihr kleiner Bruder stirbt, und dass sie deshalb Abstand zwischen uns gebracht hatte. Weil sie Angst um mich hatte und nicht damit umgehen konnte, was mit mir passieren könnte.«

»Oh, das ist irgendwie süß.«

»Vielleicht. Aber ich habe ihr gesagt, dass sie ein Miststück sei.«

»Nash! Das hast du nicht!«, schimpfte Mandy.

»Doch, das habe ich. Ich sagte ihr, sie solle sich damit abfinden. Dass ich morgen beim Überqueren der Straße sterben könnte. Oder *sie*. Es gibt keine Garantie im Leben. Man muss jeden Tag so leben, als sei es der letzte. Und ich hatte es satt, dass sie mich aus ihrem Leben ausschloss. Ich wollte mit meiner Nichte und meinem Neffen sprechen und an ihrem Leben teilhaben, auch wenn ich nicht in der gleichen Stadt oder dem gleichen Bundesstaat wie sie und ihre Familie lebte.«

»Hat es funktioniert?«

»Ja. Aber erst, nachdem wir ein fünfstündiges Gespräch darüber geführt hatten, wie vorsichtig ich bin, dass ich weiß, was ich tue, wie viele Stunden Training ich absolviert habe und noch absolvieren werde, und über die Referenzen meines Co-Piloten und meiner Teamkameraden. Ich beantwortete jede ihrer Fragen – soweit ich das durfte –, und am Ende waren wir beide erschöpft, aber sie war zufrieden, dass ich das tue, was ich liebe, auch wenn es gefährlich ist, und sie gab zu, dass sie stolz auf ihren kleinen Bruder ist.«

»Das freut mich für euch beide.«

»Ja.«

»Sind deine Eltern noch in Kansas?«

»Ja. Keine Ahnung warum. Es ist kalt und flach und windig.«

»Ich könnte jetzt ein wenig Kälte gebrauchen«, sagte Mandy mit einem kleinen Lachen.

»Ja, ich auch«, stimmte Buck zu.

Sie war neben ihm gegangen, während sie über die Familie sprachen, und er hatte ihre Hand in seine genommen ... was sich gut anfühlte. Verschwitzt, aber gut. Außerdem war Schweiß in diesem Moment das Letzte, worüber er sich Sorgen machte. Keiner von ihnen war derzeit in Bestform, aber ihre Erfahrung hatte sie über den oberflächlichen Mist hinwegsehen lassen, mit dem sich Paare am Anfang einer Beziehung herumschlagen mussten. Was war schon ein bisschen Schweiß zwischen Freunden?

Sie hatten den wunderbaren Kuss, den sie im Becken geteilt hatten, nicht wiederholt, aber er ging Buck nicht aus dem Kopf. Er hatte sich noch nie mit einer anderen Frau so verbunden gefühlt wie mit Mandy. Es war dasselbe Gefühl, das er bei seinen Teamkameraden hatte, bei Obi-Wan ... natürlich ohne den körperlichen Teil. Sie hatten gemeinsam eine intensive Erfahrung gemacht und arbeiteten zusammen, um sie zu überstehen, so wie er und seine Pilotenkollegen es taten. Es war keine Situation, in der es um Leben und Tod ging, zumindest nicht, seit sie in der Landezone der Entdeckung entgangen und aus der Gegend um das Rebellenlager geflohen waren, aber nicht weniger intensiv.

»Ich möchte, dass du sie kennenlernst«, platzte Buck heraus. »Meine Familie.« Als Mandy ihn mit sehnsüchtigen Augen ansah, wusste er, dass er die richtige Entscheidung getroffen hatte. »Meine Mutter wird dich sofort lieben. Sie wird alles über deine Schüler wissen wollen und wie du dich für den Lehrerberuf entschieden hast. Mein Vater wird nur nicken und mit seiner rauen Stimme etwas sagen wie: ›Du bist zu gut für meinen Sohn.‹«

Sie lachte.

»Und meine Schwester wird wahrscheinlich versuchen,

dich in die Pläne einzubeziehen, die sie als Nächstes für ihren kleinen Bruder hat. Sie wird begeistert sein, einen Insider zu haben, der mit ihr zusammenarbeiten kann, um in meinem Leben Chaos zu stiften. Letztes Halloween stand sie als Bigfoot verkleidet vor meiner Tür – du weißt schon, mit der ganzen haarigen Verkleidung – und hat mich zu Boden geworfen. Das hat mich zu Tode erschreckt.«

Buck beschloss, es zu seiner Lebensaufgabe zu machen, diese Frau so glücklich klingen zu lassen, wie sie es in diesem Moment tat, als sie lachte.

»Sie klingt lustig.«

»Natalie *ist* lustig ... wenn sie nicht gerade nervt«, stimmte Buck zu.

Er wollte gerade mit einer weiteren Geschichte über seine nervige Schwester beginnen, als Rain aus den Bäumen vor ihnen auftauchte, stehen blieb und ein tiefes Knurren ausstieß.

Die Freude, die Buck empfunden hatte, war im Nu verflogen. Dies war nicht der streunende Hund, den sie kennengelernt hatten. In der ganzen Zeit, in der sie ihn kannten, hatte Rain nicht mehr Geräusche gemacht als ein leises Winseln.

Aber in diesem Moment fletschte er die Zähne und gab in seiner Kehle ein paar wirklich beängstigende Laute von sich.

»Ruhig, Junge«, sagte Buck und schob Mandy hinter sich. Er hatte keine Ahnung, was in den Hund gefahren war, aber er wollte nicht riskieren, dass Mandy gebissen wurde.

»Was ist mit ihm los?«, flüsterte sie.

»Ich weiß es nicht.« Aber sie befanden sich in einer Pattsituation. Der Hund rührte sich nicht, reagierte nicht auf Bucks sanften Ton und schien auch nicht geneigt zu sein, das Knurren so bald aufzugeben.

»Wir gehen einfach weiter«, sagte Buck leise zu dem Hund.

Als könnte er ihn verstehen, schüttelte Rain heftig seinen ganzen Körper und machte einen Schritt auf sie zu.

Buck machte einen Schritt zurück und stieß Mandy dabei

an. So ging es einige Schritte weiter, Rain knurrte und bewegte sich langsam vorwärts, den Kopf gesenkt, und Buck und Mandy wichen vor ihm zurück.

Plötzlich schoss Rain nach rechts und erschreckte Buck zu Tode. Eine Sekunde lang dachte er, der Hund würde sich auf sie stürzen.

Er bewegte sich schnell vorwärts in der Hoffnung, dem Streuner, an dem er sehr hing, zu entkommen – aber Rain ließ das nicht zu. Er trat wieder vor sie und knurrte noch einmal.

Verwirrt und frustriert stand Buck ganz still und wusste nicht, was er tun sollte. Das Letzte, was einer von ihnen gebrauchen konnte, war ein Hundebiss, vor allem wenn man bedachte, dass Rain mit ziemlicher Sicherheit nie geimpft worden war und eine Art Hundekrankheit in sich tragen könnte.

Rain ging wieder nach rechts ... dann blieb er stehen und schaute zu ihnen zurück, wobei er ein leises Winseln von sich gab.

»Ich denke ... er will, dass wir diesen Weg gehen? Dass wir ihm folgen?«, fragte Mandy unsicher.

Buck legte den Kopf schief, so wie Rain es tat, wenn der kleine Hund zu denken schien. »Ich glaube, das will er tatsächlich.«

Versuchsweise machte Buck einen Schritt nach vorn und war diesmal nicht überrascht, als Rain erneut knurrte und sich vor ihn stellte, um ihn daran zu hindern, weiter in die Richtung zu gehen, in die sie gegangen waren.

Als Buck einen Schritt nach rechts machte, spitzte Rain die Ohren, und er übernahm schnell die Führung, wobei er sich umdrehte, als wollte er sagen: »Ja, folgt mir!«

Buck blickte von dem Hund auf den Weg, den sie zurückgelegt hatten, dann auf den Kompass, den er am Reißverschluss seines Fluganzugs befestigt hatte. Sie waren stetig in Richtung Osten gegangen, zur Grenze hin, aber Rain wollte, dass sie nach Süden abbogen, was ihren Weg nach Guyana noch länger gemacht hätte. Im Moment wollte er einfach nur aus diesem stinkenden Dschungel herauskommen. Und er hatte keinen Zweifel, dass Mandy seine Gedanken teilte.

Aber noch *weniger* Zweifel gab es daran, dass Rain ihnen etwas sagen wollte. Dass er mit dem Weg, den sie seit Stunden gegangen waren, nicht zufrieden war.

Der Hund war nicht immer dabei, wenn sie unterwegs waren. Manchmal sahen sie ihn neben ihnen traben oder hinter ihnen herlaufen. Ab und zu ging er auch vor ihnen her. Manchmal sahen sie ihn den ganzen Tag nicht, aber er war immer da, wenn sie am nächsten Tag aufwachten, und wartete sehnsüchtig auf das, was Buck ihm zum Fressen vorsetzte. Er und Mandy hatten sogar darüber diskutiert, wie dumm es war, dass sie ihre wertvollen Kalorien weiterhin mit dem Hund teilten, aber keiner von beiden hatte damit aufgehört.

Zweimal hatte Rain selbst etwas zu den Mahlzeiten beigesteuert, in Form einer kleinen Maus und eines Eichhörnchens, die er gefangen hatte. Beim ersten Mal war es ein Schock gewesen, aber Buck hatte die Maus gekocht und das ganze Ding an Rain verfüttert. Mandy hätte schwören können, dass der Hund ein stolzes Lächeln im Gesicht hatte, als er geduldig auf seine Mahlzeit wartete. Beim zweiten Mal schien es fast normal zu sein, ein Nagetier zu kochen, das der streunende Hund für sie besorgt hatte.

Aber *dieser* Rain war ganz anders als der Hund, der jetzt vor ihnen stand. Seine Muskeln zitterten, als sei er kurz davor, sich auf sie zu stürzen. Seine Ohren zuckten hin und her und seine Nase war in der Luft und er schnupperte ständig.

Buck blickte von Rain auf den Weg und dann wieder zu dem Hund und traf eine Entscheidung. Das Tier hatte ihnen vertraut, dass sie ihm nicht wehtaten, dass sie für ihn sorgten ... Buck würde im Gegenzug das Gleiche tun. Wenn Rain nicht wollte, dass sie nach Osten gingen, wäre es dumm, weiter in diese Richtung zu gehen. Irgendwann würden sie wieder nach Osten gehen müssen, aber es würde nicht schaden, eine Weile nach Süden zu gehen. Nur für den Fall der Fälle.

»Komm schon«, sagte Buck mit leiser Stimme und griff erneut nach Mandys Hand. Er ging langsam durch die Bäume, aber Rain war nie so weit voraus, dass sie ihn nicht sehen konnten. Früher war der Hund immer vorausgelaufen und nur ab und zu wieder aufgetaucht, als würde er nach ihnen sehen. Aber jetzt war es, als würde er sich absichtlich in ihrem Tempo bewegen und sie vorsichtig dorthin führen, wo er sie haben wollte. Er verließ nie ihr Blickfeld ... und, was vielleicht noch wichtiger war, *er* ließ sie nie aus den Augen.

Er spürte, wie angespannt Mandy war, und hasste es, dass er keine Worte hatte, um sie zu trösten. Er war sich nicht sicher, was in Rain gefahren war, aber so verrückt es auch klingen mochte, er vertraute den Instinkten des Hundes.

Sie gingen etwa zwanzig Minuten, und gerade als Buck dachte, sie sollten versuchen, nach Osten, zur Grenze, zurückzukehren, hörte er ein ungewohntes Geräusch.

Rain hörte es gleichzeitig, denn er legte die Ohren an und knurrte tief in der Kehle. Diesmal nicht gegen ihn und Mandy, Gott sei Dank. Der Hund starrte nach links ...

Nach Osten.

Buck zog Mandy hinter eine große Baumgruppe und kauerte sich zu ihr. Zu seiner Überraschung gesellte Rain sich zu ihnen und lag direkt neben Buck. Er war wachsam, sein Blick auf etwas gerichtet, das Buck nicht sehen konnte.

»Sind das ... Menschen?«, flüsterte Mandy.

»Klingt ganz danach«, sagte Buck.

»Es könnten die Guten sein.« Aber sie klang nicht sicher.

»Das bezweifle ich. Sieh dir Rain an.«

Der Hund zitterte so stark, als er neben ihm lag, dass es fast beängstigend war. Und das lag nicht daran, dass ihm kalt war. Buck streckte eine Hand aus und legte sie behutsam auf Rains

Kopf. »Ruhig, Junge«, gurrte er, erstaunt, dass der Hund ihm erlaubte, ihn zu berühren.

»Er ist verängstigt. Sehr sogar«, sagte Mandy.

»Ja.«

Während sie sich hinter den Bäumen versteckten, hörten sie Männer vorbeigehen. Zwei, den Stimmen nach zu urteilen. Sie waren nicht nahe genug, um sie zu sehen, aber ihre Unterhaltung war in dem plötzlich ruhigen Dschungel gut zu hören. Sie sprachen Spanisch, das Buck dank der Kurse, die er in der Highschool und am College belegt hatte, verstehen konnte.

»Dies ist dumm. Wir haben keine Beweise, dass jemand zurückgelassen wurde.«

»Nicht wahr? Es ist mir egal, was Carlos sagt, wir verschwenden unsere Zeit.«

»Wenn eine der Gören so blöd war, den Hubschrauber zu verpassen, hätte sie es unmöglich allein so weit geschafft.«

»Was ist, wenn die Schlampe bei ihnen ist? Wenn ein Erwachsener bei ihm ist, hat ein Kind eine bessere Chance zu überleben.«

»Wirklich? Sie hatte keinen blassen Schimmer, was sie da tat. Erinnerst du dich nicht an den Weg zum Lager? Wie erbärmlich sie war?«

Beide Männer lachten. Buck hasste es, wie sie über Mandy sprachen, aber er beherrschte seine Wut. An diesem Punkt ihrer Reise wollte er keine Dummheiten machen. Sie hatten es fast geschafft.

»Wie lange müssen wir die Grenze noch überwachen? Verdammt, wir wissen nicht einmal, wo derjenige, der hier draußen ist, versuchen wird, die Grenze zu überqueren – *falls* überhaupt jemand hier draußen ist.«

»Keine Ahnung. Carlos hat gesagt, wir müssen bleiben, also sind wir hier.«

»Das ist beschissen!«

»Allerdings.«

Die Stimmen der beiden Männer verstummten, als sie sich weiter von dem Ort entfernten, an dem Buck und Mandy sich versteckt hatten. Die Gefahr, in der sie sich befanden, schien im Moment sehr groß zu sein. Sie hatten keine Ahnung, wie viele Männer für die Patrouille im Dschungel nahe der Grenze abgestellt worden waren und wie lange sie Ausschau halten würden.

Die gute Nachricht war, dass die Rebellen selbst keine Ahnung hatten, ob sie tatsächlich nach jemandem suchten oder nicht. Und sie schienen davon auszugehen, falls jemand den Hubschrauber verpasst hatte, dass es sich um ein Kind handelte, oder vielleicht Mandy und ein Kind. Das würde ihnen zugutekommen, hoffte Buck.

Er drehte sich um und sah zu Rain hinunter. Der Hund schien weniger angespannt, aber immer noch in Alarmbereitschaft.

»Du hast es gewusst, nicht wahr, Junge?«, fragte er leise.

Rain sah zu ihm auf, als könnte er genau verstehen, was Buck sagte.

»Braver Junge. Du bist der beste Junge. Wenn ich es hätte, würde ich dir heute Abend ein ganzes Steak nur für dich allein geben.«

»Nash?«

Er hasste die Angst, die er in Mandys Stimme hörte, und nachdem er dem Hund ein letztes Mal liebevoll über den Kopf gestreichelt hatte, wandte er sich ihr zu.

»Sie suchen nach uns«, vermutete sie.

»Falsch. Sie haben keine Ahnung, *wen* sie suchen oder ob es überhaupt jemanden zu finden gibt. Sie sind nur hier, falls jemand nicht in den Hubschrauber gestiegen ist. Sie wissen es nicht mit Sicherheit. Das ist ein Vorteil für uns. Wir müssen nur von jetzt an vorsichtiger sein. Und dass sie in dieser Gegend patrouillieren, zeigt uns, dass wir nahe an Guyana sind.

Außerdem wird Rain uns auf jeden aufmerksam machen, der dort draußen sein könnte.«

Seine Worte schienen Mandy etwas von ihrer Angst zu nehmen. Er sah, wie ihre Schultern sich ein wenig entspannten. »Wenn wir die Richtung beibehalten hätten, in die wir vorher gegangen sind ... wären wir vielleicht direkt auf die Rebellen gestoßen, oder?«

»Das kann man nicht mit Sicherheit sagen, aber ich vermute es, ja.«

Langsam ließ Mandy seine Hand los und rutschte auf ihren Knien um ihn herum, bis Rain zwischen ihnen war. Sie beugte sich herunter und küsste den Kopf des Hundes. Den Blick, den Rain ihr zuwarf, konnte Buck nur als Bewunderung bezeichnen. Er konnte das nachvollziehen – er hatte dieselben Gefühle für diese Frau.

»Danke, Rain. Das hast du gut gemacht. So gut. Du bist so klug und mutig. Du wusstest nicht, wie wir auf dein Knurren reagieren würden. Wir hätten wütend werden oder etwas nach dir werfen können, aber das wolltest du ja nicht, oder? Also hast du uns in diese Richtung getrieben. Habe ich schon gesagt, dass du klug bist? Du bist der klügste Hund der Welt!«

Während sie sprach, streichelte sie Rains Kopf und Rücken. Der Hund schien sich in ihre Berührung zu lehnen, und er hatte aufgehört zu zittern.

Mandy holte tief Luft und sah zu Buck auf. »Was jetzt?«

»Wir gehen weiter. Wir folgen Rains Spur.«

»Ich meine, ich weiß, ich habe gesagt, dass er klug ist ...« Zu Bucks Belustigung bedeckte Mandy die Ohren des Hundes mit ihren Händen, bevor sie fortfuhr: »Aber trauen wir ihm wirklich zu, uns zur Grenze zu führen? Er könnte uns tatsächlich nach Westen führen, zu einem unbekannten Ort, von dem er kommt.«

Sie war so verdammt süß. Buck berührte den Kompass, der

an seinem Fluganzug hing. »Ich habe einen Kompass, schon vergessen?«

»Oh, ja.« Sie streichelte jetzt wieder Rains Kopf.

»Außerdem war der Ort, von dem er kam, offensichtlich kein guter Ort. Vor allem wenn er zu den Rebellen gehörte, die am Morgen der Rettung der Kinder in das Lager gekommen waren. Du hast gesehen, wie sehr er sich vor den beiden Männern gefürchtet hat, die sich unterhalten haben. Wie sehr er gezittert hat.«

»Richtig. Nash?«

»Ja?«

»Ich nehme ihn mit, wenn wir gehen. Ich werde ihn nicht hierlassen. Das kann ich nicht.«

Buck war von ihrer Erklärung nicht gerade überrascht. Sie wäre nicht die Frau, die er bewunderte und in seinem Leben haben wollte, wenn sie Rain den Rücken kehren könnte.

»Okay.«

»Okay?«, fragte sie, den Kopf hinreißend geneigt. Sie hatte Schmutz auf den Wangen, eine Schramme auf der Stirn von einem Ast, unter dem sie sich nicht schnell genug geduckt hatte, und ihr Haar stand in alle Richtungen ab. Und er hatte in seinem Leben noch nie eine schönere Frau gesehen.

»Ja, okay. Ich werde tun, was ich kann, um zu helfen. Es wird einen Haufen Bürokratie geben. Er braucht Impfungen, Zulassungen, vielleicht eine Bescheinigung von einem Tierarzt, was weiß ich. Aber wir werden uns schon was einfallen lassen.«

Sie starrte ihn einen Moment lang an, dann ging sie auf die Knie und stürzte sich auf ihn, während Rain zwischen ihnen lag. »Danke.«

»Du brauchst mir nicht zu danken. Ich habe den kleinen Kerl auch schon ziemlich lieb gewonnen.«

Sie zog sich zurück, sehr zu Bucks Enttäuschung. Er liebte das Gefühl von ihr an ihm. »Oh, wolltest *du* ihn mit nach Hause nehmen?«

»Er mag mich, aber er ist dir treu ergeben«, sagte Buck mit einem Kopfschütteln. »Er gehört zu dir. Aber ich hätte nichts gegen ein Besuchsrecht.«

Ihr Lächeln erhellte ihr Gesicht. »Natürlich.«

Es schien so ... normal zu sein, über das Besuchsrecht für einen Hund zu sprechen, als sei der Ausgang ihres kleinen Ausflugs durch den Dschungel eine Selbstverständlichkeit. Und soweit es Buck betraf, war es das auch. Sie konnten auf keinen Fall so nahe an ihr Ziel herankommen, nur damit die Rebellen sie jetzt fanden. Er würde Mandy und Rain sicher über die Grenze bringen oder bei dem Versuch sterben.

Nicht dass er sterben wollte. Nein, es gab Dinge, die er mit seinem Leben anfangen wollte. Nämlich die Frau neben ihm kennenlernen, ohne sich um Dinge wie die Nahrungssuche, das Gejagtwerden und das Nicht-gebissen-Werden von den Hunderten von tödlichen Viechern zu kümmern, die in diesem Regenwald herumkrochen und -schlichen.

»Ich denke, jetzt ist unsere Chance, nach Osten zu gehen«, sagte er. »Ich weiß natürlich nicht, in welchem Umkreis die Rebellen nach jemandem suchen, der vielleicht nach Guyana will, aber da sie gerade hier vorbeigegangen sind, nehme ich an, dass wir ein Zeitfenster haben, um an ihnen vorbei-zukommen.«

Mandy nickte. »Ich vertraue dir. Was immer du für das Beste hältst, das werden wir tun. Gott weiß, dass ich keine Ahnung von allem hier draußen habe.«

»Das ist nicht wahr. Du hast dich sehr gut gehalten und hast gestern Abend sogar unser Feuer angezündet.«

»Ja, das habe ich, nicht wahr?«, sagte sie mit einem kleinen Lächeln.

»Ja. Als Nächstes wirst du Jane aus dem Dschungel sein.«

Sie stieß ein leises Lachen aus. »Nicht ganz.«

Buck lächelte vor sich hin und war erstaunt, dass er etwas anderes empfand als ein Gefühl der Pflicht und der Dringlichkeit, aus diesem Dschungel zu verschwinden. Er hatte nicht erwartet, dass er fast zwei Wochen lang durch die nasse, heiße Hölle des Regenwaldes wandern würde, aber er hatte einige gute Erinnerungen an seine Zeit mit Mandy.

»Was denkst du, Rain? Ist die Luft rein?«, fragte er den Hund, der zwischen ihnen lag.

Als Antwort auf seine Worte setzte Rain sich auf und sah ihn und dann Mandy an, bevor er seine Nase hob und die Luft schnupperte. Dann stellte er sich auf alle viere, schüttelte sich mit dem ganzen Körper und trat hinter den Bäumen hervor, mit Blick nach Osten.

Er drehte den Kopf und sah sie an, als wollte er sagen: »Kommt ihr mit?«

»Die Luft scheint rein zu sein«, sagte Buck. Er stand auf und hielt Mandy die Hand hin. »Was meinst du? Sollen wir von hier verschwinden?«

»Glaubst du, wir schaffen es heute über die Grenze?«, fragte sie, während sie seine Hand nahm und sich von ihm hoch helfen ließ.

»Nach den Rebellen zu urteilen sieht es vielversprechend aus.«

»Worauf warten wir noch? Dann lasst uns gehen!«, sagte Mandy eifrig.

Als sie diesmal losgingen, war Buck in Alarmbereitschaft. Beim ersten Anzeichen, dass sich jemand in ihrer Nähe befand, würde er in Deckung gehen. Er hatte jedoch das Gefühl, dass Rain sie auf mögliche Rebellen in der Nähe aufmerksam machen würde, lange bevor Buck etwas hörte oder sah. Der Hund hatte ein unglaubliches Gespür für seine Umgebung und hatte ihnen heute wahrscheinlich das Leben gerettet.

Wenn er sie nicht gezwungen hätte, die Richtung zu ändern, wären sie wahrscheinlich direkt mit den beiden Männern zusammengestoßen. Er verdankte diesem Hund alles. Er schwor sich, alles zu tun, um sicherzustellen, dass Rain mit Mandy nach Hause gehen konnte. Der Hund musste vielleicht in Guyana auf die Genehmigungen und den Papierkram warten, aber Buck würde dafür sorgen, dass er in die Obhut von jemandem kam, der für ihn verantwortlich war und ihn wie den König behandelte, der er war, bis er zu Mandy nach Virginia kommen konnte.

Für einen Mann, der stolz darauf war, zu Hause ein sehr geordnetes und unkompliziertes Leben zu führen, sammelte er sicherlich seinen gerechten Anteil an ... Komplikationen. Er hatte ein schlechtes Gewissen, weil er so über Mandy und Rain dachte, aber es gab keinen Zweifel, dass sein Leben sich ändern würde.

Er würde nicht mehr nur für seinen Job leben. Er wollte, dass die Dinge zwischen ihm und Mandy funktionierten. Aber ihre Zukunft war bestenfalls ungewiss. Sie hatte immer noch Aufgaben hier in Guyana zu erfüllen, und er hatte natürlich seine eigenen Verpflichtungen. Aber sie war es wert, dass er alles tat, um die Beziehung, die sie im Dschungel begonnen hatten, zu pflegen.

KAPITEL NEUN

Die Überquerung der Grenze verlief enttäuschend. Amanda wusste nicht einmal, dass sie wieder sicher in Guyana waren, bis sie auf eine unbefestigte Straße mit einem Schild stießen, das anzeigte, wie weit es noch bis Baramita war, einer Stadt nicht allzu weit von der venezolanischen Grenze entfernt.

»Haben wir ... haben wir es geschafft?«, stotterte sie.

»Sieht so aus«, sagte Nash mit einem Lächeln. »Obwohl wir noch nicht über den Berg sind. Die Rebellen sind schon einmal illegal über die Grenze gekommen, um dich und die Kinder zu entführen, sie könnten es wieder tun.«

Er sagte nichts, worüber Amanda nicht schon nachgedacht hatte. Sie konnte an nichts *anderes* denken als an das. Ihre Vereinbarung mit der Schule lief noch etwa drei Monate, aber der Gedanke hierzubleiben machte ihr Angst. Sie nahm an, dass die Sicherheitsvorkehrungen erhöht würden, um alle zu schützen, aber was, wenn das nicht ausreichte? Was, wenn die Rebellen so entschlossen waren, sich zurückzuholen, was sie verloren hatten, die Jungen und Mädchen – sogar Amanda selbst –, dass sie mit mehr Männern und mehr Feuerkraft zurückkehrten? Sie würden sicherlich aus den Fehlern der ersten Entführung lernen und die Kinder wahrscheinlich trennen, sobald sie wieder über die Grenze waren, und die Männer, denen die Mädchen versprochen worden waren, würden sie sofort mitnehmen.

Sie erschauderte. Und natürlich bemerkte Nash das.

»Was? Was ist los?«

»Nichts«, sagte sie, ohne nachzudenken.

»Tu das nicht. Rede mit mir, Mandy.«

Er hatte recht. Sie hatten zusammen eine höllische Erfahrung gemacht, und es erschien ihr respektlos, sich jetzt zu verkriechen. »Ich ... ich habe nur darüber nachgedacht, was passieren würde, wenn sie zurückkommen.«

»Ich bin sicher, dass in der Schule Änderungen vorgenommen wurden, um die Sicherheit aller zu gewährleisten«, erwiderte Nash.

»Ja.«

»Lass uns erst mal sehen, was wir in der Schule finden, bevor du dir Sorgen machst. Du wirst dich auch besser fühlen, wenn du geduscht und etwas Richtiges gegessen hast.«

»Wie sollen wir zur Schule kommen? Ich habe keine Ahnung, wo wir sind oder wo sie ist«, sagte Amanda.

»Per Anhalter fahren. Wie sonst?«, antwortete Nash mit einem Lächeln.

Aber das konnte Amandas Sorgen nicht zerstreuen. »Ist das sicher?«

»Unter normalen Umständen, nein. Aber wir sind in Guyana, und ich bin bewaffnet, und wir haben Rain ... ich denke, es wird uns nichts passieren.«

»Wird uns jemand mitnehmen, wenn wir Rain haben? Und wir sehen nicht sehr ... vertrauenswürdig aus.«

Nash lachte. »Du meinst, weil wir gerade zwei Wochen durch den Dschungel gewandert sind und aussehen wie entflohene Sträflinge?«

»Ja, das.«

»Hab Vertrauen, Mandy.«

Das war das Problem. Sie war nicht mehr die gleiche naive Frau, die sie bei ihrer Ankunft in Südamerika gewesen war. Sie war gekommen, um Kinder zu unterrichten, und fand sich in einer Situation wieder, in der es um Leben und Tod ging. Wie lange war es her, dass sie entführt worden war, einen Monat? Sie fühlte sich, als sei sie jetzt ein völlig anderer Mensch. Amanda war sich nicht sicher, ob sie jemals wieder jemanden ohne Misstrauen ansehen könnte.

Sie gingen die unbefestigte Straße entlang, und es war erstaunlich, wie gut es sich anfühlte, nicht im Dschungel zu sein. Oh, es gab immer noch viele Bäume auf beiden Seiten, aber auf einer richtigen Straße zu gehen fühlte sich befreiend an. Aber ... auch ein wenig seltsam. Als seien sie zu ungeschützt. Rain schien das auch so zu sehen, denn er hielt sich an den Straßenrand und ging zwischen den Bäumen hindurch statt im Freien.

Da kam Amanda der Gedanke, dass der kleine Hund vielleicht gar nicht mit zur Schule zurückkommen wollte. Diese Vorstellung machte sie außerordentlich traurig. Sie wollte ihn nicht verlassen. Sie wollte sich nicht jeden Tag um ihn sorgen und sich fragen müssen, ob es ihm gut ging.

Seitdem sie gehört hatten, dass die Männer an der Grenze patrouillierten, war er an ihrer Seite geblieben. Aber die Wahrheit war, dass sie nicht wusste, ob der Hund das einzige Zuhause, das er je gekannt hatte, verlassen wollte.

Das Rumpeln eines Motors klang so deplatziert, dass Amanda es zunächst kaum zuordnen konnte. Sie hatte Wochen damit verbracht, die Geräusche des Dschungels kennenzulernen – Regen, Vögel, x-beliebige Tiere –, sodass ihr ein Motor jetzt fast fremd erschien.

Aber Nash zögerte nicht. Er streckte den Daumen im universellen Anhalterzeichen aus, und zu ihrem Erstaunen hielt ein verbeulter grauer Pick-up an. Der Mann hinter dem Lenkrad starrte sie an.

»Danke fürs Anhalten. Wir könnten eine Mitfahrgelegenheit gebrauchen«, sagte Nash.

»Sind Sie Amanda Rush?«, fragte der Mann mit Akzent und starrte sie so überrascht an, dass es ihr unangenehm war.

»Warum fragen Sie das?«, fragte Nash in einem viel härteren Ton als noch vor einem Moment, wobei er sich vor sie stellte, um dem Mann die Sicht zu versperren.

Amanda spürte, wie Rain sich gleichzeitig an ihre Seite lehnte, als sei er bereit, sie vor jedem zu schützen, der es wagte, Hand an sie zu legen. Es war beruhigend, in einem überbeschützenden männlichen Sandwich zwischen Nash und dem Hund zu sein, aber sie war auch äußerst neugierig, woher dieser Mann ihren Namen kannte.

»Ich fahre diese Straße jeden Tag rauf und runter in der Hoffnung, Sie zu treffen«, sagte der Mann. »Wir haben von Desmond Williams aus dem Waisenhaus erfahren, dass Sie und ein amerikanischer Pilot vermisst werden und dass wir nach Ihnen Ausschau halten sollen. Und hier sind Sie! Sie *sind* Amanda, richtig?«

»Das bin ich«, sagte sie, bevor Nash etwas erwidern konnte. »Vielen Dank, dass Sie nach uns gesucht haben.«

»Nun, ich will verdammt sein«, sagte der Mann. »Ich hätte nie erwartet, Sie zu finden. Normalerweise verschlingt der Dschungel die Menschen und spuckt sie nicht wieder aus. Kommen Sie, springen Sie auf die Ladefläche und ich bringe Sie zurück zur Schule, bevor Sie blinzeln können.«

»Mein Hund darf auch mitkommen, oder?«, platzte Amanda heraus.

Der Blick des Mannes fiel auf den Hund an ihrer Seite. Er sah wieder überrascht aus, zuckte aber mit den Schultern. »Das macht für mich keinen Unterschied.«

Dies war der Moment der Wahrheit. Stiegen sie ein oder

nicht? Aber dieser Mann würde ihren Namen nicht kennen, wenn er zu den Rebellen gehörte. Sie konnte sich nicht erinnern, dass jemand im Lager nach ihrem Namen gefragt hatte. Vielleicht hatten sie gehört, wie die Kinder ihn erwähnten, aber alle nannten sie Mandy. Und es war *unmöglich*, dass sie ihren Nachnamen kannten. Dieser Mann musste unbescholten sein.

Sie sah Nash an, um herauszufinden, was er dachte.

Er sah wachsam, aber nicht übermäßig misstrauisch aus, was eine große Erleichterung war.

Nash hielt sich zwischen ihr und dem Fahrer und drängte sie auf die Ladefläche des Wagens. Er half ihr hineinzuklettern und sprang dann selbst auf.

Rain stand auf der Straße und sah verwirrt ... und besorgt aus. Der Blick aus seinen braunen Augen war auf die beiden geheftet, und einen Moment lang war sie sich nicht sicher, ob sie ihn zum Mitkommen bewegen konnten.

»Komm schon, Rain«, drängte Amanda und klopfte auf ihren Oberschenkel. »Es ist okay. Du kommst mit uns mit. Spring hoch. Du schaffst das!«

Mit einem letzten Blick auf die Umgebung spannte Rain sich an, dann sprang er.

Amanda musste lachen, als sie ihre Arme ausstreckte, um den Hund aufzufangen, der sich buchstäblich auf sie warf. Sie fiel rückwärts auf die Ladefläche, mit einem Arm voll stinkendem, schmutzigem Hund. Nash war zur Stelle, um sicherzustellen, dass keiner von ihnen wieder herunterfiel.

»Bereit?«, rief der Mann aus der Fahrerkabine.

Nash gab ihm einen Daumen hoch.

Amanda setzte sich auf und beobachtete aufmerksam, wie der Mann den Wagen zurücksetzte und auf der Straße wendete. Sie war bereit, sofort wieder auszusteigen, wenn es so aussah, als würde er sie in die Richtung fahren, aus der sie gerade gekommen waren.

Erst als sie auf dem Weg waren – in die entgegengesetzte Richtung von der Grenze –, entspannte sie sich schließlich.

»Wir haben es geschafft«, sagte sie, gerade so laut, dass Nash es hören konnte.

»Das haben wir«, stimmte er zu.

Amanda drückte Rain an ihre Brust und legte ihr Kinn auf seinen Kopf, während sie sich auf den Weg machten – hoffentlich zu der Schule und dem Waisenhaus, wo ihre ganze Tortur begonnen hatte. Sie hatte gemischte Gefühle bei dem, was auf sie zukam. Nicht dass sie zurück in den Dschungel wollte, aber sie, Nash und Rain hatten sich eine Routine angewöhnt. Es war bequem. Vorhersehbar. Was auch immer vor ihr lag, war es nicht.

Als könnte er ihr Unbehagen spüren, legte Nash einen Arm um ihre Schultern. Sie lehnte sich an ihn und schloss die Augen. Mit diesem Mann an ihrer Seite fühlte sie sich stärker. Das war nicht klug, denn er würde wahrscheinlich abreisen, sobald sie in der Schule waren. Sein Co-Pilot wartete vermutlich schon besorgt auf ihn, und Amanda hatte keinen Zweifel, dass der Rest seines Teams inzwischen genauso besorgt war. Er würde seine eigenen Probleme haben, mit denen er fertigwerden musste.

Die Dinge würden sich zwischen ihnen ändern, und sie konnte nur hoffen, dass er es ernst gemeint hatte, als er sagte, dass er sie wiedersehen würde, sobald sie zurück in Virginia war. Vielleicht war es etwas, das er im Eifer des Gefechts gesagt hatte, und sobald die Realität eintrat und er in sein Leben zurückkehrte, würde er es vielleicht bereuen, so impulsiv gewesen zu sein. Das würde wehtun, aber sie wollte es lieber gleich wissen, als sich von ihm verführen zu lassen oder ihn aus einem Gefühl der Verpflichtung heraus zu einer Verabredung zu treiben.

Nash Chaney war ein ehrenwerter Mann, und wenn er sagte, er würde etwas tun, hatte sie keinen Zweifel daran, dass er sein Versprechen einhalten würde, sie nach ihrer Rückkehr in die Staaten auszuführen. Aber sie wollte keine lästige Pflicht sein, eine Aufgabe, die er erfüllen musste, um sein Wort zu halten.

Sie mochte diesen Mann. Sehr sogar. Sie träumte immer noch von dem Kuss, den sie geteilt hatten. Er war intensiv und der beste Kuss gewesen, den sie je bekommen hatte. Sie hatten ihn nicht wiederholt, aber er hatte seine Zuneigung auf andere Weise gezeigt ... ihre Hand gehalten, dafür gesorgt, dass sie die ersten Stücke des gekochten Fleisches bekam. Und natürlich schlief er immer noch jede Nacht mit ihr in seinen Armen.

Aber letztendlich machte sie sich umsonst Sorgen. Sie konnte niemanden kontrollieren, außer ihr eigenes Handeln. Und im Moment konnte sie nichts anderes tun, als mit dem Strom zu schwimmen. Entweder würde alles gut gehen oder nicht. Das war die Quintessenz.

Ein Tag nach dem anderen. Im Moment wollte sie nur sehen, wie es weiterging, nachdem sie wieder in der Schule angekommen waren. Sie wollte unbedingt die Kinder sehen. Sich vergewissern, dass es ihnen gut ging. Sich mit eigenen Augen davon überzeugen, dass sie sicher und gesund waren.

Der Wagen fuhr nicht sehr lange, bevor er langsamer wurde. Als Amanda sich im Fahrerhaus umsah, erblickte sie die vertraute Straße, die zu dem Waisenhaus und der Schule führte, in der sie drei Monate ihres Lebens verbracht hatte. Sie konnte sich ein Lächeln nicht verkneifen.

Sie hatten es geschafft. Allen Widrigkeiten zum Trotz hatte sie es zurück an den Ort geschafft, an dem ihr Albtraum begonnen hatte.

Als der Pick-up die Straße hinunterfuhr, sah sie, wie die Menschen aus den Türen des Schulgebäudes strömten, neben dem Gebäude, in dem die Kinder jeden Tag schliefen und aßen.

Ihr Lächeln wurde breiter, so sehr, dass ihre Wangen

schmerzten. Der Wagen fuhr vor, und Nash stieg aus und hielt ihr die Hand hin, sobald sie angehalten hatten. Sie ergriff sie und drehte sich um, um zu sehen, wie alle »ihre« Kinder auf sie zuliefen.

Sie nahm vage wahr, dass Rain ebenfalls hinten aus dem Wagen gesprungen war, aber ihre Aufmerksamkeit galt vor allem den Kindern. Michael führte die Gruppe an, und das Lächeln auf seinem Gesicht war fast so breit wie ihr eigenes. Andrew, James, Natasha und Sandra waren auch dabei.

Sie musterte die Gesichter der Kinder und stellte fest, dass sie *alle* da waren.

Michael rannte direkt in sie hinein und stieß sie fast um. Nur Nashs Hand an ihrem Rücken hielt sie aufrecht. Aber er wich zurück, als sie von den Kindern umschwärmt wurde. Sie lachte, als sie alle versuchten, sie zu berühren, um sich selbst zu beweisen, dass sie es wirklich war und es ihr gut ging.

Alle redeten auf einmal. Sie fragten, wo sie gewesen sei, versuchten, ihr alles über den Hubschrauber zu erzählen, in dem sie gesessen hatten. Ihre Aufregung und Erleichterung waren ansteckend, und wieder einmal spürte Amanda, wie etwas in ihr klickte. Das war es, was sie in ihrem Leben tun sollte. Unterrichten. Kinder formen und ihnen helfen, die besten Menschen zu werden, die sie sein konnten, wenn sie erwachsen waren. Sie war noch nicht lange mit dieser Gruppe von Kindern zusammen, aber sie bedeuteten ihr bereits die Welt.

Sie tat ihr Bestes, um jedes Kind zu berühren, zu bemerken, wie gesund es aussah und wie klug es während seiner Flucht gewesen war. Sie saugten ihr Lob auf, so wie sie es immer taten.

Sie hatten eine Million Fragen, aber sie war noch nicht bereit, sie zu beantworten, und war sich auch nicht sicher, was sie sagen sollte. Sie sagte ihnen nur, dass es ihr gut ginge. Sie war müde, hungrig und schmutzig, aber in Ordnung.

Als sie ihren Blick wieder über die Kinder schweifen ließ,

fiel ihr auf, dass eines fehlte. Die kleine Bibi. Als sie sich umschaute, sah sie einige der Erwachsenen, die lächelnd im Hintergrund standen und das Wiedersehen zwischen den Kindern und ihr beobachteten. Desmond war da, ebenfalls mit einem kleinen Lächeln im Gesicht. Ebenso wie die drei anderen Lehrerinnen.

Blair war auch da – und sie hielt Bibi im Arm. Eine sehr unglückliche kleine Vierjährige. Das Mädchen zappelte und versuchte, sich aus dem Griff der Frau zu befreien, aber die Vorsteherin der Schule ließ sie nicht los. Sie mochte Anfang siebzig sein, aber sie war offensichtlich noch stark genug, um das Kind zu bändigen.

Und Blair lächelte *nicht*. Sie sah ... schockiert aus. Amanda konnte das verstehen. Es war nicht so, als hätten sie vorher anrufen können, um allen mitzuteilen, dass sie zurück war. Aber sie war verwirrt, warum sie die kleine Bibi nicht zu sich kommen ließ, um sie zu begrüßen.

Ihre Aufmerksamkeit wurde von Joseph abgelenkt, der den Namen des Hundes wissen wollte.

Rain stand etwas abseits neben Nash und wirkte sehr verunsichert über die ganze Aufregung.

»Das ist Rain. Er hat uns im Dschungel gefunden und war unser treuer Begleiter. Er hat uns das Leben gerettet, indem er uns gewarnt hat, als die bösen Männer in der Nähe waren. Er brachte uns dazu, eine andere Richtung einzuschlagen.«

»Und der Mann?«, wollte Natasha wissen.

»Das ist Nash. Er ist einer der Hubschrauberpiloten, die gekommen sind, um uns alle zu retten.«

»Es tut mir so leid, dass ich dir gesagt habe, dass James vermisst wird«, sagte Michael kläglich.

Amanda umarmte ihn fest. »Ist schon gut. Ich finde es toll, dass du dich um alle gekümmert hast.«

»Aber meinetwegen hast du den Hubschrauber verpasst«, erwiderte er mit Tränen in den Augen.

»Sieh mich an, Michael. Hört alle zu. Hört ihr zu?«

Ein Haufen kleiner Köpfe wippte auf und ab.

»Mir geht es gut. Ich habe überlebt. Das ist das Wichtigste. Ich hätte viel lieber das durchgemacht, was ich durchgemacht habe, weil du dir Sorgen um deine Mitschüler gemacht hast, als es nicht erlebt und jemanden zurückgelassen zu haben. Du hast das Richtige getan, Michael. Und ich bin stolz auf dich. Ich bin so stolz auf *euch alle*.«

»Also gut, Leute, die Pause ist vorbei. Wir sind so froh, dass Miss Mandy wieder da ist, aber es ist Zeit, zum Unterricht zurückzukehren. Lassen wir ihr ein wenig Freiraum. Ihr seht sie später wieder, wenn der Unterricht vorbei ist«, rief Blair.

Als Amanda zu der Stelle hinüberschaute, an der sie gestanden hatte, sah sie Bibi nicht mehr. Sie nahm an, dass eine der anderen Lehrerinnen sie bereits zurück ins Klassenzimmer gebracht hatte. Sie war enttäuscht, denn Bibi war eines ihrer Lieblingskinder. Sie hatte sich sofort in Amanda verguckt und war seit ihrer Ankunft im Waisenhaus eine ihrer ständigen Begleiterinnen geworden.

Die Kinder machten sich auf den Weg zurück in ihre Klassenzimmer, aber Michael ging zu Nash hinüber und streckte ihm die Hand entgegen. »Danke, dass du Miss Mandy beschützt und sie zurückgebracht hast.«

Nash schüttelte dem Jungen feierlich die Hand. »Sie hat mich auch beschützt. Wir haben als Team gearbeitet.«

Michael schaute ein wenig überrascht, dann nickte er. »Ja, sie ist ziemlich cool«, sagte er. Dann drehte er sich um und lief zurück zur Schule, um sich seinen Freunden und Klassenkameraden anzuschließen.

Nachdem die Kinder gegangen waren, kam Blair herüber. »Schön, dass du wieder da bist.«

Amanda war überrascht über den etwas kühlen Empfang von der Gründerin. Sie hatten sich nie besonders nahegestanden, aber sie hatten dennoch einige ruhige Abende miteinander verbracht, an denen sie über die Kinder, den Auftrag des Waisenhauses und darüber sprachen, was Blair in Zukunft zu erreichen hoffte.

Blair hatte ihr erzählt, was sie am meisten am Leben in den USA vermisste und dass sie irgendwann zurückkehren wollte. Sie hatte sogar zugegeben, dass sie in Erwägung ziehen würde, ein oder zwei Waisenkinder zu adoptieren, aber sie hatte nie ein bestimmtes Kind erwähnt.

Aber die Frau, die diese intimen nächtlichen Gespräche geführt hatte, schien nicht dieselbe zu sein, die jetzt vor Amanda stand und in einem flachen Ton sprach. Sie wirkte fast ... verärgert? Was keinen Sinn ergab.

»Ich nehme an, du willst dich waschen. Ich werde dich nicht aufhalten. Die Behörden werden auch mit dir über deine Tortur sprechen wollen. Deine Aussage aufnehmen. Ich werde sie anrufen und dafür sorgen, dass sie wissen, dass du zurück bist.« Sie wandte sich an Nash. »Auch Ihr Freund wird über Ihre Rückkehr informiert werden. Er ist nicht abgereist. Er wartet im nahe gelegenen Stützpunkt auf eine Nachricht über Ihren Aufenthaltsort. Ich bin sicher, dass Sie so schnell wie möglich zu ihm gelangen wollen. Ich werde den Transport für Sie organisieren.«

»Das würde ich zu schätzen wissen.«

»Deine Sachen sind im Lagerraum«, sagte Blair zu Amanda. »Es tut mir leid, aber wir wussten nicht, ob du zurückkommen würdest, und es war ... für alle unangenehm, deine Sachen in deinem Zimmer zu sehen. Also haben wir sie weggebracht.«

Amanda war verblüfft. Sie war nicht *so* lange weg gewesen. Und sie konnte nicht leugnen, dass es wehtat ... die Annahme, dass sie nicht zurückkommen würde.

Nun, ohne Nash wäre das wahrscheinlich ihr Schicksal gewesen.

»Mandy wird mit mir zum Stützpunkt kommen«, sagte Nash zu Blair.

Mandy sah überrascht zu ihm hinüber. Würde sie das?

»Da diese Operation vom Vizepräsidenten selbst genehmigt wurde, muss sie so schnell wie möglich ihre Sicht der Dinge darlegen. Für die Kinder wird es weniger störend sein, wenn wir das außerhalb von hier tun. Ich bin mir sicher, dass sie sich nicht wohlfühlen würden, wenn sie all die Polizisten und Militärs sehen, die hier ein und aus gehen, um mit Mandy zu sprechen.«

»Sie haben recht, das ist wahrscheinlich das Beste. Und dieser Hund wird sowieso nicht bleiben dürfen. Er hat wahrscheinlich hundert verschiedene Krankheiten. Es ist nicht gesund, ihn in der Nähe der Kinder zu haben«, sagte Blair und betrachtete den Hund mit Verachtung. »Ich muss mich um die Arbeit kümmern. Ich bin froh, dass du zurück bist, Amanda. Komm zu mir, wenn du wieder da bist, und wir besprechen, wie es um deine Vereinbarung als ehrenamtliche Mitarbeiterin steht und welche Aufgaben du übernehmen wirst, bis es Zeit für dich ist, nach Hause zurückzukehren.«

Mit diesen Worten drehte Blair sich um und ging in Richtung der Schule.

Amanda konnte sie nur erstaunt anstarren.

»Wow. Das war ... interessant«, sagte Nash.

Amanda nickte. »Irgendetwas stimmt nicht. Sie hat sich mir gegenüber noch nie so verhalten.«

»Vielleicht ist sie überwältigt.«

»Muss ich wirklich mitkommen, um mit den Leuten darüber zu reden, was passiert ist?«

»Willst du hierbleiben?«

Der Gedanke, von Nash getrennt zu sein, war ihr unangenehm. Sie hatte sich viel zu sehr daran gewöhnt, mit ihm zusammen zu sein. Natürlich würde sie ihn irgendwann verlassen müssen, aber je länger sie die Trennung hinauszögern konnte, desto besser für sie.

»Eigentlich nicht. Aber kann ich erst meine Sachen holen?

Ich meine, es hört sich so an, als sei schon alles gepackt, also sollte es nicht lange dauern.«

»Natürlich. Ich werde dafür sorgen, dass das passiert.«

Amanda blickte auf Rain hinunter, der während des Treffens mit den Kindern an Nashs Seite geblieben war, sich aber neben sie gestellt hatte, als die Kinder gegangen waren. »Du hast keine hundert Krankheiten, nicht wahr, mein Junge?«, fragte sie leise. Der Gedanke, sich von dem Hund trennen zu müssen, der ihr auf eine gute Art und Weise unter die Haut gegangen war, machte ihr das Herz schwer.

Es tat ihr mehr weh, als sie zugeben wollte, dass Blair die Möglichkeit, dass Rain bei ihr in der Schule bleiben würde, von vornherein ausschloss. Und sie verstand die Bemerkung über den Stand ihrer Vereinbarung als ehrenamtliche Mitarbeiterin nicht. Soweit Amanda wusste, hatte sie noch drei Monate vor sich. Sie war bereits drei Monate dort gewesen und hatte einen Monat im Dschungel verbracht. Vielleicht war es das, was Blair besprechen wollte? Ob ihre Zeit im Dschungel zu den sechs Monaten zählte oder nicht.

Und sie war ebenso verwirrt darüber, welche »Aufgaben« sie übernehmen würde, bis sie nach Hause zurückkehrte. Sie war hier, um zu unterrichten. Würde sie nicht mehr unterrichten? Und wenn nein, warum nicht? Was sollte sie denn hier tun, wenn sie ihre Tage nicht mit den Kindern verbrachte?

Ihr schwirrte der Kopf. Irgendetwas schien ganz und gar nicht in Ordnung zu sein, aber sie hatte im Moment nicht die geistige Bandbreite, um es herauszufinden. Ihr Magen knurrte und sie wünschte sich sehnsüchtig, dass Nash wieder mit seinem Freund zusammentraf. Obi-Wan musste um Nash genauso besorgt sein, wie sie es um die Kinder gewesen war.

Also musste zuerst Nash wieder mit seinem Teamkameraden zusammengebracht werden. Dann fühlte sie sich, als könnte sie eine ganze Kuh essen und dann drei Tage lang durchschlafen – natürlich erst nach einer Stunde unter einer sehr heißen Dusche. Aber zuerst musste sie offenbar mit jemandem sprechen und ihm erklären, was seit dem Tag der Entführung geschehen war.

Die nächsten Stunden versprachen sehr arbeitsreich zu werden, aber Amanda verdrängte alles aus ihren Gedanken. Eine Minute nach der anderen. Das war alles, was sie durchstehen musste. Was auch immer passieren würde, würde passieren. Außerdem würde Nash da sein.

Es war erschreckend, wie schnell sie sich darauf verlassen hatte, dass er auf sie aufpasste. Es war kein schlechtes Gefühl, nur neu. Eines, von dem sie wusste, dass sie es überwinden musste, denn schon bald würde er seinen Weg gehen und sie den ihren.

Während sie auf ihre Fahrt zum Stützpunkt warteten, schloss Amanda die Augen und lehnte sich an den Mann, der ihr Fels in der Brandung gewesen war. Sie hatten sich unter ziemlich beschissenen Umständen kennengelernt, aber sie konnte nichts von dem bedauern, was passiert war. Denn es hatte Nash in ihr Leben gebracht. Für wie lange, wusste sie nicht, aber sie würde jede Minute mit ihm schätzen, denn sie wusste aus erster Hand, dass die Zukunft sich im Handumdrehen ändern konnte.

Was sie für ihren Lebensweg gehalten hatte, hatte sich während der letzten Wochen und Monate so oft geändert, dass sie keine Ahnung hatte, in welche Richtung sie jetzt gehen oder wie sie überhaupt dorthin kommen sollte.

Sie konnte nur die holprige Fahrt durchstehen und auf das Beste hoffen.

KAPITEL ZEHN

Als Buck Obi-Wan sah, grinste er. Sein Freund sah beschissen aus. Als hätte er seit Wochen nicht gut geschlafen. Was nur fair war, denn Bucks Schlaf war auch miserabel gewesen.

Der Mann am Steuer des Wagens, der sie am Waisenhaus abgeholt hatte, hatte auf der Fahrt zum Militärstützpunkt nicht viel gesagt, aber als sie auf den Parkplatz des Gebäudes fuhren, in dem sie ihre Pläne zur Rettung von Mandy und den Kindern geschmiedet hatten, entspannte Buck sich schließlich.

Die Szene im Waisenhaus war seltsam gewesen. Er konnte nicht genau sagen, was ihn so beunruhigt hatte, aber irgendetwas stimmte nicht. Deshalb hatte er auch gesagt, dass Mandy mit ihm zurück zum Stützpunkt kommen würde. Wahrscheinlich brauchte sie das nicht, aber es widerstrebte ihm nicht nur, sich von ihr zu trennen, er konnte sie auch nicht inmitten der etwas feindseligen Stimmung zurücklassen, die er an diesem Ort gespürt hatte.

Und es schien, als empfand sie genauso, da sie so bereitwillig zugestimmt hatte. Er wusste, wenn sie nicht das Gefühl gehabt hätte, dass etwas nicht stimmte, hätte sie niemals von den Kindern, die sie liebte, getrennt sein wollen. Vor allem nicht von denen, zu denen sie während ihres Entführungsalbtraums eine noch engere Bindung aufgebaut hatte.

»Buck!«, rief Obi-Wan und zögerte nicht, seine Arme um ihn zu legen und ihm ein paarmal auf den Rücken zu klopfen.

Es fühlte sich gut an. Buck war kein Mann, der sich vor körperlichen Zuneigungsbekundungen scheute. Vielleicht lag das daran, dass seine Eltern sich und ihre Kinder ständig umarmten. Oder weil er eine Schwester hatte, die kein Problem damit hatte, ihre Liebe zu zeigen, indem sie ihn umarmte. Wie auch immer, er erwiderte die begeisterte Begrüßung seines Freundes und zog sich dann zurück.

»Du weißt, dass der Oberst dich für diese Nummer fertigmachen wird, oder?«

Buck zuckte zusammen. Ja, das wusste er. Night Stalkers sollten ihre Hubschrauber nicht verlassen, aber nicht nur Casper hatte es getan – mit katastrophalen Folgen –, sondern jetzt auch er. »Wenigstens ist unser Hubschrauber nicht in die Luft geflogen«, sagte er lachend.

»Stimmt. Laryn wird dankbar sein, denn es ist schon schlimm genug, dass sie Caspers neuen Hubschrauber auf Vordermann bringen muss. Wenn sie sich gleichzeitig um einen zweiten kümmern müsste, würde sie wohl auf der Stelle kündigen. Und ich nehme an, das ist *die* Amanda Rush?«

Buck drehte sich um und lächelte Mandy an, die zurückgeblieben war, um ihm Platz zu machen, damit er seinen Freund begrüßen konnte. Er hielt ihr die Hand hin, und zu seiner großen Zufriedenheit nahm sie sie und ließ sich von ihm nach vorn ziehen.

»Ja. Mandy, das ist Obi-Wan, mein Co-Pilot und einer der besten Hubschrauberpiloten der Welt.«

»Obadiah Engle«, sagte sein Teamkamerad und reichte ihr die Hand.

Mandy schüttelte sie, ein kleines Grinsen auf dem Gesicht. »Ich glaube, ich weiß, warum du Obi-Wan genannt wirst.«

»Ja, weil ich meine Hubschrauber fliege, als seien sie Starfighter«, scherzte er und erwiderte ihr Lächeln.

»Er liebt *Star Wars* wirklich, das ist also definitiv ein Teil davon, aber als er zur Rekrutierungsstation ging, versuchte der Anwerber offenbar, seinen Vornamen auszusprechen. Er sagte: ›Obi-Was?‹ Es waren noch andere Jungs da, die sich anmeldeten, und sie dachten, er hätte ›Obi-Wan‹ gesagt. Zwei dieser Rekruten waren zufällig in seinem Grundausbildungszug, und sie stellten ihn allen als Obi-Wan vor.«

»Es ist hängengeblieben«, sagte Obi-Wan mit demselben breiten Lächeln auf dem Gesicht. Dann verblasste es. »Ist bei euch alles in Ordnung? Ich habe mein Bestes getan, um den Oberst hier zu überreden, mich ein paar Überflüge mit dem FLIR machen zu lassen, um euch zu finden, aber anscheinend hat der erste Flug, den wir gemacht haben, ein paar Leute in Venezuela verärgert. Ihm wurde gesagt, wenn ein anderer Hubschrauber ohne vorherige Genehmigung in ihren Luftraum eindringt, würde das als Kriegserklärung gewertet.«

»Scheiße«, murmelte Buck.

»Eben. Aber ich wollte nicht ohne dich gehen. Ich wusste, dass du es aus dem Dschungel schaffen würdest, ich musste dir nur etwas Zeit geben. Ich bin sicher, Oberst Burgess wird es zu schätzen wissen, dass du nicht gefangen genommen wurdest und er einen Haufen Papierkram erledigen muss, um deinen Arsch nach Hause zu bringen«, sagte Obi-Wan zu Buck.

Sein Freund scherzte, aber Buck konnte die Besorgnis und Fürsorge in seiner Stimme hören. Er klopfte ihm mit der Hand auf die Schulter. »Es tut mir leid«, sagte er mit leiser Stimme. »Es tut mir leid, dass ich dich hier mit allem allein gelassen habe.«

Er schüttelte den Kopf. »Kein Problem.«

»Und es tut mir leid, dass ich Nash gezwungen habe, dich und die Kinder zu verlassen«, sagte Mandy.

»Ich habe gehört, warum du abgehauen bist. Ich muss

sagen, dass ich zu dem Zeitpunkt sauer war und mir nicht vorstellen konnte, was zum Teufel du dir dabei gedacht hast. Aber nachdem ich die ganze Geschichte gehört habe, verstehe ich es jetzt.«

»Ich habe Nash in Gefahr gebracht. Ich habe *alle* in Gefahr gebracht.«

Obi-Wan zuckte mit den Schultern. »Du bist jetzt hier. In Sicherheit. Ich würde sagen, am Ende hat alles geklappt, und das ist alles, was zählt. Manchmal ist der Weg, wo man hinwill, voller Wendungen, aber wichtig ist nur, dass man weitermacht, bis man ankommt ... und das hast du.«

Buck schätzte es, dass sein Freund diplomatisch vorging und dafür sorgte, dass Mandy sich nicht noch schlechter fühlte, als sie es ohnehin schon tat.

»Ich nehme an, ihr wollt beide duschen und essen. Dein Zimmer ist noch da, wo es war, Buck, und ich glaube, es gibt eine Koje für Amanda auf dem gleichen Flur. Wir können uns in einer Stunde in der Cafeteria treffen. Ist das genügend Zeit, um die Dschungelfäule abzuschrubben, die ich an dir rieche?«, fragte Obi-Wan grinsend und ließ sie beide wissen, dass er einen Scherz machte.

»Perfekt.«

»Und hier gibt es bestimmt irgendwo eine Feuerstelle, wo wir die Sachen entsorgen können. Ich denke, sie könnten jetzt wahrscheinlich von allein stehen.«

Zu seiner Erleichterung kicherte Mandy.

»Komm schon. Anscheinend hat Obi-Wan seine Stand-up-Comedy-Nummer geübt – gib deinen regulären Job lieber nicht auf, Kumpel – und wir haben eine Verabredung mit einer heißen Dusche.« Buck hielt immer noch Mandys Hand in seiner, und er fühlte sich nicht im Geringsten unwohl dabei. Sie hatten gemeinsam eine schwere Zeit durchgemacht, und es war ihm egal, was andere über die offensichtliche Zurschaustellung von Zuneigung dachten. Mandy sollte wissen, dass es ihm ernst damit war, sie wiederzusehen, sobald sie nach Virginia zurückkam.

Außerdem war der Gedanke, von ihr getrennt zu sein ... beunruhigend. Sie hatten jede Minute eines jeden Tages zusammen verbracht, außer wenn er seine Schlingen überprüfte, und es fühlte sich seltsam an, auch nur daran zu denken, jetzt von ihr getrennt zu sein.

»Wow, ist das ein *Hund*?«, fragte Obi-Wan ungläubig. »Er sieht aus wie eine Kreuzung zwischen einem Wolf und einem Faultier oder so.«

Buck konnte nicht glauben, dass er Rain vergessen hatte. Er hatte sich so gefreut, Obi-Wan zu sehen und mit ihm zu sprechen, dass er aus dem Transportwagen gestiegen war und nicht einmal an den armen Hund gedacht hatte.

Als er sich umdrehte, sah er, dass Rain mitten auf dem Parkplatz saß, direkt neben einem von Mandys Koffern, die sie aus dem Lager der Schule geholt hatten, und ein wenig verloren aussah.

Mandy ließ seine Hand los und ging in die Hocke. »Komm her, Rain.«

Der Hund trottete sofort zu ihr und erlaubte ihr, ihn zu streicheln.

»Das ist Rain«, sagte Buck zu seinem Co-Piloten. »Er hat uns irgendwie gefunden, als wir im Dschungel waren. Er beschloss, dass wir eine bessere Wahl waren als die Arschloch-Rebellen, die ihn offensichtlich misshandelten. Und die Oliven, mit denen wir ihn gefüttert haben, solange wir welche hatten, haben auch nicht geschadet.«

»Wir können ihn nicht hier draußen lassen«, sagte Mandy und klang gestresst. »Er wird es nicht verstehen. Und er könnte abhauen, weil er sich zurückgewiesen fühlt.«

»Natürlich lassen wir ihn nicht allein. Er wird mit uns reinkommen. Das wird doch kein Problem sein, oder?«, fragte Buck seinen Freund und kommunizierte nonverbal mit ihm, indem er seine Augen etwas weiter öffnete und eine Augenbraue hochzog.

Obi-Wan schüttelte sofort den Kopf. »Du bist hier eine Art Sensation, Amanda. Vor allem, als alle hörten, was du getan hast, weil du dachtest, ein Kind würde vermisst. Wenn du wolltest, dass King Kong höchstpersönlich in deine Schlafkoje einzieht, würde sicher niemand widersprechen.«

Buck konnte sehen, wie Mandy sich sichtlich entspannte, als sie hörte, dass sie nicht von dem Hund getrennt werden würde, der eine so große Rolle in ihrer Tortur gespielt hatte.

»Er hat uns das Leben gerettet, weißt du. Er hat uns davor bewahrt, wieder gefangen genommen zu werden«, sagte Buck zu seinem Freund.

Diesmal zog Obi-Wan die Augenbrauen hoch.

»Das stimmt. Wir steuerten direkt auf zwei Rebellen zu, die an der Grenze patrouillierten für den Fall, dass ihr Verdacht richtig war und jemand den Hubschrauber nicht erreicht hatte. Rain drehte durch und zwang uns, in eine andere Richtung zu gehen. Er wusste, dass sie da draußen waren, und wenn er nicht darauf bestanden hätte umzudrehen, hätten wir diesen Männern direkt gegenübergestanden.«

»Ein Grund mehr für ihn, bei euch zu bleiben. Ich werde dafür sorgen, dass jeder diese Geschichte hört, damit es keine Beschwerden gibt. Aber ... und ich spreche das nur ungern an ... was passiert mit ihm, wenn wir abreisen? Wird er bei dir in der Schule bleiben, Amanda?«

»Das hätte ich mir auch gewünscht, aber ich glaube nicht, dass Blair ihn tolerieren wird. Ich bin mir nicht sicher, was ich tun werde, aber ich hoffe, dass ich ihn irgendwann mit nach Hause nehmen kann. Ich muss einen Tierarzt finden und die Papiere für ihn besorgen und herausfinden, was ich sonst noch tun muss, um ihn in die Staaten zurückzubringen, wenn ich gehe.«

»Glückspilz«, sagte Obi-Wan mit einem kleinen Lächeln.

»Ich werde sehen, was ich für dich herausfinden kann. Wir sind hier etwas abgelegen, aber es muss doch irgendwo einen Tierarzt geben. Und jemanden, der sich bis zu deiner Abreise um ihn kümmern kann.«

»Oh, ich danke dir so sehr!«, schwärmte Mandy.

»Mein bester Freund steht mit einem Lächeln im Gesicht vor mir und sieht nach seiner Zeit im Regenwald gar nicht so schlecht aus. Das ist das Mindeste, was ich für die Frau tun kann, die ihn so zufrieden aussehen lässt, wie ich ihn schon lange nicht mehr gesehen habe.« Dann nickte Obi-Wan ihnen zu. »Wir sehen uns in einer Stunde im Speisesaal.«

Er ging in Richtung des Hauptgebäudes des kleinen Militärgeländes, während Buck, Mandy und Rain in die entgegengesetzte Richtung gingen, zu einem kleineren zweistöckigen Gebäude, das bei Bedarf als Unterkunft diente. Buck hatte sich Mandys Koffer geschnappt und trug ihn mühelos in einer Hand, während er Mandys Hand in der anderen hielt.

»Bekommen wir Ärger, wenn wir ihn mit reinnehmen?«, fragte Mandy. »Glaubst du, dass er überhaupt mit uns reinkommt?«

»Ich denke, er wird überall hingehen, wo du hingehst«, beruhigte Buck sie.

Als sie an dem Gebäude ankamen und Buck die Tür öffnete, trottete Rain hinein, als hätte er nicht sein ganzes Leben draußen verbracht. Er folgte Buck und Mandy die Treppe hinauf in den ersten Stock.

»Ich habe keine Ahnung, wo Obi-Wan dich untergebracht hat, aber ich dachte, du könntest erst einmal in meinem Zimmer duschen. Ich kann draußen bleiben, während du dir Zeit lässt.«

»Danke. Ich muss zugeben, dass mir der Gedanke, dass du in die eine Richtung gehst und ich in die andere, nicht ganz geheuer war. Wahrscheinlich sollte ich das nicht zugeben, weil ich befürchte, dass du dann ausflippst«, sagte sie ein wenig verlegen.

»Ganz und gar nicht. Ich habe dieselben Gefühle«, beruhigte Buck sie. Es war eine Erleichterung, dass sie genauso empfand wie er. Er war sich nicht sicher, wie er sie hier in Guyana zurücklassen konnte, wenn er nach Hause nach Virginia flog, aber darum wollte er sich kümmern, wenn es so weit war.

Er führte sie zu dem Zimmer, in dem er gewohnt hatte, bevor er sich auf den Weg gemacht hatte, um die Kinder zu retten, und nachdem er die Tür geöffnet hatte, sah er, dass alles noch genau so war, wie er es verlassen hatte. Er stellte ihren Koffer auf das Einzelbett und drehte sich dann zu ihr um.

Als er auf die Frau starrte, die unsicher in der Mitte seines Zimmers stand, mit dem ungepflegten und zotteligen Hund an ihrer Seite, spürte er ein Gefühl der Richtigkeit in sich aufsteigen. Genau an diesen Punkt hatte sein ganzes Leben ihn geführt. Er war siebenunddreißig Jahre alt und hatte noch nie eine Frau getroffen, von der er sich nicht trennen wollte. Jetzt stand seine Zukunft keine zwei Meter von ihm entfernt vor ihm – und er schwor sich in Gedanken, nichts zu vermasseln.

»Wirst du ... wirst du mir mit Rain helfen?«

»Natürlich.« Buck hatte keine Ahnung, wobei sie Hilfe brauchte, aber alles, was sie wollte, würde er ihr gern geben.

»Ich möchte den Matsch und den Dreck aus seinem Fell entfernen, aber ich bin mir nicht sicher, wie er auf die Dusche reagieren wird«, sagte sie und schaute besorgt auf den Hund herab.

»Ich bin kein Hundefriseur, aber ich glaube, wir müssen ihm etwas von seinem Fell abschneiden, um die Verfilzungen zu entfernen. Ich werde schnell eine Schere suchen. Du kannst ins Bad gehen und alles vorbereiten. Ein Handtuch hängt auf dem Ständer, oder sollte es zumindest. Und da ist etwas Seife in der Dusche. Ich werde sehen, ob ich jemanden finde, der uns mehr Handtücher besorgt.«

Mandy nickte.

Es überraschte Buck nicht im Geringsten, dass Mandy sich lieber um den Hund kümmerte, als selbst sauber zu werden. Das war einfach die Art von Mensch, die sie war. Durch und durch freundlich. Wahrscheinlich war das der Grund, warum sie eine so gute Lehrerin war und warum die Kinder im Waisenhaus ihr so zugetan waren.

Er verließ den Raum und kehrte nur wenige Minuten später zurück. Er hätte sein Armeemesser benutzen können, um dem Hund notfalls einige der verfilzten Haare abzuschneiden, aber er hatte Glück und fand einen guyanischen Offizier, der eines der Zimmer verließ und zufällig eine Schere dabeihatte. Er hatte auch kein Problem damit, Buck einen Stapel Handtücher zu geben.

Als Buck das Zimmer betrat, hörte er, wie Mandy leise und ruhig mit Rain sprach. Sie sagte ihm, wie viel besser er sich fühlen würde, sobald er sauber war. Dass er sich wie ein nagelneuer Hund fühlen würde. Er stieß die Badezimmertür auf ... und lächelte über den Anblick, der sich ihm bot.

Mandy saß auf dem Boden mit Rain zwischen ihren Beinen. Sie streichelte den Hund, und die beiden schienen die gemeinsame Zeit zu genießen.

»Wir haben, was wir brauchen«, sagte Buck, der sich wie ein Eindringling fühlte.

Als wüsste er genau, wie Buck sich fühlte, tapste Rain zu ihm hinüber und lehnte sich gegen sein Bein. Er griff nach unten und streichelte dem Hund über den Kopf. »Du wirst uns doch nicht beißen, oder, Kumpel?«, fragte er. »Ich meine, wenn wir dich in die Dusche werfen und uns daranmachen, den Dschungel von dir abzuschrubben?«

»Natürlich nicht«, sagte Mandy lachend, als sie aufstand. »Er ist ein viel zu braver Junge, um so etwas zu tun.«

Buck war sich da nicht so sicher. Er war sich ziemlich sicher, dass der Hund noch nie in einer Duschkabine gewesen war. »Wie sollen wir das machen?«, fragte er.

»Was? Ihn sauber machen? Wir stellen uns zu ihm unter die Dusche und drehen das Wasser auf«, sagte sie sachlich.

»Ich sage es nur ungern, aber die Duschkabine ist nicht sehr groß. Ich bin mir nicht sicher, ob wir alle drei da drin Platz haben.«

Doch Mandy zuckte nur mit den Schultern. »Das kriegen wir schon hin. Ich setze mich mit Rain auf den Boden, und du kannst stehen und das Wasser leiten.«

Zum Glück hatte die Kabine einen abnehmbaren Duschkopf. Die Art, die einen langen Schlauch hatte.

Mandy zog ihre Schuhe aus, stieg mit dem Rest ihrer Kleidung in die Dusche und drehte das Wasser auf. Sie stieß einen mädchenhaften Schrei aus, als das kalte Wasser auf sie traf, und kicherte dann.

Buck konnte nur dastehen und lächeln. Wenn ihm jemand vor einem Monat gesagt hätte, dass er sich an diesem Punkt befinden würde – dass er sich an einer Frau erfreuen würde, die in schmutzigen Shorts und einem T-Shirt mit einem schmutzigen, streunenden Hund in der Dusche stand, während er sich in seinem schmutzigen Fluganzug zu ihr gesellen wollte –, hätte er ihm ins Gesicht gelacht. Und doch war er hier. Und er genoss jede Sekunde.

»Okay, bring ihn rein. Das Wasser ist jetzt warm«, sagte Mandy.

Buck drängte den plötzlich unsicheren Hund in die enge Kabine, folgte ihm und schloss die Duschtür. Er hatte recht, es war sehr eng. Mandy setzte sich auf den Kachelboden und griff nach Rain. »Es ist okay. Ich weiß, dass es beängstigend ist, aber du machst das so gut. Ich verspreche, es wird sich gut anfühlen. Vertrau uns, Kumpel.«

Das Baden von Rain dauerte viel länger, als Buck gedacht

hatte, aber als sie fertig waren, fühlte er sich Mandy näher als je zuvor. Sich gemeinsam mit ihr um ein anderes Lebewesen zu kümmern war ... intim. Sie arbeiteten zusammen, um ihn zu beruhigen und den Filz abzuschneiden, der zu hartnäckig war, um ihn auszukämmen. Die Menge an Schmutz, die in den Abfluss floss, war schockierend.

Als es vorbei war, sah Rain wie ein völlig anderer Hund aus. Sein Fell war tatsächlich hell goldbraun und nicht mehr das dunkle Braun, für das er es gehalten hatte.

Da sie so viele Haare hatten abschneiden müssen, stand das, was übrig geblieben war, in alle Richtungen ab, ähnlich wie bei Mandy. In der Tat sahen sie sich im Moment sehr ähnlich, was Buck zum Lachen brachte. Dann musste er Mandy erklären, worüber er lachte. Zu seiner Erleichterung machte sie mit und war nicht beleidigt, dass er sie mit dem Hund verglich.

Als sie schließlich die Tür zur Dusche öffneten, sprang Rain heraus, sichtlich erleichtert, dass seine Tortur vorbei war. Er schüttelte sich heftig und schleuderte Wassertropfen durch das kleine Badezimmer. Mandy kicherte, und Buck hatte wieder einmal das Gefühl, in einer anderen Welt zu sein. Kichernde Frauen, ein Badezimmer, das nach nassem Hund roch, wo nun überall Wasser stand, und er, der vollständig angezogen in der Dusche stand.

»Ich werde ihn abtrocknen und dich duschen lassen«, sagte Buck zu Mandy, als er aus der kleinen Kabine trat.

Ohne zu zögern, griff er nach dem Reißverschluss seines Fluganzugs. Schnell zog er ihn aus und ließ ihn in einem Haufen auf dem gefliesten Boden zurück. Er hielt sich mit dem Rücken zur Dusche, um Mandy angesichts der mehr als offensichtlichen Erektion in seiner Unterhose nicht zu erschrecken, zog das schmuddelige Trägerhemd aus, das er unter dem Anzug trug, schnappte sich ein paar Handtücher von dem Stapel auf dem Tresen und öffnete die Tür.

Rain verließ schnell den Raum, und Buck folgte ihm.

Als die Tür sich hinter ihm schloss, atmete er tief durch. Er fühlte sich überhitzt, selbst nur in seiner Unterwäsche. Die Anwesenheit von Mandy löste in ihm alle möglichen Gefühle aus, die er noch nie zuvor empfunden hatte. Nichts davon war schlecht, nur im Moment überwältigend. Denn Buck wusste ohne jeden Zweifel, dass sein Leben sich für immer verändert hatte, und das alles wegen der Frau auf der anderen Seite der Badezimmertür.

»Komm her, Rain. Trocknen wir dich ab und machen es dir bequem. Ich verspreche, dass ich mich mit dem Duschen beeilen werde, damit wir dir etwas zu fressen besorgen können. Etwas Besseres als Eichhörnchen und Oliven. Wir müssen dir auch eine Leine und ein Halsband besorgen. Irgendjemand hier wird sicher protestieren, wenn du ohne herumläufst. Aber so schlimm sind sie gar nicht. Du wirst schon sehen.«

Jetzt tat er es, er sprach mit Rain, als könnte der Hund ihn verstehen. Aber er hatte das Gefühl, er konnte es. Er hatte eine Art, Buck mit einem überirdischen Wissen in die Augen zu sehen.

Das Geräusch der Dusche hinter der Tür, die er gerade geschlossen hatte, reichte aus, um seinen Schwanz in seiner Unterhose zucken zu lassen. Zu wissen, dass Mandy da drin war, war eine Qual ... wie sie sich auszog, das Wasser über ihre Haut gleiten ließ, während sie mit einem Waschlappen über ihren Körper strich. Aber es war auch befriedigend. Der Gedanke, dass er sie mit dem versorgen konnte, was sie brauchte, um sich wieder sauber zu fühlen.

Buck hatte sich nie als Beschützer im eigentlichen Sinne des Wortes gesehen. Und doch konnte er nicht leugnen, dass das Gefühl der Befriedigung, das er in diesem Moment empfand, immens war.

Nachdem er Rain so gut wie möglich abgetrocknet hatte, stand er mit geschlossenen Augen in der Mitte des kleinen

Zimmers, atmete tief durch und wartete, bis er mit der Dusche an der Reihe war.

Sie waren vor niemandem auf der Flucht. Sie mussten nicht befürchten, mitten in der Nacht von giftigen Spinnen oder Käfern gebissen zu werden, und bald würden ihre Bäuche voll sein. Die Dinge hatten sich besser entwickelt, als er es je hätte erhoffen können ...

Warum Buck also immer noch ein leichtes Unbehagen verspürte, war verdammt verwirrend.

KAPITEL ELF

Amanda wollte die Dusche gar nicht mehr verlassen. Es war buchstäblich die beste Dusche, die sie je in ihrem Leben gehabt hatte. Sie hatte sich dreimal eingeseift und sich zweimal die Haare gewaschen – und das in kürzester Zeit. Jetzt nahm sie sich ein paar Minuten mehr Zeit, um mit geschlossenen Augen unter dem heißen Wasserstrahl zu stehen und das Gefühl zu genießen, nicht nervös sein zu müssen. Sie war in Sicherheit. Nash war im anderen Zimmer und passte auf, dass niemand zu ihr vordrang. Rain war außer Gefahr und sauber.

Lächelnd öffnete sie die Augen und stellte das Wasser ab. Nash musste noch duschen, und sie wollte ihn nicht noch länger warten lassen. Sie trocknete sich ab und fühlte sich so viel leichter und glücklicher, jetzt, da sie nicht mehr mit Schmutz bedeckt war. Und noch mehr, als sie sich saubere Unterwäsche, Shorts und ein T-Shirt anziehen konnte.

Sie fühlte sich wie ein völlig anderer Mensch als noch vor einem Monat, als sie unschuldig eine Klasse unterrichtet hatte, bevor sie entführt wurde.

Sie öffnete die Badezimmertür und erwartete, Nash zu sehen, der ungeduldig darauf wartete, an die Reihe zu kommen. Amanda hätte es besser wissen müssen. Ihm wäre es wahrscheinlich egal gewesen, wie lange sie unter der Dusche brauchte. Tatsächlich wartete er gar nicht darauf, dass sie fertig war. Er lag auf dem Einzelbett, Rain neben ihm, sein pelziger kleiner Kopf auf Nashs Brust.

Sowohl der Mann als auch der Hund schliefen tief und fest.

Amanda wollte nicht voyeuristisch sein, aber sie konnte nicht umhin, den Mann anzustarren, mit dem sie die letzten zwei Wochen verbracht hatte. Die ordentlich getrimmte Gesichtsbehaarung, die er hatte, als sie sich das erste Mal begegnet waren, war länger und ungepflegter. Sein Haar war zerzaust, er hatte Schmutzflecke im Gesicht und hatte nichts weiter als den engen Slip an, den er offenbar normalerweise unter seinem Fluganzug trug.

Sie hatte ein schlechtes Gewissen, weil sie sich nicht sofort umgedreht oder ihn geweckt hatte, aber Amanda konnte den Blick nicht von ihm abwenden. Er hatte ihr erzählt, dass er nur eins zweiundsiebzig groß sei, nicht sehr groß für einen Durchschnittsmann, aber für einen Piloten, so hatte er erklärt, sei seine Größe ideal, da er selbst in die kleinsten Cockpits passe und noch manövrieren könne. Und sein Körper war perfekt proportioniert.

Aber wie sie in dem Bach im Regenwald festgestellt hatte, hatte er in Bezug auf das, was sich zwischen seinen Beinen befand, *mehr* als nur seinen gerechten Anteil bekommen.

Selbst im Schlaf sah er beeindruckend aus. Und jetzt, da sie in Sicherheit war, erlaubte Amanda sich, einige der Dinge zu fühlen, die sie während der Wanderung durch den Dschungel in der Hoffnung, dass sie nicht gejagt wurden, verdrängt hatte.

Sie fühlte sich extrem zu diesem Mann hingezogen. Und das nicht nur körperlich. Er war hinreißend, das war sicher, aber es war mehr als das. Es war die Art, wie er mit Rain sprach, wie er kein Problem damit hatte, dem streunenden Hund etwas von ihrem kostbaren Essen zu geben, wie er sich um sie kümmerte, wie er sich zwischen sie und alles stellte, was ihr möglicherweise schaden könnte. Es war sein Sinn für Humor. Wie sehr er seine Familie und Freunde liebte. Seine positive Einstellung. Sie hatte keine Ahnung, warum nicht schon irgendeine Frau sich ihn geschnappt hatte.

Als hätte er ihren Blick auf sich gespürt, riss Nash plötzlich die Augen auf und ertappte sie beim Starren. Amandas Gesicht erhitzte sich sofort, und sie tat ihr Bestes, um so zu tun, als käme sie gerade aus dem Badezimmer. »Gehört alles dir«, sagte sie und deutete hinter sich. »Ich habe versucht, nicht das ganze heiße Wasser zu benutzen.«

Er grinste, als wüsste er, dass sie ihn angestarrt hatte. Er versuchte nicht, sich zu bedecken – warum sollte er? Er musste doch wissen, wie heiß er war – er nickte einfach und schwang seine Beine über die Matratze.

»Tut mir leid, dass ich eingeschlafen bin. Ich wollte mich nur kurz hinlegen, dann kam Rain dazu, und im nächsten Moment träumte ich von einem Haufen Pommes und einem riesigen Steak.«

Amanda lächelte. »Oh, das klingt ja himmlisch.«

»Ich wollte Rain einen Platz auf dem Boden zurechtmachen, aber er hatte andere Ideen«, sagte er, wobei der Humor in seinem Tonfall deutlich zu hören war.

»Er ist nicht dumm. Er mag sein Leben draußen verbracht haben, aber wer kann schon auf eine bequeme Matratze, flauschige Decken und einen warmen Menschen zum Kuscheln verzichten?«, fragte Amanda.

Sobald die Worte aus ihrem Mund gekommen waren, wurde ihr klar, dass sie in Wirklichkeit von sich selbst sprach. Und plötzlich schossen ihr Gedanken über die bevorstehende Nacht durch den Kopf. Es würde die erste Nacht sein, in der sie nicht in Nashs Armen schlief, seit sie sich kennengelernt hatten. Sie war sehr froh, dass sie in Sicherheit waren, dass sie es lebend aus dem Dschungel geschafft hatten, aber der

Gedanke, heute Nacht allein zu sein, gefiel ihr nicht so gut. Sie hatte noch nie ein Problem damit gehabt, allein zu schlafen, aber das war früher gewesen. Dies war jetzt. Nach allem, was sie durchgemacht hatte, erschien ihr das Alleinsein beängstigender denn je.

»Es dauert nicht lange, bis ich fertig bin. Dann können wir etwas essen gehen. Meinst du, Rain kommt in meinem Zimmer zurecht, bis wir zurück sind? Wir werden ihm etwas mitbringen, das ihm hoffentlich besser schmeckt als Oliven aus der Dose.«

»Ich weiß nicht, er hat diese Oliven geliebt«, sagte Amanda. »Und ich bin sicher, dass es ihm gut gehen wird. Er sieht aus, als könnte er stundenlang auf diesem Bett liegen. Aber darf er überhaupt hier drinnen sein? Auf den Möbeln?«

»Ich garantiere dir, dass ihn niemand rausschmeißen wird, wenn er erfährt, was er da draußen getan hat. Gib mir fünf Minuten, dann bin ich zurück«, erwiderte Nash.

Amanda setzte sich auf das Bett, nachdem Nash im Bad verschwunden war, und spürte die Wärme der Stelle, wo er gelegen hatte, während sie wartete. Rain wachte auf, falls er jemals wirklich geschlafen hatte, und rutschte näher an sie heran. Sie streichelte ihn abwesend, während sie ins Leere starrte und mit ihren Gefühlen für Nash kämpfte.

Sie öffnete sich für Herzschmerz, aber sie konnte nicht aufhören, über eine Zukunft mit ihm nachzudenken. Er schien sie zu mögen, und er hatte sie um eine Verabredung gebeten, sobald sie nach Virginia zurückkam, aber sie waren nicht mehr allein im Dschungel. Sie hatte das Gefühl, dass die Dinge sich ändern würden, sobald er zu seiner Routine zurückkehrte, zurück zu seinen Freunden.

Sie erinnerte sich an Sandra Bullock in dem Film *Speed*, die etwas in der Art sagte, dass Beziehungen, die unter schwierigen Umständen begannen, nie von Dauer waren.

Aber oh, wie gern hätte sie diese Theorie getestet.

Offensichtlich saß sie länger in ihren eigenen Gedanken versunken da, als sie dachte, denn bevor sie sichs versah, verließ Nash das Badezimmer. Und es überraschte sie nicht im Geringsten, dass sie sich in diesem Moment noch mehr zu ihm hingezogen fühlte. Er roch umwerfend, sauber und frisch, und sein Bart war ordentlich gestutzt. Die Cargohose, die er angezogen hatte, schmiegte sich an seine muskulösen Oberschenkel und das olivgrüne Armee-T-Shirt betonte seine breiten Schultern.

»Bereit? Ich könnte ein Pferd verschlingen. Natürlich nur metaphorisch«, sagte er grinsend.

Selbst sein Lächeln weckte in Amanda mehr Verlangen nach ihm, als sie es für möglich gehalten hatte. »Bereit«, antwortete sie so fröhlich, wie sie konnte. Sie hatte nicht vor, sich mit irgendetwas anderem zu beschäftigen, als die nächste Minute zu überstehen. Was auch immer geschehen würde, würde geschehen, daran erinnerte sie sich immer wieder. Wenn Nash beschloss, lieber mit ihr befreundet zu sein, musste sie sich damit abfinden. Im Moment wollte sie sich den Bauch mit so viel Essen füllen, wie sie nur konnte.

Sie nahm sich einen Moment Zeit, um Rain zu sagen, dass er ein braver Junge sein solle und dass sie bald mit einem großen Teller Futter für ihn zurückkommen würden, dann verließen sie und Nash den Raum und gingen in die kleine Kantine. Als sie dort ankamen, war sie größtenteils leer, da es schon weit nach der Mittagszeit war, aber sie konnten sich jeder ein volles Tablett mit Gerichten nehmen.

Sie aßen schnell, ohne viel zu reden – sie waren zu sehr damit beschäftigt, ihren Hunger zu stillen. Obi-Wan erschien, als sie fast fertig waren.

»Was ist mit einer Stunde?«, scherzte Nash. »Ich bin mir ziemlich sicher, dass meine Uhr nicht kaputtgegangen ist, als ich im Dschungel war. Du bist spät dran.«

Aber Obi-Wan lachte nicht. Er lächelte nicht einmal.

Amanda war angespannt. Das verhieß nichts Gutes.

»Der Oberst hat einen Anruf von Blair Gaffney von der Schule erhalten. Sie will sobald wie möglich mit Amanda sprechen.« Er schaute sie an, sein Ausdruck mitfühlend. »Sie sagte, sie fühle sich nicht wohl dabei, dich noch dort zu haben, für den Fall, dass die Rebellen Vergeltung üben wollen.«

Amanda runzelte die Stirn, die Mahlzeit, die sie gerade gegessen hatte, lag ihr wie ein Betonklumpen im Magen. »Aber ihr Ziel waren die Kinder, nicht wahr?«

Obi-Wan nickte. »Das haben wir auch angenommen.«

»Es waren noch andere Lehrerinnen da. Und sie haben *sie* nicht mitgenommen. Verdammt, wenn ich zur anderen Tür gelaufen wäre, so wie sie es getan haben, hätten die Rebellen mich wahrscheinlich auch nicht mitgenommen«, protestierte Amanda, ohne zu wissen, warum sie diesen Standpunkt vertrat.

»Blair glaubt anscheinend, dass sie verärgert sein werden, wenn sie erfahren, dass du ihnen im Dschungel entkommen bist, was sie als ihren eigenen Hinterhof betrachten. Sie denkt, dass sie vielleicht ein Zeichen setzen wollen oder so. Sie will nicht, dass du deine verbleibenden Monate zu Ende führst.«

Obi-Wans Worte waren nicht gerade eine Überraschung. Nicht, nachdem Blair gesagt hatte, dass sie über Amandas Vereinbarung sprechen wolle, nachdem sie wieder in der Schule angekommen waren.

Sie hatte gemischte Gefühle. Sie würde die Kinder schrecklich vermissen ... aber ehrlich gesagt war der Gedanke, in der Schule zu bleiben, in der sie entführt worden war und die den Auftakt zu einer schrecklichen Tortur gebildet hatte, nicht gerade verlockend.

»In Ordnung. Was passiert jetzt?«

»Du musst deine Aussage bei Oberst Khan machen. Gib ihm so viele Details wie möglich über die Geschehnisse, was gesagt wurde und Beschreibungen der Männer, die dich entführt haben. Dann bringen wir dich zurück zum Waisenhaus, damit du mit Blair reden und deine Sachen abholen kannst«, erklärte Obi-Wan.

»Ich denke, ich muss mir ein Flugticket besorgen. Eine Fahrt zum Flughafen in der Nähe der Hauptstadt arrangieren.«

»Ich habe bereits mit unserem Oberst zu Hause gesprochen ... es wurde genehmigt, dass du mit uns zurückfliegst.«

Amanda starrte Obi-Wan an. »Was?«

»Da die Rettungsaktion offiziell für dich war, der Grund, warum wir überhaupt hier sind, wurdest du autorisiert, mit uns zurückzukommen«, wiederholte Obi-Wan.

Alles geschah so schnell. In Amandas Kopf drehte sich alles. War sie erst an diesem Morgen im Dschungel aufgewacht? »Oh, aber ... ich hatte noch keine Gelegenheit, dafür zu sorgen, dass Rain gut versorgt ist! Um mit einem Tierarzt zu sprechen, um den Papierkram zu besorgen, den ich brauche, um ihn in die Staaten zurückzubringen.«

Obi-Wan nickte und hob beruhigend eine Hand. »Ich hoffe, es ist in Ordnung, aber ich habe mir erlaubt, ein paar Bälle ins Rollen zu bringen. Als ich hörte, dass Blair dich loswerden will – undankbares Miststück –, hatte ich das Gefühl, dass deine erste Sorge dem Hund gilt ... und auch den Kindern. Oberst Khan hat zugestimmt, die Schule in absehbarer Zeit von einigen seiner Soldaten bewachen zu lassen, zusätzlich zu Blairs erhöhter Sicherheit. Um sicherzustellen, dass die Rebellen nicht noch einmal versuchen, die Kinder zu entführen.«

Amanda hatte Tränen in den Augen. Sie war sich nicht sicher, warum sie wegen allem so emotional war. Vielleicht weil sich so viel in so kurzer Zeit verändert hatte. Oder die Tatsache, dass sie gedacht hatte, sie hätte noch ein paar Monate Zeit, um ihr Leben zu ordnen, bevor sie in die Staaten zurückkehrte.

Bis jetzt hatte Nash nicht viel gesagt, aber seine Hand ruhte auf ihrem Knie unter dem Tisch und gab ihr Halt, ohne dass er ein Wort sagen musste. Es fühlte sich gut an, ihn neben sich zu haben, der ihr im Stillen Kraft gab, während ihr Leben außer Kontrolle geriet.

»Kannst du uns ein paar Minuten geben?«, fragte Nash seinen Freund.

»Ja, natürlich. Wenn ihr fertig seid, bringe ich eure Tabletts weg«, sagte Obi-Wan. »Wir treffen uns später vor dem Büro des Obersts. Ich will sehen, was ich tun kann, um die Überprüfung von Rain und die Erledigung des notwendigen Papierkrams zu beschleunigen.«

»Kannst du das überhaupt?« Amanda konnte sich die Frage nicht verkneifen.

»Warte nur ab«, entgegnete Obi-Wan mit einem überheblichen Grinsen, bevor er sich mit den leeren Tabletts in den Händen vom Tisch entfernte.

»Kannst du etwas zum Essen einpacken, damit wir es zu Rain bringen können?«, rief Nash.

Ohne sich umzudrehen, nickte Obi-Wan, um seinem Co-Piloten die nötige Antwort zu geben.

Nash drehte sich in seinem Stuhl um und nahm Amandas Hände in seine. »Sprich mit mir, Rebel. Flippst du aus? Was brauchst du von mir?«

»Ich ... heute Morgen waren wir im Dschungel«, sagte sie und wiederholte den Gedanken, den sie einen Moment zuvor gehabt hatte.

»Nicht wahr? Es fühlt sich sicher ein bisschen unwirklich an. Ich schätze, ich werde später Bauchschmerzen von dem ganzen Essen haben, das ich gerade in mich reingestopft habe. Wie fühlst du dich, dass deine Zeit hier verkürzt wurde? Sollten wir uns dagegen wehren? Weil du eine ehrenamtliche Mitarbeiterin bist, hast du keinen Vertrag, nichts, was rechtlich bindend ist ... aber ich bin sicher, dass wir *etwas* tun können, damit Blair es sich anders überlegt.«

Amanda war verblüfft, dass Nash »wir« und nicht »du« sagte. Sie war schon immer unabhängig gewesen, hatte keine Wahl gehabt, und es war ein tolles Gefühl, jetzt nicht allein zu sein.

»Ähm, ganz ehrlich? Ich glaube, ich bin bereit zu gehen. Allerdings werde ich die Kinder schrecklich vermissen. Ich habe darüber nachgedacht, vielleicht ein oder zwei zu adoptieren. Was wahrscheinlich verrückt klingt, wenn man bedenkt, dass ich keinen Job haben werde, sobald ich in die Staaten zurückkehre, und dass ich Single bin. Aber bis der Papierkram erledigt ist, habe ich hoffentlich schon einen Job gefunden.«

»Das ist nicht verrückt. Es ist etwas, das ich mir ohne Probleme vorstellen kann.«

»Ich habe mich wirklich mit Bibi angefreundet. Sie ist erst vier Jahre alt und hat schon ein so hartes Leben hinter sich. Ich wollte sie nach Hause bringen und ihr zeigen, dass die Welt nicht so schrecklich ist, wie sie wahrscheinlich denkt, nachdem sie ihre Eltern verloren hat und ins Waisenhaus gebracht wurde. Und vielleicht Michael. Er ist älter, und die Chancen, dass ihn jemand adoptiert, sind gering. Aber er ist extrem klug und süß.«

»Nur weil du weggehst, heißt das nicht, dass du sie oder ein anderes Kind nicht adoptieren kannst«, sagte Nash sanft.

Er hatte recht. Aus irgendeinem Grund dachte Amanda, dass ihr die Möglichkeit genommen wurde, einen ihrer Schüler zu adoptieren, zusammen mit ihrer ehrenamtlichen Tätigkeit. Aber nur weil sie wegging, im Grunde genommen gefeuert wurde, bedeutete das nicht, dass sie nicht immer noch adoptieren konnte. Aus der Ferne mochte es logistisch schwieriger sein, aber Blair und Desmond würden sich mit einer Fernadoption sicher wohler fühlen, wenn sie die Person, die die Kinder aufnehmen wollte, persönlich kannten.

»Ja. Ich muss darüber nachdenken, aber du hast recht.«

»Was ist mit Rain, wenn Obi-Wan nicht die nötigen Genehmigungen bekommt, um ihn sofort zurückzubringen? Wäre es für dich in Ordnung, ihn hierzulassen? Wir werden jemanden finden, der vertrauenswürdig ist und sich um ihn kümmert.«

»Ich habe keine andere Wahl, oder? Ich meine, es ist ja nicht so, dass wir ihn über die Grenze schmuggeln können.«

Nash hob daraufhin eine Augenbraue.

»*Können* wir?«

Er schmunzelte. »Ich sage nicht, dass es klug wäre, aber wenn du ohne ihn niedergeschlagen bist, geistig abbaust, dich in deiner Wohnung verkriechst und eine depressive Einsiedlerin wirst, dann werde ich das schon schaffen.«

Es war kaum zu glauben, dass sie kicherte, nachdem sie kurz davor gewesen war zu schluchzen, aber dieser Mann hatte eine Art, sie die positiven Seiten der Dinge sehen zu lassen. »Ich möchte ihn wirklich, wirklich, wirklich mitnehmen. Ich glaube, er wäre verwirrt und verängstigt, wenn er zurückgelassen würde. Aber ich verstehe, dass das vielleicht nicht passieren wird. Solange wir ihn bei jemandem lassen können, der sich um ihn kümmert und ihn nicht misshandelt, ist das für mich in Ordnung.«

»In Ordnung. Und zuletzt ... bist du damit einverstanden, mit uns zurückzukommen? Es wird eine lange Reise werden, und in einem Hubschrauber zu fliegen ist nicht gerade die bequemste Art der Fortbewegung. Wir haben einen erweiterten Treibstofftank und können, falls nötig, während des Fluges auftanken. Aber wie gesagt ... es ist nicht gerade die angenehmste Art zu fliegen.«

»Damit habe ich kein Problem«, beruhigte Amanda ihn. Sie wollte zugeben, dass sie sich bei ihm und Obi-Wan wohler fühlte, als allein zu sein, aber sie beschloss, ihm zu versichern, dass es ihr nichts ausmachte, im Hubschrauber zu fliegen.

»Okay. Wir füttern Rain und treffen uns dann mit Oberst Khan. Du kannst ihm deine Geschichte erzählen, dann fahren wir zurück zur Schule, damit du mit Blair reden und dich von den Kindern verabschieden kannst.«

»Ich schätze, dass sie nicht nur meine Sachen eingepackt hat, um die Kinder nicht mit schlechten Erinnerungen zu belasten, oder?«, fragte Amanda.

»Sieht so aus.«

»Ich kann das nicht glauben. Ich dachte wirklich, Blair würde eine Freundin werden. Ich weiß, sie ist Anfang siebzig, und ich bin noch nicht mal dreißig, aber ich dachte trotzdem, dass wir uns gut verstehen. Ich schätze, ich habe mich geirrt. Ich bin so weit. Bringen wir es hinter uns.«

»Wenn du einmal eine Pause brauchst, scheue dich nicht, das anzusprechen. Der Oberst kann etwas schroff wirken, aber er ist fair und ein guter Anführer«, sagte Nash.

»Das werde ich.«

Dann beugte Nash sich vor und legte seine Stirn an ihre. »Ich bin stolz auf dich, Mandy. Das alles war nicht einfach, und du hast dich sehr gut gehalten. Nur noch ein bisschen länger, dann bist du gesund und munter zu Hause, und das alles wird nur noch eine Erinnerung sein.«

»Alles?«, platzte sie heraus und wurde rot, weil sie so verzweifelt klang.

Nash lehnte sich zurück und legte einen Finger unter ihr Kinn, damit sie ihm in die Augen sah. »Nicht alles. Falls du dich wunderst: Ich habe meine Meinung nicht geändert, dass ich mit dir ausgehen will, sobald wir wieder in Virginia sind.«

Vor Erleichterung wurde Amanda fast schwindelig. »Ich meine auch nicht«, entgegnete sie schüchtern.

Er lächelte sie an. »Gut. Ich hatte schon befürchtet, du würdest deine Meinung ändern, jetzt, da wir aus dem Dschungel heraus sind und du nicht mehr so abhängig von mir bist.«

Er war besorgt, dass *sie ihre* Meinung ändern könnte? Wohl kaum. Aber sie spürte eine kleine Erleichterung, dass er sich nicht so sicher war, was zwischen ihnen geschah, wie er manchmal schien. »Keine Chance«, beruhigte sie ihn.

Daraufhin beugte er sich vor und küsste sie kurz. Es war nur ein kurzes Aufeinandertreffen ihrer Lippen, aber diese kleine Berührung ließ die meisten ihrer Zweifel verschwinden. Er bereute es nicht, ihr gesagt zu haben, dass er mit ihr ausgehen wolle. Er machte keinen Rückzieher, um Abstand zwischen sie zu bringen. Wenn überhaupt, schien er sein Bestes zu tun, um ihr noch näherzukommen. Womit Amanda vollkommen einverstanden war.

»Komm, lass uns das machen. Hoffentlich hat Obi-Wan nach deinem Treffen mit dem Oberst mehr Informationen über Rains Situation.«

»Bleibst du bei mir, während ich mit ihm spreche?«

»Willst du das?«

»Ja.«

»Dann bleibe ich.«

»Danke.« Amanda gefiel es nicht, wie bedürftig sie sich fühlte. Wie seltsam. Aber aus irgendeinem Grund fühlte sie sich jetzt nicht mehr so sicher wie bei ihrer Ankunft auf dem Stützpunkt, sondern als würde eine schwarze Wolke über ihrem Kopf hängen.

Als sie mit Nash an ihrer Seite, ihre Hand in seiner, aus der Kantine ging, hatte sie zumindest das Gefühl, nicht allein zu sein. Als sei Nash da, um ihr zu helfen, falls der Himmel einstürzte. Vielleicht war das verfrüht, aber er hatte sich als jemand erwiesen, auf den sie sich nicht nur verlassen, sondern an den sie sich auch anlehnen konnte, falls etwas schiefging. Sie konnte nur hoffen, dass es so weiterging, denn sie hatte plötzlich das Gefühl, dass das Leben noch nicht damit fertig war, ihr in den Hintern zu treten.

KAPITEL ZWÖLF

»Und deshalb halte ich es alles in allem für besser, wenn du deine Zeit hier abkürzt und sofort in die Staaten zurückkehrst.«

Amanda saß in Blairs kleinem Büro in der Schule und hörte zu, wie sie ihr erklärte, warum sie sie im Grunde genommen entlassen wollte. Nicht weil sie keine gute Lehrerin war, nicht weil sie sich mit den anderen Lehrerinnen nicht verstand oder weil die Kinder sie nicht mochten. Es war einfach eine Vorsichtsmaßnahme ... zumindest behauptete sie das.

Aber Amanda wurde das Gefühl nicht los, dass noch mehr dahintersteckte. Blair sah ihr nicht länger als ein paar Sekunden am Stück in die Augen. Sie zappelte herum und schob Papiere hin und her, während sie sprachen. Es machte keinen Sinn, und während ein Teil von Amanda erleichtert war, dass sie nach Hause flog, fühlte es sich auch wie ein Schlag ins Gesicht an, dass Blair nicht versuchte, sie zum Bleiben zu überreden ... oder sich für das zu entschuldigen, was sie durchgemacht hatte.

Es war nicht so, dass Blair sie bezahlte, abgesehen von Unterkunft und Verpflegung. Sie war als ehrenamtliche Mitarbeiterin dort. Gefeuert zu werden war also ... seltsam.

Dann fiel ihr etwas ein. »Hast du etwas gehört, was das Militär nicht weiß, dass diese Männer zurückkommen?«, fragte sie.

»Natürlich nicht. Aber Vorsicht ist besser als Nachsicht, nicht wahr? Wenn sie hören, dass die Amerikanerin, die sie entführt haben, sie überlistet hat, entkommen ist und sich auf dem Weg zurück zur Grenze der Gefangennahme entzogen hat, werden sie wahrscheinlich noch entschlossener sein, dich zu holen.«

»Wie sollten sie davon erfahren?«, fragte Amanda.

»Was?«

»Du hast *wenn* gesagt, nicht *falls* sie es hören. Wie sollten sie es je erfahren, wenn es ihnen nicht jemand von der Schule sagt? Und warum sollte jemand das tun? *Wie* sollte derjenige das tun?«

»Ich meinte natürlich *falls*«, ruderte Blair zurück. »Niemand hier gibt sich mit gefährlichen Leuten ab wie denen, die dich entführt haben.«

Aber jetzt, da Amanda den Gedanken hatte, konnte sie ihn nicht mehr abschütteln. War jemand, mit dem sie zusammenarbeitete, ein Spion? Wurden die Entführer jetzt sogar darüber informiert, dass sie zurück war? Dass sie sich besser beeilen sollten, wenn sie sie in die Finger bekommen wollten, weil sie abreisen würde?

Die Haare in ihrem Nacken stellten sich auf, und plötzlich wollte Amanda nichts anderes mehr, als von dort zu verschwinden.

Die ganze Situation war ärgerlich, aber sie würde nicht darum betteln, dort zu bleiben, wo sie nicht erwünscht war. Wenn auch nur die geringste Chance bestand, dass sie die Schule, die Kinder und das Personal in Gefahr bringen könnte, würde sie gehen.

Aber es gab noch eine Sache, die sie mit Blair besprechen musste, bevor sie zu Nash zurückkehrte, der wahrscheinlich schon unruhig vor der Tür wartete. Sie hatte ihm gesagt, dass sie mit Blair allein sprechen wolle. Obwohl er bei ihr gewesen war, als sie dem Oberst alles erzählt hatte, woran sie sich erinnern konnte, musste sie diese Sache allein erledigen. Sie hatten ihre Habseligkeiten bereits eingesammelt und in dem Wagen verstaut, den er geliehen hatte, um sie zur Schule zu fahren. Jetzt musste sie nur noch mit Blair sprechen und sich von den Kindern verabschieden. Letzteres würde ihr das Herz zerreißen, daran hatte Amanda keinen Zweifel.

»Ich würde gern mit dir über eine Adoption sprechen. Natürlich ist jetzt nicht der richtige Zeitpunkt, da ich bald abreisen werde, aber ich werde einen Antrag stellen, wenn ich wieder zu Hause in Virginia bin. Ich wollte dich nur vorwarnen, damit du nicht überrascht bist, wenn meine Unterlagen auf deinem Schreibtisch landen.«

»Adoptieren? Wen?«, fragte Blair barsch.

Wieder einmal war Amanda von ihrer Reaktion überrascht. Sie hatte eigentlich gedacht, dass sie begeistert sein würde. Sie hatten mehr als einmal darüber gesprochen, wie wunderbar es wäre, wenn einige der Kinder adoptiert werden könnten. Wenn sie irgendwie die Aufmerksamkeit von mehr Leuten aus den USA erregen könnten, die Kinder aus anderen Ländern aufnehmen wollten, die ein Zuhause und eine Familie brauchten.

»Nun, Bibi und ich sind uns sehr nahe gekommen. Ich würde sie gern zu meiner Tochter machen und weiterhin ihre Lehrerin, Freundin und ihre Mutter sein. Und ich habe auch an Michael gedacht. Ich weiß, dass er älter ist, was es schwieriger macht, ihn zu vermitteln, und er verdient eine Chance auf ein stabileres Leben.«

Blair runzelte so stark die Stirn, dass Amanda befürchtete, sie könnte auf der Stelle einen Herzinfarkt bekommen. Jeder Muskel in ihrem Körper schien angespannt zu sein, und es sah so aus, als könnte sie bei der kleinsten falschen Bewegung zerbrechen.

»Ich verstehe.«

Das war es. Nur zwei Worte.

Amanda beschloss, das Schweigen abzuwarten. Sie weigerte sich, es zu brechen, da sie sehen wollte, was Blair tun würde. Ob sie versuchen würde, die unangenehme Atmosphäre, die im Raum herrschte, zu lindern.

»Dann werde ich nach deinem Antrag Ausschau halten.«

Amanda war enttäuscht von der Frau, zu der sie einst aufgesehen hatte. Sie hatte keine Ahnung, warum Blair dagegen war, dass sie einige der Kinder adoptierte, aber ihr Tonfall machte *mehr* als deutlich, dass wenn Amanda einen Antrag stellte, Blair wahrscheinlich alles tun würde, um sie bei demjenigen, der letztendlich über die Zukunft der Kinder entschied, in Misskredit zu bringen.

Es machte keinen Sinn. Überhaupt keinen.

Aber dann ... erinnerte Amanda sich daran, wie Blair Bibi festgehalten hatte, als sie an diesem Nachmittag zurückgekommen war. Wie sie sich geweigert hatte, das Mädchen gehen zu lassen, damit sie Amanda begrüßen konnte.

Wollte die Frau Bibi für sich selbst? Wenn ja, warum sagte sie das nicht einfach?

Amanda war verwirrter denn je, aber für den Moment war sie fertig mit dem Versuch herauszufinden, warum Blair sich so seltsam verhielt. Sie wollte nach Hause fliegen. Weg von der Ungewissheit und den seltsamen Schwingungen, die sie an einem Ort empfing, an dem sie sich noch vor ein paar Wochen sehr wohlgefühlt hatte. Jetzt fühlte es sich bedrückend an. Sie fragte sich, was sie früher übersehen hatte. War es schon immer so gewesen, und sie war nur zu naiv gewesen, um es zu erkennen?

War Blair in etwas Gefährliches verwickelt? War sie mehr als nur die Besitzerin und Leiterin des Waisenhauses?

Sie verdrängte diesen Gedanken. Eine zweiundsiebzigjährige Frau, die wie eine Großmutter aussah, eine Witwe, würde auf keinen Fall etwas tun, was die Kinder, die in ihrer Obhut waren, in Gefahr bringen könnte. Niemals.

»Ich werde mich jetzt von den Kindern verabschieden«, sagte Amanda, was sie nicht als Frage, sondern als Aussage formulierte. »Ich danke dir für die Gelegenheit, hier als ehrenamtliche Mitarbeiterin tätig zu sein. Ich wünsche euch allen nur das Beste. In ein paar Wochen wirst du meinen Adoptionsantrag sehen.«

Damit stand Amanda auf, nickte Blair zu und ging hocherhobenen Hauptes zur Tür. Sie hatte nichts Falsches getan, und sie nahm Blair übel, dass sie ihr das Gefühl gab, unter einer Wolke des Verdachts zu gehen.

Sie hatte sich selbst in Gefahr gebracht, um diesen Kindern zu helfen. Warum Blair so tat, als sei sie der einzige Grund dafür, dass die Kinder überhaupt entführt worden waren, und als sei es besser, wenn sie nicht in der Nähe war, war ihr ein Rätsel.

In dem Moment, in dem sie die Tür öffnete, war Nash da. Er runzelte die Stirn und sah sie besorgt an.

»Alles in Ordnung?«, fragte er leise.

»Nein. Aber das wird es sein. Ich möchte die Kinder sehen.«

Er nickte, nahm ihre Hand in seine und begleitete sie den Flur hinunter und zu der Tür, die nach draußen führte. Die Kinder würden jetzt alle in den Wohnräumen sein und essen, denn der Unterricht war für heute vorbei. Nach dem Essen hatten sie Zeit für sich, um zu spielen, zu lesen oder was auch immer sie tun wollten. Dann hatten sie eine Stunde Zeit für ihre Hausaufgaben, bevor sie ihre Hausarbeiten erledigen, baden und ihre Zähne putzen mussten, bevor sie ins Bett gingen.

Die nächsten dreißig Minuten waren für Amanda unerträglich. Sie tat ihr Bestes, um ein Lächeln aufzusetzen und den

Kindern zu versichern, dass es ihr gut ging und dass es ihnen auch gut gehen würde. Sie erklärte, dass sie nach Hause fliegen müsse, aber dass sie jeden Einzelnen von ihnen liebe. Sie versprach zu schreiben, obwohl sie bezweifelte, dass Blair ihre Briefe jemals an die Kinder weitergeben würde.

Irgendetwas hatte sich an der Schule verändert, und Amanda wusste nicht was. Was sich aber *nicht* geändert hatte, war die Unschuld dieser Kinder. Sie hatte durch die Entführung einen kleinen Dämpfer bekommen, aber Gott sei Dank war der Ausgang letztlich positiv. Sie waren gerettet worden, dank eines mitfühlenden Vizepräsidenten, der Nash und Obi-Wan damit beauftragt hatte, sie zu holen.

Amanda wollte nicht daran denken, was aus ihnen allen geworden wäre, wenn der Vizepräsident nicht die Verbindung zu Guyana gehabt hätte, die er hatte. Oberst Khan hätte vielleicht versucht zu helfen, aber ihm waren wegen der angespannten Beziehungen zwischen Guyana und Venezuela die Hände gebunden.

Sie hatte Glück gehabt. Genau wie diese Kinder. Und sie zu verlassen fühlte sich falsch an. Als würde sie sie im Stich lassen. Was ein schreckliches Gefühl war.

Als sie damit fertig war, alle zu umarmen, war sie müde und erschöpft. Bibi hatte sich an sie geklammert, geweint und sie angefleht zu bleiben ... und dann darum gebeten, mit ihr zu gehen. Michael kam Amanda zu Hilfe, indem er das kleine Mädchen von ihr herunterzog und sie wegtrug. Der Ausdruck von Traurigkeit und Enttäuschung auf seinem Gesicht ließ Amanda in diesem Moment fast zusammenbrechen.

Sie ging aus dem Wohnheim und behielt nur knapp ihre Fassung. Als die Fahrzeugtür sich hinter ihr schloss und Nash den Schlüssel in das Zündschloss steckte, hatten die Tränen bereits eingesetzt. Amanda weigerte sich zurückzublicken, als sie wegfuhren, und schluchzte.

Buck hasste das. Mandy hatte auf dem gesamten Rückweg zum Stützpunkt unkontrolliert geweint. Sie hatte weiter geweint, als Obi-Wan sie begrüßte und ihm half, ihre Sachen in den Hangar zu tragen, wo der Hubschrauber für ihren Abflug am nächsten Tag beladen wurde. Sie weinte, als sie Rain begrüßte, nachdem Buck ihre Hand genommen und sie in sein Zimmer geführt hatte.

Es kam nicht einmal infrage, dass er sie in dem ihr zugewiesenen Zimmer absetzte und zum Weinen allein ließ. Niemals.

Sie weinte immer noch, als sie aus dem Badezimmer kam, nachdem sie sich bettfertig gemacht und ein übergroßes T-Shirt angezogen hatte, in dem sie offensichtlich schlief. Jetzt weinte sie nicht mehr, aber ihre Augen waren immer noch feucht.

Rain hatte ein paarmal gewinselt, eindeutig besorgt, aber Buck fand keine Worte, um ihn zu beruhigen. Zum Teufel, er wusste nicht, was er Mandy sagen sollte, um ihr durch ihren Kummer zu helfen. Er konnte nur für sie da sein. Sie wissen lassen, dass sie nicht allein war.

Das Bett in seinem Zimmer war winzig, aber die Orte, an denen sie im Dschungel geschlafen hatten, waren auch nicht gerade geräumig gewesen. Buck zog sie unter die Decke, kletterte dann hinter sie, legte einen Arm um ihre Taille und zog sie an seine Brust. Er drückte sie fest an sich und hielt sie einfach fest, während sie weiter weinte.

Rain war verzweifelt und stieg zu ihnen auf das Bett, rollte sich zusammen und legte seinen Kopf auf Mandys Füße.

»Es tut mir leid«, flüsterte sie.

»Schhh. Alles gut«, sagte Buck.

»Ich dachte nicht, dass es so wehtun würde, mich von den Kindern zu verabschieden. Aber nach allem, was wir zusammen durchgemacht haben ... Ich glaube, sie dachten, sie hätten etwas falsch gemacht, weshalb ich gehen wollte.«

»Ich bin sicher, dass sie das nicht denken«, beruhigte er sie.

»Am meisten schmerzt, dass ich keine Ahnung habe, was Blair ihnen sagen wird. Sie war ... so *kalt*. Ich bin mir nicht einmal sicher, ob das das richtige Wort ist, aber es war, als säße ich einer völlig Fremden in ihrem Büro gegenüber. Und ich schätze, eine Adoption ist wahrscheinlich ausgeschlossen.«

»Warum?«

»Sie klang überhaupt nicht aufgeschlossen, als ich ihr sagte, dass ich einen Antrag einreichen würde.«

»Wirklich? Das ist schockierend. Ich meine, ist es nicht das Ziel eines jeden Waisenhauses, dass die Kinder adoptiert werden?«

»Das sollte man meinen. Nash?«

»Ja, Rebel?«

»Ich glaube ... ich mag es nicht einmal laut aussprechen ... aber was, wenn sie etwas damit zu tun hat?«

»Womit?«, fragte Buck, nicht sicher, wovon sie sprach.

»Der Entführung.«

Bucks erster Impuls war zu widersprechen. Er wollte Mandy versichern, dass die zweiundsiebzigjährige Direktorin der Schule so etwas Schreckliches auf keinen Fall tun würde.

Aber ehrlich gesagt ... er kannte die Frau nicht. Wenn Mandy es für möglich hielt, würde er sich ihre Argumente anhören, bevor er sich eine Meinung bildete.

»Warum sollte sie das Leben der Kinder in Gefahr bringen? Und einer ihrer Mitarbeiter wurde dabei getötet. Das ergibt keinen Sinn.«

»Ich weiß. Aber die Frau, mit der ich heute sprach, war *ganz anders* als die, die ich kennengelernt hatte. Sie war emotionslos. Fast ... leer. Und als ich sagte, dass ich darüber nachdenke, Bibi zu adoptieren? Du weißt schon, das jüngste kleine Mädchen?

Da war ein Ausdruck in ihren Augen, der mir wirklich Angst machte. Ich glaube, sie will Bibi für sich selbst.«

»Sie hat also die Entführung von über zwanzig Kindern arrangiert, weil sie ... eifersüchtig war?« Buck spürte, wie Mandy sich an ihm versteifte. »Ich widerspreche dir nicht«, sagte er schnell. »Ich versuche nur zu verstehen und spiele ein bisschen des Teufels Advokat. Auf diese Weise bereiten mein Team und ich uns manchmal auf Missionen vor. Wir versuchen herauszufinden, wie die Dinge laufen könnten.«

»Tut mir leid. Es ist nur ... da ist noch etwas anderes. Blair hat erklärt, dass es sicherer sei, wenn ich nicht da wäre, denn wenn die Rebellen hören, dass ich tatsächlich im Dschungel war und es geschafft habe, vor ihnen zu fliehen, wären sie nicht glücklich darüber. Sie würden zurückkommen, um sich an mir zu rächen oder so.«

»Das ist kein unmögliches Szenario«, sagte Buck rational.

»Ja, aber sie sagte, wenn. Nicht *falls* sie es erfahren, sondern *wenn*. Wie sollten sie es herausfinden, wenn sie nicht irgendeine Verbindung zur Schule hätten?«

Diesmal versteifte Buck sich. Sie hatte nicht unrecht. Das war in der Tat verdächtig.

»Was ist, wenn sie es arrangiert hat, dass die Rebellen kommen? Um einige der Kinder zu entführen? Es ist kein Geheimnis unter den Mitarbeitern, dass die älteren Kinder nicht zu ihren Lieblingen gehören. Die meiste Zeit über scheint sie von ihnen genervt zu sein. Ich habe nicht viel darüber nachgedacht, da sie die Betreuung dieser Kinder anderen überließ und ihre ganze Zeit mit den jüngeren Kindern verbrachte. Aber an dem Tag, an dem wir entführt wurden? Die älteren und jüngeren Klassen wurden für eine besondere Kunststunde zusammengelegt. An einem normalen Tag wären nur acht Kinder in diesem Klassenzimmer gewesen – die Kinder, die zehn Jahre und älter sind. Sechs Jungen und zwei Mädchen.«

»Zu welchem Zweck würde sie so etwas arrangieren?«, fragte Buck. Er hatte kein gutes Gefühl bei dem, was sie sagte. Natürlich gab es keinen Beweis dafür, dass Blair darin verwickelt war, aber er konnte Mandys Verdacht nicht von der Hand weisen.

»Um die älteren Kinder loszuwerden? Um mehr Platz für jüngere Kinder zu schaffen?«

»Aber Kinder werden erwachsen. Die Mädchen und Jungen, die sie heute liebt, werden in ein paar Jahren älter sein.«

»Das ist mir klar, aber ... Gott! Ich weiß es nicht.«

»Was ist mit dir? Hättest du an dem Tag dort sein sollen?«

»Ja. Ich habe hauptsächlich mit den älteren Kindern gearbeitet.«

»Und wenn es nicht die Kinder waren, die sie loswerden wollte, sondern du?«, fragte Buck in die Stille des Raumes hinein.

Als Mandy nicht antwortete, fuhr er fort.

»Du hast selbst gesagt, dass sie Bibi besonders gernhat, aber das Mädchen hat sich mit dir verbunden. Was, wenn sie darüber sauer war? Was, wenn sie es arrangiert hat, dass die Rebellen in die Schule kommen, aber sie sollten nur *dich* mitnehmen? Oder vielleicht dich und einige der älteren Jungs, damit es echt aussieht?«

Mandy schüttelte den Kopf. »Sie befahlen mir, mit dem Rest des Personals zu gehen. Ich habe mich geweigert.«

Aber sie klang dabei unsicher ...

Buck drängte Mandy, sich auf den Rücken zu drehen. Er schwebte jetzt über ihr. Ihre Augen waren blutunterlaufen und ihre Wangen waren rot. Ihr Haar stand wieder einmal in alle Richtungen ab, was er liebenswert und bezaubernd fand.

»Schließe die Augen. Denk an diesen Tag zurück. Ich weiß, das ist schwierig, denn es war extrem chaotisch. Denk daran, was gesagt wurde, was die Rebellen getan haben. Denk diesmal an deinen Verdacht über Blair und betrachte die Szene aus einer neuen Perspektive.«

Sie tat, was er verlangte, schloss die Augen und runzelte die Stirn, als sie an diesen Tag zurückdachte.

»Sie stürmten in den Raum und erschreckten alle halb zu Tode. Sie hatten Gewehre und richteten sie auf uns alle. Sie schickten die Kinder auf die eine Seite des Raumes und die Erwachsenen auf die andere. Dann begannen sie, die Jungen von den Mädchen zu trennen. Sie ...« Sie zögerte, dann keuchte sie leicht. »Einer kam zu mir rüber, wo ich mit Bibi stand, sozusagen in der Mitte zwischen den Erwachsenen und den Kindern. Bibi weinte und wollte mich nicht loslassen. Der Mann packte mich am Arm und schob uns beide in Richtung Tür. Die Dinge wurden verrückt und verwirrend, als Barry versuchte, einen der Männer zu überrumpeln, und er wurde erschossen, was alle Kinder noch mehr in Panik versetzte. Sie fingen alle an zu schreien. Die Rebellen schienen in Panik zu geraten und begannen, *alle* Kinder zur Tür zu drängen. Der Mann hatte mich immer noch am Arm. Er zog mich mit sich, aber er brauchte sich nicht zu bemühen. Ich ging freiwillig mit. Ich wollte die Kinder nicht allein lassen.«

»Haben sie versucht, einen der anderen ehrenamtlichen Mitarbeiter zu entführen?«

»Nein. Sie liefen alle durch eine Seitentür hinaus, sobald die Kinder anfingen zu schreien.«

»Und war Blair da?«

»Nein. Aber das ist nicht ungewöhnlich. Sie hat nicht täglich unterrichtet. Sie war wahrscheinlich in ihrem Büro in dem anderen Gebäude.«

Mandy öffnete die Augen und starrte ihn an. »Wenn sie die Entführung arrangiert hat, was nun? Wir haben keine Beweise. Nichts, was beweist, dass ich das Ziel war oder dass sie die älteren Kinder aus irgendeinem Grund loswerden wollte.«

Buck hasste das. Er hasste es, dass Blair Mandys Gefühle

verletzt hatte, indem sie sie heute so abrupt entlassen hatte. Und jetzt hatte sie auch noch mitbekommen, dass im Waisenhaus möglicherweise etwas wirklich Schlimmes vor sich ging. Dass eine Frau, die sie kannte und der sie vertraute, sie auf die schlimmste Weise verraten haben könnte. Aber sie hatten keine Beweise, und Buck war sich nicht sicher, was, wenn überhaupt etwas, dagegen unternommen werden konnte.

»Morgen fliegen wir nach Hause. Ich spreche mit meinen Freunden. Mal sehen, ob wir nicht jemanden finden, der nachforscht, was hier vor sich geht.«

»Ich habe Angst um die Kinder.«

Natürlich hatte sie das. Buck war nicht im Geringsten überrascht, dass Mandys Sorge den Kindern galt, die sie zurückließ, und nicht der Möglichkeit, dass sie überhaupt das Ziel der Entführung gewesen war.

»Wir werden es herausfinden. Und wenn Blair irgendetwas mit dem Vorfall zu tun hat, werden wir dafür sorgen, dass sie für ihre Taten bezahlt«, sagte Buck so diplomatisch, wie er konnte.

»Das ist beschissen«, entgegnete Mandy seufzend.

»Ja.«

Sie sah zu ihm auf. »Jetzt geht es mir besser. Danke, dass du mich hierher zurückgebracht hast. Ich erinnere mich nicht mehr an die Fahrt von der Schule. Ich war zu aufgewühlt. Ich kann jetzt in mein Zimmer gehen. Ich bin sicher, dass es dir lieber ist, wenn ich nicht die Hälfte dieser winzigen Matratze in Beschlag nehme.«

»Eigentlich habe ich dich gern hier«, antwortete Buck ehrlich. »Und nach allem, was du gerade gesagt hast, würde ich mich wohler fühlen, wenn du in der Nähe wärst ... nur für den Fall.«

»Denkst du, sie würde jetzt etwas tun? Kurz bevor wir abreisen?«

»Keine Ahnung. Aber ich will kein Risiko eingehen. Ich

bezweifle, dass jemand unbefugt auf den Stützpunkt gelangen kann, um an dich heranzukommen, aber wir wissen nicht, was für Verbindungen die Frau geknüpft hat, seit sie hier ist.«

»Ich bin sicher, dass ich in meinem eigenen Zimmer gut aufgehoben bin«, sagte Mandy leise.

»*Willst* du gehen? Bedränge ich dich?«, fragte Buck und kam sich plötzlich dumm vor, weil er nicht gemerkt hatte, dass sie vielleicht gerade nicht in seinem Bett sein wollte.

»Nein! Ich ... will nur keine Verpflichtung sein«, gab sie zu.

Buck legte eine Hand an ihre Wange und beugte sich hinunter, bis sie sich fast berührten, aber nicht ganz. »Du bist keine Verpflichtung. Vielleicht warst du anfangs, bevor ich dich kannte, ein *Ziel*. Eine Mission. Aber das hat sich in dem Moment geändert, in dem ich in deine verängstigten Augen sah und du nach James gefragt hast. Als ich sah, wie besorgt du um den Jungen warst, wie selbstlos, hat das meine Einstellung zu dem, was du tust, und zu dem, was ich tue, verändert. Außerdem habe ich mich daran gewöhnt, mit dir in meinen Armen zu schlafen. Ich habe das Gefühl, dass es schwer sein wird, mich wieder daran zu gewöhnen, allein zu schlafen.«

»Ich will nicht weg«, sagte sie.

Buck verringerte den wenigen Abstand zwischen ihnen und küsste sie. Es war ein leichter und einfacher Kuss. Nicht der, den er ihr geben wollte. Aber er wollte sie auch nicht unter Druck setzen. Sie war im Moment verletzlich, und er wäre ein Idiot, das auszunutzen.

»Schlaf, Rebel. Wir haben morgen einen langen Reisetag vor uns. Es wird laut sein, ungemütlich, und du wirst mehr als bereit sein, Obi-Wan und mich loszuwerden, sobald wir in Virginia ankommen.«

»Das bezweifle ich sehr«, murmelte sie leise.

»Roll dich auf die Seite, damit wir beide auf diese Matratze passen«, befahl Buck.

Das tat sie sofort, und an ihren Rücken gepresst zu sein fühlte sich für Buck an, als käme er nach Hause.

Rain stieß ein verärgertes Schnauben aus und sprang vom Bett auf den Boden. Er ging zu dem Stapel Decken hinüber, den Buck für ihn hinterlassen hatte, und zerknüllte sie mit seinen Vorderpfoten, bis er sicher war, dass sie genau so waren, wie er sie haben wollte.

»Nash?«, sagte Mandy nach einem langen Moment.

»Ja?«

»Ich bin *froh*, dass Blair mich gefeuert hat. Ich will nach Hause. Ich fühle mich hier nicht mehr sicher.«

Sein Herz brach für sie. »Ich bringe dich nach Hause, Mandy. So schnell ich kann.«

»Auch wenn der letzte Monat beschissen war und ich mehr Angst hatte als je zuvor. Ich war schmutzig, hungrig und habe mehr Mückenstiche, als ich zählen kann ... Ich würde nichts ändern, denn das würde bedeuten, dass ich dich nicht getroffen hätte.«

Jetzt war Buck an der Reihe, emotional zu werden.

»Danke, dass du mich geholt hast«, fuhr sie fort. »Dass du mich da draußen nicht allein gelassen hast. Dass du ein ehrenwerter Mann bist. Dass du auf mich aufpasst, dich um mich kümmerst, mich beschützt. Normalerweise bin ich nicht so hilflos, ehrlich.«

»Du warst nicht hilflos, Mandy. Du warst nicht in deinem Element. Und du hättest die Zeit, die wir im Dschungel verbrachten, zu einem Albtraum machen können. Stattdessen hat es sich wie eine Art Abenteuer angefühlt. Du bist eine gute Partnerin. Wir sind ein gutes Team.«

Er blies ihr keinen Zucker in den Arsch. Die Dinge waren da draußen brenzlig gewesen, aber sie hatte, ohne zu zögern, alles getan, was er von ihr verlangt hatte. Sie hatte ihm erlaubt, seine Fähigkeiten zu nutzen, um sie beide in Sicherheit und über die Grenze zu bringen.

»Und ich würde auch nichts ändern, weil die Begegnung mit dir mein Leben verändert hat.«

Das meinte er ernst. Zu hundert Prozent. Er hatte keine Ahnung, was seine Zukunft bringen würde, aber er hoffte *sehr*, dass sie darin vorkam.

Zu Bucks Überraschung hörte er ein leises Schnarchen von der Frau in seinen Armen.

Er konnte das leise Lachen nicht unterdrücken, das seinen Mund verließ. Sie war buchstäblich mitten in einem Gespräch eingeschlafen.

»Ich werde alles in meiner Macht Stehende tun, damit du es nie bereuen wirst, mich getroffen zu haben. Von jetzt an wird dein Leben nur noch aus guten Dingen bestehen, das verspreche ich dir.«

Er hielt sie im Arm und genoss es, auf einem bequemen Bett in einem klimatisierten Zimmer zu liegen und sich keine Sorgen machen zu müssen, dass jemand mitten in der Nacht über sie stolpern und sie mit einer Waffe bedrohen könnte.

Morgen war ein neuer Tag mit neuen Herausforderungen. Aber je eher er und Mandy in der Luft waren, desto besser. Sie begannen ein neues Kapitel, und er war entschlossen, bei jedem Schritt an ihrer Seite zu sein.

KAPITEL DREIZEHN

Nash hatte recht gehabt. Die Reise in seinem Hubschrauber war nicht vergleichbar mit dem Flug in einem kommerziellen Flugzeug. Am Anfang war es aufregend. Amanda war noch nie in einem Hubschrauber gewesen, und zu sehen, wie Nash und Obi-Wan ihr Ding hinter den Bedienelementen machten, war ziemlich cool. Aber dann wurde es schnell langweilig und ungemütlich. Sie hatte ihr Tablet nicht dabei, konnte keine Musik hören. Sie saß nur auf einem harten Sitz im hinteren Teil des Hubschraubers und starrte ins Leere.

Aber es gab ihr viel Zeit zum Nachdenken. Über ihre Zeit in Guyana. Über Blair. Über die Kinder und die Entführung. Über die Zeit, die sie mit Nash im Dschungel verbracht hatte. Über all das. Alles in allem beschloss Amanda, dass sie eine sehr glückliche Frau war. Glücklich darüber, dass sie die Möglichkeit hatte zu tun, was sie getan hatte: ihren Job zu kündigen und nach Südamerika zu kommen, um an der Schule zu helfen. Sie hatte Glück, dass Nash sie vor den Rebellen gefunden hatte. Glück, dass es ihm gelungen war, Vorräte aus dem Lager zu stehlen, ohne dass ihn jemand sah. Glück, dass

Rain sie gefunden hatte und beschloss, bei ihnen zu bleiben. Und Glück, dass Nash so ein Mann war, wie er es war. Es gab einige Männer da draußen, die ihre Situation ausgenutzt hätten. Nicht so ehrbare Männer, die sexuelle Befriedigung als Gegenleistung für Schutz verlangt hätten.

Als sie in Virginia landeten, war Amanda jedoch mehr als bereit, aus dem Hubschrauber zu steigen. Und Rain stimmte ihr zu.

Als Amanda auf den Hund hinunterblickte, spürte sie eine riesige Welle der Erleichterung. Irgendwie war es Obi-Wan und seinen Kontakten auf dem Stützpunkt gelungen, die nötigen Papiere zu besorgen, um Rain in das Land zu bringen. Ein Tierarzt war zum Stützpunkt gekommen, hatte ihm die nötigen Impfungen gegeben und die Papiere unterschrieben. Sie hatte keine Ahnung, wie viel das gekostet hatte, aber Obi-Wan weigerte sich, auf den Vorschlag einzugehen, dass sie ihm das Geld zurückzahlen würde, sobald sie Virginia erreichten.

Rain war nun auch stolzer Besitzer einer Leine und eines Halsbandes, obwohl er beides nicht unbedingt mochte. Amanda nahm an, es lag daran, dass er sie nie hatte tragen müssen. Aber wie der ausgeglichene und anhängliche Hund, zu dem er geworden war, versuchte er nicht, das Halsband loszuwerden. Er schaute Amanda einfach mit seinen großen braunen Augen an und seufzte.

Als die Tür des Hubschraubers sich öffnete, waren sie auf einer Art Landebahn geparkt. Amanda konnte nicht allzu weit entfernt Gebäude sehen, darunter eines, das wie der Hangar aussah, in dem der Hubschrauber in Guyana geparkt gewesen war.

Aber es war die Gruppe von Menschen, die um den Hubschrauber herumstand, die sie nicht aus den Augen lassen konnte.

Sie nahm an, dass dies Nashs Freunde waren. Seine Pilotenkollegen.

»Buck! Schön, deine hässliche Visage zu sehen!«

»Es wurde auch Zeit, dass du aus dem Dschungel kommst und dich wieder an die Arbeit machst!«

»Gute Arbeit bei der Rettung dieser Kinder!«

»Danke, dass du mein Baby nicht zerstört hast.«

Letzteres sagte eine Frau mit dunklem Haar, das im Nacken zu einem Dutt zusammengebunden war, und die einen Overall trug. Und wenn Amanda sich nicht irrte, hatte sie einen Schraubenschlüssel in einer der Taschen an ihrem Oberschenkel. Das musste Laryn sein. Die Mechanikerin.

Amanda mochte sie sofort. Sie wusste nicht warum, aber sie hatte eine freundliche Ausstrahlung.

»Hallo zusammen! Schön, wieder hier zu sein«, sagte Nash mit einem breiten Grinsen im Gesicht. Dann wandte er sich ihr zu – und aus irgendeinem Grund geriet Amanda innerlich in Panik. Normalerweise konnte sie ziemlich gut mit Menschen umgehen. Sie konnte sich in einer Menschenmenge behaupten, aber sie konnte viel besser mit Kindern umgehen. Und das hier waren Nashs beste Freunde. Sie wollte ihn nicht enttäuschen. Wahrscheinlich standen ihre Haare schon wieder in alle Richtungen ab, sie war müde von dem langen Flug und sie hätte sich lieber mit allen getroffen, wenn sie sich sicherer fühlte. Sie fühlte sich immer noch ein bisschen ... daneben ... von all dem, was passiert war.

Aber als Nash seine Hand ausstreckte und anbot, ihr aus dem Hubschrauber zu helfen, ließ sie sich darauf ein. Er würde nichts tun, was sie in Verlegenheit bringen könnte. Und nach dem zu urteilen, was sie über diese Männer und Laryn wusste, waren sie extrem unvoreingenommen. Das hoffte sie zumindest.

Er ließ ihre Hand los, als sie mit beiden Füßen auf dem Boden stand, aber nur, um sich umzudrehen und nach Rain zu greifen. Der Hund ließ sich von Nash hochheben und ebenfalls auf dem Boden absetzen. Er hatte sich von dem scheuen Tier, das sie zum ersten Mal im Dschungel getroffen hatten, weit entfernt. Rain sah sich misstrauisch um und kauerte sich an Amandas Bein.

Nash nahm ihre Hand nicht wieder, aber er trat auch nicht von ihr weg.

»Ihr alle, das ist Amanda Rush. Mandy. Sie ist der Grund, warum wir überhaupt nach Guyana geflogen sind. Der Grund, warum die Kinder in dem Waisenhaus und der Schule, in der sie gearbeitet hat, alle sicher und gesund sind.«

»Hallo!«

»Schön, dich kennenzulernen.«

»Schön, dass es dir gut geht.«

»Wer ist der Hund?«

Amanda lächelte. »Das ist Rain. Er hat uns im Dschungel gefunden und ist wegen der Oliven, die wir ihm geben konnten, bei uns geblieben ... und wahrscheinlich, weil er nirgendwo anders hingehen konnte.«

»Er ist hinreißend!«, schwärmte Laryn und ging in die Hocke, um Rain in die Augen sehen zu können. »Hey, Junge! Bist du nicht der tollste Hund der Welt? Du magst Oliven, hm? Kann ich dir nicht verdenken. Die sind klasse!«

»Warum sprichst du nicht in diesem Ton mit *mir*?«, beschwerte der Mann neben ihr sich mit einem Lächeln. »In diesem liebestollen Ton?«

Laryn stand auf und sah ihn stirnrunzelnd an. »Weil du dich wahrscheinlich fragen würdest, was zum Teufel ich da mache und ob ich den Verstand verloren habe.«

»Sie hat nicht unrecht«, sagte ein anderer Mann. »Ich meine, es klingt völlig normal, wenn man mit einem Tier spricht, aber wenn sie das mit dir machen würde? Das wäre doch seltsam.«

Alle lachten.

Laryn trat näher an Amanda heran. »Willkommen zu Hause, Mandy. Es tut uns allen leid, dass du das durchmachen musstest, aber die Kinder hatten Glück, dass du bei ihnen warst.«

»Danke«, sagte Amanda, die wieder schüchtern wurde. Sie war nicht in ihrem Element.

»Ich habe mir immer einen Hund gewünscht«, fuhr Laryn fort, wobei sie den Blick wieder zu Rain wandern ließ. »Einen Beagle. Ich möchte ihn Waffles nennen. Ich weiß nicht warum, ich dachte nur immer, das sei ein cooler Name für einen Hund. Aber ich bin zu viel unterwegs, um zu arbeiten. Das wäre nicht fair.«

»Ich würde jederzeit gern auf deinen Hund aufpassen«, bot Amanda impulsiv an. Sie war sich nicht sicher, warum sie das gesagt hatte. Sie hatte keine Ahnung, was die Zukunft bringen würde, und sie hatte diese Frau gerade erst kennengelernt. Es war möglich, dass sie sich nicht einmal mögen würden, wenn mehr Zeit verging.

Laryns Augen funkelten, und sie sah den Mann an ihrer Seite an. »Hast du das gehört, Tate? Sie sagte, sie würde auf den Hund aufpassen.«

»Ich stehe genau hier, natürlich habe ich sie gehört«, entgegnete der Mann und blickte Laryn liebevoll an. »Wir werden später weiter darüber reden. Ich bin Casper«, sagte er und streckte Amanda die Hand entgegen.

Der Teamleiter, erinnerte Amanda sich. »Freut mich, dich kennenzulernen.«

»Das ist Pyro, mein Co-Pilot. Und das sind Chaos und Edge«, sagte er und wies auf die anderen Männer. »Ich würde dir ihre richtigen Namen sagen, aber du würdest dich wahrscheinlich nicht an sie erinnern, und sie würden wahrscheinlich sowieso nicht auf sie reagieren, da sie schon so lange ihre Rufzeichen benutzen.«

»Kylo Mullins, Arrow Porter und Roman Aldrich«, sagte Amanda, ohne zu zögern. »Und du bist Tate Davis. Du hast einen Zwillingsbruder, der ein Navy SEAL ist. Und Obi-Wan ist

Obadiah Engle. Nash hat mir alles über euch erzählt. Im Dschungel gibt es sonst nicht viel zu tun. Und ich kann mir Namen gut merken. Das muss man als Lehrerin können.«

Alle starrten sie an, als hätte sie gerade die ersten achthundert Stellen von Pi aufgesagt.

»Hat jemand was dagegen, wenn wir aufhören, hier draußen zu quatschen, und reingehen? Ich will Mandy nach Hause bringen.«

Alle sprachen gleichzeitig, entschuldigten sich und begannen sofort, in Richtung des großen Hangars zu gehen. Als sie das taten, beugte Nash sich hinunter und fragte: »Alles in Ordnung?«

Es erinnerte sie an den Dschungel. Wie er ständig nach ihr sah. Seine Besorgnis fühlte sich an wie eine warme Decke, die sich um sie legte, wenn sie nach einem Schneesturm ins Haus kam.

»Mir geht es gut«, beruhigte sie ihn.

»Sie sind alle zusammen ein bisschen viel, aber jeder von ihnen würde sein letztes Hemd geben, wenn man es bräuchte.«

Sie nickte. Nach dem zu urteilen, was Nash ihr über seine Freunde und Kollegen erzählt hatte, waren sie eine enge Gruppe. Das freute sie für Nash.

Als sie zu Rain hinunterblickte, sah sie, dass er den Kopf drehte und seine neue Umgebung aufnahm. Er blieb direkt an ihrer Seite, die Leine locker, er zog nicht, versuchte nicht, bei den beängstigenden Geräuschen von Menschen und Flugzeugen um ihn herum zu flüchten. Nicht zum ersten Mal fragte sie sich nach seiner Vergangenheit. Wie konnte er scheinbar alles so gut verkraften? Die meisten Streuner, die sie kannte, waren schreckhaft und hätten sich bestimmt nicht so gut eingelebt wie er. Er war einzigartig, und sie war Obi-Wan wieder einmal dankbar, dass er alles Nötige getan hatte, um ihn ohne große Schwierigkeiten ins Land zu bringen.

Die nächste Stunde verging für Amanda wie im Flug. Nash

musste seinem Oberst Bericht erstatten, und während er das tat, blieb sie mit Laryn und Casper zurück. Sie fand das Paar witzig und nett. Sie nahmen sich gegenseitig auf süße Weise auf den Arm und waren offensichtlich sehr verliebt. Laryn brachte wieder einmal den Vorschlag vor, sich einen Hund anzuschaffen, bestand aber darauf, dass es der richtige sein müsse. Kein Designerhund, kein Hund, der von einem Züchter gekauft wurde. Sie wollte einen, der ein Zuhause brauchte. Das machte die Frau für Amanda noch sympathischer.

Dann kehrte Nash zurück, und Erleichterung machte sich in ihr breit. Doch innerlich runzelte sie die Stirn. Wenn sie so glücklich war, ihn zu sehen, nachdem er eine Stunde weg gewesen war, wie würde es sich dann erst anfühlen, wenn er sie in ihrer Wohnung zurückließ?

Sie wollte nicht darüber nachdenken, wie sehr sie sich an den Mann gewöhnt hatte ... wie sehr sie es gewohnt war, ihn um sich zu haben.

Sie nahm an, dass es nur natürlich war nach den Erfahrungen, die sie miteinander gemacht hatten. Er war ihr Fels gewesen. Er hatte ihr buchstäblich das Leben gerettet. Ohne ihn hätte sie es auf keinen Fall zurück nach Guyana geschafft. Und jetzt, nachdem sie so lange fast jede Minute eines jeden Tages zusammen verbracht hatten, musste sie zusehen, wie er in sein normales Leben zurückkehrte, als sei sie nicht innerlich zerrissen.

Aber sie würde es tun. Sie würde nichts tun, um ihm ein schlechtes Gewissen einzuflößen, weil er zu seiner gewohnten Routine zurückkehren würde. Außerdem hatte sie Rain. Sie würde nicht allein sein. Der Hund würde sie beschützen, vielleicht nicht so, wie Nash es getan hatte, aber er würde sie zumindest warnen, wenn etwas nicht stimmte. Das hoffte sie. Wahrscheinlich bürdete sie dem Hund zu viel Verantwortung auf. Aber er war klug. *Sehr* klug. Immerhin hatte er genug gewusst, um ihnen mitzuteilen, dass sie nicht den Weg nehmen sollten, der sie direkt zu den Rebellen geführt hätte.

»Worüber denkst du so angestrengt nach?«, fragte Nash, als er sie zu ihrer Wohnung fuhr.

Sie hatte eine Menge Dinge zu tun. Sie musste ihrem Vermieter mitteilen, dass sie früher zurück war. Ihren Wagen aus dem Lager holen. Sich davon überzeugen, dass alle Rechnungen während ihrer Abwesenheit ordnungsgemäß bezahlt worden waren. Lebensmittel einkaufen, Wäsche waschen, einen Tierarzt für Rain finden, damit er hier untersucht werden konnte, ihn bei der Stadt anmelden, sich einen Job suchen.

All ihre Verantwortung fühlte sich plötzlich erdrückend an. Aber sie wollte Nash nicht das Gefühl geben, sie könne nicht mit sich selbst fertigwerden. Sie war eine erwachsene Frau. Sie würde schon zurechtkommen.

»Es ist noch gar nicht so lange her, dass wir durch den Dschungel gestapft sind, auf dem Boden geschlafen und Tiere gegessen haben, die du gefangen hast.«

»Nicht wahr? Das Leben ändert sich in Sekundenschnelle. Das habe ich in den Jahren des Fliegens gelernt. Es ist verrückt. Aber ich habe auch gelernt, mich vom Wind treiben zu lassen und mit dem Strom zu schwimmen. Alles andere wäre so, als würde man gegen eine Backsteinmauer schlagen. Man bekommt nur eine kaputte Hand und die Mauer wird nicht im Geringsten in Mitleidenschaft gezogen.«

Amanda kicherte. Das war eine gute Analogie.

Es war ein seltsames Gefühl, auf dem Parkplatz ihres Wohnhauses zu parken. Es kam ihr vor, als sei es erst gestern gewesen, dass sie wegfuhr, und doch fühlte es sich an, als sei es ein ganzes Leben her. Sie war jetzt ein ganz anderer Mensch als zu dem Zeitpunkt, an dem sie abgereist war. Das verstärkte ihr Gefühl, aus dem Gleichgewicht zu sein.

Nash trug die drei Taschen, die sie mit nach Guyana

genommen hatte, und begleitete sie zum Eingang ihres Hauses. Es war nach dem Abendessen, und ihre Nachbarn waren schon immer ruhig gewesen, weshalb sie wahrscheinlich niemanden sah, als sie Nash die Treppe hinauf und den Flur entlang zu ihrer Wohnungstür führte.

Den Schlüssel ins Schloss zu stecken fühlte sich unwirklich an. Obwohl sie es schon öfter gemacht hatte, fühlte es sich wie das erste Mal an, wegen all dem, was sie erlebt hatte, seit sie das letzte Mal dort gewesen war.

Nash trat ein und stellte ihre Taschen direkt hinter der Tür ab. Amanda löste die Leine von Rains Halsband und schaute Nash an. Sie wollte ihn bitten, nicht zu gehen, aber er hatte wahrscheinlich genauso viele Dinge zu erledigen wie sie. Und sie hatte keine Ahnung, was sie ihm noch sagen sollte, jetzt, da es an der Zeit war, sich zu verabschieden.

»Ich habe deine Nummer und werde dir bald eine SMS schicken, um zu sehen, wie es dir geht.«

Amandas Mund fühlte sich trocken an. Das Schlucken fiel ihr schwer. Sie nickte.

»Kommst du zurecht?«

Sie nickte erneut.

Sie wollte von ihm hören, dass er sie bald wegen ihrer *Verabredung* anrufen würde. Dass sie sich morgen sehen würden, was dumm war, weil sie beide in den nächsten Tagen und Wochen wahrscheinlich sehr beschäftigt sein würden.

Sie wollte ihm sagen, wie dankbar sie war ... wie sehr sie ihn vermissen würde ... ihn bitten, nicht zu gehen. Aber sie sagte nichts von alledem. Sie starrte einfach zu ihm auf und versuchte verzweifelt, nicht zu weinen.

Nash trat vor und legte eine Hand in ihren Nacken. Ihr Herz schlug schneller. Sie wollte seinen Kuss. Brauchte ihn.

Aber er küsste sie nicht. Nicht so, wie sie es sich gewünscht hätte. Er drückte einfach seine Lippen auf ihre Stirn und trat dann zurück.

Enttäuschung machte sich in ihr breit. Das war es also. Er würde durch diese Tür gehen und alles über die seltsame, impulsive Frau vergessen, der er in einem verdammten Regenwald hatte hinterherjagen müssen, weil sie dumm genug gewesen war, vor dem Hubschrauber, der sie retten sollte, wegzulaufen, anstatt ihm entgegenzugehen.

»Du bist eine fantastische Frau, Amanda Rush. Ich bin ein besserer Mensch, weil ich dich getroffen habe. Ich schreibe bald«, wiederholte er.

Und dann war er weg. Sie blieb in der stillen Wohnung zurück und fühlte sich hilflos. Verloren.

Und so unglaublich allein.

Dann kamen ihr die Tränen, und sie konnte nichts anderes tun, als in ihrer kleinen Diele auf den Hintern zu sinken und zu weinen. Sie *hasste* es zu weinen. Normalerweise war sie nicht der Typ, der sofort in Tränen ausbrach. Aber sie war erschöpft, konnte immer noch den Dschungel riechen, obwohl sie in Nashs Zimmer auf dem Stützpunkt in Guyana geduscht hatte, und die Geräusche um sie herum waren so anders als das, was sie gewohnt war, dass sie sich wieder einmal völlig fehl am Platz fühlte.

Rain stupste ihren Arm an, und Amanda hob ihn gern an, um den Hund an ihre Seite zu drücken. Er leckte ihr über das Gesicht, als wollte er ihre Tränen wegwischen, aber sie kamen immer wieder.

Wie lange sie dort auf dem Boden saß, wusste Amanda nicht, aber irgendwann wurde ihr Hintern taub und sie wusste, dass sie sich zusammenreißen musste.

Das passte nicht zu ihr. Sie war eine starke, unabhängige Frau. Sie atmete tief durch und stand langsam auf. Weinen würde nichts an ihren Umständen ändern und schon gar nicht dazu führen, dass sie auspackte und all die anderen Aufgaben erledigte, die anstanden.

Mit einem Blick auf Rain, der sich erstaunlicherweise nicht

davongemacht hatte, um seine neue Umgebung zu erkunden, sondern an ihrer Seite geblieben war, sagte sie: »Was meinst du, Junge? Willst du deine neue Bude sehen?«

Als hätte er jedes Wort aus ihrem Mund verstanden, legte der Hund den Kopf schief und winselte.

Amanda kicherte und wischte sich das Gesicht ab. »Ich muss mir überlegen, was ich dir zu essen geben soll. Und dir ein Bett machen. Und hundert andere Dinge, aber zuerst ... die große Tour.«

Eine Stunde später lag Amanda im Bett mit Rain an ihrer Seite – was sich wunderbar anfühlte und sie daran erinnerte, wie Nash sich nachts an ihren Rücken gekuschelt hatte. Natürlich fühlte seine Abwesenheit sich dadurch noch realer an, aber sie weigerte sich, wieder zu weinen.

Das Vibrieren ihres Telefons auf dem Nachttisch ließ sie vor Schreck fast in die Hose pinkeln. Es war schon so lange her, dass sie ein Geräusch von dem blöden Ding gehört hatte. Während ihres Aufenthalts in Guyana hatte sie es nicht oft benutzt, und sie konnte sich nicht vorstellen, wer ihr eine SMS schicken sollte.

Sie nahm das Gerät in die Hand und starrte auf den Bildschirm.

Nash.

Er hatte ihr geschrieben. Nicht nach ein paar Tagen, sondern nach nur wenigen Stunden. Vielleicht hatte er vergessen, ihr zu sagen, dass sie wegen irgendetwas zum Marinestützpunkt kommen musste. Vielleicht gab es ein Treffen, zu dem sie gehen musste, weil die Regierung die Night Stalkers geschickt hatte, um sie und die Kinder zu retten.

Amanda hielt den Atem an und öffnete die Nachricht.

Nash: Meine Wohnung fühlt sich leer an. Ich meine, sie IST leer, weil ich einkaufen gehen muss, aber es ist seltsam, dass du nicht hier bist.

Jeder Muskel in ihrem Körper erschlaffte. Die Bestätigung zu haben, dass sie mit ihren Gefühlen nicht allein war, war ein unglaubliches Geschenk. Nash musste das nicht zugeben. Die meisten Männer würden das nicht tun. Sie würden sich nicht so öffnen, wie er es für eine Frau getan hatte, die er gerade erst kennengelernt hatte. Aber die Dinge zwischen ihr und Nash waren nicht wie eine *normale* Beziehung, dank allem, was sie zusammen durchgemacht hatten.

Amanda: Bei mir ist es genauso. Ich habe Rain, aber er schnarcht gerade laut genug, um die Toten zu wecken.

Nash: Lol. Das kann ich mir vorstellen. Er hat sich aber gut eingelebt?

Amanda: Ja. Ich muss ihm richtiges Hundefutter besorgen, obwohl ich sicher bin, dass es ihm lieber wäre, wenn er weiterhin Oliven und frisches Dschungelfleisch bekäme.

Nash: Das ist hier in Norfolk nicht gerade praktisch ... das Dschungelfleisch, meine ich.

Das fühlte sich gut an. Scherzen. Plaudern. In gewisser Weise in Erinnerungen schwelgen.

Nash: Nachdem ich gegangen war, ist mir klar geworden, dass ich nicht annähernd die richtigen Dinge gesagt habe. Ich habe nicht gefragt, ob du immer noch bereit bist, mit mir auszugehen. Eine Verabredung, bei der wir nicht im Dreck schlafen und durch den Regen gehen. Ich würde dir gern gutes Essen bieten, das ich nicht vorher töten und häuten muss. Ich habe dir nicht gesagt, wie stolz ich auf dich bin, wie du das alles gemeistert hast. Ich habe dir nicht gesagt, wie schwer es mir fallen würde, aus deiner Wohnung zu verschwinden. Es tut mir leid, Rebel. Ich habe es vermasselt. Aber ich konnte es nicht so stehen lassen. Ich hatte Angst, dass du mich nicht mehr sehen willst, jetzt, da wir zu Hause sind. Dass du alles, was passiert ist, als außergewöhnliche Umstände abtust und zur Vernunft kommst.

Amanda war überwältigt von dem, was sie da las. Dass Nash sich so bereitwillig öffnete. Er war definitiv anders als alle anderen Männer, die sie in der Vergangenheit kennengelernt hatte.

Nash: Übrigens ist das hier diktiert. Ich kann auf der winzigen Telefontastatur nicht so schnell tippen.

Sie kicherte laut, und Rain regte sich neben ihr. »Tut mir leid, Junge. Ich wollte dich nicht aufwecken. Geh wieder schlafen.« Sie strich ihm mit einer Hand über den Rücken, um ihn zu beruhigen, und spürte, wie seine Muskeln sich wieder entspannten. Erstaunlicherweise schnarchte der Hund zwei Sekunden später schon wieder. Seine Fähigkeit zu schlafen war beeindruckend.

Nash: Mandy? Habe ich dich erschreckt? Bereust du die Entscheidung, mit mir auszugehen? Denn wenn ja, würde ich dich nie zu etwas zwingen.

Schnell antwortete sie.

Amanda: Nein! Ich war nur übermäßig emotional, weil du so fantastisch bist. Ich würde liebend gern mit dir ausgehen.

Nash: Wie wäre es mit morgen?

Amanda: Ja!

Nash: Ich muss morgen früh zur Arbeit, mehr AARs ... After-Action-Reviews. Ich muss einen ausführlichen Bericht über alles abgeben, was passiert ist.

Amanda: Wirst du für irgendetwas Ärger bekommen?

Nash: Das bezweifle ich. Ich bin ein Night Stalker. Wir kommen mit Sachen durch, die andere Leute sich nicht erlauben dürften.

Wenigstens war er diesbezüglich ehrlich. Ja, er war auch ein bisschen eingebildet, aber da sie die Nutznießerin seiner Fähigkeiten gewesen war, wollte Amanda ihn nicht darauf ansprechen.

Nash: Wie wäre es, wenn ich dich gegen siebzehn Uhr abhole? Dann hast du Zeit, ein paar Dinge zu erledigen. Ich bin sicher, du musst Lebensmittel einkaufen und wahrscheinlich noch eine Million anderer kleiner Besorgungen machen. Wäre das möglich? Ich möchte mit dir ins *Anchor Point* gehen. Das ist eine Kneipe, aber das Essen dort ist fantastisch. Ich habe Lust auf die Pommes dort. Die sind so verdammt gut.

Amanda: Das klingt perfekt.

Und das tat es. Plötzlich waren all die Ängste, die sie bis dahin bedrückt hatten, verschwunden. Eigentlich sollte es ihr pein-

lich sein, dass es nur eines Mannes bedurfte, der sie um eine Verabredung bat, um ihr Selbstwertgefühl zu steigern und ihre Welt wieder in Ordnung zu bringen ... aber Nash war nicht irgendein Mann. Sie hatten zusammen eine höllische Erfahrung gemacht. Sie hatten sich auf eine Weise verbunden, wie sie es mit niemandem sonst getan hatte. Sie würde sich nicht vorwerfen, dass sie mit ihm zusammen sein wollte. Dass sie ihn so bald wiedersehen wollte.

Nash: Ich sollte dich wohl warnen ... wenn meine Teamkameraden erfahren, dass wir ins *Anchor Point* gehen, werden sie wahrscheinlich auftauchen. Einfach weil sie den Ort lieben und neugierig auf dich sind. Wenn das ein Hindernis ist, können wir woanders hingehen. Oder ich kann allen sagen, sie sollen wegbleiben.

Amanda: Ich würde gern sehen, wo du und deine Freunde euch aufhaltet. Und ich würde sie auch gern kennenlernen ... wenn es dir nichts ausmacht.

Nash: Das tut es nicht. Danke, dass du so locker mit der Möglichkeit umgehst, dass sie sich in unsere Verabredung einmischen.

Amanda: Vielleicht verraten sie mir ja etwas über dich. Lol.

Nash: Oh je, jetzt zweifle ich daran, ins *Anchor Point* zu gehen. Ha! Wenn du morgen etwas brauchst, schick mir eine SMS.

Amanda: Okay.

Nash: Gute Nacht.

Amanda: Nacht.

Sie starrte einen Moment lang mit einem Lächeln auf die Nachrichten, bevor sie das Telefon wieder auf den kleinen Tisch neben ihrem Bett legte. Es war ein langer, seltsamer Tag gewesen, mit zu vielen Hochs und Tiefs. Plötzlich konnte sie ihre Augen keinen Moment länger offen halten. Amanda nahm sich einen Moment Zeit, um zu genießen, wie bequem es war, in ihrem eigenen Bett zu liegen, mit ihrem eigenen Kissen, in ihrer eigenen Wohnung, bevor sie der Erschöpfung erlag, die sie in den Schlaf trieb.

KAPITEL VIERZEHN

Buck musste sich beherrschen, um Mandy nicht jede Stunde eine SMS zu schicken. Die Uhr ging extrem langsam, und das machte ihn verrückt. Er hatte eine Menge zu tun, aber er konnte an nichts anderes denken als an sie. Es war ein seltsames Gefühl, sie nicht an seiner Seite zu haben. Sie waren sich wochenlang so nahe gewesen, und sie in ihrer Wohnung zurückzulassen war die reinste Folter.

Er hatte *nichts* von dem gesagt, was er sagen wollte, und deshalb hatte er ihr gestern Abend diese lange SMS geschickt. Zum Glück schien sie immer noch mit ihm ausgehen zu wollen. Er hatte Angst, dass er es vermasselt hatte.

Das heutige Treffen mit Oberst Burgess war wie erwartet verlaufen. Er war nicht glücklich darüber, dass Buck gegen das Protokoll verstoßen und seinen Hubschrauber verlassen hatte, aber nachdem er die Umstände erfahren hatte, akzeptierte er widerwillig, was er getan hatte. Er war viel mehr daran interessiert, von den Verbindungen zu erfahren, die sie mit dem guyanischen Militär geknüpft hatten, und er erzählte Buck, dass der Vizepräsident ihn persönlich angerufen hatte, um sich über das Ergebnis der Mission zu informieren.

Der Oberst warnte ihn vor, dass er wahrscheinlich irgendwann dem Vizepräsidenten Bericht erstatten müsse, womit Buck keine Probleme hatte. Es war überraschend, dass der Mann ein so persönliches Interesse an den Kindern und Mandy gezeigt hatte, aber er war ihm sehr dankbar dafür.

Es fiel ihm schwer zuzugeben, dass er Mandy vielleicht nie kennengelernt hätte, wäre er nicht nach Südamerika geflogen. Jetzt konnte er fast nur noch an sie denken. Buck fühlte sich wieder wie ein Teenager, der zum ersten Mal verknallt war. Nur dass seine Gefühle für Mandy keine bloße Schwärmerei waren. Sie gingen tiefer. Sie fühlte sich wie seine andere Hälfte an. Es war ein seltsamer Gedanke, vor allem weil es so schnell ging ... aber es war nicht unwillkommen.

Ehrlich gesagt, wenn Casper nicht nach Jahren mal in die Gänge gekommen wäre und erkannt hätte, dass er und Laryn füreinander bestimmt waren, wäre Buck vielleicht etwas zurückhaltender gewesen, sich mit Mandy einzulassen. Aber sein Teamleiter hatte ein Schlaglicht auf das geworfen, was den anderen entgangen war. Ja, seine Umstände waren ganz anders. Laryn reiste fast immer mit ihnen, wenn sie auf Mission waren, da sie als Chefmechanikerin für die Instandhaltung der Hubschrauber zuständig war. Aber sie machte sich trotzdem jedes Mal Sorgen um Casper, wenn er in ein Cockpit kletterte, egal ob sie auf einem Flugzeugträger oder zu Hause in den Staaten wartete.

Es waren der Respekt und die Liebe, die die beiden füreinander empfanden, die Buck erkennen ließen, dass eine echte Beziehung möglich war.

Das machte ihn noch entschlossener zu sehen, wohin er und Mandy die Dinge zwischen ihnen bringen könnten.

Er hatte eine Menge Dinge zu tun, aber er hatte alles aufgeschoben, um mit Mandy auszugehen. Er hatte ursprünglich geplant, sie an einen besonderen Ort zu bringen. Etwas Ausgefallenes. Das hatte sie verdient nach allem, was sie durchgemacht hatten. Aber für ihre erste Verabredung hatte er beschlossen, dass ein unauffälliges Treffen am besten wäre, und sein Lieblingsort auf der Welt, um abzuhängen und etwas zu essen, war das *Anchor Point*. Es war eine kleine Kneipe, aber wie er ihr gestern Abend gesagt hatte, gab es dort gutes Essen. Vor allem die Pommes. Mit welcher Würze sie auch immer versetzt waren, sie waren super knusprig und lecker.

Und wie zu erwarten war, hatten seine Freunde, als sie erfuhren, dass er Mandy dorthin bringen wollte, sich selbst eingeladen. Buck machte das nichts aus. Er wollte, dass Mandy die Männer, mit denen er arbeitete, genauso mochte wie er. Es war ihm *sehr* wichtig, dass die Menschen, die er am meisten mochte, miteinander auskamen, denn sobald seine Pilotenkollegen entschieden hatten, dass man zu ihrer Gruppe gehörte, war es aus. Man wurde in ihre Sticheleien, ihre Witze und ihre Dramen einbezogen. So waren sie nun einmal. Sie arbeiteten hart, entspannten genauso hart und waren so loyal wie nur möglich.

Also ... hatte er eine Verabredung mit Mandy und fünf seiner besten Freunde. Es wäre komisch, wenn es nicht so lächerlich wäre. Buck war froh, dass er sie gewarnt hatte, dass sie dort sein könnten, und noch erleichterter, dass es ihr nichts ausmachte.

Um sechzehn Uhr fünfzig hielt er vor Mandys Wohnung und sah sie mit Rain nach draußen gehen. Sobald der Hund ihn entdeckte, winselte er und zog an der Leine, sodass Mandy aufblickte. Die Art und Weise, wie ihr Gesichtsausdruck sich von neutral zu absolut glücklich wandelte, ließ Bucks Herz schneller schlagen. Es fühlte sich gut an, so angeschaut zu werden, wie sie ihn jetzt anschaute.

Sie ließ Rains Leine los und der Hund rannte auf ihn zu, wobei es fast so aussah, als würde er lächeln. Als er bei Buck ankam, lief er ein paar Runden um ihn herum und winselte vor

Freude, wie Buck hoffte. Dann legte er sich auf den Rücken und zeigte Buck seinen Bauch zum Kraulen.

Lachend tat er, wie ihm geheißen, hockte sich hin und streichelte den übermütigen Hund.

»Ich glaube, ihm gefällt sein neues Leben«, sagte Mandy trocken.

»Hat er sich eingewöhnt?«, fragte Buck.

»Als sei er schon immer ein verwöhnter Wohnungshund gewesen«, bejahte sie. »Man kann sich kaum vorstellen, dass er vor ein paar Wochen noch ein ängstlicher Streuner war, der im Dschungel lebte, Angst vor Menschen hatte und alles um sich herum genau wahrnahm.«

Buck stand auf. »Das ist so, weil er dir vertraut. Er weiß, dass du ihn nie in eine Situation bringen würdest, die ihm schaden würde. Und das alles begann mit einer Dose Oliven.«

Mandy lächelte. »Ich liebe ihn so sehr. Es ist seltsam, denn ich konnte mir nie vorstellen, einen Hund zu haben, aber ich kann mir nicht mehr vorstellen, dass er nicht da ist. Auch wenn er das halbe Bett für sich beansprucht.«

»Wirklich?«, fragte Buck erstaunt. »Im Dschungel hat er sich immer zusammengerollt.«

»Ich weiß. Ich war auch schockiert. Aber letzte Nacht bin ich frierend aufgewacht, weil er die Decke von mir weggezogen hatte und darunter lag, völlig ausgestreckt.«

Buck lachte. »Jetzt ist es wohl zu spät, ihn auf dem Boden schlafen zu lassen, was?«

»Wahrscheinlich«, stimmte Mandy zu. »Aber es ist vielleicht an der Zeit, dass ich mir ein größeres Bett zulege.«

Und einfach so schlugen Bucks Gedanken Abwege ein. Alles, woran er denken konnte, war Mandy, die völlig nackt auf einem großen Doppelbett lag und darauf wartete, dass er zu ihr kam. Es war lächerlich, denn sie hatten nicht mehr getan, als sich zu küssen, aber er wollte es trotzdem. Unbedingt.

»Ich muss ihn wieder nach oben bringen und meine Handtasche holen«, sagte sie, ohne die fleischlichen Gedanken zu bemerken, die Buck durch den Kopf gingen.

»Glaubst du, dass es ihm gut geht, während du weg bist?«

»Ja. Ich war heute den ganzen Tag unterwegs, und jedes Mal, wenn ich nach Hause kam, saß er an der Haustür und wartete geduldig. In meiner Wohnung war nichts zerkaut und er hat nicht auf den Boden gepinkelt oder gekackt. Es ist wirklich erstaunlich. Und ich habe keine Ahnung, woher er weiß, wann ich zur Tür hereinkomme. Ich weiß, dass er nicht die ganze Zeit, in der ich weg war, dort gesessen hat, denn auf der Couch war eine Vertiefung, wo er geschlafen hat.«

Buck zuckte mit den Schultern, als er neben Mandy herging und sie sich mit Rain auf den Weg in das Gebäude machten. »Genauso wie er wusste, dass wir nicht diesen einen Weg nehmen sollten, schätze ich. Ein Instinkt.«

»Ja, er ist schlau«, stimmte Mandy zu und streichelte den Kopf des Hundes.

Es dauerte nicht lange, bis sie das, was sie brauchte, aus ihrer Wohnung geholt hatte. Sie verabschiedeten sich von Rain, sagten ihm, er solle ein braver Junge sein, und gingen dann zurück zum Parkplatz.

»Soll ich fahren?«, fragte sie und deutete auf ihren älteren Volvo XC60 auf dem Parkplatz.

»Du hast heute deinen Wagen geholt? Ich hätte dir dabei helfen können. Oder einer von den Jungs.«

»Ich weiß, aber es war keine große Sache. Ich habe ein Taxi gerufen und bin zu dem Lager gefahren. Ich hatte im Voraus bezahlt, also wurde mir die Zeit, die ich nicht genutzt habe, erstattet. Ich brauchte meinen Wagen und wollte niemandem zur Last fallen.«

»Du würdest mir nie zur Last fallen«, sagte Buck streng. »Weder mir noch einem meiner Freunde.«

»Danke. Aber ehrlich gesagt war es für mich einfacher,

einfach loszuziehen und ihn zu holen, ohne auf jemanden warten zu müssen.«

Buck blieb in der Mitte des Parkplatzes stehen und drehte sich zu Mandy um. Ihm fiel auf, dass sie heute auf ihr Äußeres geachtet hatte, und es war fast so, als würde er eine andere Frau sehen, denn er hatte sich daran gewöhnt, dass sie kein Make-up trug, ihr Haar in alle Richtungen abstand und jeder Zentimeter ihres Körpers mit Schmutz bedeckt war. Er hatte sie mitten im Dschungel für schön gehalten, und sie war genauso schön, wenn sie herausgeputzt war. Sie war aufgrund ihrer Persönlichkeit hübsch, nicht wegen ihrer äußeren Erscheinung. Aber er wusste die Mühe trotzdem zu schätzen, denn er hatte sich genauso viel Mühe gegeben wie sie. Er hatte für sie gut aussehen wollen.

Buck erinnerte sich an das, was er sagen wollte, bevor er durch ihre Blicke abgelenkt wurde, und sagte: »Du bist nicht mehr allein. Ich verstehe, dass du das früher so empfunden hast. Keine Eltern, keine Geschwister, keine engen Freunde. Aber jetzt hast du *mich*. Und damit hast du auch meine Freunde. Ich habe keinen Zweifel, dass sie bald auch deine Freunde sein werden. Es würde mich freuen, dir zu helfen, wenn du es brauchst, so wie ich hoffe, dass es *dich* glücklich macht, wenn ich dich um Hilfe bei etwas bitte. Ich gehe heute Abend nicht mit dir aus, weil ich eine Affäre will, Mandy. Du hast etwas an dir, das dich anders macht als alle anderen Frauen, mit denen ich bisher ausgegangen bin. Ich bin gespannt, wohin uns das führt. Und Leute, die es ernst meinen, zögern nicht, um Hilfe zu bitten. Sie strecken die Hand aus, wenn sie etwas brauchen. Und das geht in beide Richtungen. Ich möchte jemanden, auf den ich mich auch verlassen kann.«

»Das würde mir gefallen.«

»Gut. Und nein, um deine Frage zu beantworten, ich kann uns heute Abend fahren. Ich verspreche, dass ich dich nicht zu lange aufhalte, denn wir müssen zurück, um zu sehen, wie es

Rain geht. Auch wenn er sich heute gut geschlagen hat, sollten wir unser Glück nicht überstrapazieren.«

Buck war sich sehr wohl bewusst, dass er das Wort »wir« verwendete, wie er es oft mit Mandy tat ... aber er fühlte sich nicht unwohl dabei. Es fühlte sich einfach richtig an.

»Ja. Ich hatte ein schlechtes Gewissen, ihn zu verlassen, aber ich habe die meisten meiner Besorgungen erledigt. Das heißt, die unmittelbaren Besorgungen. Wenigstens habe ich jetzt Lebensmittel im Haus. Einschließlich Hundefutter. Ich habe ein paar verschiedene Marken gekauft, nur für den Fall, dass er eine davon nicht mag.«

»Mandy, der Hund hat wahrscheinlich Dreck und verwesende Tiere gefressen, wenn er keine frischen fangen konnte. Ich glaube nicht, dass er wählerisch sein wird, was für Hundefutter du ihm gekauft hast.«

»Wie auch immer«, murmelte sie.

Buck lachte. »Aber ich bin froh, dass du wieder zu essen hast. Ich hatte keine Gelegenheit, etwas davon zu tun. Ich war in Besprechungen und habe versucht, die Fragen aller zu beantworten, was passiert ist.«

»Oh, wenn wir zurückkommen, kann ich dir ein paar Sachen mitgeben, damit du wenigstens etwas zum Frühstück hast«, sagte Mandy zu ihm und wirkte beunruhigt, dass er noch keine Zeit gehabt hatte, einkaufen zu gehen. Ihr zartes Herz zeigte sich wieder.

»Dagegen hätte ich nichts«, erwiderte er, als er ihr die Beifahrertür seines Subaru Outback öffnete. Sie lächelte ihn an, als sie sich setzte, und er wartete, bis sie sich angeschnallt hatte, bevor er die Tür schloss und auf die Fahrerseite ging.

Während er in Richtung des *Anchor Point* fuhr, sagte er: »Ich wollte dir auch sagen, dass ich einen Bekannten angerufen habe, damit er sich mit Blair beschäftigt.«

»Ehrlich?«

»Ja. Ich weiß, dass du daran interessiert bist, Bibi und

Michael zu adoptieren, und da Blair sich seltsam verhält und wir einen Verdacht wegen des Überfalls auf die Schule haben, wollte ich, dass er sich so schnell wie möglich mit der Sache befasst.«

»Wer ist dieser Kerl?«

»Sein Name ist Tex. Er war früher selbst einmal ein Navy SEAL und hat unglaubliche Computerkenntnisse. Wie auch immer, wenn etwas vor sich geht, wird er es wahrscheinlich ausgraben.«

»Okay. Aber selbst wenn er etwas findet, wird das nichts mehr ändern«, entgegnete sie vernünftig.

»Da hast du recht, aber wenn sie etwas mit der Entführung zu tun hat, dann kannst du darauf wetten, dass ich alles in meiner Macht Stehende tun werde, um sie aus dem Land zu bekommen. Es ist nicht sicher für die Kinder, die noch dort sind, oder für jeden, der für sie arbeitet.«

»Stimmt.«

»Ich weiß nicht, wie oder was passieren wird, wenn überhaupt etwas, aber ich wollte nur, dass du es weißt. Wenn es Dreck zu finden gibt, wird Tex ihn finden.«

»Danke.«

»Du brauchst mir nicht zu danken. Ich kenne die Kinder vielleicht nicht so gut wie du, aber deine Taten haben deine Liebe für jedes einzelne von ihnen bewiesen. Ich habe es mit eigenen Augen gesehen, als du dachtest, dass der kleine James vermisst wird, und du losgelaufen bist, um ihn zu suchen, und dabei deine eigene Rettung geopfert hast. Ich habe es gesehen, als du dich in der Schule von ihnen verabschieden musstest. Ich habe den Schmerz in deiner Stimme gehört, als du mir sagtest, dass du dir nicht sicher bist, ob Blair ein gutes Wort für deine Adoption einlegen würde.«

Sie schenkte ihm ein kleines Lächeln, und Buck griff nach ihrer Hand, erleichtert und erfreut, als sie nicht zögerte, ihre Finger mit seinen zu verschränken.

»Außerdem«, sagte er, um die Stimmung aufzulockern, »wenn das Miststück etwas mit den etwa hundert Mückenstichen an meinem Hintern zu tun hat, die ich vom Schlafen auf dem Dschungelboden bekommen habe, brauche ich Rache.«

Daraufhin kicherte Mandy.

»Was? Du hast wahrscheinlich keine am Hintern, weil ich dich im Schlaf geschützt habe. Ganz eng an dich gekuschelt. Mein Hintern war derjenige, der da draußen war und offenbar alle blutsaugenden Kreaturen des Regenwaldes angelockt hat.«

Mandy kicherte noch mehr. »Stimmt, aber *du* hast keine Mückenstiche auf deinen Brüsten wie ich, weil ich deine Vorderseite jede Nacht geschützt habe.«

Sofort wurde Buck hart. Er dachte an ihre Brüste und wie er jeden ihrer angeblichen Stiche küsste. Verdammt. Er musste sich unter Kontrolle bringen. Heute Abend ging es nicht um Sex. Es ging darum, sie mit seinen Freunden zu teilen. Mit ihr anzugeben. Sie kennenzulernen, ohne das Drama der letzten Wochen.

»Stimmt. Also sind wir quitt?«, fragte er.

»Ich weiß nicht, aber ich werde mich damit abfinden«, sagte sie, immer noch lächelnd.

Als er auf den Parkplatz des *Anchor Point* fuhr, hatte er zum Glück seine Libido wieder unter Kontrolle gebracht. Der Parkplatz war voll, und er musste ganz hinten parken. Das war ärgerlich, denn im hinteren Teil gab es keine Laternen, sodass es sehr dunkel sein würde, wenn sie losfuhren.

Er traf sie vor seinem Wagen, und dieses Mal griff Mandy nach *seiner* Hand, als sie zur Tür gingen, und Buck fühlte sich wie im siebenten Himmel.

Sie gesellten sich zu den anderen Freunden in einer hinteren Ecke der Kneipe, die sofort ihr Bestes taten, damit Mandy sich wohlfühlte. Sie wollten alles über sie wissen, wo sie früher gearbeitet hatte, was sie jetzt, da sie wieder in Virginia war, zu tun gedachte, über die Kinder, die sie in

Guyana unterrichtet hatte, wie sie zum Unterrichten gekommen war ... Es ähnelte einem Verhör, aber auf eine freundliche und offene Art und Weise, von der Buck nicht glaubte, dass es Mandy etwas ausmachte, denn sie beantwortete geduldig ihre unzähligen Fragen.

Sie stellten so viele Fragen, dass sie kaum Zeit hatte, selbst welche zu stellen. Etwas, das sie erst Stunden später bemerkte.

»Ich habe das Gefühl, dass ihr mich jetzt richtig gut kennt, aber ich kenne euch überhaupt nicht«, beschwerte sie sich. Das war, nachdem sie zwei Bier getrunken hatte, die ihr anscheinend direkt zu Kopf gestiegen waren, trotz der Mahlzeit, die sie zuvor gegessen hatte. Ihre Wangen waren gerötet, und sie fuhr sich im Laufe des Abends mehrmals mit der Hand durch die Haare, sodass die glatte Frisur, die sie zu Beginn des Abends hatte, der Vergangenheit angehörte. Sie sah eher wie die Frau aus, die er im Dschungel kennengelernt hatte, was Buck sehr gefiel.

»Du kennst uns«, konterte Edge. »Ich bin der Attraktive, Chaos ist der Tollpatsch, Pyro ist der mit dem besten Orientierungssinn, Obi-Wan ist der Charmeur, Casper hat den Grips und Buck ist der typische amerikanische Schönling.«

Alle lachten.

»Und was bin ich dann?«, fragte Laryn. Sie war ziemlich still gewesen, hatte sich damit begnügt, neben Casper zu sitzen, Wasser zum Essen zu trinken und dann die letzten paar Stunden dasselbe Bier zu trinken. Aber Buck hatte keinen Zweifel, dass sie genau beobachtet hatte. Sie beschützte nicht nur die Hubschrauber, für die sie sich abrackerte, sondern auch die Männer, die sie flogen.

»Du bist unsere *wahre* Anführerin«, sagte Edge weise. »Ohne dich wären wir nichts.«

»Verdammt richtig«, sagte Laryn mit einem Grinsen.

Buck lehnte sich zufrieden zurück. Er liebte diese Menschen so sehr. Ihretwegen liebte er seinen Job, fühlte sich sicher, wenn er unter den schlimmstmöglichen Umständen flog, und er wusste, dass er sich auf sie verlassen konnte, wenn er etwas brauchte. Die Aufnahme von Laryn in ihren inneren Kreis war eine gute Sache. Sie milderte ihre scharfen Kanten ein wenig ab und bot eine neue Perspektive auf die Dinge, über die sie sprachen.

»Es ist schon ziemlich spät und ich bin müde«, verkündete Laryn. »Ich werde noch auf die Toilette gehen, bevor wir nach Hause fahren. Mandy, willst du mitkommen?«

»Sicher.«

Buck versteifte sich. Es war nicht so, dass er nicht wollte, dass Mandy mit Laryn ging, sondern eher, dass er unsicher war, was sie sagen oder tun würde. Laryn war ein Mädchen, das sagt, was Sache war, und wenn sie Mandy nicht mochte, könnte sie etwas sagen, das ihre Gefühle verletzen könnte. Und das war das Letzte, was Buck wollte.

»Ich komme gleich wieder. Ich sollte wahrscheinlich sowieso nach Hause zu Rain fahren.«

Buck nickte und beobachtete dann, wie Laryn und Mandy sich durch die Menge zu den Toiletten schlängelten.

»Ich verstehe nicht, warum Frauen immer zu zweit auf die Toilette gehen müssen«, murrte Chaos. »Ich meine, sie haben Kabinen, es ist ja nicht so, dass sie sich an den Händen halten und Kumbaya singen können, während sie pinkeln.«

»Zu mehreren ist man sicherer und so weiter«, sagte Casper achselzuckend.

»Im *Anchor Point* passiert nichts. Dies ist eine sichere Kneipe«, argumentierte Pyro.

»Keine Kneipe ist völlig sicher«, widersprach Obi-Wan.

»Nicht wahr? Auf dem Parkplatz ist es verdammt dunkel«, stimmte Edge zu.

»Wird Laryn mit Mandy klarkommen?«, platzte Buck heraus und sah Casper an.

»Ja, natürlich. Warum sollte sie nicht?«

»Es ist nur so, dass sie dazu neigt, ihre Meinung zu sagen. Das gefällt mir, aber Mandy versucht immer noch, sich wieder an das Leben hier in den Staaten zu gewöhnen. Wo sie in Guyana war, war es sehr ländlich. Und dann war da natürlich noch die ganze Zeit, die sie im Regenwald verbracht hat. Ich will einfach nicht, dass sie das Gefühl hat ...«

»Entspann dich, Buck«, unterbrach Casper ihn. »Laryn mag sie. Sagte, sie sei ein knallharter Typ.«

»Hat sie das?«

»Ja. Sie meinte, dass jeder, der so etwas überlebt, ihrer Meinung nach in Ordnung ist. Dann sagte sie, wenn sie *deinen* Arsch so lange ertragen konnte, wie sie es getan hat, muss sie anständig sein.«

Alle lachten, aber Buck war es egal, dass sie über *ihn* lachten. Er war einfach erleichtert, dass Laryn Mandy zu mögen schien.

Er atmete tief ein und trank den Rest seines Wassers. Er hatte schon vor einer Stunde gewechselt, nicht weil er beschwipst war, sondern weil er fahren musste und nie etwas tun würde, was Mandy in Gefahr bringen könnte. Außerdem wollte er auf dem dunklen Parkplatz der Kneipe hellwach sein, wenn sie sich auf den Weg machten.

»Ich habe gehört, dass du Tex heute angerufen hast«, sagte Chaos, um das Thema zu wechseln. »Hat er irgendetwas über diese Blair zu sagen?«

Buck hatte seine Teamkameraden über die Situation in Guyana und die Geschehnisse bei Mandys Rückkehr in die Schule informiert. Sie waren besorgt und sich einig, dass Tex, wenn irgendjemand das schaffte, etwas Licht in die Situation bringen könnte.

»Noch nicht. Er braucht etwas Zeit. Er hat verdammt viel um die Ohren, und nach dem, was er und seine Frau in letzter Zeit durchgemacht haben, lässt er es etwas langsamer angehen. Er sagt, dass er nicht ganz aufhören wird, Menschen zu helfen, aber er versucht, ein bisschen mehr Abstand zwischen sich und die Arschlöcher zu bringen, mit denen er täglich in Kontakt kommt.«

»Das war eine üble Sache«, sagte Edge leise.

Einen Moment lang waren alle still. Sie hatten alle gehört, was mit Tex passiert war. Wie *er* entführt worden war. Sie hatten sogar für sein Lösegeld gespendet. Zum Glück hatte er mehr als genug Freunde mit den nötigen Fähigkeiten, die sich sofort an die Arbeit machen konnten, ihn aufzuspüren und herauszufinden, wer ihn entführt hatte und wohin er gebracht worden war.

»Jedenfalls sagte er, er würde sich bei mir melden und mir mitteilen, was er gefunden hat. Er würde mir alles Relevante zusenden«, erklärte Buck.

»Gut. Wenn du etwas von uns brauchst, lass es uns wissen«, sagte Casper streng. »Wir sind ein Team. Wir halten zusammen.«

»Das werde ich. Und ich weiß es zu schätzen.«

»Da gibt es nichts zu schätzen. So arbeiten wir nun mal«, erwiderte Obi-Wan.

»Ich gehe jetzt«, verkündete Pyro. »Wir sehen uns dann morgen.«

»Ebenso«, sagte Chaos.

»Ich kann dann auch gleich gehen«, sagte Edge, als er aufstand.

Bald saßen nur noch Casper und Buck am Tisch und warteten auf die Frauen.

»Entspann dich, Buck. Sie werden nicht mehr lange brauchen. Dann kannst du nach Hause fahren und etwas Zeit mit Mandy allein verbringen. Tut uns leid, dass wir eure Verabredung gestört haben, aber wir wollten die Frau kennenlernen, in die du verliebt zu sein scheinst. Und fürs Protokoll ... ich mag sie. Das tun wir alle.«

Buck nickte. Er brauchte die Zustimmung seines Teamleiters nicht, um mit Mandy auszugehen, aber er war trotzdem erleichtert, dass er sie hatte.

Er konnte nicht widerstehen, einen Blick auf den Flur zu werfen, der zu den Toiletten führte. Er konnte zugeben, dass er genau das tun wollte, was Casper vorgeschlagen hatte ... etwas Zeit allein mit der Frau verbringen, die ihm unter die Haut gegangen war.

KAPITEL FÜNFZEHN

Amanda war nervös.

Sie hatte einen wundervollen Abend erlebt. Nashs Freunde waren witzig und freundlich, und sie fühlte sich von ihnen allen aufgenommen und willkommen. Es war, als würde sie sie schon seit Jahren kennen und nicht erst seit ein paar Stunden. Es gefiel ihr, wie sie sich darum stritten, wer die Getränke bezahlen sollte. Es gefiel ihr, wie besorgt sie um Nash waren, als sie hörten, dass er ihr in den Dschungel nachgelaufen war. Sie mochte es, wie bodenständig sie alle wirkten.

Sie hatte früher am Tag einige Nachforschungen über Night Stalkers angestellt und war mehr als nur ein wenig beeindruckt. Nachdem sie über diese erstaunlichen Piloten gelesen hatte – die in der Vergangenheit nicht nur Männer, Frauen und Kinder gerettet hatten, sondern auch die Soldaten, die sie transportierten –, war sie noch dankbarer, dass Nash ihr zu Hilfe gekommen war.

Denn wer war *sie*? Niemand. Eine x-beliebige Lehrerin, die in ihrer Panik einen dummen Fehler gemacht hatte, indem sie sich nicht vergewissert hatte, dass ein Kind tatsächlich vermisst wurde, bevor sie davonlief. Und doch hatte er ihr nie ein schlechtes Gewissen deswegen gemacht. Er hatte alles in seiner Macht Stehende getan, damit sie sich sicher fühlte. In ihren Augen waren es nicht seine fliegerischen Fähigkeiten, die ihn außergewöhnlich machten, sondern sein Mitgefühl, seine Persönlichkeit, sein offensichtliches Bedürfnis zu dienen und sein Wunsch, andere zu schützen.

Amanda mochte ihn. Sehr sogar. Und jetzt, da sie wieder wohlbehalten in den Staaten waren und er die Dinge gesagt hatte, die er ihr per SMS geschrieben hatte, wurde es immer schwieriger, ihre Gefühle zu verbergen. Ihr Verlangen zu verbergen.

Als sie hörte, dass er keine Affäre wollte, wurde ihr Verlangen nach ihm nur noch größer.

Wäre es dumm, sich ihm an den Hals zu werfen? Wahrscheinlich. Aber selbst mit diesem Wissen wurde das Verlangen nach ihm nicht weniger. Neben ihm in der Kneipe zu sitzen, ihn mit seinen Freunden zu beobachten, ihn lachen zu sehen, seine Hand auf ihrem Oberschenkel zu spüren, seinen Daumen, der hin und her strich, während sie nebeneinander saßen ... hatte ihr Verlangen nach ihm nur noch mehr verstärkt.

Nash Chaney war ein guter Mann. Und sie wollte ihn. Unbedingt.

Ja, der Abend war sehr gut verlaufen. Das einzige Fragezeichen war Laryn. Amanda mochte sie sehr, genauso sehr wie bei ihrer ersten Begegnung. Aber sie war den ganzen Abend über still gewesen, trotz ihrer messerscharfen Konzentration. Außerdem hatte sie die unglaubliche Fähigkeit, ihre Gedanken nicht in ihrem Gesicht zu zeigen. Amanda konnte sie überhaupt nicht einschätzen.

Nun, außer wenn sie Casper ansah. Die Liebe, die sie für den Mann empfand, war leicht zu erkennen, und ihr Mann erwiderte sie zehnfach. Es war wunderschön.

Als sie die Toilette erreichten, machten sie ihr Ding. Und

als sie sich danach die Hände wuschen, schaute Laryn sie an und sagte fast beiläufig: »Night Stalkers sollten ihre Hubschrauber nicht verlassen.«

Amanda schnappte sich ein Papierhandtuch und drehte sich zu ihr um, während sie sich die Hände abtrocknete. »Ich weiß. Nash hat es mir gesagt.«

»Tate hat dasselbe für mich gemacht, aber es gab einen Navy SEAL, der gestorben wäre, wenn er nicht gegangen wäre.«

Amanda nickte. Nash hatte ihr die Geschichte erzählt, wie Laryn vor Caspers Nase entführt worden war, weil er sie in der Türkei im Hubschrauber allein gelassen hatte, während er Pyro mit zwei verletzten SEALs helfen wollte.

»Dass Buck das getan hat, war eine große Sache. Eine *riesige* Sache. Er hätte getadelt werden können. Den Lohn verlieren. Den Rang verlieren. Irgendetwas an der Situation musste ihn auf einer Ebene angesprochen haben, wie er sie noch nie erlebt hatte.«

»Es war sehr intensiv. Da waren Kinder. Die Rebellen sind gekommen«, sagte Amanda. Sie war sich nicht sicher, worauf Laryn hinauswollte.

»Es war dumm von dir wegzulaufen.«

»Das war es«, stimmte Amanda, ohne zu zögern, zu. Sie war nicht beleidigt. Es war tatsächlich dumm gewesen.

»Aber dass Buck seinen Hubschrauber verlassen hat, war auch nicht gerade klug. Glaube also nicht, dass du die Einzige warst, die an diesem Tag einen Fehler gemacht hat.«

»Danke. Nash hat mir das Gleiche gesagt.«

»Ich wusste schon immer, dass er klug ist«, sagte Laryn mit einem kleinen Lächeln. »Aber ich muss sagen, ich bin beeindruckt. Du dachtest, ein Kind sei verschwunden, und hast nicht gezögert, es zu suchen.«

Amanda nickte. »Ich hätte mich vergewissern sollen, dass James tatsächlich nicht da war, bevor ich einfach abgehauen bin.«

»Vielleicht. Es ist leicht, im Nachhinein zu hinterfragen, was man hätte tun sollen. Tate hätte mich dazu bringen sollen, mit ihm zu gehen und nicht allein im Hubschrauber zu bleiben. Ich hätte gar nicht erst mit ihm auf diese Mission gehen sollen, obwohl ich es nicht bereue, denn seine Instrumente funktionierten nicht richtig und ich konnte sie während des Fluges reparieren. Es gibt einige Dinge, die jeder von uns hätte anders machen können, aber wir haben es nicht getan, und was passiert ist, ist passiert.«

Amanda nickte.

»Ich mag Buck. Und zwar sehr. Er ist wie ein Bruder für mich. Ich will nicht, dass er verletzt wird. Und ich weiß, es ist lächerlich, dass ich dich nach deinen Absichten frage, wo es doch letztlich deine und Bucks Angelegenheit ist. Aber ich wache nun schon seit Jahren über diese Männer, und ich kann meine Besorgnis nicht einfach abstellen.«

»Das macht mir nichts aus. Ich bin froh, dass er und die anderen jemanden haben, der sich um sie kümmert. Ich mag ihn auch. Er ist anders als alle anderen Männer, die ich kenne.«

Jetzt war Laryn an der Reihe zu nicken. »Intensiver, richtig?«

»Oh ja.«

»Und herrisch. Übermütig. Beschützend.«

»Ja zu allem. Aber ich mag ihn nicht nur, weil er mich im Dschungel beschützt hat. Es ist wegen seiner Persönlichkeit. Seine Freundlichkeit gegenüber anderen. Seine ... Ich weiß nicht. Alles? Ich weiß nur, dass ich mich in seiner Nähe ... gesehen fühle. Auf eine Art und Weise gesehen, wie ich es noch nie zuvor erlebt habe.«

»Ich verstehe das. Bei Tate fühle ich das Gleiche. Nach dem wenigen zu urteilen, das ich bisher von dir weiß, mag ich dich, Mandy«, sagte Laryn. »Und ich glaube, du wirst gut für Buck sein. Ich wollte nur sichergehen, dass du keine Scheuklappen trägst. Seine Arbeit ist hart. Manchmal verschwinden sie von einem Moment auf den anderen. Er weiß vielleicht nicht, wie lange er weg sein wird. Er kann dir nicht sagen, wo er war oder was er getan hat ... streng geheim und so. Was er tut, ist verdammt gefährlich. Weißt du viel über Night-Stalker-Piloten?«

»Ein wenig. Ich habe sie heute recherchiert.«

»Gut. Aber das ist noch lange nicht alles. Glaub mir, wenn ich sage, dass das, was diese Männer da draußen tun, verrückt ist. Die Art und Weise, wie sie ihre Hubschrauber manövrieren können, ist geradezu beängstigend ... und beeindruckend. Wirst du damit zurechtkommen? Mit dem vielen Alleinsein? Dass er weg ist und sich in Gefahr begibt?«

»Ja«, antwortete Amanda mit Überzeugung. »Ich brauche keinen Mann, um glücklich zu sein. Bis jetzt bin ich auch ohne gut zurechtgekommen. Ich will Nashs Leben leichter machen, nicht schwerer. Ich werde ihn wahnsinnig vermissen, wenn er weg ist, aber ich vertraue darauf, dass seine Fähigkeiten und die seiner Freunde ihn so gut wie möglich beschützen werden. Und du wirst dafür sorgen, dass sein Hubschrauber nicht vom Himmel fällt.«

»Verdammt richtig.«

»Danke für das, was du tust, Laryn. Nash hat sich sehr lobend über dich geäußert. Er weiß, wie hart er und seine Pilotenkollegen mit ihren Maschinen umgehen – wir haben ein wenig darüber gesprochen, als wir im Dschungel waren –, und er ist beeindruckt, dass du nicht einmal mit der Wimper zuckst, wenn sie von einer Mission zurückkommen, bei der, wie er sagt, ihre Hubschrauber ein wenig ramponiert wurden.«

Laryn lachte. »Ein wenig ramponiert? Ja, so könnte man es auch beschreiben.« Dann seufzte sie. »Ich bin ein Miststück, nicht wahr? Verdammt, ich wollte nie diese Person sein. Welches Recht habe ich, dich über deine Gefühle für Buck auszufragen? Wahrscheinlich bist du im Moment total genervt.«

»Das bin ich nicht«, beharrte Amanda. »Ich finde es schön, dass du dich so sehr um Nash sorgst, dass du sichergehen willst, dass ich nicht nur hinter seinem heißen Körper her bin.«

Laryn lachte. »Sie sind gut gebaut, nicht wahr? Sie alle. Sie sind eine heiße Truppe, ganz sicher.«

»Oh ja.«

Die Frauen grinsten einander an.

»Gut, ich hoffe, du hältst mich nicht für einen schrecklichen Menschen, weil ich mich einmische. Ich möchte für das Protokoll festhalten ... ich würde gern mal mit dir abhängen, ohne die Jungs. Ich meine, wenn du Lust hast.«

»Ja«, antwortete Amanda schnell. »Ich habe hier nicht viele Freunde. Ich meine, ich war mit einigen Lehrerinnen an der Schule, an der ich gearbeitet habe, befreundet, aber du weißt ja, wie das ist, wenn man seinen Arbeitsplatz verlässt. Die Leute, von denen man dachte, sie seien Freunde, scheinen einfach zu verschwinden, und man merkt, dass man ihnen nicht so nahestand, wie man dachte.«

»Das verstehe ich. Das ist mir auch schon passiert, wenn auch wahrscheinlich nicht so oft, da ich hauptsächlich mit Männern zusammenarbeite. Ich habe definitiv nicht viele Freundinnen, und ich mag dich. Du scheinst ziemlich bodenständig zu sein. Nicht wie viele Frauen hier in der Gegend, die nur mit einem Matrosen oder Soldaten schlafen wollen, um den Nervenkitzel der Jagd zu erleben oder so. Und lass mich nicht mit denen anfangen, die einen Vater suchen, den sie zwingen können, für die nächsten achtzehn Jahre Unterhalt zu zahlen.«

»Es gibt Frauen, die das tun?«, fragte Amanda.

»Oh ja. Es ist ekelhaft.«

»Kein Wunder, dass du dich vergewissern wolltest, dass ich gute Absichten habe.«

»Komm schon. Lass uns wieder rausgehen. Ich vermute, Buck ist jetzt verdammt aufgeregt.«

»Warum?«, fragte Amanda.

Laryn grinste. »Ich bin mir sicher, dass er dich für sich allein haben will, nachdem wir alle seine Verabredung ruiniert haben. Und er ist wahrscheinlich auch besorgt über das, was ich dir gerade erzähle.«

»Hast du pikante Geschichten über ihn?«

»Oh ja.«

»Dann müssen wir uns unbedingt wieder treffen.«

Laryn lachte immer noch, als sie die Toilette verließen, und Amanda sah Casper und Nash am Ende des Flurs stehen und auf sie warten.

Laryn ging direkt auf ihren Mann zu, und Amanda lächelte Nash ein wenig schüchtern an, als sie auf ihn zutrat.

»Sind alle anderen gegangen?«, fragte Laryn.

»Ja. Bei euch alles gut?«, fragte Casper sie.

»Uns geht es gut. Bestens. Super. Stimmts, Mandy?«

»Absolut«, stimmte Amanda zu und schenkte der anderen Frau ein aufrichtiges Lächeln.

»Fantastisch. Hast du ihr alle möglichen peinlichen Geschichten über uns erzählt?«, fragte Casper.

»Wie auch immer«, erwiderte Laryn und rollte mit den Augen. »Wir haben nur gepinkelt. Komm schon, mein Hengst, bring mich nach Hause.«

Was auch immer Casper in Laryns Augen sah, brachte ihn dazu, seinen Arm um ihre Taille zu legen, sie an seine Seite zu ziehen und sich zu ihr hinunterzubeugen, um ihr ins Ohr zu flüstern, während sie schnell zum Ausgang gingen. Keiner von beiden verabschiedete sich, aber Amanda war nicht beleidigt. Wenn ihr ein Mann ins Ohr flüsterte, der ihr wahrscheinlich all die Dinge erzählte, die er mit ihr machen wollte, sobald sie nach Hause kamen, würde sie auch nicht daran denken, sich von jemand anderem zu verabschieden.

»Hey«, sagte Amanda, »tut mir leid, wenn wir zu lange gebraucht haben.«

»Das habt ihr nicht. Bist du sicher, dass es dir gut geht?«

»Natürlich. Es geht mir gut. Laryn und ich haben uns gerade besser kennengelernt.«

Eine von Nashs Augenbrauen zuckte nach oben und verriet seine Skepsis.

»Im Ernst. Es ist gut. Ich mag sie sehr. Sie ist ziemlich geradlinig, was toll ist.«

»Sie hat dich nicht abgeschreckt? Unsere erste Verabredung mit all meinen Freunden hat dich nicht dazu gebracht, deine Meinung über eine Beziehung mit mir zu ändern?«

Amanda nutzte die Gelegenheit und trat auf Nash zu, direkt in seinen persönlichen Bereich. Sofort legte er seine Arme um sie und drückte sie an sich. »Auf keinen Fall. Mich wirst du nicht mehr los, Nash. Solange du mich willst.«

»Das ist gut, denn ich werde dich für eine sehr lange Zeit wollen.«

Amanda spürte seine Erektion an ihrem Bauch, und all das Verlangen, das sie bisher zu kontrollieren versucht hatte, überkam sie mit einem Mal. Ihre Brustwarzen verhärteten sich, auf ihren Armen bildete sich eine Gänsehaut und sie lehnte sich noch ein wenig mehr an ihn. Sie starrten einander einen langen Moment an, bevor er den Kopf senkte.

Er küsste sie. Genau hier im *Anchor Point*. Es war, als seien sie die einzigen beiden Menschen auf dem Planeten. Lichtbögen von Elektrizität schossen von ihren Lippen direkt zwischen ihren Beinen hinunter. Amanda wand sich in seinen Armen und wollte mehr. Sie brauchte ...

»Nehmt euch ein Zimmer!«, rief jemand und lachte dann.

Amanda zuckte zusammen.

»Ganz ruhig«, beruhigte Nash sie. Dann drehte er den Kopf und schrie: »Verpiss dich!«

Amanda konnte nicht anders, als zu kichern. Er hörte sich so verärgert an. Sie war nicht gerade begeistert, dass einer der besten Küsse ihres Lebens unterbrochen worden war, aber sie war auch nicht bereit, die ganze Kneipe mit ihrer Knutschsession zu unterhalten.

»Komm, wir bringen dich hier raus«, sagte Nash. Er drehte sie so, dass sie an seiner Seite war, und ging zur Tür. Als sie draußen ankamen, war es stockdunkel, und Amanda sah weder Casper noch Laryn in der Nähe. Wie lange hatten sie sich eigentlich geküsst?

Nash führte sie zu seinem Wagen und öffnete ihr die Tür. Als sie drinnen war und sich angeschnallt hatte, schloss er sie und ging auf die andere Seite. In wenigen Augenblicken waren sie unterwegs. Amanda leckte sich über die Lippen und konnte immer noch Nash schmecken. Ihre Erregung hatte ein wenig nachgelassen, aber sie stieg schnell wieder an.

»Willst du mit mir nach Rain sehen, wenn wir wieder bei meiner Wohnung sind?«

»Sicher«, sagte er, ohne zu zögern.

Amanda beschloss, dass sie erwachsen war und nicht um den heißen Brei herumreden sollte. Sie musste einfach sagen, was sie wollte. »Und da du heute nicht einkaufen warst und ich schon, wie wäre es, wenn ich dir nicht etwas zum Frühstück mit nach Hause gebe, sondern du einfach bleibst und morgen früh mit mir isst?«

Sie hielt den Atem an, während sie auf seine Antwort wartete.

»Sei dir darüber im Klaren, worum du bittest, Mandy«, sagte Nash ernst. »Ich möchte nicht, dass es zwischen uns zu Missverständnissen kommt.«

»Ich will dich«, platzte sie heraus, selbstbewusster, als sie sich fühlte. »Ich habe dich letzte Nacht vermisst. Das Gefühl, wie du an meinem Rücken schläfst. Aber es ist mehr als das. Ich will *alles* von dir, Nash. Ich will deine nackte Haut an meiner spüren. Ich will dich so tief in mir spüren, dass ich nicht sagen kann, wo du aufhörst und ich anfange. Ich will alles.«

Der Blick, den er ihr zuwarf, war so intensiv, so voller Verlangen, dass Amanda sich zusammenreißen musste, um sich nicht im Wagen auf ihn zu stürzen.

Aber er sagte nichts. Er wandte die Aufmerksamkeit einfach wieder der Straße zu ... was ihr irgendwie Angst einjagte.

Bis sie seine weißen Fingerknöchel bemerkte, das Zucken eines Muskels in seinem Kiefer und die Erektion in seiner Hose.

»Nash?«, sagte sie leise. »Zu viel zu früh?«

»Nein«, antwortete er, das Wort tief und mürrisch. »Ich versuche nur gerade, nicht in meiner Hose zu kommen.«

Sie lächelte und spürte, wie Erleichterung durch ihre Adern floss. »Du bleibst also?«

»Oh, ich bleibe«, sagte er entschlossen. »Und ich werde dir *alles* geben. Du wirst es nicht bereuen, das verspreche ich.«

»Natürlich nicht«, erwiderte Amanda.

Die Rückfahrt zu ihrer Wohnung dauerte nicht annähernd so lange wie die Fahrt zur Kneipe. Zumindest fühlte es sich so an. Keiner von beiden sagte viel, sondern genoss einfach die Vorfreude auf das, was kommen würde. Buchstäblich.

Nash parkte und sagte: »Ich komme rüber.« Und in Sekundenschnelle öffnete er ihre Tür. Er nahm ihre Hand und hielt sie fest, während er praktisch zu ihrem Wohnhaus lief.

»Wir müssen Rain nach draußen bringen, damit er pinkeln kann«, sagte sie, mehr um sich selbst daran zu erinnern, damit sie Nash nicht sofort ansprang, sobald sie ihre Wohnung betraten.

»Ich weiß. Ich werde es tun. Es ist dunkel draußen. Nicht sicher.«

Nashs Sätze waren kurz und prägnant, als hinge seine Kontrolle am seidenen Faden. Es war ermutigend, diesen Mann so zu erschüttern, dass er kaum noch ganze Sätze herausbrachte. Es war ein erstaunliches Gefühl.

Als sie ihre Wohnungstür öffnete, saß Rain wieder in der kleinen Diele und wartete auf ihre Rückkehr.

»Hey, Junge«, sagte sie fröhlich.

Er wedelte heftig mit dem Schwanz, aber erst als sie in die Hocke ging und »Komm her« sagte, bewegte er sich. Rain hüpfte vorwärts und warf Amanda in seinem Überschwang fast um.

»Er scheint erleichtert zu sein, dass ich zurückgekommen bin«, sagte Amanda, während sie ihr Bestes tat, um nicht zu Tode geleckt zu werden. Der Hund, der jetzt bei ihr war, war ein völlig anderes Tier als der verängstigte Hund, dem sie im Dschungel begegnet waren. Es war erstaunlich, wie ein wenig Liebe eine so tiefgreifende Wirkung haben konnte.

Rain wandte sich von ihr ab, um Nash zu begrüßen. Nicht ganz so enthusiastisch, aber er wedelte genauso schnell mit dem Schwanz. »Musst du pinkeln? Komm, lass uns gehen«, sagte Nash und griff nach der Leine, die Amanda an einen Haken neben der Tür gehängt hatte. Es war offensichtlich, dass er es eilig hatte, die Bedürfnisse des Hundes zu befriedigen, aber andererseits war Amanda genauso begierig darauf, dass er zurückkam.

»Willst du einen Snack oder so?«, fragte sie, bevor er ging.

»Ich will einen Snack«, sagte er. »Dich. Ich bin gleich zurück.«

Amanda erschauderte bei dem Versprechen in seiner Stimme. Sobald sich die Tür hinter ihnen geschlossen hatte, drehte sie sich um und eilte in ihr Schlafzimmer. So hatte sie sich das Ende des Abends nicht vorgestellt, als sie zugestimmt hatte, mit Nash auszugehen, aber sie bereute es nicht. Nicht im Geringsten. Sie hoffte nur, dass der Sex ihrer beider Erwartungen gerecht werden würde.

KAPITEL SECHZEHN

Buck war noch nie in seinem Leben so hart gewesen. Es fühlte sich an, als würde sein Schwanz in seiner Hose abbrechen. Er konnte nicht glauben, dass Mandy ihn eingeladen hatte, bei ihr zu übernachten. Es war ein wahr gewordener Traum, und er konnte es kaum erwarten, wieder in ihre Wohnung zu kommen und endlich all die Dinge zu tun, von denen er geträumt hatte.

Er hatte keine Ahnung, worüber sie und Laryn auf der Toilette gesprochen hatten, und es war ihm auch egal, solange es nicht dazu führte, dass Mandy sich von ihm abwandte. Aber offenbar hatte das, was auch immer gesagt worden war, zum Gegenteil geführt. Und dafür war er mehr als dankbar.

Er hatte nicht gelogen, als er ihr gestern Abend eine SMS geschickt hatte. Seine Wohnung fühlte sich extrem leer an. Und er hatte überhaupt nicht gut geschlafen. Es war erstaunlich, wie schnell er sich daran gewöhnt hatte, mit ihr in seinen Armen zu schlafen.

Als er auf Rain hinunterblickte, der sich mit der Suche nach einem Platz zum Pinkeln viel Zeit ließ, dachte Buck darüber nach, wie schnell er in seiner Beziehung zu Mandy an diesen Punkt gelangt war. Er war schon lange nicht mehr mit jemandem ausgegangen. In den letzten Jahren hatte er ein paar One-Night-Stands gehabt, aber natürlich fehlte ihnen jede Art von Bindung, was sie unangenehm und unbefriedigend machte.

Mit Mandy zusammen zu sein würde ihn umhauen, das wusste er ohne jeden Zweifel. Sie war ihm auf die beste Weise unter die Haut gegangen, und er konnte es kaum erwarten, ihr zu zeigen, wie wichtig sie ihm in so kurzer Zeit geworden war.

Schließlich erledigte Rain sein Geschäft und kehrte sofort zur Tür des Gebäudes zurück. Er war wirklich ein kluger Hund, und Buck war mehr als froh, dass es geklappt hatte und er mit Mandy zurück in die Staaten kommen konnte.

Er nahm die Treppe im Laufschritt und war in Windeseile wieder in ihrer Wohnung. »Du wirst doch heute Nacht brav sein, oder?«, fragte er den Hund, bevor er die Tür öffnete. »Auf dem Boden schlafen und meine Frau nicht beanspruchen?«

Natürlich antwortete Rain nicht, aber der bewundernde Blick auf seinem pelzigen Gesicht, wenn er Mandy ansah, verhieß nichts Gutes für Nash, der das Bett – und Mandy – für sich allein haben wollte. Es war ihm egal, ob er das Bett mit dem Hund teilen musste, solange es ihn nicht daran hinderte, Mandy zu zeigen, wie sehr er es schätzte, dass sie den ersten Schritt gemacht und ihn gebeten hatte, bei ihr zu übernachten.

»Mandy?«, rief er, nachdem er die Tür abgeschlossen hatte.

»Ich bin hier hinten in meinem Schlafzimmer. Letzte Tür links!«, rief sie.

Bucks Schwanz pochte in seiner Jeans. Scheiße, er wollte diese Frau. Seine Haut fühlte sich zu eng an und seine Kleidung extrem irritierend. Er wollte sich nur nackt ausziehen und Mandy schnell und hart nehmen. Aber er würde es so schnell tun, wie sie es brauchte. Auf keinen Fall wollte er sie erschrecken. Sie mit seiner Intensität im Schlafzimmer überwältigen.

Zu seiner Erleichterung tapste Rain zu einem Stapel

Decken in der Ecke des Wohnzimmers hinüber und machte sich daran, sie so zusammenzuknüllen, wie er es für angemessen hielt, um zu schlafen.

Buck ging schnell den Flur entlang in Richtung von Mandys Schlafzimmer, nicht sicher, was ihn dort erwartete.

Was er sah, verstärkte seine Zuneigung noch mehr.

Sie stand neben dem Bett und sah unsicher und schüchtern aus. Sie trug ein Trägerhemd und einen Slip, das war alles. Ihr Haar stand wieder auf einer Seite ab, und sie hatte das Make-up entfernt, das sie für ihre Verabredung aufgelegt hatte. In diesem Moment sah sie viel mehr wie die Frau aus, die er im Dschungel kennengelernt hatte.

Das einzige Licht kam von der Lampe auf dem kleinen Tisch neben ihrem Doppelbett, sodass es im Raum zwar schummrig, aber nicht dunkel war, was eine Erleichterung war, denn Buck wollte sie sehen. Alles von ihr. Jeden bemerkenswerten Zentimeter.

Sie war schlank, ein bisschen dünn nach ihrer Zeit im Regenwald, aber das konnte er mit ein paar guten, nahrhaften, herzhaften Mahlzeiten ändern. Ihre Brüste waren proportional zu ihrem kleinen Körperbau und hatten die süßesten verdammten Brustwarzen, die er je gesehen hatte. Wie konnten Brustwarzen süß sein? Er hatte keine Ahnung, aber ihre waren es. Ihr weißes Höschen ließ ihn erkennen, dass ihr Schamhaar getrimmt, aber nicht rasiert war, was er eigentlich dem nackten Aussehen vorzog.

Ohne nachzudenken, griff er nach seinem Hemd, riss es sich über den Kopf und warf es achtlos auf den Boden. Er wollte sich völlig nackt ausziehen und Mandy packen, aber das würde sie sicher zu Tode erschrecken.

»Wie brauchst du mich heute Abend?«, fragte er und erkannte kaum seine eigene lüsterne Stimme.

»Ich verstehe die Frage nicht«, sagte sie, den Kopf leicht geneigt.

»Willst du es langsam und romantisch? Viel Küssen, Streicheln, zärtliche Worte? Willst du die Kontrolle haben? Willst du es schnell und hart? Dass ich so schnell wie möglich in dich eindringe – nachdem ich mich vergewissert habe, dass du mich ohne Schmerzen nehmen kannst, natürlich – und dich ficke, bis wir beide Sterne sehen? Ich möchte, dass es für dich gut wird, Mandy, und bis ich deine Vorlieben kenne, was du magst, musst du mit mir reden. Sag mir, was du von mir willst.«

Sie leckte sich über die Lippen, und Buck konnte nur daran denken, wie sie aussehen würden, wenn sie seinen Schwanz lutschte. Er tropfte jetzt, mehr als bereit, in ihr zu sein. Sie würde ihn umhauen, daran hatte er keinen Zweifel.

»Ich weiß nicht, *was* ich will oder wie. Ich weiß nur, dass ich dich mehr will als die Luft zum Atmen. Mehr als Essen in meinem Bauch. Mehr als alles andere. Und ich nehme dich, wie immer ich dich kriegen kann. Langsam und romantisch, schnell und hart. Ich habe keine Angst vor dir, Nash. Vor dem hier. Ich möchte, dass du beim ersten Mal die Kontrolle übernimmst. Das wird den Druck von mir nehmen. Sag mir, was ich tun soll. Was *du* willst.«

Oh Mann, sie hatte keine Ahnung, was sie da gerade entfesselt hatte.

»Wenn du es langsamer brauchst, musst du es nur sagen. Dann höre ich sofort auf. Wenn du einfach nur kuscheln willst, wie wir es im Dschungel getan haben, ist das auch gut. Wie ich dir schon gesagt habe, bin ich auf langfristige Sicht dabei. Wir müssen heute Abend nichts weiter tun, als uns wieder zu verbinden, jetzt, da wir in Sicherheit sind und uns wohlfühlen.«

»Ich will nicht nur kuscheln«, sagte sie und klang dabei etwas verärgert. »Ich will, dass du mich fickst, Nash. Ich brauche dich.«

»Zieh dein Hemd und deinen Slip aus«, stieß er hervor,

wobei er sich fühlte, als stünde er zwei Sekunden vor der Explosion.

Sie bewegte sich, ohne zu zögern, zog den engen Stoff hoch und über den Kopf und schob dann das Stück Baumwolle, das ihre Muschi vor ihm verbarg, die Beine hinunter. Sie stand da und sah ein wenig nervös aus, aber mit erhobenem Kinn. Wie die Sexgöttin, die sie für ihn war.

Buck bewegte sich schnell, zog seine Turnschuhe aus, schob seine eigene Hose und Boxershorts herunter und griff dann nach unten, um seine Socken auszuziehen. Und dann war er genauso nackt wie sie. Sie betrachteten einander, und Buck hätte schwören können, dass er sabberte.

Mandy war die schönste Frau, die er je gesehen hatte. Und das nicht nur wegen ihrer körperlichen Schönheit, sondern auch, weil sie um das gebeten hatte, was sie wollte. Weil sie bereit war, ihm ihr Vertrauen zu schenken. Weil sie ihn offensichtlich genauso sehr wollte wie er sie.

»Soll ich mich aufs Bett legen?«, fragte sie leise.

»Nein. Bleib da stehen.«

Buck ging ein paar Schritte vorwärts, bis er direkt vor ihr stand, dann ging er auf die Knie. Als er aufblickte, sah er die Verwirrung auf ihrem Gesicht, aber sobald er sie berührte, seine Hände auf ihre Hüften legte und sie so bewegte, dass er ihren Hintern umfasste, verwandelte sich die Verwirrung sofort in Lust.

»Nash«, flüsterte sie.

Verdammt, er liebte es, wie sein Name aus ihrem Mund klang. Atemlos und begierig.

Er leckte sich über die Lippen, er wollte sie schmecken. Sich ihren Duft, ihre Berührung, ihren Geschmack in seine Seele einprägen. »Ich werde dich verschlingen, Mandy. Dich von innen nach außen kehren, so wie du es mit mir getan hast. Ich habe noch nie jemanden wie dich getroffen und werde es auch nie wieder tun. Ich werde es nicht vermasseln. Ich verspreche es.«

»Das weiß ich«, antwortete sie, legte eine Hand auf seinen Kopf und sah ihn mit einer solchen Zärtlichkeit, einer solchen ... er wagte es zu sagen ... Liebe an, dass ihm ein Schauer über den Rücken lief.

Dann war er mit dem Reden fertig.

Buck packte ihre Arschbacken fester und zog sie nach vorn, während er gleichzeitig seinen Kopf senkte. Mit der Zunge fuhr er ihren Schlitz hinauf, teilte ihre Schamlippen und endete an ihrer Klitoris, die er sofort festhielt und saugte. Hart.

Sie zuckte in seinem Griff, ein kleines Quietschen verließ ihren Mund, als die Hand an seinem Kopf fester wurde, während sie mit der anderen nach seiner Schulter griff, um sich festzuhalten.

Er wollte sagen: »So ist es gut, Rebel, halt dich fest«, aber sein Mund war anderweitig beschäftigt.

Sie schmeckte göttlich, und er fühlte sich sofort betrunken. Er brauchte mehr. Musste sie dazu bringen zu kommen, um von der Quelle zu trinken.

Während er sich an ihrer Muschi labte, experimentierte Buck. Er fand heraus, was sie am meisten erregte. Jede Frau war anders, und er liebte es zu erfahren, was *seine* Frau anmachte. Er schob ein Bein grob zur Seite und verbreiterte ihren Stand. Das brachte sie ein wenig aus dem Gleichgewicht, weshalb sie sich mit beiden Händen an seinen Schultern festhielt.

Sie grub ihre Fingernägel in seine Haut, und der leichte Schmerz machte ihn noch mehr an. Buck sah auf, als er seine Zunge als Vibrator an ihrer Klitoris einsetzte, und ihr Anblick, wie sie sich in ihrer eigenen Lust verlor, ließ seinen Schwanz zucken. Ihre Brustwarzen waren hart wie kleine Steine und ihr Oberkörper war leuchtend rosa gefärbt. Ihr Kopf war nach hinten geworfen und sie atmete kurz und keuchend, während er sie immer näher an den Abgrund trieb.

Aber sie musste ihn ansehen. Sie musste sehen, wer ihr diese Gefühle bescherte.

»Augen auf mich«, befahl er barsch.

Sie gehorchte sofort, senkte den Kopf und starrte auf ihn herab. Buck streckte absichtlich seine Zunge heraus, leckte sie noch einmal und genoss es, wie sie daraufhin zitterte. Er bewegte eine Hand, sodass er seinen Zeigefinger langsam in ihren Körper einführen konnte, während er sich auf ihre Klitoris konzentrierte. Sie war eng, aber nass und befeuchtete seinen Finger bis zum Knöchel, während er sie langsam und gleichmäßig fickte.

»Nash!«, stöhnte sie, als sie sich gegen seinen Finger zu winden begann.

Das war es, wie er sie wollte. Außer sich vor Verlangen. Sie dachte nur an eine Sache. Nun ... an zwei – an ihn und ihren nahenden Orgasmus. Er hatte die Absicht, sie so oft wie möglich über den Abgrund zu treiben. Er wollte, *musste* sehen, wie sie sich immer wieder in Lust verlor. Reduziert auf einen elementaren Zustand aus nichts als Endorphinen und dem Bedürfnis nach mehr.

Er hielt sie fest, als sie zuckte und sich gegen seinen Finger bewegte, und als sie zu zittern begann, schnippte Buck ihre Klitoris härter und schneller, in dem Wissen, wie viel Druck sie brauchte, um zu kommen. Es dauerte nicht lange, was ihn sehr erregte. Dann spürte er ihren Orgasmus auf seiner Zunge und rund um seinen Finger, der tief in ihrem Körper vergraben war.

Sie kam noch immer, als er plötzlich aufstand, sie hochhob und auf die Matratze warf. Sie stieß ein *Uff* aus, als sie landete, griff aber sofort nach ihm, was Bucks Lust noch weiter ansteigen ließ.

Da sie so viel kleiner war als er, hatte Nash kein Problem, sie so zu positionieren, wie er es wollte. Er drehte sie auf den Bauch, packte dann ihre Hüften und zwang sie auf die Knie. Er vergrub sein Gesicht von hinten in ihrer Muschi, und es gefiel ihm, wie sie sofort wieder aufschrie und ihren Stand verbreiterte, sodass er mehr Platz hatte, um sie zu bearbeiten. Ihre Brust lag auf der Matratze und ihr Arsch war in der Luft. Es war fleischlich und verdammt heiß, und Buck war außer sich vor Verlangen nach dieser Frau.

Der Gedanke, sie auf diese Weise zu nehmen, war überwältigend, aber das wollte er heute Abend nicht. Er wollte ihr in die Augen schauen und alles sehen, was sie dachte und fühlte, wenn sein Schwanz zum ersten Mal in ihre Muschi eindrang. Es würde alles sein ... und er wollte emotional mit ihr verbunden sein, wenn es passierte.

Sein Leben veränderte sich mit jeder Sekunde, die verging. Mit jedem Lecken, jedem Saugen, jedem Stöhnen, prägte sie sich in seine Seele ein. Er wusste bereits, dass er ohne sie nicht leben konnte. Er konnte nicht tun, was er tat, ohne zu wissen, dass sie zu Hause auf ihn wartete. Er bewegte sich zu schnell, aber was machte das schon? Es war ihm egal.

»Nash, ich brauche ...« Ihre Stimme brach ab.

Aber ihre Worte waren genau das, was er brauchte, um seine übermächtige Lust unter Kontrolle zu bekommen. »Was brauchst du? Sag es mir, Rebel. Ich werde alles tun, was du willst.«

»Dich. Ich brauche *dich*.«

»Du hast mich. Sei genauer«, drängte er. Er war besonders kontrollierend, aber er konnte nicht anders.

»Fick mich, Nash! Ich will dich in mir haben.«

Er bewegte sie, bevor sein Gehirn überhaupt verstand, was sie gesagt hatte. Sie lag auf dem Rücken und er schwebte über ihr. Sie gab ihm das Gefühl, drei Meter groß zu sein. Er war nie der größte Kerl gewesen, immer wieder war er wegen seiner Größe aufgezogen worden. Aber heute Abend, während er Mandys zierliche Gestalt bedeckte, hatte er sich noch nie so männlich gefühlt.

Gerade als er in sie eindringen wollte, in das verdammte Paradies, erinnerte er sich.

»Verdammt noch mal. Warte«, keuchte er, als er sich abrupt zurückzog und vom Bett sprang.

Mandy stützte sich auf einen Ellbogen und starrte ihn verwirrt an. »Was machst du da?«

»Kondom«, stieß er hervor und suchte verzweifelt in seiner Hose nach seiner Brieftasche. Er fand sie, holte das Kondom heraus, ließ die Brieftasche fallen, ohne zweimal darüber nachzudenken, und riss die Packung mit den Zähnen auf. Es war fast schon schmerzhaft, seinen Schwanz zu berühren, wenn er so hart war, aber er rollte das verdammte Gummi über seine Länge und kletterte sofort auf das Bett.

»Ich bekomme die Hormonspritze«, informierte sie ihn, als er zurückkam.

Das zu hören machte Bucks Schwanz noch härter, wenn das überhaupt möglich war. »Das ist toll, aber ich benutze ein Kondom, bis ich dir beweisen kann, dass ich keine Krankheiten oder Infektionen habe.«

»Ich vertraue dir, Nash.«

»Und du hast keine Ahnung, was das für mich bedeutet. Dein Vertrauen. Aber ich benutze es trotzdem.«

»Traust du *mir* nicht? Ich war seit Jahren mit niemandem mehr zusammen«, sagte sie ein wenig unsicher.

Er vermasselte es. Sie hätten dieses Gespräch führen sollen, bevor es zwischen ihnen so weit gekommen war. Er beugte sich hinunter und nahm ihr Gesicht in seine Hände. »Ich vertraue dir«, sagte er mit Nachdruck. »Ich will dir nur beweisen, dass ich der Mann bin, für den du mich hältst.«

»Ich weiß, wer du bist«, erwiderte sie leise, griff nach oben und hielt seine Handgelenke fest. »Du bist der Mann, in den ich mich verliebe.«

»Scheiße«, hauchte er, denn ihre Worte trafen ihn mitten ins Herz. Sie war so verdammt mutig. Sich so zu öffnen. Er wollte die Worte erwidern, aber seine Kehle war zugeschnürt. Er hatte sich kaum noch unter Kontrolle. Er würde kommen wie ein Teenager, wenn er die Situation nicht in den Griff bekäme.

Mit einer Hand stützte er sich über ihr auf der Matratze ab, mit der anderen griff er nach seinem Schwanz. Er packte ihn fest am Ansatz und unterdrückte so sein unmittelbares Bedürfnis zu kommen. »Spreize deine Beine. Weiter, Mandy. Öffne dich für mich. Lass mich rein.«

Sie tat es sofort, was seine Lust noch steigerte. Er fuhr mit seinem Schwanz durch ihre klatschnassen Schamlippen, richtete sich aus und schob dann nur die vergrößerte Spitze seines Schwanzes in sie hinein. Es fühlte sich unglaublich an. So verdammt eng. Er musste sich beherrschen, um nicht mit einem einzigen Stoß den Rest seines Schwanzes in sie zu schieben.

Mandy sah ihn nicht an, ihr Blick lag zwischen ihren Beinen, wo sie kaum miteinander verbunden waren. Er liebte es, die Lust in ihren Augen zu sehen, aber er wollte, dass sie *ihn* ansah.

Er führte seine freie Hand zu ihrem Gesicht und neigte ihren Kopf nach oben, bis er auf ihren Blick treffen konnte. »Sieh dir an, wer in dir sein wird, Mandy. Die Person, die Himmel und Hölle in Bewegung setzen würde, um dich glücklich zu machen. Die alles tun wird, um dich zu befriedigen.«

»Ich sehe dich, Nash.«

Und das tat sie. Sie hielt den Blick auf ihn gerichtet, während er ganz langsam in ihre Enge eindrang.

Sie stöhnten beide auf, als er schließlich in ihr vergraben war.

Scheiße, sie fühlte sich unglaublich an. Ihre Muskeln zuckten um ihn herum und umarmten ihn von innen heraus. Er konnte sich nicht bewegen. *Wollte* sich nicht bewegen. Er wollte für den Rest seines Lebens genau hier leben ... was die

Sache sicher extrem unangenehm machen würde. Aber er hatte noch nie etwas so Verzehrendes gefühlt. Es war überwältigend und fast beängstigend.

Mandy schien zu wissen, dass er einen Moment hatte, denn sie legte die Arme um ihn und streichelte seinen Rücken, angefangen bei seinem Hintern bis hin zu den Schultern, während er sich verzweifelt bemühte, seine intensiven Gefühle zu überwinden.

Schließlich gewannen die Bedürfnisse seines Körpers die Oberhand über seine Gefühle. Er zog seine Hüften zurück und versank erneut in ihrem Körper. Es fühlte sich fantastisch an. *Sie* fühlte sich fantastisch an.

Buck stützte sich mit beiden Händen über ihr ab und begann, den Blick auf sie gerichtet, sich fester und schneller zu bewegen. Jeder Stoß fühlte sich mehr nach Heimkommen an als der letzte. Sie lächelte ihn sanft an, aber er wollte, dass sie genauso in ihren Gefühlen versunken war wie er selbst. Sicher, sie genoss es offensichtlich, aber er wollte, dass sie sich so fühlte, wie sie es vor Kurzem getan hatte. Dass sie an nichts anderes mehr dachte als daran, zu kommen und alles zu tun, um dorthin zu gelangen.

Er stieß härter in sie hinein als zuvor und wurde mit einem Keuchen belohnt. »Gefällt dir das?«

»Mh-hm.«

»Willst du mehr?«

»Mh-hm!«

Er gab ihr, was sie wollte. Buck fing an, in sie zu hämmern. Zuerst hatte er Angst, dass er ihr wehtun könnte, aber er merkte schnell, dass sie seine enthusiastischen Stöße genoss. Aber sie war nicht besinnungslos. Noch nicht.

Die Konzentration auf das, was sie brauchte, half ihm, seinen Orgasmus hinauszuzögern. Sie würde immer zuerst kommen. In mehr als einer Hinsicht.

Er setzte sich auf die Knie und zog sie mit sich, bis sie rittlings auf ihm saß.

»Nash!«, rief sie und hielt sich an ihm fest, um aufrecht zu bleiben.

Aber er hatte sie. Sie würde nicht fallen. In dieser Position konnte er nicht so gut stoßen, aber er konnte ihre Klitoris besser erreichen. Er fand sie sofort und streichelte sie grob. Mandy begann, sich zu winden und zu keuchen. Buck beugte sich vor, nahm eine ihrer Brustwarzen in den Mund und saugte kräftig daran.

Das war es. Sie wand sich auf ihm und ritt ihn, so gut sie es in seinem festen Griff konnte. Er spürte, wie ihr Orgasmus einsetzte. Es war erotischer als das, was er zuvor getan hatte. Besser, als sie gegen seinen Finger zu spüren. Er wollte das jeden Tag erleben.

»Gut so, komm für mich, Rebel. Komm an meinem Schwanz. Gib's mir.«

Und das tat sie. Sie umklammerte ihn so fest, dass es schmerzhaft war, aber auf wundervolle Weise. Ihr Orgasmus löste sofort seinen eigenen aus. Er explodierte in das Kondom und fühlte sich, als sei er von innen ausgewrungen worden. Er hatte noch nie zuvor eine so starke Entladung gespürt. Er war süchtig nach der Frau, die immer noch in seinem Schoß zitterte.

Er drehte sie auf den Rücken und zog seinen halb harten Schwanz aus ihr heraus. Er hasste es, die Wärme ihres Körpers zu verlassen, aber er würde den Zweck des Kondoms zunichtemachen.

Mandy sah gesättigt und entspannt aus, aber er war noch nicht fertig mit ihr. Er ließ seine Hand erneut zwischen ihre Beine wandern, und sie blickte sofort zu ihm, als er begann, ihre Klitoris leicht zu reizen.

»Nash?«

»Einen noch, Mandy. Ich brauche noch einen.«

»Ich glaube nicht, dass ich das kann.«

»Doch, das kannst du. Ich weiß es.«

Sie sah nicht so sicher aus, aber sie wich nicht zurück. Sagte nicht, er solle aufhören. Also machte er weiter. Der Anblick ihrer Erregung, die ihr aus ihrer Muschi lief, war verdammt erotisch. Er hatte das getan. *Er* hatte sie so sehr erregt, dass sie tropfte. Er konnte es kaum erwarten zu sehen, wie sein Sperma, vermischt mit ihrer Nässe, aus ihrem Körper floss.

Es brauchte nicht viel, um sie wieder in Wallung zu bringen. Sie war jetzt sehr empfindlich, und er brauchte keine so grobe Berührung, um ihre Schenkel zum Zittern zu bringen und ihren Herzschlag wieder in die Höhe zu treiben. Buck liebte es zu lernen, wie er sie befriedigen konnte. Was sie brauchte. Es war ein berauschendes Gefühl zu wissen, dass er ihre Leidenschaft auf diese Weise kontrollieren konnte. Er schwor sich, dieses Wissen niemals gegen sie zu verwenden. Nur zu ihrem Vergnügen.

Als sie dieses Mal über den Abgrund stürzte, war es nicht so explosiv wie zuvor, aber es war nicht weniger befriedigend zu beobachten.

»Genug!«, bettelte sie, als er sie immer noch langsam streichelte, nachdem sie aufgehört hatte zu zittern.

Buck bewegte sofort seine Hand und legte sie auf eine ihrer Brüste. Er liebte es, wie seine Handfläche sie vollständig bedeckte, wie ihre Brustwarze immer noch hart war und gegen seine Haut drückte.

Er beugte sich über sie und legte sich auf die Seite, wobei ihre Körper sich von der Hüfte bis zur Brust berührten. Er nahm zärtlich eine ihrer Haarsträhnen, während er auf sie herabblickte und darauf wartete, dass sie sich erholte und die Augen öffnete.

Als sie es tat, war die Liebe, die er dort sah, demütigend. Und beängstigend. Denn Buck war sich nicht sicher, ob er sie verdiente. Dass er *sie* verdiente.

»Hi«, sagte sie ein wenig schüchtern.

Was verdammt süß war.

»Hi«, erwiderte er. »Geht es dir gut?«

»Bestens.«

»Es war nicht zu viel? *Ich* war nicht zu ... viel?«, fragte er unsicher. Der Sex war zweifellos der beste gewesen, den er je gehabt hatte, aber er war sich nicht sicher, wo sie stand.

»Es war perfekt«, hauchte sie.

Buck entspannte sich. Gott sei Dank.

»Ich werde nach Rain sehen und das Kondom loswerden. Rühr dich nicht vom Fleck. Ich bin gleich wieder da.«

»Ich glaube nicht, dass ich mich bewegen könnte, selbst wenn mein Leben davon abhinge«, murmelte sie.

Buck grinste, als er widerwillig von der Matratze aufstand. Er ging splitternackt ins Bad, erledigte, was er tun musste, und schaute dann schnell in den Wohnbereich. Rain schnarchte laut auf dem Stapel Decken in der Ecke.

Als Buck ins Schlafzimmer zurückkehrte, sah er, dass Mandy sich tatsächlich bewegt hatte. Sie hatte eine Decke über ihren Körper gezogen, was eine Enttäuschung war, aber er verstand es. Sie waren noch neu füreinander. Er kommentierte es nicht, sondern kroch zu ihr unter die Decke. Sie drehte sich auf die Seite, und er kuschelte sich sofort hinter sie, wie sie es in so vielen Nächten im Dschungel getan hatten. Diese Position hatte etwas sehr Richtiges an sich. So mit ihr hier zu sein.

Sie schwiegen einige Augenblicke lang, bevor Buck flüsterte: »Ich verliebe mich auch in dich.« Er war nicht in der Lage gewesen zu sprechen, als sie dieselben Worte zuvor gesagt hatte, aber er musste sie wissen lassen, was er fühlte.

Sie drückte den Arm, der um ihre Taille lag, und seufzte zufrieden.

Zumindest hoffte er, dass sie so empfand.

»Danke, dass du hier bist. Dass du nicht ausgeflippt bist, als ich dich gebeten habe, hier zu übernachten.«

»Warum sollte ich ausflippen, wenn es das ist, was ich auch wollte? Ich bin froh, dass du mutig genug warst auszusprechen, was du wolltest, denn dadurch sind wir hier.«

Ein paar Minuten später hörte er, wie ihre Atemzüge sich vertieften, und er begnügte sich damit, einfach dazuliegen und sie im Schlaf zu halten. Sein Leben hatte sich zum Besseren gewendet, und er war so froh wie noch nie in seinem Leben, dass er derjenige war, der sich freiwillig für die Mission in Guyana gemeldet hatte.

Bald hörte Buck das Geräusch von Krallen auf dem Laminatboden. Rain kam ins Schlafzimmer und sprang aufs Bett. Er drehte ein paar Kreise zu ihren Füßen, bevor er sich mit einem großen Seufzer hinlegte.

Buck konnte nur lächeln und dankbar sein, dass der Hund gewartet hatte, bis sie fertig waren, bevor er hereinkam. Es machte ihm wirklich nichts aus, dass Rain auf dem Bett lag – nach allem, was der Hund für sie getan hatte, und wenn man bedachte, wie hart sein Leben gewesen war, verdiente er das Beste, was sie ihm geben konnten. Aber Buck hatte etwas dagegen, dass er dabei war, wenn sie miteinander schliefen.

Er schlief entspannter und zufriedener als je zuvor ein. Das Leben war gut und würde mit Mandy an seiner Seite hoffentlich nur noch besser werden.

KAPITEL SIEBZEHN

Amanda schwebte auf Wolke sieben. Sie hatte ihr Leben noch nicht im Griff, aber dass sie Nash hatte, war ein Bonus, mit dem sie nie gerechnet hatte, als sie die Entscheidung getroffen hatte, nach Guyana zu gehen. Eine Woche war seit ihrer Rückkehr vergangen, und sie und Nash hatten sich schnell an eine angenehme Routine gewöhnt. Wegen Rain schlief er die meisten Nächte in ihrer Wohnung, aber sie und der Hund waren auch einmal zu ihm gefahren.

Es war, als würden sie sich schon ihr ganzes Leben lang kennen. Er war angenehm und kümmerte sich immer um sie. Jeden Morgen machte er ihnen Frühstück, und obwohl er früh aufstehen musste, um zum Stützpunkt zu fahren und mit seinem Team zu trainieren, und für die eine oder andere Besprechung, war sie schon immer ein Morgenmensch gewesen, sodass es keine große Sache war aufzustehen, wenn er es tat.

Mit ihm zu schlafen – tatsächlich zu schlafen – war ebenfalls fantastisch. Er war jetzt genauso ein Kuschler wie im Dschungel. Ihn in ihrem Rücken zu haben, während sie schlief, war ein Trost, von dem Amanda nicht gewusst hatte, dass sie ihn brauchte oder wollte.

Und der Sex? Ja, der war ein großer Pluspunkt.

Es sollte eigentlich keine Überraschung sein, dass Nash im Bett ziemlich dominant war. Er bewegte sie dorthin, wo er sie haben wollte, machte mit ihr, was er wollte, und schien eine Vorliebe dafür zu haben, sie immer wieder zum Orgasmus zu bringen. Nicht dass das ein Problem gewesen sei. Aber er vergewisserte sich immer, dass sie voll und ganz bei ihm war und dass er nichts tat, was sie verletzte oder sie nicht wollte.

Das Überraschendste war, wie sehr Amanda es genoss, ihm das Kommando zu überlassen. Nicht darüber nachdenken zu müssen, wie sie sich positionieren sollte, oder sich zu fragen, ob Nash etwas gefallen könnte oder nicht, war eine Freiheit, die sie nicht erwartet hatte. Es erlaubte ihr, einfach zu fühlen, die Empfindungen zu genießen, die er hervorrief, und sie konnte mehr im Moment mit ihm sein.

Aber er erwartete auch nicht jede Nacht Sex, und das war auch gut so. An manchen Abenden sahen sie nur fern, machten es sich dann im Bett zusammen gemütlich und redeten über alles und nichts. Es erinnerte sie an den Dschungel, wie sie sich die Zeit mit Reden vertrieben.

Und er war großartig zu Rain, ging freiwillig mit ihm raus, damit er sein Geschäft erledigen konnte, und er hatte sich sogar freigenommen, um mit ihr zum Tierarzt zu fahren und ihn untersuchen zu lassen. Sie fanden heraus, dass der Hund in erstaunlich guter Verfassung war, dafür, dass er ein Streuner aus dem Dschungel war. Der Tierarzt schätzte ihn auf etwa drei Jahre. Er war untergewichtig, was jedoch nicht besorgniserregend war dank des nahrhaften Futters, das Amanda ihm gab.

Während Nash jeden Tag zum Marinestützpunkt fuhr, verbrachte Amanda ihre Zeit damit, nach Möglichkeiten zu suchen, wie sie ihre Lehrbefähigung auf jüngere Klassenstufen erweitern konnte, und einige ihrer Kontakte zu

Schulen in der Gegend per E-Mail anzuschreiben, um sich über mögliche offene Stellen zu informieren. Aber es war die falsche Jahreszeit für Einstellungen, die meisten Schulen hatten bereits alle Lehrer, die sie brauchten, was nicht gerade eine Überraschung war, aber dennoch irgendwie frustrierend. Sie konnte nicht ewig von ihren Ersparnissen leben.

An diesem Morgen hatte Nash sie mit seinem Kopf zwischen ihren Beinen geweckt und sie zu einem Monsterorgasmus geleckt, bevor er wie ein Verrückter grinste und mit einem riesigen Ständer ins Bad ging, gegen den er sie nichts unternehmen ließ, weil er wollte, dass sie mehr Schlaf bekam. Jetzt, da Nash auf der Arbeit war, saß Amanda an ihrem kleinen Küchentisch, wieder vor ihrem Laptop.

Wieder einmal war sie dabei zu recherchieren, wie sie sich am besten für das Unterrichten jüngerer Klassen qualifizieren könnte ... als Rain plötzlich seinen Kopf aus dem Hundebett hob, das Nash eines Tages mit nach Hause gebracht hatte, mit der Behauptung, er brauche etwas Besseres als Decken auf dem Boden.

Der Hund knurrte tief in seiner Kehle, ein Geräusch, das Amanda nur ein einziges Mal gehört hatte – als sie und Nash im Dschungel gewesen waren und Rain versuchte, sie davon abzuhalten, den Weg zu den Rebellen zu nehmen.

Überrascht sah sie Rain an. Er hatte sein bequemes Bett verlassen und stand nun zwischen ihr und der Diele, starrte die Tür an und knurrte immer noch.

»Rain? Komm her«, sagte Amanda.

Der Hund rührte sich nicht.

Amanda stellten sich die Nackenhaare auf. Sie hatte keine Ahnung, was Rain spürte, aber es konnte nichts Gutes sein, wenn er sich so verhielt. Sie stand auf und zögerte, nicht sicher, was sie tun sollte.

Eine Sekunde später klopfte es laut an der Tür.

Amanda zuckte zusammen, das Geräusch erschreckte sie zu Tode.

Rain bellte. Ein tiefes Geräusch, das Amanda fast so sehr erschreckte wie das Klopfen. Sie hatte Rain noch nie bellen gehört. Kein einziges Mal. Die Tatsache, dass er es jetzt tat, war nicht gerade ein Trost.

»Amanda Rush? Öffnen Sie die Tür. Drogenfahndung. Wir haben einen Durchsuchungsbefehl.«

Was zum Teufel? Drogenfahndung? Ein Durchsuchungsbefehl? Amanda war so verwirrt. Aber der Mann, der an ihre Tür klopfte, ging offensichtlich nicht weg. Und sie hatte sicherlich nichts zu verbergen. Sie hätte gedacht, dass sie sich in der Wohnung geirrt hatten, aber der Mann hatte ausdrücklich ihren Namen gesagt.

Schnell eilte sie zur Tür und nahm Rains Leine, die an einem Haken hing, neben dem sie jedes Mal ihre Schlüssel und ihre Handtasche aufhängte, wenn sie die Wohnung betrat. Sie befestigte sie schnell an seinem Halsband und holte tief Luft, bevor sie die Tür aufschloss und öffnete.

Sofort drängten sich drei Männer in die kleine Diele und zwangen Amanda, einige Schritte zurückzutreten, um ihnen Platz zu machen.

Rain bellte abwechselnd und knurrte bedrohlich.

»Halten Sie Ihren Hund unter Kontrolle oder wir müssen die Bedrohung beseitigen«, sagte einer der anderen Männer mit Nachdruck.

Geschockt, dass dies geschah, lehnte Amanda sich mit dem Rücken gegen die Wand und hielt Rain fest an der Leine. Zwei der Männer gingen an ihr vorbei in ihre Wohnung, ohne sie eines Blickes zu würdigen, und der dritte drückte ihr ein Stück Papier in die Hand.

»Durchsuchungsbefehl. Wir haben einen Hinweis erhalten, dass sich in dieser Wohnung eine große Menge Kokain befindet. Dass es vor Kurzem ins Land gebracht wurde. Sie haben in Südamerika gelebt und gearbeitet, richtig?«

»Ähm, ja. In Guyana. Aber ich habe keine Drogen mitgebracht. Ich nehme keine Drogen«, protestierte Amanda.

»Die Informationen waren glaubwürdig, und in Anbetracht dessen, wo Sie die letzten Monate verbracht haben, hat der Richter den Durchsuchungsbefehl genehmigt. Wenn es hier etwas gibt, werden wir es finden. Bitte gehen Sie raus und lassen Sie uns unsere Arbeit machen.«

Amanda war so verwirrt und verängstigt. So etwas war ihr noch nie zuvor passiert. Sie hielt den Durchsuchungsbefehl in der Hand, als sie zur Tür begleitet wurde. Sie hatte keine Ahnung, welche Rechte sie in dieser Situation hatte. Konnte sie Nein sagen? Konnte sie sich weigern, ihre Sachen durchsuchen zu lassen? Sie hatte nichts zu verbergen, aber sie fühlte sich trotzdem verletzt.

»Kann ich mein Telefon haben?«, fragte sie, als sie im Flur ihres Wohnhauses stand und versuchte, die Nachbarn – von denen um diese Tageszeit nur wenige zu Hause waren – zu ignorieren, die aus ihren Türen schauten, um zu sehen, was los war.

»Nicht jetzt«, sagte der Agent. Er schloss die Tür nicht, sondern drehte ihr ohne einen zweiten Blick den Rücken zu.

Amanda sah an sich herunter und schämte sich dafür, dass sie immer noch ihren Pyjama trug. Das übergroße Hemd, mit dem sie normalerweise ins Bett ging, und eine schäbige Jogginghose, die sie nach dem Aufstehen angezogen hatte. Sie war bedeckt, aber barfuß und ohne BH, und sie fühlte sich entblößt und verurteilt, sowohl von ihren Nachbarn als auch von den drei Männern, die sie für eine Art Drogendealerin hielten.

Sie wurde über eine Stunde lang in ihrem Hausflur zurückgelassen, während die Männer ihre gesamte Wohnung durchsuchten. Schließlich setzten sie und Rain sich auf den kalten Beton und warteten, bis die Beamten fertig waren. Rain hatte aufgehört, zu knurren und zu bellen, aber er kletterte sofort auf ihren Schoß, als sie sich setzte, und jeder Muskel in seinem Körper war angespannt. Es war mehr als offensichtlich, dass er tat, was er konnte, um sie zu beschützen. Es war auf eine traurige Art süß.

Amanda wollte nur noch Nash anrufen, aber die Agenten ließen sie nicht an ihr Telefon. Sie ließen sie nicht in ihre Wohnung zurückkehren. Sie konnte auch nirgendwo hingehen, weil sie ihren Schlüssel nicht dabeihatte. Sie konnte ihn an der Stange neben der offenen Tür hängen sehen, aber sie hatte das Gefühl, dass ihr die Konsequenzen nicht gefallen würden, wenn sie versuchte, ihn zu holen.

Der dritte Mann, der anscheinend das Sagen hatte, behielt sie im Auge und überwachte gleichzeitig die Arbeit der beiden anderen Agenten.

Schließlich schienen sie die Durchsuchung zu beenden. Die drei Männer kamen aus ihrer Wohnung. Die beiden Agenten, die ihre Sachen durchwühlt hatten, schenkten ihr keinen weiteren Blick, als sie an ihr und Rain im Flur vorbeigingen. Der verantwortliche Mann sagte nicht, dass es ihm leidtat, erklärte nicht, dass sie nichts gefunden hatten, obwohl das offensichtlich war – sie hatte ihm gesagt, dass sie bei ihrer Rückkehr keine Drogen ins Land gebracht hatte. Der Mann nickte ihr einfach zu und ging.

Amanda fühlte sich schmutzig und wollte unbedingt duschen, also ging sie zurück in ihre Wohnung. Sie schloss die Tür und verriegelte sie – dann schnappte sie nach Luft, als sie sich umsah.

Alles war in Unordnung. Während der Durchsuchung hatte sie das Klirren von Geschirr und Töpfen gehört und konnte von ihrem Platz im Flur aus sehen, wie die Männer die Kissen von ihrer Couch warfen. Aber als sie sah, dass alles, was ihr gehörte, inspiziert und durchkämmt worden war, fühlte sie sich so verletzt wie nie zuvor.

Hätte sie *tatsächlich* Drogen in ihrer Wohnung gehabt, hätten diese höchstwahrscheinlich nicht offen herumgelegen, sondern wären versteckt gewesen, so viel war ihr klar. Aber dies fühlte sich wie ein Schlag ins Gesicht an. Wenigstens hatten sie nicht ihre Kissen oder Rains neues Bett aufgeschlitzt.

Als Amanda auf den Hund an ihrer Seite hinunterblickte, sah sie, dass er praktisch vor Nervosität vibrierte. Ihm hatte es genauso wenig gefallen, dass die Männer in ihrer Wohnung waren, wie ihr.

Plötzlich hatte Amanda das Bedürfnis, irgendwo anders als hier zu sein, und sie eilte in ihr Schlafzimmer, um sich umzuziehen.

Sie weinte fast, als sie sah, dass alle Schubladen leer waren und ihre Kleider sich auf dem Boden stapelten. Die Agenten hatten auch die Matratze aus dem Gestell genommen und sie an die Wand gelehnt.

Amanda schluckte schwer, schnappte sich einen BH, eine Jeans und ein T-Shirt von dem Stapel und kehrte dem Schlafzimmer den Rücken zu. Sie zog sich im Flur um und ging, immer noch gegen die Tränen ankämpfend, zurück in den Hauptwohnbereich. Ihr Telefon und ihr Laptop lagen auf dem Tisch, wo sie sie vorhin liegen gelassen hatte. Sie schnappte sich ihr Telefon, steckte ihre Füße in ein Paar Flipflops, griff nach ihrer Handtasche und nahm Rains Leine, die noch an seinem Halsband befestigt war.

Der Hund war ihr von Zimmer zu Zimmer gefolgt und blieb immer an ihrer Seite. Er war ein echter Trost für sie. Amanda war sich nicht sicher, was sie ohne ihn an ihrer Seite getan hätte.

Ihr erster Gedanke war, Nash anzurufen. Aber was sollte er schon tun? Er war auf der Arbeit. Er konnte nicht jedes Mal nach Hause kommen, wenn sie etwas brauchte. Sie war nicht verletzt. Sie war nicht im Gefängnis. Ihrer Person war nichts passiert. Waren ihr Unannehmlichkeiten bereitet worden? Ja. Hatte sie ein wenig Angst gehabt? Auch ja. Aber diese Erfahrung war nicht vergleichbar mit dem, was sie vor nicht allzu langer Zeit durchgemacht hatte.

Es würde ihr gut gehen. Sie brauchte nur etwas Luft. Musste eine Weile aus der Wohnung herauskommen.

Rain sprang auf den Rücksitz ihres Volvo, und sobald sie auf dem Fahrersitz saß, legte er sein Kinn auf ihre Schulter. Amanda lehnte sich zurück und tätschelte ihm den Kopf, dann verließ sie den Parkplatz und fuhr los.

Schließlich fand sie sich in einem Park auf der anderen Seite der Stadt wieder. Dort gab es große Bäume und eine riesige Freifläche, auf der man herumlaufen oder sich in die Sonne legen konnte, wenn es ein warmer Tag war, oder sogar Frisbee spielen oder so.

Es wäre dumm gewesen weiterzufahren. Sie hatte keine Ahnung, wer der Drogenfahndung den »Hinweis« gegeben hatte, dass sich in ihrer Wohnung Drogen befanden. Es machte keinen Sinn. Sie hatte nicht viel Kontakt zu anderen Menschen, und da sie noch nicht arbeitete, gab es auch niemanden, mit dem sie regelmäßig sprach und der wusste, wo sie wohnte. Die einzigen Menschen, mit denen sie zu tun hatte, waren Nash und seine Freunde.

Und sie glaubte keine Sekunde lang, dass einer seiner Pilotenkollegen oder Laryn so etwas Abscheuliches getan haben könnte.

Sie hatte sich die meiste Zeit der Fahrt den Kopf zerbrochen. Es könnte einer ihrer Nachbarn gewesen sein. Ein paar von ihnen wussten, dass sie nach Südamerika gegangen war. Vielleicht waren sie verärgert, dass sie zurück war. Vielleicht hatte einer von ihnen gehofft, sie würde wegbleiben, damit er ihre Wohnung bekommen konnte. Sie hatte eine tolle Aussicht ... aber sie konnte sich ehrlich gesagt nicht vorstellen, dass jemand so etwas tun würde, schon gar nicht wegen etwas so Lächerlichem wie einer Wohnung. Das hier fühlte sich schlicht und ergreifend wie Belästigung an.

Die Agenten wussten, dass sie in *Guyana* gewesen war ... jemand musste sie also ziemlich gut kennen, um das den Behörden mitzuteilen und ihnen vielleicht sogar noch andere Gründe zu geben, ihren »Hinweis« zu überprüfen.

Sie atmete tief durch, stieg aus ihrem Wagen und öffnete Rain die Hintertür. Er war jetzt schon eine ganze Weile eingesperrt. Dieser Park war eine großartige Gelegenheit für ihn, zu laufen und sich die Beine zu vertreten. Sie hatte keine Angst, dass er verschwinden würde, Rain klebte quasi an ihrer Seite, seit er sie im Dschungel gefunden hatte. Er wusste, dass er eine gute Sache hatte, und sie bezweifelte sehr, dass er jetzt weglaufen würde.

Aber als sie ihn aufforderte herumzulaufen, setzte er sich zu ihren Füßen hin und starrte zu ihr auf.

»Es ist okay, Rain. Mir geht es gut. Du kannst spielen gehen.«

Rain rührte sich nicht.

Seufzend ging Amanda zu einem der Picknicktische am Rande der großen Freifläche hinüber. Der Park war schön. Sie war noch nie hier gewesen, er war ein bisschen weit von ihrer Wohnung entfernt, aber er bot ihr die Ruhe, die sie zum Nachdenken brauchte.

Sie kletterte hoch und setzte sich auf die Tischplatte, stützte ihre Füße auf die Bank und starrte ins Leere, während sie ihr Bestes tat, um zu verarbeiten, was passiert war. Sie wollte unbedingt mit Nash reden, aber sie wollte keine anhängliche Freundin sein. Sie war nicht verletzt. Sie war nicht wirklich bedroht. Es war ihr nur peinlich und sie war verwirrt.

Sie würde es ihm heute Abend sagen, ganz sicher. Sie hatte keine andere Wahl. Sobald er ihre Wohnung betrat, würde er wissen, dass etwas nicht stimmte, wenn man den Zustand des Apartments bedachte.

Je mehr sie darüber nachdachte, wer den sogenannten Hinweis, den die Drogenfahndung erhalten hatte, gegeben haben könnte, desto mehr wurde Amanda einen bestimmten Verdacht nicht los.

Ein ungutes Gefühl machte sich in ihr breit ...

Könnte der Tipp von den Leuten kommen, die sie in Guyana für ihre Freunde gehalten hatte? Waren sie verärgert, dass sie weggegangen war? Wussten sie, dass sie keine andere Wahl gehabt hatte? Dass Blair sie im Grunde rausgeschmissen hatte?

Aber was würde es bringen, der Drogenfahndung etwas über sie vorzulügen? Sie war weg. Sie konnten wütend oder verärgert sein, aber nichts, was ihr in den Staaten passierte, würde letztendlich irgendeine Auswirkung auf sie oder die Schule haben.

Es sei denn ...

Sie wollte es nicht glauben. Aber es war buchstäblich das *Einzige*, was Sinn machte.

Die einzige Person, die sie in Misskredit bringen und ihren Ruf beschmutzen wollte, war diejenige, die wusste, dass sie zwei der Kinder aus dem Waisenhaus adoptieren wollte. Der Nachweis, dass Amanda labil oder als Mutter ungeeignet war, wäre der perfekte Weg, um jeden Adoptionsantrag zunichtezumachen.

War es weit hergeholt zu denken, dass Blair etwas damit zu tun haben könnte? Nicht wirklich. Sie hatte mehr Verbindungen als der Rest der Angestellten und ehrenamtlichen Mitarbeiter. Und sie war sicherlich nicht glücklich gewesen, als Amanda ihr erzählte, dass sie vielleicht Bibi adoptieren wollte, das kleine Mädchen, an dem Blair so sehr zu hängen schien.

Plötzlich ersetzte Wut die Unsicherheit und Verwirrung. Sie hatte keinen Beweis dafür, dass Blair etwas getan hatte, aber es gab auch niemanden, der einen Grund hatte, die verdammte Drogenfahndung zu schicken, um ihre Wohnung zu durchsuchen.

Amanda holte ihr Handy aus der Tasche und beschloss, die Frau zur Rede zu stellen. Sie würde wahrscheinlich nicht zugeben, dass sie diejenige war, die die Drogenfahndung kontaktiert hatte, aber zumindest würde sie wissen, dass Amanda ihr auf der Spur war, und vielleicht würde sie es sich zweimal überlegen, so etwas noch einmal zu tun.

Sie hatte Blairs Büronummer in ihren Kontakten gespeichert und tippte darauf, um zu sehen, ob ihr Verdacht richtig war.

Das Telefon klingelte viermal, aber es war nicht Blair, die abnahm.

»Desmond Williams.«

»Desmond? Ich bin's, Amanda. Warum gehst du an Blairs Telefon?«

»Danke für Ihren Anruf und für Ihr Interesse an unserer Schule. Ja, wir können immer Spenden gebrauchen.«

Verwirrt sagte Amanda: »Hast du mich gehört? Ich bin's, Amanda Rush. Ich rufe aus den Staaten an.«

»Ich kann Sie gut hören. Und ja, Decken wären immer willkommen. Ebenso wie Lebensmittel. Alles, was nicht verderblich ist, ist am besten.«

Etwas war falsch. Sehr falsch. Es war offensichtlich, dass er nicht wollte, dass jemand wusste, dass sie am anderen Ende der Leitung war. Blair? War sie im selben Raum und hörte das Telefonat mit?

»Ich rufe an, weil Mitarbeiter der Drogenbehörde heute in meine Wohnung kamen und sagten, sie hätten einen Hinweis bekommen, dass ich eine Menge Kokain ins Land gebracht hätte. Sie wussten auch, dass ich kürzlich aus Südamerika gekommen bin. Weißt du etwas darüber?«

»Tue ich nicht. Aber ich bin nicht überrascht. Sie können

jederzeit mit diesen Spenden vorbeikommen. Wir würden uns freuen, sie zu bekommen.«

»War es Blair? Was ist hier los, Desmond?« Amanda war frustriert. Und beunruhigt. Irgendetwas ging vor sich, und sie konnte offensichtlich keine Antworten von Desmond bekommen, weil jemand das Gespräch mithörte. »Geht es den Kindern gut?«, fragte sie, weil sie *das* plötzlich dringender wissen wollte, als die Information zu bekommen, was mit der Drogenfahndung passiert war.

»Ja. Den Kindern geht es wunderbar. Glücklich und gesund, dank Spenden wie Ihren.«

Die Erleichterung machte Amanda schwindelig.

»Ich muss jetzt Schluss machen, aber wir wissen Ihr Interesse an einer Spende zu schätzen. Wir sind eine kleine Organisation und brauchen jede Hilfe, die wir bekommen können.«

»Wenn du mich später anrufen kannst, tu es bitte«, sagte Amanda schnell. »Ich mache mir Sorgen.«

Desmond legte auf, ohne zu antworten.

Amanda hatte sich bisher dagegen gesträubt, Nash anzurufen, aber nach diesem Telefonat zögerte sie nicht, sich bei ihm zu melden. Sie hatte nicht die Mittel, um herauszufinden, was vor sich ging. Aber Nash hatte sie.

Rain winselte zu ihren Füßen. Vielleicht spürte er ihre schwankenden Gefühle. Amanda setzte sich auf die Bank und griff nach unten, um den Hund zu beruhigen. »Es ist okay, Rain. Mir geht es gut. Aber irgendetwas geht im Waisenhaus vor sich. Ich habe keine Ahnung was. Aber ich glaube, sie brauchen dort Hilfe. Vielleicht sind die Rebellen zurück und haben die Macht übernommen. Ich weiß es nicht. Nash wird wissen, was zu tun ist.«

Amanda tippte auf Nashs Nummer und hielt den Atem an in der Hoffnung, dass er abheben würde.

Das tat er nicht. Der Anruf ging auf die Mailbox.

Sie hinterließ ihm eine vage Nachricht, in der sie ihn bat,

sie anzurufen, sobald er könne. Sie ließ ihn wissen, dass es nichts Lebenswichtiges sei, sondern nur etwas, worüber sie reden musste.

Da sie nicht wusste, was sie jetzt noch tun sollte, beschloss Amanda, zurück in ihre Wohnung zu fahren. Sie musste alles wieder in Ordnung bringen. Je mehr sie darüber nachdachte, desto mehr war sie darauf bedacht, genau das zu tun. Nash würde nicht erfreut sein, wenn er dort ankam und den Zustand sah, in dem die Agenten die Wohnung hinterlassen hatten. Sein Beschützerinstinkt würde einsetzen und er würde wahrscheinlich ausflippen. Sie wollte verhindern, dass er etwas tat, was seiner Karriere schaden könnte.

Sie brachte Rain zurück in den Wagen und fuhr dann zu ihrer Wohnung. Es beunruhigte sie nicht, dass Nash sie noch nicht zurückgerufen hatte. Er hatte sie gewarnt, dass es Zeiten geben würde, in denen er in Besprechungen war und sein Telefon nicht benutzen konnte.

Nachdem Rain sein Geschäft erledigt hatte, holte Amanda die Post aus dem Briefkasten und ging dann in ihre Wohnung, entschlossen, so gut wie möglich aufzuräumen, bevor Nash von der Arbeit nach Hause kam.

Sie hängte ihre Schlüssel und Rains Leine an den Haken neben der Tür, warf die Post auf den Tresen, um sie später durchzusehen, und beschloss, mit der Küche zu beginnen.

Sie hatte gerade alle Töpfe, Pfannen und das Geschirr wieder an ihren Platz geräumt, als ihr Telefon klingelte.

Als sie Nashs Namen auf dem Bildschirm sah, entspannte sich etwas in ihr. Er würde ihr helfen herauszufinden, was hier vor sich ging, daran hatte sie keinen Zweifel.

»Hey«, sagte sie, als sie ranging.

»Was ist los?«, fragte Nash, der mehr als nur ein wenig besorgt klang. »Geht es dir gut? Geht es Rain gut?«

Die Tatsache, dass er sich Sorgen um den Hund machte,

war ebenso süß wie seine Sorge um *sie*. »Es geht uns beiden gut.«

»Gut. Worüber musstest du reden?«

Plötzlich war Amanda nicht mehr sicher, ob es eine gute Idee war, ihm alles am Telefon zu erzählen. »Wie war dein Tag? Kommst du bald nach Hause?«

Er hielt inne. »Sprich mit mir, Mandy. Was ist los?«

Verdammt. Natürlich durchschaute er ihren Versuch, ihn hinzuhalten.

»Erstens, mir geht es gut. Rain geht es gut. Wir sind in meiner Wohnung, die Tür ist abgeschlossen. Alles ist gut.«

»Okay, jetzt fange ich an auszuflippen. Muss ich Casper sagen, dass ich an dieser letzten Besprechung nicht teilnehmen kann, damit ich zu dir kommen kann?«

Wow. Das war sogar noch süßer. »Nein. Aber um dir zu sagen, wobei ich Hilfe brauche, sollte ich am Anfang beginnen. Und der Anfang ist *nicht* der Teil, für den du etwas tun musst. Es ist der zweite Teil, okay?«

»Okaaaay«, sagte er, wobei er den letzten Teil des Wortes in die Länge zog.

»Mitarbeiter der Drogenfahndung kamen heute Morgen mit einem Durchsuchungsbefehl hierher und sagten, sie hätten einen Hinweis bekommen, dass ich eine große Menge Kokain in meiner Wohnung hätte.«

»Wie bitte?«

Sie musste sich beeilen und die Sache hinter sich bringen, damit er keinen Herzinfarkt bekam. »Sie kamen rein, durchsuchten alles, fanden nichts und gingen wieder. Es ist alles in Ordnung.«

»Nichts ist in Ordnung, verdammt!«, rief Nash aus. »Was zum Teufel?«

»Nash, im Ernst, es geht mir gut. Ich bin immer noch dabei, die Wohnung aufzuräumen, aber das spielt jetzt keine Rolle.«

»Von wegen! Sie haben deine Wohnung verwüstet?«

Natürlich würde er das aus diesem Teil herauslesen. Sie hätte ihre Wohnung nicht als verwüstet bezeichnet, aber sie war definitiv ... in Unordnung. »*Nash*. Das ist nicht das, wobei ich Hilfe brauche. Hörst du mir mal kurz zu?«

»Sprich schneller, Mandy. Ich bin gerade wirklich nicht glücklich.«

An seiner Stimme konnte sie erkennen, dass er wahrscheinlich in zwei Sekunden in ihrer Wohnung sein würde. Und obwohl es ihr nichts ausmachte, ihn nach ihrem stressigen Morgen zu sehen, musste sie ihm den Rest erzählen.

»Ich bin herumgefahren, um einen klaren Kopf zu bekommen und von hier wegzukommen, und habe versucht herauszufinden, wer den falschen Hinweis mit den Drogen gegeben haben könnte. Ich kenne nicht mehr so viele Leute in Norfolk, zumindest niemanden, dem ich nahe genug stehe, um so etwas zu tun. Aber dann habe ich über Guyana nachgedacht. Und dass die Agenten wussten, dass ich gerade von dort kam. Ich wurde misstrauisch, dann wütend ... und ich rief Blair an.«

»Blair.«

Dieses eine Wort wurde mit solcher Verachtung ausgesprochen, dass Amanda nicht wirklich überrascht war. Sie fuhr fort: »Ja. Doch sie ist nicht an ihren Büroanschluss gegangen. Dafür aber Desmond. Und das war seltsam, Nash.«

»Inwiefern?«

»Er tat so, als sei ich jemand, der anruft und der Schule etwas spenden möchte. Er antwortete nicht direkt auf meine Fragen, als sei jemand bei ihm im Büro, der zuhört. Vielleicht war es Blair, weshalb er Angst hatte, offen zu sprechen. Aber ich habe *mehr* Angst, dass es vielleicht die Rebellen waren. Dass sie zurück sind oder so. Ich habe ihn gefragt, ob es den Kindern gut geht, und er sagte Ja, aber ich mache mir trotzdem Sorgen. Ich dachte, du könntest vielleicht etwas herausfinden. Deinen Freund fragen – du weißt schon, den, von dem du gesagt hast, dass er sich mit Blair beschäftigt – und schauen, ob er etwas herausfinden kann.«

»Das werde ich sofort tun. Du bist in deiner Wohnung?«

»Ja.«

»Bleib dort. Achte darauf, dass die Türen verschlossen sind. Und öffne sie für niemanden außer für mich oder einen meiner Freunde. Es ist mir egal, ob die Drogenfahndung zurückkommt und verlangt, dass du sie öffnest, oder ob der verdammte Präsident auf der anderen Seite ist. Du wirst diese Tür *nicht* öffnen. Hast du verstanden?«

Er war herrisch und machte ihr ein wenig Angst, aber Amanda stimmte schnell zu. »Das werde ich nicht.«

»Gut. Ich werde herausfinden, was los ist, aber du musst in Sicherheit sein, während ich mich hier um alles kümmere. Ich werde mit Casper sprechen, und sobald ich die nötigen Anrufe getätigt habe, komme ich nach Hause. Ich werde so schnell wie möglich da sein.«

»Pass auf dich auf. Mir geht's gut, Nash. Ein bisschen durchgeschüttelt von allem, aber jetzt gut.«

»Es tut mir leid, dass ich nicht da war.«

»Nash, du kannst nicht immer an meiner Seite sein.«

»Ich weiß, aber das heißt nicht, dass ich es nicht will. Ich hasse es, dass du das heute allein durchmachen musstest.«

»Ich hatte Rain.«

»Dafür bin ich dankbar, aber ein Hund ist nicht dasselbe wie ein wütender Night Stalker an deiner Seite oder in deinem Rücken.«

Er hatte nicht unrecht.

»Fahr vorsichtig. Handle dir keinen Strafzettel oder so ein.«

Er lachte, und Amanda war froh, das zu hören. Er war immer noch gestresst, das war offensichtlich, aber die Tatsache, dass sie ihn zum Lachen gebracht hatte, wenn auch nur ein bisschen, gab ihr ein gutes Gefühl.

»Das werde ich nicht. Ich rufe an, wenn ich etwas herausfinde, bevor ich nach Hause komme.«

»Danke.«

»Bis bald.«

»Okay.«

Nash legte auf, und obwohl Amanda noch keine Antworten hatte, fühlte sie sich besser, jetzt, da er der Sache nachging. Es fühlte sich seltsam an, sich auf jemand anderen zu verlassen, so wie sie es bei Nash tat. Sie war immer wahnsinnig unabhängig gewesen, das musste sie sein. Aber ihn auf ihrer Seite zu haben, ihn um Hilfe bitten zu können ... oder auch nur zu wissen, dass er sich für sie aufregte und bereit war, sofort die Arbeit zu verlassen, um zu ihr zu kommen, wenn sie ihn brauchte ... fühlte sich großartig an. Als sei sie nicht ganz so allein auf der Welt.

Die Dinge zwischen ihr und Nash hatten sich schnell entwickelt, aber sie fühlten sich richtig an. Ihre Zeit im Dschungel hatte ihre Beziehung um das Zehnfache beschleunigt. Und sie war nicht im Geringsten verärgert darüber.

KAPITEL ACHTZEHN

Sobald Buck das Gespräch mit Mandy beendet hatte, wählte er die Nummer von Tex. Er hatte vor, eine Nachricht zu hinterlassen, aber zu seiner Überraschung ging der Mann selbst ans Telefon.

»Tex hier.«

»Ich bin's, Buck. Nash Chaney. Ich rufe wegen Guyana an.«

»Richtig. Eigentlich wollte ich mich deswegen demnächst bei dir melden. Ich bin noch dabei, die Schule zu untersuchen, aber ich habe einige ungewöhnliche Dinge herausgefunden. Zumindest *glaube* ich, dass sie ungewöhnlich sind. Erstens, aus den E-Mails, die ich eingesehen habe und die zwischen den ehrenamtlichen Mitarbeitern, die noch an der Schule tätig sind, hin und her gingen, geht hervor, dass Blair eines der Kinder in ihr Zimmer in der Schule gebracht hat. Ich habe keine Unterlagen gefunden, aus denen hervorgeht, dass sie das Kind adoptieren will, aber vielleicht fiel es dem kleinen Mädchen schwer, sich an alles zu gewöhnen, nachdem es entführt worden war.«

»Bibi?«, fragte Buck.

Tex klang überrascht, als er antwortete: »Ja. Woher wusstest du das?«

»Sie ist besessen von diesem Mädchen. Zumindest nach dem zu urteilen, was ich gesehen habe. Ich rufe aber wegen etwas anderem an.« Buck erzählte ihm schnell, was heute Morgen mit Mandy passiert war. Von dem Durchsuchungsbefehl aufgrund eines angeblichen »Hinweises« über Drogen in ihrer Wohnung. Er erzählte Tex auch von ihrem Telefonat mit Desmond. »Sie macht sich Sorgen, dass die Rebellen zurück sind und Leute in der Schule als Geiseln halten oder so. Ich hoffe, dass ich herausfinden kann, ob das der Fall ist oder nicht. Ob es allen gut geht.«

»Ich werde herausfinden, woher der Hinweis kam, und mich dann bei dir melden. Es wird ein Leichtes sein, sich in die Datenbank der Drogenfahndung zu hacken, um die Notizen zu diesem Anruf zu finden. Was das andere Problem betrifft, so schien heute Morgen in der Schule alles in Ordnung zu sein. Die E-Mails der Mitarbeiter wurden gesendet und empfangen, und auch der Telefonverkehr schien normal zu sein. Ich habe keine Augen dort unten, da es keine Videoüberwachungsgeräte gibt, aber elektronisch gab es keine ungewöhnlichen Aktivitäten. Aber ich kann tiefer eintauchen und versuchen, meine Verbindungen zum Militär zu nutzen, um das Waisenhaus zu überprüfen.«

»Das würde ich zu schätzen wissen. Mandy auch.«

»Ich habe allerdings einige interessante Details über die Direktorin herausgefunden.«

»Was?«

»Jahrelang ist sie in der Psychiatrie ein und aus gegangen. Schon bevor ihr Mann starb.«

»Weswegen?«

»Soweit ich weiß, gibt es noch keine eindeutigen Diagnosen. Viele Worte wurden in den Raum geworfen ... Borderline-Persönlichkeitsstörung, Depression, Angstzustände, Schizophrenie, bipolar ... was auch immer, die Ärzte haben es in Betracht gezogen.«

»Aber es gibt nichts Konkretes?«

»Nein. Sie hat im Laufe der Jahre viele verschiedene Medikamente verschrieben bekommen, aber nachdem sie das Land in Richtung Guyana verlassen hatte, hat sie, soweit ich weiß, nichts mehr genommen.«

»Das könnte schlimm sein«, sagte Buck, mehr zu sich selbst als zu Tex.

»Ich werde weiter daran arbeiten und mich so bald wie möglich bei dir melden. Ich kann es Amanda nicht verdenken, dass sie sich Sorgen um die Kinder und ihre Freunde macht, die dort unten arbeiten.«

»Ich weiß das zu schätzen.«

Tex legte ohne ein weiteres Wort auf. Buck fühlte sich zwar besser, dass der Mann alles tat, um herauszufinden, was in Guyana geschah, aber das Bedürfnis, sich selbst davon zu überzeugen, dass es Mandy gut ging, war überwältigend. Er konnte nicht glauben, dass die Drogenfahndung ihre Wohnung durchsucht hatte. Nach dem, was sie bereits mit den Rebellen durchgemacht hatte, musste das traumatisch für sie gewesen sein.

Er ging zurück in den Konferenzraum, den er und seine Kameraden nutzten, um Informationen für eine bevorstehende Mission durchzugehen. Sie hatten eine Pause gemacht, sodass er seine Nachrichten abrufen konnte, und er war hinausgegangen, um Mandy zurückzurufen.

»Alles in Ordnung?«, fragte Obi-Wan, als er den Raum betrat.

»Nein. Ich muss weg.«

»Mandy?«, fragte Pyro besorgt.

»Ja.« Er erzählte noch einmal, was mit Mandy geschehen war, angefangen bei ihrem Schreck mit der Drogenfahndung bis hin zu ihren Sorgen um die Schule in Guyana, und er war nicht überrascht, als seine Pilotenkollegen und Freunde sich für sie empörten.

»Mandy würde genauso wenig Drogen in ihrer Wohnung haben wie Mutter Theresa.«

»Mach mal halblang!«

»Ich wette, sie haben die Wohnung während der Suche verwüstet.«

»Sollen wir mitkommen?«

Seine Freunde waren die besten. Deshalb würde er für jeden von ihnen sein Leben geben, weil er wusste, dass sie ohne Frage hinter ihm standen. »Sie sagt, es ginge ihr gut. Sie ist jetzt in ihrer Wohnung eingeschlossen. Ich glaube also nicht, dass ich Verstärkung brauche, aber wenn doch, rufe ich an. Ist es okay, wenn ich früher losfahre?«, fragte Buck Casper.

»Natürlich. Wir sind hier sowieso fast fertig. Wir können dich morgen aufklären, was du verpasst hast.«

»Danke.«

»Und halte uns auf dem Laufenden«, befahl Casper streng. »Wenn etwas nicht stimmt, wollen wir es wissen.«

»Das werde ich. Ich lasse Tex nachforschen, was zum Teufel hier los ist.«

»Na gut, aber im Ernst, du weißt, dass wir für dich da sind. Und wenn Tex etwas Verdächtiges in Guyana findet, werde ich mit dem Oberst darüber sprechen, ob wir dorthin fliegen und unsere Hilfe anbieten können«, sagte Casper.

»Danke, Leute«, erwiderte Buck, der auf einmal emotional wurde.

»Ist Mandy dein Mädchen?«, fragte Casper.

»Ja.« Das war eine leicht zu beantwortende Frage.

»Dann ist sie eine von uns. Wer sich mit einem von uns anlegt, legt sich mit uns allen an«, erklärte Casper entschlossen. »Und wenn ich meinen Bruder anrufen und die SEALs einschalten muss, werde ich das tun. Ich bin durch die Hölle gegangen, als mir Laryn entrissen wurde, und das würde ich niemandem wünschen. Nicht dass Mandy wieder entführt wird, aber falls jemand sich mit ihr anlegt oder sie bedroht, werden wir nicht zulassen, dass ihr das Gleiche passiert wie Laryn. Jetzt geh. Ich melde mich später bei dir.«

Buck nickte, dann wandte er sich zum Gehen. Er wollte unbedingt zu Mandys Wohnung fahren. Er wollte mit eigenen Augen sehen, dass es ihr gut ging.

Es dauerte nicht lange, um zu ihrem Gebäude zu gelangen, und Buck dachte die ganze Zeit darüber nach, was er als Nächstes tun würde, falls Tex herausfände, dass die Rebellen in die Schule zurückgekehrt waren, um Rache zu üben oder die Kinder erneut zu entführen.

Er nahm die Treppe zu ihrer Wohnung zwei Stufen auf einmal, klopfte an die Tür und rief dabei: »Mandy? Ich bin's. Lass mich rein.«

Die Tür öffnete sich fast augenblicklich, und dann lag Mandy in seinen Armen. Buck hatte das Gefühl, zum ersten Mal wieder normal atmen zu können, seit sie vor nicht allzu langer Zeit miteinander telefoniert hatten.

Er umarmte sie fest, zog sich dann zurück und ließ den Blick über ihren Körper gleiten, um sich davon zu überzeugen, dass es ihr wirklich gut ging.

»Mir geht es gut«, sagte sie leise, offensichtlich wissend, was er tat. »Vorhin war es irgendwie beängstigend, weil ich nicht wusste, was passiert ist. Ich musste draußen bleiben, und ich trug immer noch meinen verdammten Schlafanzug. Aber je mehr Zeit vergeht, desto weniger verwirrt und desto wütender werde ich. Ich meine, ich bin *Lehrerin*! Keine Drogendealerin. Wie jemand auf die Idee kommen kann, dass ich etwas mit Drogen zu tun haben könnte, ist mir unbegreiflich. Hast du etwas über die Schule herausgefunden? Sind alle dort in Ordnung?«

»Tex geht der Sache nach und versprach, sich bei mir zu melden, sobald er etwas erfährt.« Buck schaute ihr über die

Schulter und presste die Lippen zusammen. Er konnte den Flur hinunter in ihr Schlafzimmer sehen, und während sie vielleicht Zeit gehabt hatte, die Küche und den Wohnbereich aufzuräumen, sah ihr Schlafzimmer immer noch wie eine Katastrophe aus. Er ärgerte sich wieder einmal über die Verletzung ihrer Privatsphäre.

»Ist schon gut«, beruhigte sie ihn, als sie sah, wo sein Blick gelandet war. »Es ist nicht so schlimm.«

»Ich werde dafür sorgen, dass derjenige, der diesen Hinweis gegeben hat, es mit jeder Faser seines Seins bereut«, sagte er mit zusammengebissenen Zähnen.

Zu seiner Überraschung kicherte Mandy. Er sah von dem unordentlichen Schlafzimmer weg zu ihrem Gesicht. »Was ist so lustig?«

»Ich hatte nur den gleichen Gedanken. Aber ich schätze, du hast die Mittel und die Fähigkeit, viel mehr zu tun, als ich es könnte. Nash, du hättest Rain sehen sollen. Er hat tatsächlich gebellt! Ich war mir nicht sicher, ob er das überhaupt kann. Aber er wusste, dass diese Männer hier waren, bevor ich es wusste, bevor sie klopften. Er knurrte, stellte sich zwischen mich und die Tür und *bellte*. Ich war schockiert.«

Buck hatte wieder einmal gemischte Gefühle. Er war stolz auf den Hund, weil er Mandy beschützt hatte, aber auch sauer, dass er es überhaupt hatte tun müssen. Sie hätte in ihrer Wohnung sicher sein sollen. Sie sollte sich keine Sorgen machen müssen, dass Leute in ihre Privatsphäre eindringen und sie belästigen könnten.

»Braver Junge«, lobte Buck den Hund, der nach der Begrüßung an der Tür wieder in sein Bett gegangen war.

»Wie ist der Rest deines Vormittags verlaufen?«, fragte er. »Ich meine, vor dem Schlamassel mit der Drogenfahndung. Hattest du Glück bei der Jobsuche oder bei der Sache mit der Fortbildung?« Buck tat sein Bestes, um seine Gefühle zu kontrollieren. Seine Wut. Er wollte etwas *unternehmen*, aber im

Moment konnte er nur auf weitere Informationen von Tex warten. In der Zwischenzeit musste er alles tun, damit Mandy sich wohlfühlte. Als seien die Dinge unter Kontrolle. Und um das zu erreichen, musste er selbst die Kontrolle behalten.

»Nicht gut. Ich meine, ich habe die Liste der Schulen, die Online-Programme anbieten, eingegrenzt, aber ich habe keine offenen Stellen gefunden.«

»Was ist mit Vertretung?«, fragte Buck, da er sich erinnerte, dass sie das irgendwann in der letzten Woche erwähnt hatte.

»Ich habe von einer Lehrerin, mit der ich früher zusammengearbeitet habe, von einer ihrer Bekannten gehört, die in der ersten Klasse unterrichtet und demnächst in den Mutterschutz gehen wird. Die Verwaltung sucht nach einer langfristigen Vertretung, was ideal wäre ... aber ich bin mir nicht sicher, ob das eine gute Idee ist.«

»Warum nicht?«

»Weil es auf dem Marinestützpunkt ist.«

»Warum ist das keine gute Idee?«, fragte Buck aufrichtig verwirrt.

»Weil du dort arbeitest.«

»Und?«

»Und ich will dich nicht bedrängen. Ich will mich nicht in deinem Revier einnisten.«

Buck schüttelte verärgert den Kopf. »Warum solltest du dich in meinem Revier einnisten, nur weil du auf demselben Marinestützpunkt arbeitest?«

»Ich weiß nicht. Es fühlt sich nur irgendwie ... komisch an.«

»Es ist nicht komisch. Es ist perfekt. Wir könnten Benzin sparen. Nur einen Wagen zur Arbeit nehmen. Ich könnte in die Schule kommen und dich in der Mittagspause sehen. Klingt *ideal* für mich.« Und das tat es auch. Mit jeder anderen Frau hätte sie vielleicht recht gehabt. Er hätte sich vielleicht so gefühlt, als sei es erdrückend, sie die ganze Zeit in seiner Nähe zu haben. Aber ihm gefiel der Gedanke, dass sie auf dem Marinestützpunkt war. Das garantierte zwar nicht, dass sie vor jeglicher Art von Gewalt sicher war, aber er dachte, dass es zumindest ein wenig sicherer sei, als wenn sie sich in einer der öffentlichen Schulen in der Gegend aufhielte.

»Wirklich? Das sagst du nicht nur so?«

»Nein.«

»Vielleicht rufe ich morgen an und frage, ob ich mich bewerben kann, oder spreche dann zumindest mit jemandem in der Verwaltung über die Stelle.«

»Gut. Hast du schon gegessen?«

Sie rümpfte die Nase. »Nein. Mir war nicht danach.«

»Wie wäre es, wenn ich uns ein Hühnchen grille oder so? Es wird nicht lange dauern. Dazu können wir etwas von dem gewürzten Reis essen, den du so gern magst.«

»Klingt gut. Ich kann das Schlafzimmer wieder in Ordnung bringen, während du kochst.«

»Nein. Das machen wir gemeinsam nach dem Essen. Bleib erst einmal sitzen. Entspanne dich. Du hattest einen harten Tag.«

»Ich kann helfen.«

»Ich weiß, dass du das kannst. Aber du kannst dich auch hinsetzen und entspannen.«

Mandy rollte mit den Augen. »Gut. Wie auch immer. Kann ich wenigstens meine Post durchsehen, während du dich um unser Abendessen kümmerst?«

»Auf jeden Fall.« Buck ließ sie jedoch nicht los, sondern hatte immer noch seine Arme um sie gelegt. Er beugte sich hinunter und legte seine Stirn an ihre. »Es tut mir leid, dass du das heute durchmachen musstest.«

»Mir auch.«

»Wir kriegen das schon hin, versprochen.«

»Ich hoffe es.«

Dann küsste er sie. Ein liebevoller Kuss, der hoffentlich bewies, wie sehr er sich um sie sorgte.

Er zwang sich loszulassen, bevor aus dem Kuss mehr wurde – er wollte ihr wirklich etwas zu essen machen, und sein Magen knurrte auch –, und machte sich auf den Weg zur Spüle, um sich die Hände zu waschen und das Abendessen zuzubereiten.

Mandy ging zum Rand des Tresens und griff nach den Briefen, die dort lagen, wo sie sie offensichtlich abgelegt hatte, als sie nach Hause kam. Sie trug sie zum Tisch und setzte sich, dann begann sie, sie durchzusehen.

Buck trocknete sich gerade die Hände, als er ihren Aufschrei hörte. Als er hinüberschaute, sah er Mandy, die mit großen Augen auf einen Umschlag starrte.

»Was ist?«

Sie schaute auf. »Er wurde in Venezuela abgestempelt«, flüsterte sie.

»Was zum Teufel?«, murmelte Buck. »Was *jetzt*?« Diese Worte waren ein wenig lauter.

Als Zeichen, wie schlecht es ihr immer noch ging, versuchte Mandy nicht einmal, den Brief zu öffnen, sondern hielt ihn ihm einfach hin, als er zu ihr herüberkam.

Der Brief enthielt keinen Absender, und ihre Adresse war auf der Vorderseite mit Schreibmaschine geschrieben. Aber der Brief war definitiv in Venezuela abgestempelt worden.

Buck zögerte. Er sollte ihn wahrscheinlich nicht öffnen. Wahrscheinlich sollte er die Behörden anrufen, falls er Drogen enthielt oder etwas, das Mandy belasten könnte.

Aber er konnte ihn nicht *nicht* öffnen. Er musste wissen, ob es eine unmittelbare Bedrohung für die Frau gab, ohne die er langsam nicht mehr leben zu können glaubte, oder ob es sich um etwas ganz anderes handelte.

Buck ging einen Schritt vom Tisch weg, weg von Mandy, für den Fall, dass sich darin Pulver oder etwas anderes befand, zog das Messer, das er immer bei sich trug, aus einer der Taschen seiner Cargohose und schlitzte den Umschlag vorsichtig auf. Er zog das Stück Papier heraus und legte es auf den Tresen. Er hielt den Atem an, als er es entfaltete.

Zum Glück befand sich außer dem Papier nichts darin. Der Brief war ebenfalls maschinengeschrieben und kurz und bündig.

Wir beobachten dich.

Wir haben überall Augen.

Wir bringen immer zu Ende, was wir angefangen haben.

Wir werden siegreich sein.

Bucks Hände zitterten angesichts der Drohungen. *Niemand* bedrohte seine Frau. Auf keinen Fall.

»Komm. Wir gehen.«

»Was? Wohin gehen wir? Was steht in dem Brief?«

Buck wollte nicht, dass sie es sah. Er wollte nicht, dass die abscheulichen Worte in ihrem Kopf herumschwirrten, so wie sie es in seinem taten.

Aber sie war schon an seiner Seite und schaute ihm über die Schulter, bevor er den Brief wieder in den Umschlag stecken konnte. Sie schnappte erneut nach Luft.

»Ist das von den Rebellen? Den Leuten, die die Kinder und mich entführt haben?«

»Ich weiß es nicht. Möglicherweise.«

»Heilige Scheiße! Woher zum Teufel haben die meine Adresse?«

»Ich weiß es nicht. Und deshalb gehen wir jetzt. Wer immer das geschickt hat, weiß, wo du wohnst. Geh packen. Alles, was du für mindestens eine Woche brauchst. Ich werde nicht riskieren, dass du hierbleibst und es sich nicht um einen kranken Streich oder eine leere Drohung handelt.«

»Wohin gehen wir?«

»In meine Wohnung. Es ist unwahrscheinlich, dass jemand *meinen* Namen kennt oder weiß, wo ich wohne. Aber selbst wenn, meine Wohnung ist besser gesichert als deine. Jeder muss per Summer ins Gebäude gelassen werden. Du kannst bei mir bleiben, bis wir das geklärt haben. Bis Tex sich mit Informationen zurückmeldet.«

»Ich will dir nicht zur Last fallen«, sagte Mandy leise.

Buck drehte sich um und nahm ihr Gesicht in seine Hände. »Du wirst mir *nie* zur Last fallen. Glaubst du, ich will dich nicht in meinem Raum haben? In meinem Bett? Denn das will ich.«

»Aber du hast dich nicht darüber beschwert hierzubleiben.«

»Natürlich nicht. Weil dies dein Zuhause ist. Wo du dich wohlfühlst. Aber die Dinge haben sich geändert. Die Umstände haben sich geändert. Ich werde dein Wohlbefinden nicht gefährden, Mandy. Wir könnten in ein Hotel gehen, aber bei mir ist es bequemer. Für dich und Rain.«

»Ich weiß nicht, was ich sagen soll.«

»Sag nichts. Geh packen. Ich werde Rains Sachen hier draußen zusammensuchen. Nimm auch alles aus dem Kühlschrank mit, was verderben könnte.«

»Mir gefällt das nicht. Ich meine, ich liebe es, dass ich mit dir zusammen sein werde, aber ich mag es nicht, aus meinem Zuhause vertrieben zu werden. Bedroht zu werden. Nicht zu wissen, was zum Teufel los ist.«

»Ich weiß es auch nicht, deshalb werde ich es herausfinden. Das in Ordnung bringen.«

Mandy lehnte sich an ihn und schlang ihre Arme um seine Taille. »Ich will nicht, dass du mich leid wirst. Dass du es mir übel nimmst, dass ich in deinem Raum bin.«

»Das werde ich nicht. Ich könnte es nicht. Ich *will* dich bei mir haben. Ich dachte, das hättest du inzwischen herausgefunden, wenn man bedenkt, wie sehr ich dein Bett in Beschlag nehme, wenn wir zusammen darin liegen. Ich kann nicht genug von dir bekommen, Rebel. Ich liebe es, in deiner Nähe zu sein, bei dir zu sein, in dir zu sein. Das ist ein weiterer Grund, warum ich kein Problem damit habe, dass du auf dem Stützpunkt arbeitest. Unsere Beziehung ist anders als alles, was ich in der Vergangenheit erlebt habe. Je mehr ich in deiner Nähe bin, desto mehr will ich in deiner Nähe sein. Punkt. Dies ist also keine schlechte Sache. Ich hasse den Grund, warum du bei mir einziehst, aber ich liebe die Tatsache, dass du da sein wirst. Dass deine Sachen sich mit meinen vermischen werden. Dass du in meiner Dusche, meinem Bett, meiner Küche sein wirst. Okay?«

»Wenn du dir sicher bist ...«, sagte sie zögernd.

Die Tatsache, dass sie nicht protestierte und darauf bestand, in ihrer Wohnung zu bleiben, dass sie keine Angst vor den Drohungen in dem Brief hatte, war bezeichnend. Wahrscheinlich hatte sie Angst, aber sie protestierte, weil sie dachte, dass sie das tun sollte. Er würde alles tun, um ihr klarzumachen, dass er sie wirklich in seiner Wohnung haben wollte und dass es für ihn kein Problem darstellte.

»Ich bin sicher«, erwiderte er nachdrücklich.

»Okay. Es wird nicht lange dauern.«

Buck nickte und ließ sie los, als sie sich zurückzog. Er hatte Dinge zu erledigen. Er musste telefonieren. Sachen packen. Aber er nahm sich einen Moment Zeit, um die Augen zu schließen und durchzuatmen. Sie würden das durchstehen. Das mussten sie. Die Alternative war undenkbar.

KAPITEL NEUNZEHN

Amanda konnte sich des Gefühls nicht erwehren, dass eine riesige Wolke über ihrem Kopf schwebte. Als würde etwas passieren. Obwohl alles gut gelaufen war, seit sie und Rain in Nashs Wohnung eingezogen waren. Es war ein seltsamer Zwiespalt. Sie wartete darauf, dass der nächste Stein ins Rollen kam, während sie die Richtung, die ihr Leben genommen hatte, absolut liebte.

Sie hatte sich mit dem Schulleiter der Schule auf dem Stützpunkt in Verbindung gesetzt, und er war begeistert, dass sie sich für die Stelle als langfristige Vertretung interessierte. Die Stelle würde erst in einem Monat beginnen und sie musste sich bewerben, aber Amanda war sich ziemlich sicher, dass sie sie bekommen würde.

Sie hatte sich auch für ein Online-Programm beworben, um sich fortzubilden. Sie musste einige Kurse belegen, aber das Verfahren schien nicht allzu kompliziert zu sein, was eine Erleichterung war.

Rain hatte sich in Nashs Wohnung eingelebt, als sei er schon immer dort gewesen. Der einzige Unterschied zwischen vor einer Woche und jetzt war, dass der Hund Amanda nicht mehr aus den Augen ließ. Anstatt im Wohnbereich zu schlafen, hatte er jetzt ein zweites Bett in Nashs Schlafzimmer. Wenn sie aufstand, um zu pinkeln, ging Rain mit ihr und setzte sich vor die Tür, während sie ihr Geschäft verrichtete. Außerdem mussten sie sein Bett im Wohnbereich an eine Stelle stellen, von der aus er sie in der Küche sehen konnte, wenn sie Nash dort half. Es schien, als ob sogar der Hund die Spannung in der Luft spürte, und selbst *er* machte sich Sorgen wegen des Briefes, den sie mit der Post erhalten hatte. Entweder das oder er erinnerte sich immer noch an die Fremden, die in ihre Wohnung gekommen waren, und wartete auf mehr.

Mit Nash lief es besser als je zuvor. Sie hatte noch nie mit einem Mann zusammengelebt, aber mit Nash war es erstaunlich einfach. Er räumte hinter sich auf, erwartete nicht, dass sie alle Aufgaben erledigte, obwohl sie tagsüber zu Hause war, während er arbeitete, und er hatte eifrig Platz in seinem Kleiderschrank und in der Kommode für ihre Sachen geschaffen.

Aber obwohl ihr Privat- und Berufsleben gut lief, verspürte Amanda immer noch ein Gefühl der Unruhe. Seit dem Erhalt des Drohbriefes hatte sie jeden Tag versucht, jemanden in Guyana zu erreichen, aber niemand ging ans Telefon. Nashs Freund Tex hatte ihr bestätigt, dass in der Schule und im Waisenhaus alles wie gewohnt zu funktionieren schien. Die Rebellen hatten niemanden entführt, und es gab auch keine ungewöhnlichen digitalen Aktivitäten. Er recherchierte immer noch, um zu sehen, was er über die Zeit der Entführung von Amanda und den Kindern herausfinden konnte, aber bis jetzt hatte er nichts gefunden, was auf Blairs Beteiligung hindeutete.

Nash wurde unruhig, denn sein Night-Stalker-Team bereitete sich auf eine baldige Mission vor. Er konnte nicht sagen, wohin oder für wie lange, aber es war offensichtlich, dass es ihm widerstrebte zu gehen, solange die Situation mit Amanda noch nicht geklärt war. Ehrlich gesagt wollte Amanda auch nicht, dass er ging, aber welche Wahl hatten sie denn? Er hatte einen Job zu erledigen, und sie würde ihn nie zwingen, zwischen ihr und dem, was er liebte, zu wählen.

Das Einzige, was in Amandas Leben *nicht* so toll war, war, dass sie Nashs Wohnung nicht ohne ihn verließ. Sie fühlte sich eingesperrt. Sie war dankbar, einen sicheren Ort zu haben, an dem sie sich verkriechen konnte, während sein Freund herausfand, was da vor sich ging, aber sie fühlte sich trotzdem eingeengt.

Sie hatte Bücher gelesen, Spiele auf ihrem Laptop gespielt, früh mit den Lektionen begonnen, die sie für ihre Fortbildung absolvieren musste ... aber sie war trotzdem gelangweilt. Und nervös wegen ihrer Zukunft.

Nachdem Nash an diesem Morgen zur Arbeit gegangen war, eine Woche, nachdem sie den Drohbrief erhalten hatte, und nachdem sie ein paar Stunden lang fleißig gearbeitet hatte, um sich abzulenken, beschloss Amanda, dass es Zeit für ihren täglichen Anruf bei der Schule in Guyana war. Sie wollte unbedingt mit jemandem, mit *irgendjemandem*, darüber sprechen, was dort unten vor sich ging.

Amanda erwartete nicht wirklich, dass jemand abnahm, so wie die letzten Male, als sie angerufen hatte. Sie war gerade damit beschäftigt, ein Leckerli für Rain aus dem süßen kleinen Glas zu holen, das Nash vor ein paar Tagen mit nach Hause gebracht hatte, als das Klingeln in ihrem Ohr aufhörte und tatsächlich jemand abnahm.

»Hallo?«

»Oh mein Gott, Desmond? Ich bin's, Amanda.«

»Mandy? Oh! Es ist so schön, von dir zu hören! Geht es dir gut?«

Seine Stimme war sofort leiser geworden, aber Amanda war erleichtert, mit jemandem zu sprechen und dass Desmond nicht so tat, als sei sie eine Verkäuferin oder eine x-beliebige Person, die anrief, um für die Schule zu spenden. Hoffentlich bedeutete das, dass niemand zuhörte und sie frei reden konnten.

»Mir geht es gut. Und *dir*? Ich versuche schon seit einer Ewigkeit, jemanden zu erreichen, aber es nimmt niemand ab. Was ist denn los? Geht es den Kindern gut? Ich mache mir solche Sorgen um alle!«

»Es sieht schlecht aus«, sagte Desmond, was Amanda den Magen umdrehte. »Blair, sie ist ... ich weiß nicht, wie ich es dir sagen soll ... aber sie ist verschwunden.«

»Verschwunden? Wohin verschwunden?«, fragte Amanda.

»Wir wissen es nicht. Lass mich von vorn anfangen«, sagte Desmond. »Nachdem du abgereist warst, war sie ein völlig anderer Mensch. Wir dachten, es läge daran, dass sie Angst hatte, die Rebellen könnten zurückkommen oder so, aber ich glaube nicht, dass es daran lag. Sie kümmerte sich nicht mehr um sich selbst, duschte nicht mehr, wusch ihre Kleidung nicht mehr, verließ nicht mehr ihr Zimmer oder ihr Büro. Sie fing an, viel vor sich hin zu murmeln, und ignorierte im Grunde alles, was mit dem Betrieb der Schule zu tun hatte. Ich sprang ein und sorgte dafür, dass die Rechnungen bezahlt wurden und die Kinder zu essen bekamen. Dann brachte sie Bibi in ihr Zimmer. Und sie ließ niemanden hinein, um das kleine Mädchen zu sehen. Sie behauptete, sie würde sie persönlich unterrichten und sich um sie kümmern, aber die wenigen Male, die wir sie zu Gesicht bekamen, sah das Mädchen genauso zerzaust aus wie Blair. Es war, als sei sie ein Hund mit einem Knochen, besitzergreifend und aggressiv, wenn jemand es wagte, ihr Handeln infrage zu stellen. Sie war launisch, verschlossen und geradezu gemein zu allen, auch zu den Kindern.«

»Verdammte Scheiße, Desmond. Und jetzt ist sie weg? Wo ist Bibi?«

»Sie hat Bibi mitgenommen. Mitten in der Nacht ist sie verschwunden. Hat nicht einmal etwas mitgenommen. Alle ihre Koffer sind noch hier, alle ihre persönlichen Sachen. Wir machen uns alle große Sorgen um Bibi. Ich weiß nicht, welcher Schalter in Blairs Kopf umgelegt wurde, aber es scheint, dass sie sich nicht einmal um *sich selbst* kümmern konnte, bevor sie verschwand. Wie soll sie sich um ein vierjähriges Kind kümmern?«

»Hat sie ihren Reisepass dabei?«

»Wir glauben schon. Wir haben ihn nirgendwo finden können. Wir haben auch eine Kopie von Papieren gefunden, die Blair ausgefüllt hatte, einschließlich gefälschter Unterschriften, die besagen, dass Bibi rechtmäßig ihr gehört. Wir glauben, dass sie vielleicht versucht, das Land zu verlassen. Wir haben die Polizei angerufen, aber die scheint nicht sehr daran interessiert zu sein, uns dabei zu helfen herauszufinden, wohin sie gegangen sein könnten.«

Amandas Herz raste. Sie war in Panik und absolut hilflos.

»Irgendetwas stimmt nicht mit Blair. Sie ist nicht ganz richtig im Kopf. Kurz bevor sie ging, war es fast so, als würde sie mich nicht wiedererkennen, und ich habe mit ihr gearbeitet, seit sie hier angekommen ist. Aber Mandy ... da ist noch etwas anderes.«

»Oh Mann, was?«, fragte sie.

»Einige der anderen ehrenamtlichen Mitarbeiter haben gehört, wie sie deinen Namen gemurmelt hat. Sie ging in ihrem Zimmer hin und her und redete leise vor sich hin. Sie hörten sie Dinge sagen wie: ›Der Plan hätte funktionieren müssen. Ich hätte wissen müssen, dass sie es vermasseln würden. Mandy sollte für immer weg sein. Bibi gehört mir. Sie wird sie nie bekommen.‹«

Amanda war sprachlos. Sie hatte keine Ahnung, was sie dazu sagen sollte. Natürlich hatte sie den Verdacht gehegt, dass jemand von der Schule hinter der Entführung steckte, aber die Bestätigung zu bekommen, dass es Blair war, die Frau, die sie eingestellt hatte, mit der sie so viele persönliche Gespräche geführt hatte, war herzzerreißend.

»Desmond, sie ist ... es geht ihr nicht gut. Ein Freund von Nash hat herausgefunden, dass Blair schon in vielen psychiatrischen Kliniken war. Es ist wahrscheinlich, dass sie ihre Medikamente abgesetzt hat oder einen Nervenzusammenbruch hatte oder so.« Amanda erzählte Desmond alles, woran sie sich von dem Gespräch mit Nash über Blair erinnern konnte. Damals hatte die Frau ihr irgendwie leidgetan, aber jetzt? Zu wissen, dass sie mit der kleinen Bibi verschwunden war? Es war schwer, überhaupt Mitleid mit ihr zu haben.

»Verdammt noch mal«, fluchte Desmond. »Ich will nicht glauben, dass Blair hinter allem steckt, was diese armen Kinder erlitten haben, aber in Anbetracht von allem *anderen*, was in letzter Zeit passiert ist? Ich weiß nicht, was ich noch glauben soll.«

»Wie geht es den Kindern jetzt?«, fragte Amanda, die sich Sorgen um Bibi und Blair, aber auch um alle anderen machte.

»Es geht ihnen wirklich gut. Wir haben das meiste von dem, was passiert ist, vor ihnen geheim gehalten. Aber ich mache mir Sorgen, wie es weitergehen wird. Ohne einen Direktor müssen wir vielleicht schließen. Ich weiß nicht, was aus den Kindern, die hier leben, werden wird. Blair mag den Verstand verloren haben, aber sie war eine großartige Spendensammlerin. Sie hatte viele Beziehungen in den Vereinigten Staaten und sogar hier in Guyana. Ohne dieses Geld ...« Er brach ab.

Amanda schloss die Augen und ließ sich auf einen der Stühle an dem kleinen Küchentisch sinken. Sie wusste nicht, was sie sagen sollte. Wie sie Desmond versichern sollte, dass alles in Ordnung kommen würde. Wie sollte das gehen? Ohne finanzielle Unterstützung würde das Waisenhaus sicher schließen müssen. Der Gedanke daran, was mit Michael, Sharon, dem kleinen James und all den anderen Kindern geschehen würde, reichte aus, um ihr die Tränen in die Augen zu treiben.

»Sei vorsichtig, Amanda«, sagte Desmond streng. »Wenn Blair hinter der Entführung steckt und gehofft hat, du würdest für immer verschwinden, könntest du in Gefahr sein.«

»Ich habe einen Drohbrief bekommen«, gab Amanda zu. »Er ist so geschrieben, dass er aussieht, als käme er von den Leuten, die die Kinder und mich entführt haben. Er wurde in Venezuela abgestempelt.«

»Er könnte von Blair stammen«, erwiderte Desmond. »Wie ich schon sagte, hat sie sich mit Bibi in ihrem Zimmer oder Büro verkrochen. Sie kennt eine Menge Leute. Und wenn sie irgendwie dafür gesorgt hat, dass die Kinder und du entführt werdet, dann hat sie Verbindungen zu Leuten in Venezuela. In diesem Fall wäre es für sie nicht schwer gewesen, einen Brief verschicken zu lassen.«

Verdammt. Er hatte recht. Aber es war so schwer zu glauben, dass *Blair* sie so sehr hasste, dass sie so weit gehen würde, dass sie ... was? Sie *töten* musste? Das war wirklich verrückt.

»Pass auf dich auf«, sagte Desmond. »Blair könnte überall sein, und obwohl die Dinge hier unsicher sind, sind sie auch viel ruhiger. Die ehrenamtlichen Mitarbeiter und die älteren Kinder sind nicht so nervös, wenn sie weg ist.«

»Ich werde sehen, was ich tun kann, um der Schule zu helfen«, versprach Amanda, die sich auf etwas *anderes* konzentrieren musste als darauf, dass eine Frau, die sie für den großmütterlichen Typ gehalten hatte, durchgedreht war und versucht hatte, sie zu töten, nur weil sie sich mit dem Kind angefreundet hatte, das Blair zu ihrem Liebling erkoren hatte. »Spendensammlungen und solche Sachen. Diese Kinder brauchen diese Schule. Das Waisenhaus. Sie brauchen Stabilität, und du und die anderen ehrenamtlichen Mitarbeiter haben ihnen das gegeben. Ich weiß nicht wie, aber ich werde einen

Weg finden, Geld zu beschaffen, damit ihr nicht schließen müsst.«

»Das wäre wunderbar, aber wir arbeiten auch an einigen Alternativen«, sagte Desmond. »Es gibt andere Waisenhäuser. Und wir bemühen uns, ein Zuhause für die Kinder zu finden. Es wird nicht einfach sein, denn es gibt viele ungewollte Kinder und zu viele Familien, die zu arm sind, um sich um die Kinder zu kümmern, die sie bereits haben, aber wir werden nicht zulassen, dass sie unter diesem Rückschlag leiden.«

»Du bist ein guter Mensch«, sagte Amanda zu Desmond. »Wie wäre es, wenn *du* den Posten des Direktors übernimmst?«

»Ich? Oh, ich glaube nicht.«

»Warum nicht?« Je mehr Amanda darüber nachdachte, desto besser erschien ihr die Idee. »Ich nehme an, du bist ans Telefon gegangen, weil du in Blairs Büro bist und die Dinge tust, die sie immer tut. Liege ich richtig?«

»Es muss getan werden.«

»Ganz genau. Und du tust es. Ich melde mich, Desmond. Und wenn du etwas über Blair oder Bibi hörst, sagst du mir Bescheid?«

»Ja, natürlich. Und das gilt auch für dich.«

»Natürlich. Passt auf euch auf.«

»Das werden wir.« Seine Stimme wurde wieder leiser. »Sie hat wirklich den Verstand verloren. Bitte sei vorsichtig.«

Amanda erschauderte angesichts der Ernsthaftigkeit in seinem Ton. Bei der Sorge, die sie hörte ... um *sie*. Desmond war fast eins neunzig groß und Ende dreißig. Wenn er Angst vor einer zweiundsiebzigjährigen Frau hatte, war die Lage ernst. Es wäre dumm von ihr, seine Warnungen zu ignorieren.

»Ich rufe bald wieder an«, versprach sie. Sie verabschiedeten sich beide und Amanda legte auf.

Wie lange sie am Tisch saß und darüber nachdachte, was sie gerade gehört hatte, wusste Amanda nicht genau. Es war das Geräusch eines Schlüssels im Schloss, das sie in das Hier und Jetzt zurückkehren ließ. Als sie aufblickte, sah sie, wie Nash hereinkam. Allein sein Anblick ließ einen Teil des Stresses, den sie empfunden hatte, verschwinden. Sie war nicht allein, und das bedeutete ihr alles.

Nash schaute sie an, wie sie dort am Tisch saß, und fragte: »Was ist los?«

Wie er sie nach so kurzer Zeit so gut lesen konnte, wusste sie nicht, aber es war ein beruhigender Gedanke.

»Ich habe mit Desmond gesprochen.«

»Und?«, fragte Nash, stellte die Tüten, die er trug, auf dem Küchentisch ab und ging zu ihr hinüber. Er hockte sich neben ihren Stuhl und legte eine Hand auf ihren Oberschenkel. Seine ganze Aufmerksamkeit war auf sie gerichtet. Es war ein berauschendes Gefühl. So ... gesehen zu werden.

Sie erzählte ihm, was Desmond gesagt hatte. Sie ließ nichts aus.

Er unterbrach sie nicht, sagte kein Wort, sondern behielt sie die ganze Zeit über im Blick.

»Ich möchte ihnen helfen. Aber ich weiß nicht wie. Mit Spendenaktionen, denke ich, aber ich weiß nicht, wo ich anfangen soll.«

»Wir werden es herausfinden. Wie geht es *dir*? Ich weiß, dass du Blair vor all dem hier bewundert hast.«

Die Tatsache, dass er sie fragte, wie es ihr ginge, vermittelte ihr ein warmes und wohliges Gefühl. Er war offensichtlich verärgert, sie konnte sehen, wie der Muskel in seinem Kiefer zuckte, als er die Zähne zusammenbiss. Aber er drehte nicht durch, sondern er vergewisserte sich, dass es ihr gut ging, bevor er etwas anderes tat.

»Ich dachte, wir würden Freundinnen werden, aber ich habe mich wohl geirrt.«

»Psychische Krankheiten können Menschen verändern. Ich glaube nicht, dass du dich geirrt hast. Ich glaube, dass etwas in ihrem Gehirn ausgelöst wurde und sie zu einem anderen

Menschen macht. Wahrscheinlich hat sie deshalb den Hinweis über dich und die Drogen gegeben. Sie wollte dich unbedingt schlecht dastehen lassen, nur für den Fall, dass du den Adoptionsantrag tatsächlich stellen würdest. Schon der kleinste Hinweis, dass du in Drogen verwickelt sein könntest, würde ausreichen, um ein Argument gegen die Adoption zu finden.«

»Wahrscheinlich.«

»Ich würde gern ein paar Anrufe tätigen. Dass Blair verschwunden ist, ist besorgniserregend. Und die Tatsache, dass sie Bibi bei sich hat und sich *weder* um sich selbst *noch* um das Kind kümmert, ist nicht gut. Hinzu kommt, dass sie einen unnatürlichen Hass auf dich zu haben scheint ... sie muss gefunden werden.«

»Ich weiß. Was ist, wenn sie hierherkommt?«, fragte Amanda. »Ich meine, sie kennt meine Adresse, weil sie auf den Papieren stand, die ich eingereicht habe, um dort ehrenamtlich zu arbeiten. Und wenn sie diesen Brief getippt hat, bestätigt das, dass sie weiß, wo ich wohne.«

»Deshalb bist du bei mir zu Hause«, sagte Nash. »Und wenn sie hierherkommt, werden wir sie finden. Tex ist gut in dem, was er tut. Sehr gut sogar. Und er hat mehr als einmal darüber gemeckert, dass es in Guyana keine Kameras gibt. Aber hier in den Staaten? Da gibt es tonnenweise davon. Wenn sie mit Bibi ins Land gekommen ist, wird er es herausfinden.«

»Nash, es gibt so viele Möglichkeiten, wie sie hereingekommen sein könnte; Auto, Bus, Boot, Flugzeug. Und wir wissen nicht, *wo* sie versuchen könnte, die Grenze zu überqueren. Es muss Tausende von Kameras geben. Er kann sie unmöglich alle überprüfen, um sie zu finden.«

»Nein, aber er kann die Sache eingrenzen. Desmond sagte, ihr Pass sei weg. Das macht es einfacher, denn sobald er gescannt wird, hinterlässt er eine Spur.«

»Aber Bibi hat keinen Pass. Was ist, wenn sie illegal eingereist sind?«

»Atme, Mandy. Ich weiß es nicht, deshalb will ich Tex anrufen. Wir werden es herausfinden, das verspreche ich dir. Mein Job ist es, für deine Sicherheit zu sorgen. Seine Aufgabe ist es, Blair zu finden. Deine Aufgabe ist es, immer aufmerksam zu sein. Kannst du das tun?«

»Natürlich.«

»Gut. Ich ziehe mich um und rufe dann Tex an. Ich bin gleich wieder da.«

Er stand auf, beugte sich zu ihr und küsste sie. Er blieb ganz nahe bei ihr und flüsterte: »Ich werde nicht zulassen, dass dir etwas zustößt. Ich habe dich gerade erst gefunden, ich werde dich jetzt nicht verlieren.«

Dann drehte er sich um und ging den Flur entlang in Richtung Schlafzimmer.

Amanda schloss die Augen und tat ihr Bestes, um ihr Gleichgewicht wiederzuerlangen. Sie hatte in letzter Zeit ziemlich viel einstecken müssen. Sie fühlte sich, als wüsste sie nicht mehr, wo oben und unten war. Wer ein Freund war oder wer es auf sie abgesehen hatte.

Rain winselte und stupste sie mit seiner Schnauze an. Er war von seinem Bett aufgestanden, nachdem Nash gegangen war, und sah zu ihr auf mit einem Ausdruck, den sie nur als besorgtes Hundegesicht beschreiben konnte.

»Mir geht es gut«, sagte sie in der Hoffnung, dass die Worte tatsächlich wahr sein würden, wenn sie sie nur laut genug aussprach.

SUSAN STOKER

KAPITEL ZWANZIG

Buck hatte Mühe, seine Wut unter Kontrolle zu halten. Jedes Wort aus Mandys Mund hatte in ihm den Wunsch geweckt, zehn Minuten mit Blair Gaffney allein zu sein. Er war kein Mann, der zu Gewalttätigkeit neigte, aber allein der *Gedanke*, dass sie für die Entführung und die seelische und körperliche Folterung von dreiundzwanzig unschuldigen Kindern verantwortlich war – und dass sie in diesem Moment auf dem Weg nach Virginia sein könnte, um irgendeine Art von hasserfüllter Rache an Mandy zu üben –, reichte aus, um ihn seine normalerweise gezügelte Zurückhaltung verlieren zu lassen.

Mandy nahm alles sehr gut auf. Und auch *das* beunruhigte ihn. Er wusste, dass sie die kleine Bibi abgöttisch liebte, und der Gedanke, dass das Kind der Geisteskrankheit ausgeliefert war, an der Blair litt, war zu viel, um ihn auch nur in Erwägung zu ziehen.

Er hatte Mandy so schnell verlassen, weil er einen Moment für sich brauchte, um die Kontrolle wiederzuerlangen. Damit er vernünftig und ruhig denken konnte, wenn er Tex anrief. Denn im Moment war er alles andere als vernünftig und ruhig.

Buck atmete ein paarmal tief durch und stellte fest, dass das überhaupt nicht half. Er war ein Mann der Tat, und ohne zu wissen, wo Blair war und was sie plante, konnte er gar nichts tun.

Aber Tex konnte sie hoffentlich finden, und dann konnten sie endgültige Pläne schmieden. Die Polizei anrufen, das Jugendamt einschalten. Die Medien kontaktieren, um eine Vermisstenmeldung zu verbreiten. Irgendetwas.

Er war sich nicht sicher, ob er Blödsinn geredet hatte, als er Mandy versicherte, Tex könne Blair finden. Der Mann war gut, aber er wusste nicht, ob er *so* gut war. Jeder Punkt, den Mandy vorbrachte, war berechtigt. Herauszufinden, wie, wann und wo sie in die USA eingereist war, falls sie es überhaupt getan hatte, würde schwierig werden. Es könnte Tage dauern. Wochen.

Zeit, von der Buck nicht glaubte, dass sie sie hatten. Sein Gefühl schrie ihn an, dass Mandy in Gefahr war. Dass Blair hinter ihr her war. Das ergab keinen Sinn, vor allem da Blair im Grunde genommen den Wettbewerb um die kleine Bibi »gewonnen« hatte, von dem sie dachte, es gäbe ihn. Mandy war weg und Blair hatte das Kind. Aber Desmond zufolge schwelte in der älteren Frau aus irgendeinem Grund ein tief sitzender Hass auf Mandy. Und diese Art von Hass verflog nicht von selbst. Da Blair offenbar einen Nervenzusammenbruch erlitten hatte, könnte dieser Hass alles sein, was sie antrieb.

Buck atmete noch einmal tief durch, zog sich seine Arbeitskleidung aus und zog eine Jeans und ein schwarzes T-Shirt an. Er musste duschen, aber er wollte das Gespräch mit Tex nicht noch länger hinauszögern, als er es bereits getan hatte. Und er wollte zu Mandy zurückkehren. Sicherstellen, dass es ihr wirklich gut ging. Er nahm an, dass das nicht der Fall war, aber er würde alles tun, was nötig war, um ihr dabei zu helfen.

Ein paar Minuten nachdem er gegangen war, kam er zurück in den Wohnbereich und fand Mandy auf der Couch sitzend vor, Rain praktisch auf ihrem Schoß. Der Hund war beängstigend klug und hatte offensichtlich das Gefühl, dass die

Frau, die er vergötterte, etwas emotionale Unterstützung brauchte.

Da kam ihm eine Idee. Wie wäre es, wenn sie den Papierkram besorgten, um Rain zu einem echten Assistenzhund zu machen? Er war völlig im Einklang mit Mandy und ihren Gefühlen, und es wäre ein Trost für sie beide, wenn sie überall zusammenbleiben könnten, vor allem wenn sie wieder im Klassenzimmer war. Er war sich nicht sicher, wie das alles funktionierte, aber er machte sich die geistige Notiz, dass er sich damit befassen würde, sobald die Lage sich beruhigt hatte.

Nash ging direkt zu ihr. Er setzte sich neben sie auf die Couch, auf der gegenüberliegenden Seite von Rain, und legte einen Arm um ihre Schultern.

»Es tut mir leid, dass ich nichts zum Abendessen vorbereitet habe.«

»Das Abendessen kann warten. Ich mache mir mehr Sorgen um dich.«

»Mir geht es gut. Es ist nur ... so schwer zu glauben.«

»Ich weiß. Willst du mein Gespräch mit Tex mithören? Oder hast du für heute schon genug? Brauchst du eine Pause von all dem hier?«, fragte Buck.

»Mithören«, antwortete sie, ohne zu zögern. »Ich würde mich besser fühlen, wenn ich eingeweiht wäre. Wenn ich wüsste, was vor sich geht.«

»Dann werden wir das tun.« Buck nahm sein Handy heraus und scrollte zu seinen Kontakten, bevor er auf Tex' Namen tippte.

Das Telefon klingelte zweimal, bevor er abnahm.

»Hey, Buck. Ich habe noch keine konkreten Beweise für Blairs Verbindung zu den Rebellen gefunden, aber das werde ich. Ich weiß, dass es da ist, ich brauche nur ein bisschen länger als sonst, um etwas zu finden.«

»Wir haben Neuigkeiten«, sagte Buck zu dem anderen

Mann. »Mandy ist hier. Sie hat heute mit Desmond Williams gesprochen.«

»Her damit«, befahl Tex in sachlichem Ton.

Buck nickte Mandy zu, damit sie weitermachte. Als er die Geschichte zum zweiten Mal hörte, war sie genauso wahnsinnig, ärgerlich und verwirrend wie beim ersten Mal. Aber Buck blieb ruhig, entschlossen, der Mann zu sein, den sie jetzt brauchte, und nicht der verärgerte Soldat, der er tief in seinem Inneren war.

»Scheiße. Also gut. Das Wichtigste zuerst, mach dir keine Sorgen wegen der Schule. Ich kann mich darum kümmern.«

Das Tippen auf einer Tastatur war in der kurzen Stille, die folgte, gut zu hören.

»Was soll das bedeuten?«, fragte Mandy.

»Ich habe Geld, das ich dorthin schicken kann. Und mit Geld meine ich genügend, um die Schule und das Waisenhaus jahrelang am Laufen zu halten.«

»Oh, aber deshalb haben wir nicht angerufen ...«, begann Mandy zu protestieren.

»Ich weiß. Aber glaub mir, wenn ich sage, dass ich genügend Geld habe, um von hier bis in alle Ewigkeit *tausend* Waisenhäuser finanzieren zu können. Ich denke, es gibt keinen besseren Weg, es auszugeben, als für die Zukunft der Welt. Ich habe bereits genug recherchiert, um zu wissen, dass Desmond Williams ein guter Mensch ist. Mitfühlend. Klug. Geschäftlich versiert. Er wird diese Spende nicht einfach verschwenden. Und wie auch immer, ich werde dafür sorgen, dass das nicht passiert. Aber er wird genug haben, um mehr Personal einzustellen, mehr Unterkünfte zu bauen und Sicherheitsleute einzustellen – was vielleicht das Wichtigste ist, was er mit dem Geld tun kann, wenn man bedenkt, dass die Schule und das Waisenhaus so nahe an der Grenze liegen. Ich kann Blair finden, aber es wird Zeit brauchen.«

»Wie viel Zeit?«, fragte Buck.

»Ich weiß es nicht. Allerdings mehr, als uns lieb ist. Aber die Tatsache, dass sie ein Kind bei sich hat, wird sich zu meinen Gunsten auswirken. Es wird sie mehr hervorstechen lassen ... Moment mal ... Hmmm, sieht nicht so aus, als hätte sie ihren Pass kürzlich benutzt.«

»Heilige Scheiße, das kannst du so schnell sehen?«

»Natürlich. Es ist ein elektronischer Datensatz, und es ist ziemlich einfach, die Datenbank des Zolls zu überprüfen.«

Mandy schaute Buck mit großen Augen an, als wollte sie sagen: »Was zum Teufel?«

Er wollte lachen, aber das war wirklich kein Grund zum Lachen.

»Zumindest ist sie nicht unter ihrem echten Namen eingereist. Ich werde weiter nachforschen, mal sehen, was ich herausfinden kann. Und die Information, dass Blair die Entführung eingefädelt hat, macht Sinn, auf eine verzerrte Art, denke ich. Sie hat sich wahrscheinlich persönlich mit einem der Rebellen getroffen, weshalb ich keine elektronische Spur finden konnte. Aber jetzt bin ich mehr als neugierig. Ich will wissen, wer ihr Verbindungsmann ist und ob er eine Bedrohung für die Kinder ist, die noch im Waisenhaus leben. Denn das ist nicht akzeptabel. Buck?«

»Ich bin hier.«

»Das Ganze gefällt mir nicht. Lass Mandy nicht allein. Nimm sie mit auf den Stützpunkt. Sie kann dort warten, während du arbeitest. Da Blair so labil ist, ist es nicht sicher für sie, in deiner Abwesenheit allein in deiner Wohnung zu sein.«

Mandy runzelte jetzt die Stirn – und sah aus, als würde sie gleich weinen.

»Ich brauche keinen Babysitter«, sagte sie leise und starrte auf das Telefon.

»Nein, den brauchst du nicht. Du brauchst einen Leibwächter«, erwiderte Tex entschieden. »Hör zu, ich weiß, das ist beschissen. Aber seit meiner Entführung reagiere ich viel sensibler auf diese Art von Scheiße. Ich will nicht, dass irgendjemand das Gleiche durchmacht wie ich. Und wenn Blair dich in die Finger kriegt oder jemand anderen schickt, um es zu tun – wovon ich eher ausgehe –, wird es nicht gut für dich laufen. Die Frau hasst dich, aus welchem Grund auch immer. Es muss nicht einmal ein guter Grund sein, sie ist psychisch labil, also ist es, wie es ist. Du musst immer im Auge behalten werden, bis ich sie gefunden habe. Sie könnte jetzt in Norfolk sein. Auf der Suche nach dir. Sie will sich rächen.«

»Ich habe ihr nichts angetan«, sagte Mandy, wobei ihre Stimme schwankte. »Ich wollte nur ein paar Kindern ein gutes Zuhause zu geben, um sie zu lieben.«

»Ich weiß«, sagte Tex sanft. »Und ich bezweifle nicht, dass jedes Kind glücklich sein wird, dich Mom nennen zu dürfen. Aber das kann nicht passieren, wenn du nicht vorsichtig bist und wenn Blair oder jemand, den sie bestochen hat, dich in die Finger bekommt. Das wird nicht für immer sein. Nur so lange, bis ich sie gefunden habe, okay?«

Buck hasste das. Er hasste es, dass Mandy so aufgebracht war. Er hasste es, dass jemand, dem sie vertraut hatte, ihr Leben so sehr durcheinanderbrachte.

»Okay«, antwortete sie nach einem langen Moment.

»Ich werde sehen, ob sie mit Laryn im Hangar abhängen kann. Wenn sie hört, dass Mandy in Gefahr sein könnte, wird sie wie eine Glucke auf sie aufpassen«, sagte Buck.

Tex lachte. »Das wird funktionieren. Und du hast recht. Ich sehe sie schon vor mir, mit dem Schraubenschlüssel in der einen Hand, bereit, jemandem die Kniescheiben zu zerschlagen, wenn er es wagt, Mandy schief anzusehen. Sei vorsichtig, sei wachsam, und ich melde mich wieder.«

Die Leitung war tot.

Buck legte sofort seinen Finger unter Mandys Kinn und drehte ihren Kopf so, dass sie ihn ansah. »Dir wird nichts passieren. Tex wird das schon hinkriegen, ich werde für deine

Sicherheit sorgen. Ich und meine Freunde. Das Leben wird sich bald wieder normalisieren, das schwöre ich.«

Sie nickte. Dann seufzte sie. »Kann Rain mit mir zum Stützpunkt kommen?«

»Ja.« Wahrscheinlich würde es der Zustimmung des Obersts bedürfen, aber Buck würde dafür sorgen, dass sie diese bekamen.

»Was möchtest du zu Abend essen?«

Buck schüttelte den Kopf. Er würde nicht zulassen, dass sie vor ihren Gefühlen zurückschreckte. »Vergiss das Abendessen. Was brauchst du im Moment von mir?«

»Dies. Dass du hier bist. Dass du mich berührst. Das ist es, was ich brauche.«

»Dann bekommst du genau das. Komm her.« Buck zog Mandy in seine Arme und ließ sich rückwärts auf die Couch fallen. Rain grummelte, sprang aber auf den Boden und ging zu seinem Bett hinüber. Er schlief jedoch nicht. Er behielt Mandy im Auge, während Buck es ihnen auf der Couch bequem machte.

Er drehte sie, bis sie mit dem Rücken auf den Kissen lag und er auf der Seite vor ihr. Sie waren einander zugewandt und ihre Hände lagen zwischen ihnen, auf seiner Brust.

»Das ist schön«, sagte sie mit einem kleinen Lächeln. »Normalerweise kann ich dich nicht ansehen, wenn wir kuscheln.«

Buck nahm sich vor, öfter so zu liegen. Wenn diese Frau etwas wollte, würde er alles tun, um es ihr zu geben.

Sie unterhielten sich mindestens eine Stunde lang. Er bat sie, ihm mehr über Bibi zu erzählen, über die anderen Kinder, mit denen sie in Guyana gearbeitet hatte. Über Desmond. Dann wollte er mehr über ihre Eltern wissen, darüber, wie sie als Kind gewesen war. Viele der Geschichten, die sie ihm erzählte, hatte er schon einmal gehört, als sie im Dschungel waren, aber jetzt, da tiefere Gefühle im Spiel waren, fühlten sie sich anders an. Jetzt, da sie weit mehr war als eine »Mission«.

Er trug auch seinen Teil zum Reden bei. Über seine Schwester, seine Nichte und seinen Neffen, seine Eltern. Sein Aufwachsen in Kansas. Es fühlte sich gut an, für eine Weile »normal« zu sein, nicht darüber zu reden, dass irgendjemand diese Frau so sehr hasste, dass er ihre Entführung arrangiert hatte ... eine Person, die sogar jetzt auf dem Weg sein könnte, um noch mehr Unheil in Mandys Leben anzurichten.

Erst als sein Magen knurrte, bestand Mandy darauf, dass sie aufstanden und etwas zu essen suchten. Buck stimmte zu, aber nur, weil er das Gefühl hatte, dass sie wirklich auf einem stabileren Fundament stand. Dass die Zeit, in der sie sich entspannen und einfach nur genießen konnte, neben einem anderen Menschen zu sein, der nichts als Gutes für sie wollte, ihr gutgetan hatte.

Sie standen auf, bereiteten sich schnell eine Mahlzeit aus Ramennudeln mit einem Spiegelei und beschlossen dann, sich im Bett zu entspannen. Buck brachte Rain nach draußen – es stand außer Frage, dass er in absehbarer Zeit derjenige sein würde, der diese Aufgabe erledigte – und ging dann ins Schlafzimmer.

Mandy lag bereits im Bett und wartete auf ihn.

Buck blieb an der Tür stehen und beobachtete Mandy, wie sie in ihrem E-Reader las, ohne ihn zu bemerken. Sie dort zu sehen schien so natürlich. So richtig. Es war, als sei sie schon immer mit ihm zusammen gewesen, was seltsam war, wenn man bedachte, wie kurz die Zeit erst war. Aber die Umstände, unter denen sie sich in einer so stressigen Situation getroffen und kennengelernt hatten, waren nicht normal gewesen. Das hatte ihre Beziehung auf eine Weise beschleunigt, die sie einander nähergebracht hatte. Buck konnte sich nicht vorstellen, sie nicht in seinem Leben zu haben, was ein intensives Gefühl war. Aber nichtsdestotrotz richtig.

Schnell legte er sich zu ihr ins Bett und kuschelte sich neben sie auf seine Seite. Sie lag auf dem Rücken und wollte ihren E-Reader weglegen, aber er hielt sie auf. »Nein, lies weiter. Ich werde einfach hier liegen.« Sein Kopf ruhte auf ihrer Schulter, sein Arm um ihren Bauch, eines seiner Beine über ihrem. Ihr Duft stieg ihm in die Nase, und die Wärme ihres Körpers drang zu ihm durch. Er war zufrieden und glücklich. Selbst wenn er still bei ihr lag, fühlte es sich auf eine Weise intim an, wie er es noch nie erlebt hatte.

»Bist du sicher?«

»Ich bin sicher.« Sie musste sich in der fiktiven Welt der Geschichten verlieren, die sie so sehr liebte. Wo es immer ein glückliches Ende gab und der Bösewicht immer bekam, was er oder sie verdiente.

Buck konnte nur hoffen, dass sie ein ähnliches Ende hatten … oder einen ähnlichen Anfang, je nachdem. Dass sie Blair finden würden, dass die ältere Frau die psychische Hilfe bekam, die sie brauchte, und dass sich jemand um Bibi kümmern würde. Und natürlich, dass er und Mandy glücklich bis ans Ende ihrer Tage lebten.

Aber tief in seinem Inneren war Buck sich sehr bewusst, dass das Leben nicht immer so verlief, wie man es sich wünschte. Es war kein Liebesroman. Er konnte nur dafür sorgen, dass Mandy in Sicherheit war, während Tex sein Ding durchzog. Er würde alles tun, was nötig war, um die Frau in seinem Bett zu beschützen, denn er war sich ziemlich sicher, dass das Leben ohne sie ein dunkler, kalter und elender Ort sein würde.

KAPITEL EINUNDZWANZIG

Die nächsten Tage waren hart. Nicht die Zeit mit Laryn und ihren Mechanikerkollegen im Hangar auf dem Marinestützpunkt zu verbringen, sondern das Nichtwissen. Das Warten. Jeder Tag, der verging, fühlte sich wie eine Ewigkeit an. Wo war Blair? Was tat sie gerade? Wie ging es Bibi? Amanda hatte mehr Fragen als Antworten, und es war zum Verrücktwerden.

Gestern Abend war sie so angespannt gewesen, dass Nash beschlossen hatte, dass sie mehrere Orgasmen brauchte, um etwas von ihrer Anspannung abzubauen. Als er mit ihr fertig war, war sie eine schlaffe Nudel gewesen und dachte nur noch an den Mann, der ihr solche Freude bereitet hatte.

Sie konnte sich jedoch genug aufraffen, um sich zu revanchieren und ihm zum ersten Mal einen Blowjob zu geben. Amanda liebte das Gefühl der Macht, das es ihr beschert hatte, besonders jetzt, da es ihr vorkam, als hätte sie keine Kontrolle mehr über ihr Leben. Nash dabei zuzusehen, wie er sein Vergnügen in ihre Hände – und ihren Mund – legte, hatte ihr ein Gefühl der Kontrolle zurückgegeben, das sie schon lange nicht mehr verspürt hatte. Dafür liebte sie ihn.

Nein, das stimmte nicht ... sie liebte Nash wegen des

Mannes, der er war. Er hatte ihr immer wieder bewiesen, dass sie sich auf ihn verlassen konnte. Dass er sie nicht im Stich lassen würde. Dass er für sie da war. Wie könnte sie ihn *nicht* lieben?

Aber sie war nicht bereit, die Worte laut auszusprechen, aus Angst, es würde Unglück bringen.

Schließlich befanden sie sich immer noch mitten in einer Krise. Vielleicht war sie nicht mehr so intensiv wie im Dschungel, aber es gab kein klares Ende für das, was auch immer geschah. Und solange sie keinen *Leibwächter* brauchte, wie Tex es formuliert hatte, wollte sie Nash nicht noch mehr Druck machen, als er ohnehin schon auf seinen breiten, kompetenten Schultern trug.

Heute Morgen war sie jedoch wieder gestresst, da sie immer noch nicht mehr Informationen über Blairs Aufenthaltsort hatten als noch vor ein paar Tagen. Es half auch nicht, dass es im Hangar Spannungen gab. Im Moment beobachtete Amanda, wie Laryn sich mit einem ihrer Mechaniker über etwas stritt, das sie an dem Hubschrauber vornahm, den sie für Casper umrüstete. Offenbar war es nicht das erste Mal, dass sie das in sehr kurzer Zeit machen musste, und sie hatte keine Geduld mit den neueren Mechanikern, die meinten, sie wüssten es besser als sie.

Rain lag Amanda zu Füßen, die auf einem überraschend bequemen Sessel saß, den jemand am zweiten Tag ihrer Anwesenheit in den Hangar gebracht hatte. Sie hatte keine Ahnung, woher der Sessel stammte, aber sie nahm an, dass Nash dafür gesorgt hatte, dass sie den ganzen Tag auf diesem bequemen Platz ausharren konnte.

Der Hund war brav gewesen. Er gab keinen Mucks von sich und wich nicht von ihrer Seite. Er schlief nicht, sondern hielt den Blick auf jeden gerichtet, der sich in ihre Nähe begab. Für einen Hund, der ein schreckliches Leben gehabt hatte, hatte er sich in ein erstaunlich gut erzogenes Tier verwandelt, das Amanda anbetete und von ihr ebenso geliebt wurde.

Während sie dort saß und sich zu Tode langweilte, aber entschlossen war, sich nichts anmerken zu lassen – schließlich taten ihr alle einen Gefallen, indem sie sie überhaupt erst hierher ließen –, war Amanda überrascht, als Nash den Hangar betrat und auf sie zukam.

Aber er lächelte nicht. Er hatte einen ernsten Gesichtsausdruck, der nichts Gutes ahnen ließ, was auch immer der Grund für seinen Besuch war.

Amanda spannte sich an und hasste es, dass sie sich so fühlte, wenn sie den Mann sah, den sie liebte. Sie konnte die Zeit nicht erwarten, in der sie sich über einen Überraschungsbesuch freuen und aufgeregt sein konnte, anstatt sich Sorgen darüber zu machen, was jetzt wieder los war.

»Was ist los? Hat Tex sie gefunden?«, fragte sie und stand auf, als er näher kam.

Rain stand auf, um Nash zu begrüßen, und er streichelte ihn kurz, bevor er den Abstand zwischen sich und Amanda verringerte.

»Er hat Bibi gefunden.«

»Wirklich? Wo ist sie? Geht es ihr gut? Können wir zu ihr gehen?«

Aber Nash schüttelte langsam den Kopf und runzelte die Stirn.

»Sie ist tot, Mandy«, sagte er leise. »Es tut mir so leid.«

Es dauerte einen Moment, bis sie die Worte verstand.

»*Was?*«

»Die Leiche eines kleinen Mädchens wurde in einem Park in North Carolina, nicht weit von der Grenze zu Virginia gefunden. Sie war unterernährt und hatte am ganzen Körper blaue Flecke, und der Gerichtsmediziner glaubt, dass sie an Unterkühlung gestorben ist. Das war vor vier Tagen. Sie konnte nicht identifiziert werden, sodass niemand wusste, wer sie war. Tex fand den Bericht und hatte einen Verdacht. Er schickte ein Foto aus ihrer Akte im Waisenhaus ein. Sie ist es.«

Lange Sekunden fühlte Amanda sich wie betäubt. Ihr Geist und ihr Körper waren völlig losgelöst von diesem Moment. Dann schloss sie die Augen, und die Nachricht sank langsam in ihr Bewusstsein.

Das kleine Mädchen, das sie sich als Tochter gewünscht hatte – das schöne, kluge, freundliche, wertvolle Kind, das sie kennengelernt hatte –, würde nie erwachsen werden. Es würde nie die vielen Freuden des Lebens erfahren. Der Schulabschluss, ihr erster Job, die ersten Schwärmereien ... die Liebe.

Amanda brach das Herz.

Der erste Schluchzer überraschte sie, aber als der Damm einmal gebrochen war, gab es kein Halten mehr. Die Tränen flossen schnell und heftig über ihre Wangen, als sei ein Wasserhahn plötzlich voll aufgedreht worden.

Das war nicht fair! Nicht Bibi. Nicht dieses kostbare kleine Mädchen ...

Nash hüllte sie in seine Umarmung ein, und Amanda sackte an ihm zusammen, dankbar für den Trost, den er ihr bot. Sie vergrub ihren Kopf an seiner Schulter und schloss fest die Augen. Das hielt die Tränen jedoch nicht auf. Sie kamen genauso schnell und benetzten Nashs Hemd und seine Haut. Sie badeten ihn in ihrer Verzweiflung, in ihrem Kummer.

Aber sie kniff die Augen weiter zusammen. Wenn sie alles verdrängen könnte, würde das alles vielleicht nicht passieren. Nashs Worte würden nicht wahr sein.

»Warum?«, flüsterte sie schließlich zwischen Schluchzern. »*Warum?* Wenn Blair sie so sehr wollte, warum sollte sie ihr das antun?«

»Ich weiß es nicht«, sagte Nash sanft. »Aber wenn ich raten müsste ... Blair hatte keine Ahnung, was sie da tat. Wenn sie sich mitten in einer psychischen Krise befindet, kann sie wahrscheinlich nicht einmal auf sich selbst aufpassen, geschweige denn auf ein Kind. Ich will sie nicht entschuldigen, denn es gibt keine Entschuldigung für so etwas, sondern ich versuche nur zu verstehen, wie so etwas passieren konnte.«

Amanda hatte das Gefühl, als würde sie das Drama von oben beobachten. Als würde sie eine außerkörperliche Erfahrung machen. Sie wollte nur noch schlafen. Dann müsste sie nicht mehr über diese schreckliche Nachricht nachdenken. Darüber, dass sie Bibi nie wiedersehen würde. Nie mehr ihr Lachen hören. Nie mehr ihre kleine Hand halten ...

»Können wir sie holen?«, schaffte sie es zu fragen. »Ich kann den Gedanken nicht ertragen, dass sie allein in einem kalten Leichenschauhaus liegt.«

»Tex arbeitet bereits daran. Wenn es möglich ist, werden wir sie hierher verlegen lassen und einen Gottesdienst für sie abhalten.«

»Ich möchte sie einäschern lassen«, sagte Mandy, wobei ihre Stimme brach. »Ich habe einen Drachen aus den Staaten mitgebracht, als ich nach Guyana ging, und sie war so fasziniert davon. Wie der Wind ihn so hoch in den Himmel tragen konnte ... und wie er tanzte.« Ihre Stimme wurde weicher und frische Tränen liefen ihr über die Wangen. »Sie hüpfte auf der Wiese hinter der Schule herum, lachte und drehte sich mit ausgebreiteten Armen im Kreis und beobachtete den Drachen. So möchte ich sie in Erinnerung behalten, Nash. Lachend und frei fliegend. Nicht tief in der Erde begraben.«

»Dann werden wir das tun«, sagte er leise.

Amanda blieb, wo sie war, an seine Brust geschmiegt, während ihr die Erinnerungen an die kleine Bibi durch den Kopf schwirrten. Wut mischte sich in ihren Kummer. Das war so verdammt ungerecht! Sie hatte ein so tragisch kurzes Leben gehabt. Sie hätte die Chance haben sollen, selbst zu fliegen. Etwas in der Welt zu bewirken.

Sie hatte keine Ahnung, wie lange sie an Nashs Schulter

weinte, aber er hielt sie die ganze Zeit über fest. Er ließ sie ihren kleinen Zusammenbruch ungestört durchstehen.

Nach einer Weile, als sie ihre Tränen einigermaßen unter Kontrolle hatte, fiel ihr plötzlich etwas ein. Sie hob den Kopf und sah Nash entsetzt an. »Das war meine Schuld«, flüsterte sie. »Wenn ich Blair nicht gesagt hätte, dass ich Bibi adoptieren will ...«

»*Nein*«, sagte Nash energisch. »Nimm das nicht auf deine Schultern. Es ist in keiner Weise deine Schuld. Es ist die von Blair. Von niemandem sonst.«

»Aber ...«

»Nicht«, unterbrach Nash sie erneut. »Ich meine es ernst, Mandy. Ein Kind zu lieben ist *nie* etwas Schlechtes. Was passiert ist, ist allein Blairs Schuld. Punkt. Basta.«

Zum ersten Mal, seit sie von Bibi gehört hatte, betrachtete Amanda den Mann, an den sie sich klammerte, als sei er das Einzige, was sie davor bewahrte, in einer Grube des Elends zu versinken.

Er sah genauso schockiert aus, wie sie sich fühlte. Und traurig. Und die Wut, die sich in seinen Augen zeigte, spiegelte auch ihre eigene wider. Er war der kleinen Bibi nie begegnet, hatte sie nur aus der Ferne gesehen, als sie nach ihrer Flucht aus dem Dschungel in die Schule zurückgekehrt waren, aber er schien genauso aufgebracht zu sein wie sie. Das war ein Beweis dafür, was für ein Mann er war. Ein *guter* Mann.

»Was nun?«, flüsterte sie und wollte ihn trösten, so wie er es bei ihr getan hatte, aber sie wusste nicht wie.

»Wir bleiben wachsam. Blair ist jetzt allein. Und North Carolina ist für meinen Geschmack viel zu nahe an Norfolk. Da der Gerichtsmediziner schätzt, dass Bibi vor vier Tagen gestorben ist, könnte Blair überall sein ... am wahrscheinlichsten *hier*. Falls sie einen kompletten Nervenzusammenbruch hatte, lässt sich nicht sagen, was sie tun könnte.«

»Wenn es ihr so schlecht geht, wie kann sie dann genug

denken und strategisch vorgehen, um mich zu finden?«, fragte Amanda.

»Ich weiß es nicht, aber ich werde kein Risiko eingehen. Nicht bei deiner Sicherheit. Ich kann dich nicht verlieren, Mandy. Das *kann* ich nicht.«

»Das wirst du nicht«, sagte sie leise.

»Verdammt richtig. Wir werden ein langes und glückliches Leben führen. Wir werden alt und grau sein und händchenhaltend durch die Gegend laufen und die Leute mit den Augen rollen lassen, wie lächerlich glücklich wir sind. Vielleicht machen wir Kreuzfahrten zu unserem Hobby und sehen uns die Welt vom Deck eines Schiffes aus an. Wir stopfen uns mit Essen voll, trinken guten Wein und schlafen bis zum Mittag. Ich weiß es nicht. Aber ich will das mehr, als ich ausdrücken kann. Mit dir.«

»Das will ich auch«, flüsterte Amanda.

»Gut. Also pass auf dich auf. Sei dir deiner Umgebung immer bewusst. Vertraue niemandem. Der letzte Punkt ist beschissen, aber ich würde es Blair zutrauen, jemanden anzuheuern, der dich angreift oder verletzt.«

Ein Schauer lief Amanda über den Rücken. Niemals hätte sie gedacht, dass die Frau, die so freundlich und klug schien, am Ende auf der Flucht sein würde ... und eines der Kinder *töten* würde, denen sie ihr Leben gewidmet hatte. Und offenbar war sie so hasserfüllt, dass sie Amanda auf den Fersen war. Es war unbegreiflich.

»Ich bin bereit für ein langweiligeres Leben«, platzte sie heraus und blickte zu Nash auf. »Ich dachte, mein Leben als Lehrerin sei nicht so aufregend, aber jetzt würde ich alles tun, um das wiederzubekommen.«

»Du wirst es bekommen. Ich werde alles tun, was nötig ist, um es für dich zurückzuholen.«

Er zog sie wieder in seine Umarmung, und Amanda genoss das Gefühl, umsorgt zu werden, in dieser beängstigenden Zeit ihres Lebens nicht allein zu sein. Wenn Nash nicht für sie da gewesen wäre, sie nicht aufgenommen hätte, seine Verbindungen nicht genutzt hätte, um Informationen über die Geschehnisse zu sammeln, wäre sie völlig ahnungslos gewesen. Er war ihre Welt, und ohne ihn hätte sie sich gefühlt, als würde sie ohne Ruder auf einem großen, unheimlichen Ozean treiben.

Sie spürte, wie er einen langen, tiefen Atemzug nahm, Sekunden bevor er sich zurückzog. »Casper hat mir den Rest des Tages freigegeben. Ich möchte dich nach Hause bringen. Wie wäre es mit einem langen, heißen Bad? Du kannst das neue Buch zu Ende lesen, das du gekauft hast, ich mache uns etwas zu essen, und wir können uns mit Rain auf die Couch kuscheln und einen Film oder so etwas ansehen.«

Das klang fantastisch, aber Amanda hatte ein schlechtes Gewissen. »Ich dachte, du und dein Team bereitet euch auf eine Mission vor?«

Nash zuckte mit den Schultern. »Das tun wir. Aber nichts ist wichtiger als du und deine geistige Gesundheit.«

»Ich bin mir nicht sicher, ob Onkel Sam damit einverstanden wäre«, sagte sie leichthin.

»Du hast gerade eine schreckliche Nachricht erhalten«, antwortete Nash sanft. »Casper weiß, wie das ist. Wie es ist, wenn einem der Boden unter den Füßen weggezogen wird. Er wird sich um den Oberst kümmern und mich auf den neuesten Stand bringen, wenn ich etwas verpasst habe.«

»Wirst du Ärger mit deinem Chef bekommen?«

»Nein. Oberst Burgess ist ein guter Mann. Streng, aber fair. Er wird kein Problem damit haben, dass ich mir den Rest des Tages freinehme.«

»Okay. Was du vorgeschlagen hast, klingt perfekt ... obwohl ich mir, um ehrlich zu sein, ziemlich faul vorkomme, wenn ich den ganzen Tag nur rumsitze. Das bin ich nicht gewohnt.«

»Ich denke, es ist an der Zeit, dass du ein bisschen langsamer machst. Außerdem, wenn du wieder anfängst zu unterrichten, wirst du die Auszeit, die du jetzt hast, sicher wieder wettmachen.«

Er hatte nicht unrecht. Unterrichten war kein Job, bei dem man von sieben bis fünfzehn Uhr arbeitete. Es war ein alles verzehrender Job, zumindest für sie.

Nash küsste sie sanft auf die Stirn, dann nahm er ihre Hand. Er beugte sich hinunter, nahm Rain an die Leine und machte sich auf den Weg zum Ausgang.

Amanda winkte Laryn zu – die zurückwinkte und ihr einen besorgten Blick zuwarf – und konzentrierte sich dann auf nichts anderes als auf das Gefühl von Nashs Hand in ihrer. Sie war sich ziemlich sicher, dass sie heute Abend wieder zusammenbrechen würde, wenn sie an die arme kleine Bibi dachte, daran, wie es für sie zu Ende gegangen war. Und es würde in den kommenden Tagen noch viele Tränen geben.

Aber im Moment fühlte sie sich wieder ... wie betäubt. Ungläubig.

Ihr Leben hatte eine so seltsame Wendung genommen, und es sah so aus, als sei die Achterbahn, auf der sie sich befand und von der sie geglaubt hatte, dass sie geendet hatte, als sie den Dschungel verließ, in Wirklichkeit immer noch voll in Fahrt. Sie wollte aussteigen, aber es sah nicht so aus, als würde das in nächster Zeit passieren.

Ihre einzige Hoffnung war, dass Blair gefunden wurde. Es war schwer zu glauben, dass sie in ihrem geistigen Zustand so lange unter dem Radar bleiben konnte. Irgendjemand musste sie bald erkennen. Wenn nicht, würde dieser Schwebezustand, in dem Amanda sich befand, wahrscheinlich weitergehen. Und das war ätzend.

Sie wollte gar nicht daran denken, was passieren würde, wenn Blair nicht gefunden würde, bevor Nash und seine Pilotenkollegen zu ihrer geplanten Mission aufbrechen mussten.

Ein Schauer durchlief sie. Früher hatte es ihr nie etwas

ausgemacht, allein zu sein, aber jetzt, da sie all das erlebt hatte, was Nash Chaney ausmachte ... die Art und Weise, wie er sich um sie kümmerte, wie er sich fast unentbehrlich gemacht hatte ... und mit Blair, die immer noch da draußen war und offenbar immer noch einen bösen Groll gegen sie hegte, fühlte sich das Alleinsein extrem beängstigend an.

Ein Tag nach dem anderen, sagte sie sich. *Das ist alles, was du tun musst. Ein Tag, ein Schritt nach dem anderen.*

KAPITEL ZWEIUNDZWANZIG

Buck gefiel das nicht. Ganz und gar nicht. Zwei weitere Tage waren vergangen, seit sie von dem Tod der kleinen Bibi erfahren hatten. Mandy hielt durch, aber er konnte den Stress und die Traurigkeit in ihren Augen sehen, in ihrer Körpersprache, in ihrem ganzen Wesen.

Obwohl er ihr gesagt hatte, dass sie kein schlechtes Gewissen haben solle, dass nichts, was Blair getan hatte, ihre Schuld sei, dass sie auf keinen Fall von Blairs Geisteskrankheit wissen konnte, als sie ihr Interesse an der Adoption von Bibi bekundet hatte ... der Tod des Kindes belastete sie. Er wünschte, er könnte ihr mehr helfen, ihren Schmerz lindern. Aber leider konnte er sie nur nachts im Arm halten und sie immer wieder daran erinnern, dass er da war. Dass Tex und die Polizei Blair finden würden. Dass alles wieder in Ordnung kommen würde.

Aber das war es ja – er wusste nicht, ob es tatsächlich in Ordnung kommen würde. Er hatte das ungute Gefühl, dass die Gefahr gerade außer Sichtweite lauerte. Dass etwas passieren würde. Sein Bauchgefühl riet ihm, Mandy wegzusperren und sie nicht herauszulassen, bis Blair gefunden war.

Aber Mandy war ein geselliger Mensch. Eine extrovertierte Person. Sie musste unter Menschen sein, um glücklich zu sein. Sie war in ihrem Element, wenn sie mit anderen zusammen war. Wenn sie sich um sie kümmerte. Sie unterrichtete.

Sie hatte die Nachricht erhalten, dass sie die Stelle als Langzeitvertretung an der Schule auf dem Marinestützpunkt bekommen hatte. Sie freute sich sehr, aber das Wissen, dass sie in zwei Wochen anfangen sollte, sorgte für noch mehr Stress auf ihren Schultern, da sie sich in einer schwierigen Situation befanden.

Sie machte sich Sorgen um die Kinder. Wären die Kinder in Gefahr, wenn Blair nicht gefunden würde, bevor sie mit dem Unterricht begann? Ihre Lehrerkollegen? Würde Blair in der Lage sein, auf den Marinestützpunkt zu gelangen? Es war unwahrscheinlich, aber andererseits war es auch unwahrscheinlich gewesen, entführt und in den Regenwald gebracht zu werden. So wie alles andere, was passiert war. Mandy wusste besser als die meisten anderen, dass ihre Sicherheit oder die Sicherheit der Menschen in ihrer Umgebung nicht selbstverständlich war.

Also nahm Buck Mandy und Rain jeden Morgen mit zum Stützpunkt, ließ sie im Hangar bei Laryn und ging zu seinen Besprechungen.

Es war furchtbar. Diese ständige Sorge, die über seinem Kopf schwebte. Er hoffte inständig, dass es Mandy gut ging und dass sie keine weiteren schlechten Nachrichten erhalten würden. In den letzten zwei Tagen hatte er ein paarmal mit Tex gesprochen, aber der Mann hatte nichts zu berichten. Er hatte ein paar Hinweise, aber noch nichts Konkretes.

Es war frustrierend ... und doch würde Buck nichts an seinem Leben und der Richtung, die es in den letzten Monaten eingeschlagen hatte, ändern. Denn das würde bedeuten, dass er Mandy nicht in seinem Leben hätte. Und es gab nichts, kein noch so großer Stress und keine noch so große Sorge, die ihn das bereuen lassen würden. Er liebte sie.

Aber er konnte es ihr auf keinen Fall jetzt schon sagen. Es war zu früh, und auf keinen Fall wollte er zu ihrem Stress und ihrer Trauer noch eine weitere schwere Emotion hinzufügen oder Zweifel an ihrer Beziehung in ihr wecken, wenn sie nicht auf derselben Seite stand wie er.

Buck wusste jedoch, was er fühlte. Jeden Morgen, wenn er mit Mandy in seinen Armen in seinem Bett aufwachte, dankte er seinen Glückssternen, dass sie bei ihm war. Sie konnte jeden Mann haben, den sie wollte. Sie war wunderschön, klug, mitfühlend, witzig ... warum zum Teufel sie mit *ihm* zusammen war, wusste er nicht. Aber er hatte nicht vor, alles zu versauen, auf keinen Fall. Er wusste, was er hatte, und war entschlossen, ihr Leben so gut wie möglich zu verbessern.

Die Zeit würde kommen, in der er die Worte seines Herzens aussprechen konnte. Um sie seiner Familie vorzustellen. Seine Mutter und sein Vater würden sie absolut lieben. Sie würden einen Blick auf Mandy werfen und sie ihm stehlen, um ihre ganze Zeit für sich zu beanspruchen. Natalie würde etwas vorsichtiger sein, aber es würde nicht lange dauern, bis seine Frau auch sie für sich gewann. Und seine Nichte und sein Neffe würden sich zu ihr hingezogen fühlen wie Motten zum Licht. Sie konnte fantastisch mit Kindern umgehen, und die Kinder seiner Schwester würden da keine Ausnahme bilden.

Sie würde sich in seine Familie einfügen, als sei sie schon immer ein Teil von ihr gewesen, dessen war Buck sich sicher. Aber er musste abwarten, geduldig sein. Sie nicht überfordern. Sie war bereits von seiner Night-Stalker-Familie akzeptiert worden. Seine leibliche Familie konnte noch ein wenig warten.

Während der letzten Woche waren sie und Laryn sich noch nähergekommen. Wann immer Laryn eine Pause machte, saß sie bei Mandy und Rain und verwöhnte den Hund ohne schlechtes Gewissen. Buck war überrascht gewesen, als Mandy ihm erzählte, dass sie sich eines Nachmittags darüber unterhalten hatten, was Laryn in der Türkei durchgemacht hatte. Über ihre Entführung. Soweit er wusste, hatte sie mit niemandem so viel über ihre Erfahrungen gesprochen, nicht einmal mit Casper. Dass sie sich Mandy gegenüber geöffnet hatte, war also eine große Sache.

Er nahm an, es lag daran, dass sie und Mandy die Erfahrung teilten, entführt worden zu sein. Sie hatten sich durch ein ähnliches emotionales Trauma verbunden. Er hasste es, dass auch nur *eine* der beiden Frauen so etwas durchgemacht hatte, aber er war mehr als erleichtert, dass Mandy und Laryn sich so gut verstanden.

Jetzt war Samstag, und anstatt den Tag allein mit seiner Frau zu verbringen, hatte Buck gleich nach dem Mittagessen an einer unerwarteten Besprechung auf dem Stützpunkt teilgenommen. Etwas, das nicht bis Montag warten konnte, denn es waren neue Informationen über die Mission eingetroffen, auf die sie bald geschickt werden sollten. Er hatte Mandy und Rain wie immer mitgebracht und sie in einem der leeren Konferenzräume am Ende des Flurs zurückgelassen, wo er und seine Kameraden versammelt waren.

Stunden später traf er sie wieder, und sie fuhren direkt zurück in seine Wohnung. Jetzt saß Mandy auf der Couch, ruhiger als sonst, und Buck wollte unbedingt etwas tun, *irgendetwas*, um sie aufzuheitern. Sie musste die Nase voll haben von den vier Wänden seiner Wohnung und vom Herumsitzen und Nichtstun, während er bei der Arbeit war. Sie hatte an Unterrichtsplänen für ihre bevorstehende Vertretungsstelle gearbeitet, aber das nahm nicht ihre ganze Zeit in Anspruch.

Er hatte gerade den Entschluss gefasst, sie aus der Wohnung zu bringen, um mit ihr essen zu gehen, als sein Telefon klingelte.

Mandy sah mit einem besorgten Gesichtsausdruck auf, den Buck hasste. Es gefiel ihm nicht, dass sie jedes Mal, wenn sein

Handy klingelte, das Schlimmste annahm. Dass er entweder auf eine Mission geschickt wurde oder dass derjenige, der am anderen Ende war, weitere schlechte Nachrichten über Blair bringen würde.

»Hallo? Ja, sie ist hier. Okay, bleib dran.«

Es war Tex. Er hatte gefragt, ob Mandy in der Nähe sei, und wenn ja, solle Buck das Telefon auf Lautsprecher stellen. Er hätte lieber erst gewusst, was Tex ihnen sagen wollte, bevor er es Mandy mitteilte. Er konnte nur hoffen, dass der Mann gute Nachrichten hatte und deshalb so sehr darauf bestand, dass Mandy es aus erster Hand erfuhr.

»Könnt ihr mich hören?«, fragte Tex.

»Ja, wir sind beide hier und können dich gut hören«, antwortete Buck, zog Mandy vor sich, verschränkte seine Finger an ihrem Bauch und stützte sein Kinn auf ihre Schulter. Sein Telefon lag auf dem Tresen, und er starrte es aufmerksam an in der Hoffnung, dass Tex ihnen mitteilen würde, dass Blair gefunden worden war.

»Einer der Männer, die an deiner Entführung beteiligt waren, wurde gestern Abend in Guyana verhaftet«, sagte Tex, ohne um den heißen Brei herumzureden. »Und er redet.«

Das war eine gute Nachricht. Bucks Hoffnungen stiegen.

»Im Grunde war dein Instinkt genau richtig, Mandy. Blair Gaffney steckte hinter dem Überfall auf die Schule. Sie wollte dich loswerden. Sie hat darüber geschimpft, was für ein schrecklicher Mensch du bist. Wie du versucht hast, ihren Job zu übernehmen. Sie sagte, du würdest die Kinder und die anderen Angestellten und ehrenamtlichen Mitarbeiter gegen sie aufhetzen.«

Mandy atmete heftig ein. »Das ist nicht wahr!«, rief sie aus.

»Natürlich ist es das nicht«, sagte Tex ruhig, »aber in ihrem nachlassenden Geisteszustand hat sie es wirklich geglaubt, nehme ich an. Der Mann – der verhaftet wurde, weil er sich illegal in Guyana aufhielt – sagte, Blair wollte deine Entführung, und sie war damit einverstanden, dass sie als Teil der Bezahlung auch die älteren Jungen mitnehmen konnten. Sie wusste sehr wohl, dass Jungen oft ihren Familien entrissen und gezwungen werden, sich der Rebellenarmee anzuschließen. Er sagte, die Jungen sollten von den anderen getrennt werden, aber als sie ankamen, waren die Kinder alle zusammen. Also haben sie sie einfach alle mitgenommen.«

»Aber anfangs schienen sie nicht einmal besonders an mir interessiert zu sein«, protestierte Mandy. »Erst als einer der Männer mich packte. Ich dachte, es war, weil ich mich weigerte, die kleine Bibi loszulassen, als sie die Kinder von den Erwachsenen trennten.«

»Ich sage dir nur, was der Mann gesagt hat. Ich weiß nur, dass Blair dahintersteckt. Sie hat nicht nur die älteren Jungs, sondern auch die Gelder aus dem Waisenhaus als Bezahlung benutzt. Und offenbar war sie sehr aufgebracht, als du wieder aufgetaucht bist. Als die *Kinder* zurückkamen, war sie überglücklich. Sie hatte sie zurückbekommen, was das Waisenhaus sowohl mitfühlend als auch triumphierend aussehen ließ, aber du warst immer noch weg. Es war das perfekte Ergebnis für sie. Aber dann kamst du zurück. Ich glaube, da ist etwas in ihr zerbrochen, und sie hat das bisschen gesunden Menschenverstand verloren, das sie noch hatte.«

»Hast du sie gefunden?«, fragte Buck und ihm wurde übel, als er erfuhr, dass die Frau Mandy so sehr hasste, dass sie sogar dafür gesorgt hatte, dass sie von gefährlichen Rebellen entführt wurde. Sie musste wissen, was passieren würde. Dass Mandy angegriffen und schließlich getötet worden wäre. Und doch hatte sie wissentlich dafür bezahlt, dass dies geschah ... und *Kinder* als Teil der Bezahlung benutzt. Es war ekelhaft.

Tex seufzte. »Nein. Ich habe allerdings herausgefunden, wie sie mit dem kleinen Mädchen ins Land gekommen ist. Sie bezahlte einen Kurier, der die beiden durch einen Kontrollpunkt in Juarez schmuggelte. Sie überquerten die Grenze zu einer belebten Zeit und waren in einem Kofferraum versteckt. Es war einfach Pech, dass sie nicht entdeckt wurden. Blair kaufte dann einen Gebrauchtwagen – wiederum mit Geldern, die sie der Schule gestohlen hatte – und fuhr nach Osten.«

»Du weißt also, was für einen Wagen sie fährt«, sagte Buck, der verzweifelt versuchte, diesem Telefonat etwas Positives abzugewinnen.

»Wir wissen, was für einen Wagen sie *fuhr*«, korrigierte Tex ihn. »Er wurde verlassen in dem Park gefunden, in dem auch Bibis Leiche gefunden wurde.«

»Scheiße«, murmelte Buck.

»Ich fürchte, sie ist verschwunden. Sie benutzt keine Kreditkarten, und ich vermute, sie hat ihr Aussehen verändert. Aber ich werde nicht aufgeben. Ich werde sie finden, Buck. Ich gebe dir mein Wort.«

»Ich weiß, dass du das wirst.«

»Danke, Tex. Ich weiß es sehr zu schätzen, dass du mir so sehr hilfst.«

»Danke mir nicht«, sagte der Mann am anderen Ende der Leitung. »Ich habe noch gar nichts getan. Aber dieses Miststück wird nicht gewinnen. Sie hat mich jetzt sauer gemacht. Halte durch, Mandy. Ihre Zeit wird kommen. Ich melde mich bald mit mehr Informationen.«

Die Telefonverbindung endete, und Buck atmete tief durch. Entweder das oder er würde fluchen wie ein Bierkutscher, mit all den Worten, die er von den Navy SEALs und Delta-Force-Kameraden gelernt hatte, die er regelmäßig transportierte.

»Wir gehen aus.«

»Was?«, fragte Mandy verwirrt.

»Wir gehen aus«, wiederholte Buck. »Wir brauchen eine Pause. Wir beide. Du drehst durch, und ich kann es dir nicht verdenken. Wir müssen für ein paar Stunden aufhören, an dieses Miststück zu denken.«

Mandy drehte sich in seinen Armen. »Ist es sicher?«

»Dafür werde ich sorgen«, versprach Buck ihr. »Nichts Ausgefallenes, nur ins *Anchor Point*. Wir können ein bisschen Dart spielen, ein Bier trinken und gut essen, und dann nach Hause fahren. Wie hört sich das an?«

»Fantastisch eigentlich. Nash ... glaubst du, ich habe etwas getan, dass sie mich so sehr hasst?«

»Auf keinen Fall.« Das war der Grund, warum sie eine Auszeit brauchte. Er hasste es, dass Mandy auch nur eine Sekunde lang glaubte, sie sei irgendwie an allem schuld, was passierte. »Du bist mit guten Absichten nach Südamerika gereist. Ich bin sicher, du hast dir in dem Waisenhaus den Arsch aufgerissen, um dafür zu sorgen, dass sich jedes Kind geliebt und umsorgt fühlt. Dass du dich mit Bibi angefreundet hast, war keine böswillige Handlung deinerseits, manchmal funkt es einfach zwischen Menschen.«

»So wie bei uns.«

»So wie bei uns«, bestätigte Buck.

»Ich kann nicht glauben, dass sie diese Rebellen bezahlt hat, um mich loszuwerden«, sagte Mandy leise. »Und es hätte geklappt, wenn du nicht dort gewesen wärst.«

Sie brach ihm das Herz. Buck hob ihr Kinn an, damit er ihr in die Augen sehen konnte. »Aber ich *war* dort. Und du bist hier. In Sicherheit. Und ich werde dafür sorgen, dass das so bleibt.«

»Ich weiß.«

»Wirklich?«

Sie nickte. »Du hast mehr für mich getan als jeder andere in meinem ganzen Leben, abgesehen von meinen Eltern. Und das nicht aus Pflichtgefühl, denn sonst hättest du dich in der Sekunde verabschiedet, in der wir in Virginia gelandet sind.«

»Verdammt richtig.«

Sie öffnete den Mund, und Buck wartete auf die Worte, die er sich von ihr erträumt hatte. Es war der perfekte Zeitpunkt, und er war mehr als bereit, sie zu erwidern.

Aber sie schluckte schwer und lächelte ihn stattdessen an.

Verdammt. Er hatte so gehofft, dass sie ihre Gefühle zugeben würde. Aber diese Zeit würde kommen, dessen war er sich sicher. Denn sie liebte ihn, das wusste er bereits. Aber es war beängstigend, die Worte zum ersten Mal auszusprechen. Er war der lebende Beweis. Er könnte ein Mann sein und sie zuerst sagen, aber auch hier wollte er sie nicht unter Druck setzen oder sie dazu bringen zu beschließen, dass sie es überstürzten.

Er konnte warten. Er war ein geduldiger Mann.

»Willst du dich umziehen, bevor wir gehen?«, fragte er.

»Wir gehen jetzt sofort?«

»Was du heute kannst besorgen, das verschiebe nicht auf morgen.«

»Okay. Und sehe ich gut aus, so wie ich bin?«, fragte sie und sah an sich herunter.

Buck ließ seinen Blick langsam an ihrem Körper hinuntergleiten. Sie trug eine Jeans und ein lila T-Shirt mit V-Ausschnitt. Sie sah umwerfend aus ... aber so sah sie immer aus, egal was sie trug oder nicht. »Du siehst perfekt aus.«

Sie schenkte ihm ein kleines Lächeln. »Danke, Nash. Ich weiß, dass du ein Lügner bist, aber du bist ein netter.«

»Ich lüge nicht«, beharrte er. »Außerdem sind wir im *Anchor Point*. Du könntest deinen Schlafanzug tragen, und niemand würde zweimal hinsehen.«

Sie kicherte. »Wohl kaum. Es ist eine Kneipe, Nash. Die Leute versuchen, jemanden abzuschleppen. Niemand trägt einen Pyjama ... es sei denn, es handelt sich um Dessous.«

Sie hatte nicht ganz unrecht.

»Was ist mit Rain?«, fragte sie.

Buck sah zu dem Hund hinüber, der auf seinem Bett in der Ecke des Zimmers lag. Ausnahmsweise schlief er fest. Er vermutete, das lag daran, dass er wach geblieben war, als sie auf dem Stützpunkt waren, um auf Mandy aufzupassen. Erst als sie wieder zu Hause ankamen, ließ er seine Deckung fallen. Er war offensichtlich erschöpft.

»Rain? Willst du mit uns kommen, Junge?«, rief Buck, als könnte der Hund verstehen, was er sagte. Zum Teufel, wahrscheinlich konnte er das.

Der Hund öffnete die Augen und starrte sie an. Buck nahm seinen Schlüssel und hielt ihn hoch. »Willst du mit uns kommen? Oder bleibst du hier und schläfst?«

Daraufhin seufzte Rain und schloss wieder die Augen.

»Gut, die Entscheidung ist wohl gefallen«, sagte Mandy mit einem kleinen Kichern. »Wir werden nicht lange weg sein. Nur ein paar Stunden. Sei brav«, sagte sie zu dem Hund.

Rain zuckte nicht einmal.

»Er ist müde«, bemerkte sie, als Buck seine Hand an ihren Rücken legte, um sie zur Tür zu führen. »Ich habe ein schlechtes Gewissen.«

»Er ist ein erstaunlicher Hund. Ich muss zugeben, ich hätte nie gedacht, dass er so gut aussehen würde, wenn er versorgt und sauber ist, nachdem ich gesehen habe, wie verwahrlost und abgemagert er im Dschungel war.«

»Nicht wahr? Das zeigt nur, dass man ein Buch nicht nach seinem Einband beurteilen kann. So wie Blair.«

Verdammt. Er wollte, dass sie zumindest für ein paar Stunden nicht an dieses Miststück dachte. Diese Frau hatte die Fähigkeit, Mandy die ganze Freude am Leben zu nehmen.

»Komm schon. Du brauchst ein Glas Wein.«

»Scheiß auf Wein. Ich brauche eine Margarita. Oder einen Kurzen. Oder beides.«

Buck hatte Mandy noch nie betrunken gesehen. Er hätte wetten können, dass sie saukomisch war. »Nun, ich fahre, also kannst du trinken, was du willst.«

»Supi«, sagte Mandy und lächelte zu ihm hoch. »Es macht dir nichts aus?«

»Ich hatte noch nie Sex mit meiner betrunkenen Freundin.

Ich wette, es wird fantastisch sein. Also nein, es macht mir nichts aus.«

Sie rollte mit den Augen. »Natürlich wird es fantastisch, weil du dabei sein wirst.«

»Wenn du so weiterredest, wirst du heute Abend bestimmt flachgelegt.«

Mandy lachte. Zu sehen, wie ihr Stirnrunzeln verschwand und sie wieder lächelte, war mehr wert als alle Reichtümer der Welt. Buck schwor sich, alles zu tun, um diese Frau glücklich und zufrieden zu machen.

Zweieinhalb Stunden später konnte Buck nicht aufhören zu lächeln. Mandy war immer schön und nett, aber betrunken? Sie war einfach umwerfend. Sie lachte, war glücklich und wollte unbedingt dafür sorgen, dass es allen um sie herum genauso ging.

Sie machte den Kellnerinnen jedes Mal, wenn sie vorbeikamen, ein Kompliment. Sie sagte ihnen, dass sie ihre Schuhe, ihr Haar und die Art, wie sie ihre Tabletts mühelos trugen, toll fand. Sie dankte den Männern in der Kneipe, die Uniform trugen, für ihren Dienst. Sie bestand darauf, dem Barkeeper ein gutes Trinkgeld zu geben, jedes Mal wenn Buck ihr einen weiteren Drink holen wollte.

Kurz gesagt, sie war die Art von Betrunkener, mit der jeder gern zusammen sein wollte. Lustig und sorglos. Sie lächeln und sich amüsieren zu sehen war großartig, besonders nach den harten Wochen, die sie hinter sich hatte. Buck war kein Fan davon, Alkohol zu benutzen, um Schmerzen zu betäuben oder schlechten Erfahrungen zu entkommen, denn das funktionierte nicht lange – die Erinnerungen kamen immer zehnfach zurück –, aber Mandy völlig entspannt zu sehen, ohne an Blair oder den Verlust des kleinen Mädchens zu denken, das sie zu adoptieren gehofft hatte, war die Kopfschmerzen wert, die sie am Morgen wahrscheinlich haben würde.

»Weißt du, was den heutigen Abend noch besser gemacht hätte?«, fragte sie, lehnte sich an Buck und lächelte zu ihm hoch.

»Was denn, Rebel?«

»Alle anderen auch hier zu haben. Deine Freunde.«

»*Unsere* Freunde«, korrigierte Buck.

Mandy strahlte. »Ja, *unsere* Freunde. Sie sind fantastisch. Und nicht nur, weil sie dich beim Fliegen beschützen. Laryn eingeschlossen. Weil sie *nett* sind. Und sie machen dich glücklich.«

»*Du* machst mich glücklich«, korrigierte Buck sie.

»Ich bin froh. Denn durch dich fühle ich mich wie eine ganz andere Frau, als ich es früher war. Ich fühle mich, als könnte ich alles tun.«

»Das kannst du.«

»Siehst du? Genau das. Du bist so gut zu mir. Warum bist du so gut zu mir? Ich bin ein Wrack, Nash. Mein Leben ist ein einziges Chaos.«

»Weil du du bist«, sagte Buck. »Weil ich in deinen Augen meine Zukunft sehe. Eine Zukunft, von der ich nicht wusste, dass ich sie wollte, bis du in mein Leben geplatzt bist.«

»Am Anfang hast du mich gehasst. Warst verärgert, dass du mir nachkommen musstest.«

Sie hatte nicht ganz unrecht. »Ich habe dich nicht gehasst«, korrigierte er sie.

Sie grinste. »Aber du warst genervt.«

Buck zuckte mit den Schultern. »Vielleicht ein bisschen.«

Mandy kicherte wieder. »Untertreibung«, murmelte sie und nahm einen Schluck von ihrer Margarita. Es war ihre dritte, und obwohl Buck die beschwipste Mandy liebte, wollte er nicht, dass sie sich an nichts mehr erinnern konnte, sobald sie wieder zu Hause waren. Er hatte Pläne mit ihr. Er wollte sehen, wie sie ihn ritt. Hart und schnell. Und nachdem sie gekommen war, wollte er sie zum Küchentisch tragen, sie ausbreiten und verschlingen.

Darüber hatte er neulich morgens beim Frühstück fantasiert. Es war ihm aus heiterem Himmel in den Sinn gekommen, und jetzt konnte er an nichts anderes mehr denken. Nachdem sie einen weiteren Orgasmus gehabt hatte, wollte er sie direkt auf dem Tisch ficken. Von hinten. Das war die perfekte Höhe, um sich über sie zu beugen und sie zu nehmen. Und sie würde jede Sekunde genießen, alles nehmen, was er ihr zu geben hatte, so wie sie es immer tat.

»Will ich wissen, was du denkst?«, fragte sie grinsend. »Du denkst an Sex, stimmt's?«

»Ich denke immer an Sex, wenn ich mit dir zusammen bin«, antwortete Buck ehrlich.

»Nicht als wir im Dschungel waren. Das ist widerlich.«

Er zuckte mit den Schultern.

»Wirklich?«, kreischte sie fast. »Nash! Wir waren ekelhaft! Schmutzig und verschwitzt und müde ...«

»Du bist verdammt schön, Mandy. Wie könnte ich da *nicht* dran denken?«

»Du bist so seltsam«, sagte sie mit einem Kopfschütteln.

Jetzt war es an Buck zu lachen. Er zog an ihrem Arm, und sie fiel lachend gegen ihn.

»Verschütte nicht meinen Drink!«

Er nahm ihn ihr aus der Hand und stellte ihn auf einen Tisch in der Nähe. Sie hatten zwei Matrosen beobachtet, die Billard spielten, aber das Interesse an dem Spiel war erloschen.

»Ich denke die ganze Zeit an dich«, gab er zu. »Wenn ich fliege, wenn ich in Besprechungen bin, wenn ich im Auto sitze, wenn ich dusche. *Vor allem*, wenn ich unter der Dusche stehe. Ich bin ein verdammter Glückspilz, und ich weiß es, und ich kann dich nicht vergessen.«

»Nash«, seufzte sie und lehnte sich noch mehr an ihn.

»Ich habe dir schon mal gesagt, dass dies keine Affäre ist«, fuhr Buck fort. »Es geht mir um etwas Langfristiges. Du bist unglaublich sexy, Mandy, aber es geht um mehr als Sex. Ja, dieser Teil unserer Beziehung ist fantastisch, und ich denke jeden Tag daran, wie gut wir zusammenpassen. Aber es geht um mehr als das. Es ist, wie glücklich ich bin, wenn ich in deiner Nähe bin. Wie zufrieden. Wie es sich anfühlt, als würdest du mich vervollständigen. Und das ist verdammt kitschig, und ich werde leugnen, dass ich es gesagt habe, wenn du es jemandem erzählst«, stichelte er. »Aber ich wollte, dass du es weißt.«

»Okay, das war das Süßeste, was jemals jemand zu mir gesagt hat. Und ich bin zu betrunken, um es richtig zu würdigen oder mit etwas ebenso Großartigem zu antworten. Also werde ich einfach sagen, dass ich nicht weiß, was ich ohne dich tun würde. Du bist mir unter die Haut gegangen und ich mag dich dort. Also geh nie wieder weg, okay?«

Buck lächelte. »Das habe ich nicht vor.«

»Gut. Aber du hast doch vor, mir einen oder zwei Orgasmen zu verschaffen, wenn wir zu Hause sind, oder?«

Sein Grinsen wurde breiter. »Oh ja.«

»Und mich herumtragen. Und mich dahin bewegen, wo du mich haben willst? Ich liebe es, wenn du das tust.« Sie seufzte verträumt. »Ich hätte nie gedacht, dass es mir gefallen würde, so klein zu sein, aber mit dir? Es gibt mir das Gefühl, weiblich zu sein, und es ist so sexy.«

Diese Frau brachte ihn um. Die Wahrheit war, dass er mit seinen eins zweiundsiebzig noch nie die Art von Mann gewesen war, der eine Frau im Bett körperlich bewegen konnte. Aber keine der Partnerinnen, die er gehabt hatte, war Mandy gewesen. Keine war so klein gewesen. Sie war wie geschaffen für ihn. Zusammen waren sie die Perfektion.

»Du magst es, wenn ich dich im Bett herumkommandiere?«

Sie nickte mit einem schüchternen Lächeln.

»Du magst es, wenn ich dich dahin bringe, wo ich dich haben will, und mit dir mache, was ich will?«

»Ja. Denn es geht nicht darum, dass du tust, was du willst. Nicht ganz. Es geht darum, dass du dafür sorgst, dass ich zufrieden bin. Dass ich genieße, was du tust. Wenn du grausam wärst oder mein Vergnügen nicht in Betracht ziehen würdest, wäre es scheiße. Aber du tust es, also ist es nicht so.«

Sie hatte zu hundert Prozent recht. Buck würde nie etwas tun, was sie verletzen würde. Er kommandierte sie herum, weil sie es liebte. Weil es sie anmachte. Und das wiederum machte ihr Sexleben noch heißer.

»Bist du bereit, nach Hause zu fahren?«, fragte er.

Sie lächelte ihn an. »Bin ich bereit, dass du mich nach Hause bringst, mir multiple Orgasmen gibst und ich in deinen Armen einschlafe oder ohnmächtig werde, was auch immer, während du mich hältst? Ja, Sir. Ich bin mehr als bereit.«

Er war hart und bereit für sie. Er würde sie auf dem Vordersitz seines Wagens nehmen, wenn er könnte, aber das wäre nicht sicher. Und auf keinen Fall würde er sie in Gefahr bringen oder ihr Liebesspiel jedem zeigen, der vorbeikommen könnte. Er war kein Voyeur. Er wollte seine Frau für sich behalten. Aber die Fahrt nach Hause würde eine der längsten seines Lebens sein. Er konnte es kaum erwarten, Sex mit einer betrunkenen Mandy zu erleben. Sie würde ihn umhauen, dessen war er sich sicher.

Es dauerte zwanzig Minuten, bis sie tatsächlich aus der Tür kamen, weil Mandy darauf bestand, sich von all ihren »neuen Freunden« zu verabschieden. Dem Barkeeper, den Kellnerinnen, den Männern, die Billard spielten ... jeder bekam ihre einzigartige Persönlichkeit zu spüren.

Buck lächelte breit, den Arm um seine Frau gelegt, als er sie *endlich* zur Tür hinausführen konnte. Die anderen Männer in der Kneipe sahen ihn neidisch an, nicht weil er ein Night Stalker war – *daran* war er gewöhnt –, sondern weil er mit

Mandy zusammen war. Und das Gefühl, das ihm das gab, war zehnmal besser als jeder Stolz, den er in Bezug auf seinen Job empfand.

Der Parkplatz hatte sich seit ihrer Ankunft ein wenig geleert. Es war stockdunkel, und Buck war wieder einmal gezwungen gewesen, in der Nähe des hinteren Teils zu parken, auf dem einzigen Platz, der noch frei war, als sie in der Abenddämmerung angekommen waren. Das *Anchor Point* war aus gutem Grund sehr beliebt, und obwohl die Parkplatzsituation ihn sonst auch immer ärgerte ... überlegte er es sich jetzt zweimal, ob er mit Mandy im Dunkeln zum Wagen gehen sollte.

Er drehte den Kopf, warf einen Blick auf die Tür zur Kneipe und überlegte, ob er sie wieder hineinbegleiten sollte, um auf ihn zu warten. Als er beschloss, dass sie bereits auf halbem Weg zu seinem Wagen waren und es nur Zeitverschwendung sei, wandte er die Aufmerksamkeit wieder dem Weg zu, den sie gingen.

Er hatte nur eine kurze Vorwarnung, als Mandy nach Luft schnappte, bevor die Hölle losbrach.

Jemand lief hinter einem geparkten Fahrzeug hervor und schwang etwas nach Mandy, bevor er überhaupt blinzeln konnte.

Das Gefühl, wie etwas ihren Kopf traf, hallte direkt in ihr und in Buck wider, da sie an seinen Körper gepresst war.

Sie brach sofort zusammen, und während Buck sich bemühte, sie davor zu bewahren, auf dem Gesicht zu landen, schlug der Angreifer erneut zu. Diesmal verfehlte das Metallrohr, oder was auch immer derjenige in der Hand hatte, Mandy und traf Buck an der Schulter.

Der Schmerz ließ ihn Sterne sehen, und sein Griff um Mandy lockerte sich.

Sie sackte stöhnend zu Boden.

Der Schock, angegriffen worden zu sein, und der Schmerz,

der seinen Körper durchströmte, waren Ablenkung genug, um ihrem Angreifer eine weitere Chance zu geben zuzuschlagen.

Die Waffe wurde erneut geschwungen – und Mandys Stöhnen verstummte völlig.

Buck bewegte sich, bevor er darüber nachdachte, was er da tat. Instinktiv erinnerte er sich an den Karateunterricht, den er als Teenager gehabt hatte. Er hatte ihn nicht mehr benutzt, seit er achtzehn war, aber das machte nichts. Das Muskelgedächtnis half ihm, dem Angreifer den Metallgegenstand aus den Händen zu schlagen.

Er ignorierte den Schmerz in seiner Schulter und schlug zu, wobei er den Angreifer mit der Handkante am Hals erwischte. Angriffe auf den Hals waren bei Karatewettbewerben tabu, aber dies war kein Spiel. Hier ging es um Leben und Tod.

Der Karateschlag ging in eine geschlossene Faust über, und Buck schlug dem Angreifer ins Gesicht, sobald dieser am Boden lag. Aber die Person bewegte sich nicht. Sie lag jetzt genauso still da wie Mandy.

Der Angriff hatte nur Sekunden gedauert, aber für Buck fühlte es sich wie Stunden an.

Er ignorierte das Blut an seiner Hand und schrie um Hilfe, während er auf die Frau zuging, die er liebte und die auf dem Asphalt lag. Er konnte sehen, wie sich bereits Blut um ihren Kopf sammelte, und sein Herz hörte buchstäblich auf, in seiner Brust zu schlagen. Er hatte versprochen, sie zu beschützen – und er hatte versagt.

Sie war sogar in seinen Armen angegriffen worden.

Buck würde sich das nie verzeihen. Niemals.

»Mandy«, krächzte er, als er sich über sie beugte und seine Hand auf die Wunde an ihrem Kopf legte, aus der das meiste Blut zu kommen schien.

Glücklicherweise verließ jemand anderes die Kneipe und hörte Bucks Hilferufe. Er lief herbei und wählte den Notruf, während Buck Mandy anflehte, aufzuwachen und ihn nicht zu verlassen.

Innerhalb weniger Minuten trafen der Krankenwagen und die Polizei ein. Buck hatte Mandy nicht mehr aus den Augen gelassen, seit er ihren Angreifer ausgeschaltet hatte. Die Person lag immer noch regungslos nicht allzu weit entfernt, genau dort, wo er sie zurückgelassen hatte.

Die Sanitäter bestanden darauf, dass er zurückging, und Mandy loszulassen war eines der schwierigsten Dinge, die er je in seinem Leben getan hatte. Sie lag immer noch regungslos auf dem Boden, die verdammte Blutlache um ihren Kopf herum war das Schrecklichste, was er je gesehen hatte.

Seine Aufmerksamkeit wurde auf eine zweite Gruppe von Sanitätern gelenkt, die sich um den Angreifer kümmerten. Buck war schockiert, als er feststellte, dass es eine Frau war. Noch dazu eine Frau, die wie eine Obdachlose aussah.

Doch als er genauer hinsah, erkannte er, dass es Blair war.

Die Frau, die Tex so verzweifelt gesucht hatte, die Frau, von der Buck geschworen hatte, Mandy vor ihr zu beschützen ... Sie hatten nicht sie gefunden, sondern sie hatte *sie* gefunden.

Das Brecheisen, mit dem sie die beiden angegriffen hatte, lag nur wenige Zentimeter von ihrer Hand entfernt.

Die Wut traf Buck hart. Mandy war mit einem verdammten *Brecheisen* auf den Kopf geschlagen worden. Er war unvorsichtig geworden, und Blair hatte seine Unachtsamkeit ausgenutzt und zugeschlagen.

Während er geschockt dastand und zusah, wie die Sanitäter Mandy für den Transport ins Krankenhaus vorbereiteten, kam Blair wieder zu sich. Sie begann sofort zu schreien, dass sie sich nehmen würde, was ihr gehörte, dass es ungerecht sei und sie sich rächen wolle. Genau wie sie vermutet hatten und Desmond berichtet hatte, war sie völlig verrückt. Die Frau, die Mandy einst gekannt hatte, war nicht mehr zu sehen.

Buck sah teilnahmslos zu, wie die Polizei Blair Handschellen anlegte und sie abführte, nachdem sie von den Sanitätern entlassen worden war. Er musste den Polizisten sagen, dass Blair wegen des Verdachts auf Kindesmisshandlung und des Mordes an Bibi sowie wegen Verbrechen in Guyana gesucht wurde, aber im Moment konnte er nur an Mandy denken.

Er folgte der Trage, auf die sie gelegt worden war, als die Sanitäter sie in den Krankenwagen rollten. Sie hinderten ihn daran, hinter ihr einzusteigen.

»Es tut mir leid, Sir, aber niemand darf den Krankenwagen betreten.«

Buck geriet in Panik. Er musste mit ihr gehen! Er durfte sie nicht verlieren!

Eine Hand schloss sich um seinen Arm, und Buck bemühte sich, sich zu befreien, um zu Mandy zu gelangen.

»Ganz ruhig, Buck. Ich bringe dich ins Krankenhaus.«

Buck drehte sich um und sah Obi-Wan dort stehen. Er blinzelte verwirrt. Wann war er dorthin gekommen? Woher hatte er überhaupt gewusst, was passiert war? Wie lange waren die Sanitäter schon mit Mandy auf dem Parkplatz beschäftigt gewesen? Buck hatte das Gefühl, im Nebel zu stehen. Er konnte nicht mehr klar denken.

»Komm schon, ich habe dich. Hast du dich von ihnen angucken lassen? Bist du verletzt?«

Buck konnte seinen Freund und Co-Piloten nur anstarren.

»Gut, dann machen wir das im Krankenhaus.« Obi-Wan lenkte Buck zu seinem Jeep Wrangler, der ein Stück von der Kneipe entfernt an der Straße geparkt war.

Buck starrte geradeaus, während Obi-Wan wie ein geölter Blitz in Richtung Krankenhaus fuhr.

»Ich habe einen Anruf von einem der Barkeeper bekommen. Keine Ahnung, woher er meine Nummer hat, aber ich bin verdammt froh, dass er sie hat. Casper kontaktiert bereits die Polizeibeamten wegen Blair, er wird ihnen von Bibi erzählen und dass sie sich mit den Detectives in North Carolina in

Verbindung setzen sollen. Sie wird nicht entkommen, Buck. Sie ist erledigt. Mandy ist in Sicherheit.«

Aber sie war nicht *in Sicherheit*. Ihr war mit einer verdammten Brechstange auf den Kopf geschlagen worden! Selbst wenn sie überlebte, war sie vielleicht nicht mehr derselbe Mensch wie vorher.

Buck musste immer wieder daran denken, wie glücklich und unbeschwert sie noch nicht einmal eine Stunde zuvor gewesen war. Wie sie alle um sich herum zum Lächeln gebracht hatte. Ihr Lachen klang ihm immer noch in den Ohren.

Der Gedanke, den wichtigsten Menschen in seinem Leben zu verlieren, entlockte ihm einen schmerzerfüllten Laut.

Obi-Wan griff nach Bucks Hand und hielt sie mit eisernem Griff fest.

»Sie ist stark«, sagte sein Freund entschlossen. »Sie wird es schaffen. Ich weiß es.«

Buck war es nicht peinlich, Obi-Wans Hand zu halten. Er hatte das Gefühl, dass sein Freund das Einzige war, was ihn im Moment davor bewahrte, in Millionen Stücke zu zersplittern. Sein Anker. So wie der Mann in einigen der aufreibendsten Missionen ihres Lebens an seiner Seite gewesen war, war er auch jetzt, in seinem absolut dunkelsten Moment, da. Es fühlte sich richtig an.

Obi-Wan gab ihm die Kraft weiterzuatmen.

Als sie am Krankenhaus ankamen, parkte Obi-Wan nicht, sondern fuhr direkt vor den Eingang und sagte: »Geh, ich komme gleich nach.«

Sobald er die Hand seines Co-Piloten losließ, fühlte Buck sich wieder hilflos. Verloren.

Er betrat die Notaufnahme wie benommen. Dann blieb er stehen und blinzelte über das, was er sah, als die automatischen Türen zum Warteraum sich öffneten.

Pyro, Chaos und Edge waren da. Aber es war Laryn, die ihn

als Erste erreichte, ihn bei der Hand nahm und ihn in die Ecke zog, die die anderen im Wartebereich offenbar für sich beansprucht hatten. Bald war Buck von den Menschen umgeben, die er im Moment am liebsten um sich hatte.

»Casper wird bald hier sein. Er telefoniert gerade mit Tex.«

Buck nickte. Aber das war nicht mehr wichtig. Blair war gefunden. Tex konnte sich nun anderen Fällen zuwenden. Helfen, andere Vermisste zu finden. Informationen für andere aufspüren.

Er hatte nicht das Gefühl, dass Tex ihn im Stich gelassen hatte, denn es war mehr als offensichtlich, dass Blair auf der Straße gelebt hatte. Aber er konnte sich seiner Gefühle nicht erwehren ... Schmerz? Enttäuschung? Wut? Dass Tex nicht hatte helfen können, als er ihn am meisten gebraucht hatte.

Buck hatte keine Ahnung, wie Blair nach Norfolk gekommen war oder wie sie ihn und Mandy gefunden hatte oder ihnen in die Kneipe gefolgt war ... aber das war jetzt auch egal.

Es zählte nur, dass sie getan hatte, was sie vorhatte – die Frau, die er liebte, zu verletzen.

»Du siehst nicht so gut aus. Wurdest du untersucht? Bist du verletzt?«, fragte Pyro.

Buck konnte ihn nur ausdruckslos anstarren.

»Komm, wir kümmern uns um dich, damit du dich von deiner besten Seite zeigst, wenn du Mandy siehst.«

Mandy sehen. Ja, das war es, was er tun musste. Er folgte Pyro gefügig in Richtung des Aufnahmeschalters.

Buck hatte keine Ahnung, wie die Zeit verging. Aber er wusste, dass er in einen Raum hinter den Notfalltüren gebracht wurde und ein Arzt ihn untersuchte. Dann wurde sein Arm in eine Schlinge gelegt, damit seine geprellte Schulter heilen konnte, und man hatte ihm einige Schmerzmittel gegeben, die er aber nicht nehmen wollte. Er wollte bei klarem Verstand und wach sein, wenn er Mandy sehen durfte.

Doch anstatt in ein Zimmer geführt zu werden, um sie zu sehen, wurde er zurück in den Wartebereich gebracht.

»Wo ist Mandy?«, fragte er und bemerkte, dass Casper in seiner Abwesenheit eingetroffen war.

»Sie haben sie in den OP gebracht«, sagte Chaos leise. »Sie hatte eine Hirnblutung und sie müssen den Druck in ihrem Kopf verringern.«

Buck schloss die Augen und schwankte heftig.

»Er geht zu Boden!«

»Setzt ihn auf einen Stuhl!«

»Drückt seinen Kopf nach unten!«

Buck spürte, dass er gezwungen wurde, sich zu setzen, aber alles war wie verschwommen. Eine Operation? Eine Hirnblutung? Dies war ein Albtraum, aus dem er gern aufgewacht wäre.

Dann kam ihm etwas anderes in den Sinn.

»Rain!«, sagte er eindringlich, hob den Kopf und versuchte aufzustehen.

Aber Edge und Pyro, einer jeweils rechts und links von ihm, drückten ihn zurück in den Sitz. »Wir holen ihn schon. Wir werden uns um alles kümmern. Du musst nur für Mandy da sein.«

Buck blickte auf und starrte Casper an. Sein Teamleiter hockte vor ihm und sah ihm direkt in die Augen. Wenn jemand wusste, was er gerade fühlte, dann war es Casper. Er hätte Laryn fast verloren. Er wusste, wie verzweifelt Buck war.

»Wird sie wieder gesund?«, flüsterte er.

»Ja«, sagte Casper, ohne zu zögern. »Deine Frau ist zäh. Sie wäre gar nicht erst nach Guyana gereist, wenn sie es nicht wäre. Sie hätte das Rebellenlager nicht überlebt, wenn sie es nicht wäre. Sie hätte es nicht durch den Dschungel geschafft, wenn sie es nicht wäre. Sie wird es schaffen. Ich weiß es.«

Buck wusste genau, dass Casper kein Arzt war. Dass er keine Ahnung hatte, ob Mandy überleben würde oder nicht.

Aber seine Worte waren trotzdem Balsam für Bucks zerrüttete Psyche. Genau das, was er in diesem Moment hören musste.

»Hab Vertrauen, Buck. In die Ärzte, in deine Frau. Und wenn du sie sehen und mit ihr reden kannst, lass sie einfach wissen, dass du hier bist. Dass du nicht weggehst. Wie sehr du dich um sie sorgst. Gib ihr einen Grund zu kämpfen. Um zu dir zurückzukommen.«

Buck nickte und nahm sich die Worte seines Teamleiters zu Herzen. Er würde alles tun, was nötig war, um Mandy wieder auf die Beine zu bringen. Er würde an ihrer Seite bleiben, egal in welchem Zustand sie aufwachte.

Mit der Vision ihres lächelnden, lachenden Gesichts in seinem Kopf ballte Buck entschlossen die Fäuste. Mandy würde es gut gehen. Das musste es einfach.

KAPITEL DREIUNDZWANZIG

Buck hatte keine Ahnung, wie spät es war. Verdammt, er hatte keine Ahnung, welcher *Tag* heute war. Er wusste nur, dass Mandy immer noch nicht aufgewacht war. Sie hatte die Operation überstanden, um den Druck auf ihr Gehirn zu verringern, aber seitdem lag sie in einem künstlichen Koma. Die Ärzte wollten ihrem Gehirn Zeit geben zu heilen, damit die Schwellung zurückging.

Aber jeder Tag, der verging, war ein weiterer, den Buck in der Hölle verbrachte. Er aß nicht viel, schlief definitiv nicht genug. Er dachte nicht an seinen Job, an die bevorstehende Mission, und sogar den armen Rain hatte er vernachlässigt. Gott sei Dank war Laryn eingesprungen und hatte Rain vorerst zu sich und Casper gebracht.

Buck konnte sich nicht dazu durchringen, das Krankenhaus zu verlassen. Die Krankenschwestern und Ärzte hatten sich inzwischen an ihn gewöhnt und erlaubten ihm, viel mehr als die ihm zustehende Zeit mit Mandy auf der Intensivstation zu verbringen.

Das Piepen der Maschinen, an die sie angeschlossen war, war nur noch ein Hintergrundgeräusch. Buck hörte sie kaum noch. Seine ganze Aufmerksamkeit war auf Mandy gerichtet. In dem großen Krankenhausbett mit all den Schläuchen, die an ihrem Körper befestigt waren, sah sie noch kleiner aus als sonst.

Er saß stundenlang neben ihr, hielt ihre Hand und redete.

Er redete ununterbrochen. Er erzählte ihr Geschichten, die sie schon von ihm gehört hatte. Redete über das Wetter, über Rain, über seine Familie. Alles, was ihm einfiel.

Und er sagte ihr, wie sehr er sie liebte. Immer und immer wieder sprach er die Worte laut aus. Worte, die er schon so gern gesagt hätte, bevor sie angegriffen wurde. Sie musste wissen, wie viel sie ihm bedeutete. Dass sie seine Welt war. Dass er sie mehr liebte, als er jemals jemanden in seinem Leben geliebt hatte.

Doch je länger Buck bei ihr saß, desto verzagter wurde er. Sie hatte sich nicht bewegt. Sie hatte nicht einmal gezuckt. Die Ärzte sagten, das sei normal. Da sie im künstlichen Koma lag, würde sie nichts anderes tun können, als zu heilen, und darum ging es ja.

Sie sagten auch, dass die Schwellung zurückgegangen sei, was eine Erleichterung war, aber die Tatsache, dass sie nicht einmal einen kleinen Muskel bewegt hatte, machte Buck Angst, egal *was* die Ärzte ihm sagten.

Er saß wie immer bei Mandy, als Obi-Wan das Zimmer betrat. Buck war überrascht, ihn zu sehen, da auf der Intensivstation normalerweise nicht mehr als ein Besucher auf einmal erlaubt war.

»Der Arzt sagte, ich hätte zehn Minuten«, erklärte Obi-Wan, ohne um den heißen Brei herumzureden. »Ich habe Neuigkeiten, die Mandy und dich sicher interessieren werden. Und da ich wusste, dass du nicht von ihrer Seite weichen würdest, habe ich den Arzt überzeugt, mich reinzulassen.«

Buck nickte. Seine Freunde waren sein Fels gewesen. Er wüsste nicht, was er ohne sie getan hätte. Casper hatte mit

Oberst Burgess gesprochen und Bucks Noturlaub genehmigt bekommen, Laryn hatte Rain, ohne zu fragen, aufgenommen, Obi-Wan und der Rest der Jungs hatten ihm abwechselnd Essen und saubere Kleidung gebracht und ihn zum Duschen gezwungen, wenn sie damit durchkamen.

»Welcher Tag ist heute?«, fragte Buck.

»Es ist jetzt fünf Tage her, dass ihr angegriffen wurdet.«

Buck blinzelte überrascht. »Wirklich?«

»Mh-hm.«

»Wow. Es fühlt sich an, als sei es schon viel länger her.«

»Kein Wunder. Wie auch immer, Buck ... Blair ist tot«, sagte Obi-Wan ohne Umschweife.

Buck bedauerte diese Nachricht nicht im Geringsten. Im Gegenteil, er war erleichtert. *Erfreut.*

»Was ist passiert?«

»Sie wurde unter Mordverdacht verhaftet und es wurden Vorkehrungen getroffen, sie in eine psychiatrische Einrichtung in North Carolina zu überführen. Es war allen klar, dass sie nicht verhandlungsfähig war und einen völligen Nervenzusammenbruch erlitten hatte.«

Buck knurrte.

»Das entlastet sie nicht von ihrer Schuld«, sagte Obi-Wan schnell. »Und es macht auch nicht gut, was sie getan hat, ganz und gar nicht. Sie wäre in absehbarer Zeit nicht freigelassen worden, selbst wenn man sie für unzurechnungsfähig erklärt hätte. Aber als sie in der örtlichen Nervenheilanstalt war, griff sie eine der Wachen an. Sie hatte eine der Federn aus ihrer Matratze genommen und versucht, sie als Waffe zu benutzen. Sie musste getasert werden und erlitt dabei offenbar einen Herzinfarkt. Obwohl sie schon Anfang siebzig war, hatte sie wohl die Kraft einer Geisteskranken ... ein Taser war die einzige Möglichkeit, sie zu überwältigen.«

Buck nickte. Er war wirklich froh, dass sie tot war, dass Mandy sich nicht mit ihr herumschlagen musste, falls sie aufwachte ... *wenn* sie aufwachte. Aber abgesehen davon fühlte er nichts.

»Tex hat es schwer. Er möchte mit dir reden, wenn du dich dazu in der Lage fühlst.«

Buck war sich nicht sicher, ob er mit dem berüchtigten Computerfreak sprechen wollte. Er hatte immer nur gehört, wie großartig der Mann war. Er hatte erstaunliche Dinge für Casper und Laryn getan. Er war maßgeblich daran beteiligt gewesen, Laryn lebend und relativ unverletzt aus der Türkei zu bringen. Aber seine Mandy lag bewusstlos da, und er hatte keine Ahnung, ob sie der gleiche Mensch sein würde wie vor dem Angriff, wenn sie wieder aufwachte. Er machte *Tex* dafür keine Vorwürfe; die Schuld lag genauso sehr bei ihm selbst. Aber er war definitiv nicht glücklich darüber, dass der Mann nicht in der Lage gewesen war, Blair zu finden, bevor die Frau Mandy gefunden hatte.

»Sie befand sich unter dem Radar, Buck. Sie hatte kein Telefon, kein Fahrzeug, keine Kreditkarten. Sie fuhr per Anhalter nach Virginia und hielt sich in der Nähe des Stützpunktes auf. Sie hat nie herausgefunden, wo du wohnst, aber sie konnte mit den Leuten auf dem Stützpunkt reden, bis ihr jemand erzählte, dass viele Piloten sich gern im *Anchor Point* aufhalten. Sie wohnte in dem Park gleich um die Ecke und hielt Wache. Sie wartete und hoffte, dass du auftauchen würdest, damit sie zu Mandy gelangen konnte. Tex hatte buchstäblich keine Möglichkeit, sie aufzuspüren.«

Theoretisch gesehen wusste Buck das. Aber rational oder nicht, es tat trotzdem weh, dass von all den Menschen, denen Tex aus schlimmen Situationen geholfen hatte, Mandy eine der wenigen war, denen er nicht helfen konnte.

»Wie geht es ihr?«, fragte Obi-Wan leise, als Buck nichts sagte.

Er zuckte die Achseln. »Wie immer. Nicht schlechter, nicht besser.«

»Was ist mit der Schwellung?«

»Der Arzt sagt, sie lässt nach.«

»Das ist eine gute Nachricht.«

»Ja.«

»Werden sie die Medikamente ausschleichen, um sie aus dem Koma zu holen?«

»Wenn es ihr weiterhin gut geht und die Schwellung noch ein wenig zurückgeht, ja.«

»Du weißt, dass es nicht deine Schuld war … oder, Buck?«

Bei den Worten seines Freundes füllten Bucks Augen sich mit Tränen. Er wollte nicht weinen. Er wollte für Mandy stark bleiben. Aber die Besorgnis in Obi-Wans Stimme riss ihn mit.

Noch einmal nahm Obi-Wan Bucks Hand in seine und hielt sie fest. Er sagte nichts, sondern stand einfach wie eine Säule der Stärke da, während Buck leise weinte.

»Ich liebe sie, Mann«, sagte Buck nach einem langen Moment, als er wieder sprechen konnte. »Und ich habe es ihr nie gesagt.«

»Sie weiß es, Buck.«

»*Wie?* Wie kann sie das wissen?«

»Weil es in deinen Augen stand, jedes Mal wenn du sie angesehen hast. Jedes Mal wenn du ihr Frühstück oder Abendessen gemacht hast. Jedes Mal wenn du Rain rausgebracht hast, damit sie fünf Minuten länger im Bett bleiben konnte. Es war in jeder Kleinigkeit, die du für sie getan hast. Es sind nicht die Worte, die zählen, Buck, sondern die Taten. Und du zeigst ihr jeden einzelnen Tag, dass du sie liebst. Und weißt du, was noch? Sie liebt dich auch. Das ist für uns alle sonnenklar.«

Buck sah zu seinem Freund auf. »Meinst du?«

»Ja.«

Buck holte tief Luft und sah dann wieder zu der Frau, die regungslos vor ihm auf dem Bett lag. Obi-Wan hatte natürlich recht. Er hatte tatsächlich gewusst, dass Mandy ihn liebte. Jeden Tag hatte sie ihm ohne Worte gezeigt, wie sehr sie ihn liebte, so wie er ihr seine Liebe bewies. Mit Taten. Die Art, wie sie immer nach ihm griff, wenn sie schlief. Wie sie zu ihm schaute, wenn sie Neuigkeiten über Blair erfuhren. Wie sie sich an ihn klammerte, als sie von Bibi hörten.

Buck holte noch einmal tief Luft und sah seinen Freund an. »Ich habe darüber nachgedacht, mit ihr zu schlafen, sobald wir nach Hause kamen, und habe nicht so sehr auf unsere Umgebung geachtet, wie ich es hätte tun sollen. Du weißt ja, wie dunkel es auf dem Parkplatz des *Anchor Point* ist. Ich dachte gerade, ich hätte Mandy drinnen lassen und erst den Wagen holen sollen, als Blair wie aus dem Nichts auftauchte.«

»Wenn es an diesem Abend nicht passiert wäre, wäre es ein anderes Mal passiert. Blair war geduldig. Sie war nicht bereit aufzugeben. Und was soll's, wenn du an Sex gedacht hast? Das heißt nicht, dass du schuld bist. Du hast Mandy mehr als einmal gesagt, dass es nicht ihre Schuld war, dass sie entführt wurde. Dass es nicht ihre Schuld war, was mit der kleinen Bibi passiert ist. Dass die ganze Schuld bei Blair liegt. Und das gilt auch hier. *Blair* war diejenige, die dafür verantwortlich war, nicht du.«

»Ich habe versucht, mir das einzureden, aber im Grunde habe ich geschworen, sie zu beschützen, und sie wurde unter meiner Aufsicht verletzt.«

»Das Leben ist eine seltsame Sache, Buck. Man kann so viele Versprechungen machen, wie man will, aber das Leben hat immer noch eine Art, dir in den Hintern zu treten, wenn du es am wenigsten erwartest. Lass es gut sein, Mann. Um deines eigenen Verstandes willen. *Ihr* zuliebe. Sie wird dich als Fels brauchen, wenn sie aufwacht, und du kannst nicht stark für sie sein, wenn du dir selbst in den Hintern trittst für das, was passiert ist. Eine Frage: Glaubst du, Mandy wird dir die Schuld geben, wenn sie aufwacht?«

Buck brauchte nicht einmal darüber nachzudenken. »Nein.«

»Ganz genau. Lass es gut sein. Konzentriere dich darauf, ihr zu helfen, gesund zu werden. Blair ist weg. Sie ist tot. Sie ist keine Bedrohung mehr. Du kannst nicht damit leben, dir ständig Vorwürfe zu machen, und Mandy würde das auch nicht wollen. Ihr habt euer ganzes Leben noch vor euch. Willst du mit Bedauern leben oder stattdessen mit der Freude und Erwartung eines glücklichen, langen Daseins?« Obi-Wan blickte auf die Uhr. »Damit ist meine Zeit abgelaufen. Ich würde dir ja sagen, dass du uns Bescheid sagen sollst, wann der Arzt Mandy aus dem Koma holt, aber ... du solltest wissen, dass Tex die Situation überwacht und uns auf dem Laufenden hält.«

»Wie überwacht er die Situation?«, fragte Buck mit einem Stirnrunzeln.

»Wie kann Tex etwas tun? Ich bin sicher, er hat sich in den Krankenhauscomputer gehackt oder so. Und ja, das ist illegal, aber ist irgendetwas, was dieser Mann tut, wirklich legal? Ich werde Laryn bitten, ein Rain-Update und mehr Bilder zu schicken. Mandy wird sie sehen wollen, sobald sie aufgewacht ist.«

Mit diesen Worten drückte Obi-Wan Bucks Hand, ließ sie dann los und verließ den Raum.

Buck drehte sich sofort wieder zu Mandy um und nahm ihre Hand in seine beiden. Er führte sie zu seinem Mund und küsste sanft ihre Rückseite. »Hast du das alles gehört, Rebel? Blair ist tot. Sie ist weg. Für immer aus unserem Leben verschwunden. Ich liebe dich. Du liebst mich. Rain geht es gut. Tex ist ... Scheiße. Ich muss ihn anrufen. Es war nicht seine Schuld. Das weiß ich ... aber tief im Inneren muss ich jemandem die Schuld geben. Mir selbst die Schuld zu geben ist einfach, aber ich wollte auch jemand anderen beschuldigen, und ich wählte ihn. Ich weiß, dass es falsch ist – verdammt, es ist nicht einmal logisch. Ich werde mich zusammenreißen, ich verspreche es. Wie wäre es, wenn du aufwachst und mich anschreist, dass ich die Kurve kriegen soll?«

Zum ersten Mal seit Tagen fühlte Buck sich ein wenig

besser. Zu wissen, dass Blair tot war, trug viel dazu bei, die Anspannung, die auf seinen Schultern lastete, zu lindern. Er war sich nicht sicher, ob es ihn zu einem anständigen Menschen machte, froh zu sein, dass jemand anderes tot war, aber er wollte keine Zeit damit verschwenden, sich selbst dafür zu bestrafen.

»Ich liebe dich, Amanda Rush. So sehr. Ich werde dich heiraten, wir werden eines Tages Kinder haben, entweder leibliche oder wir werden sie adoptieren. Du wirst die Lehrerin des Jahrhunderts, und wir werden glücklich bis ans Ende unserer Tage leben. Du musst nur aufwachen, damit wir damit anfangen können, okay? Wenn der Arzt die Medikamente abgesetzt hat, darfst du wieder aufwachen. Das verspreche ich dir. Und dieses Mal meine ich es ernst.«

Buck war erschöpft. Der Arzt sagte, er sei mit ihren Fortschritten zufrieden. Sie mussten nur noch abwarten, ob ihr Gehirn durch die Schläge, die Blair ihr zugefügt hatte, einen dauerhaften Schaden erlitten hatte. Aber zum ersten Mal, seit Mandy ihm auf dem Parkplatz vor die Füße gefallen war, spürte Buck einen Funken Hoffnung.

Es bestand die Möglichkeit, dass sie sich nicht einmal mehr daran erinnerte, wer sie war, oder an ihr Leben. Dass sie nicht mehr wüsste, wer *Buck* war. Sollte das passieren, wäre es verheerend, aber er war fest entschlossen, sie dazu zu bringen, ihn noch einmal zu lieben. Er hatte sie einmal gewonnen, er konnte es wieder tun. Er brauchte nur die Gelegenheit, es zu versuchen.

Und dazu musste sie erst einmal aufwachen.

Er schlief mit der Stirn auf ihrem Handrücken ein und hatte zum ersten Mal seit Tagen keine Albträume von Blair, die ins Zimmer stürmte, um zu beenden, was sie begonnen hatte, oder von dem Arzt, der ihm grimmig mitteilte, dass Mandy im Schlaf gestorben war.

Stattdessen träumte er von seinem Hochzeitstag, mit

Mandy an seiner Seite ... davon, ihr Lächeln zu sehen und ihr Lachen zu hören.

Jetzt war es so weit. Die Ärzte hatten die Menge der Medikamente, die Mandy im Koma hielten, so weit reduziert, dass sie in der Lage sein sollte, von selbst aufzuwachen. Während der letzten anderthalb Tage hatte sie unruhig im Bett gelegen. Sie stöhnte ein wenig und runzelte die Stirn, während sie schlief. Buck hätte schwören können, dass sie sogar seine Hand gedrückt hatte, als er sie vor ein paar Stunden dazu aufgefordert hatte.

Trotz allem sprach Buck noch mit ihr. So viel, dass seine Stimme inzwischen kratzig und heiser war. Sobald sie aufwachte und der Beatmungsschlauch entfernt werden konnte, würde sie in ein normales Zimmer verlegt werden, wo alle ihre Freunde sie besuchen konnten. Und jemand, wahrscheinlich Tex, hatte sogar dafür gesorgt, dass Rain auch zu ihr kommen konnte, sobald sie verlegt wurde.

Aber zuerst musste sie die Augen öffnen und beweisen, dass sie noch da drin war. Beweisen, dass sie immer noch Mandy war.

»Wie geht es ihr?«, dröhnte der Arzt, als er das Zimmer betrat.

Buck zuckte zusammen. Seine Stimme schien zu laut zu sein, nachdem es in den letzten Stunden so ruhig gewesen war.

»Besser, denke ich«, gab er zu.

»Versuchen wir es«, sagte der Arzt. Der Raum füllte sich mit Krankenschwestern und es herrschte ein reges Treiben. Buck bewegte sich zum Ende des Bettes und hielt sich an einem von Mandys Füßen fest. Er war so nervös wie noch nie.

Der Arzt beugte sich über Mandy und befahl ihr lautstark, die Augen zu öffnen.

Zu Bucks Entsetzen tat sie, was ihr gesagt wurde. Ihre Augen sprangen auf.

»Gut gemacht, Mandy! Können Sie mich hören? Drücken Sie die Hand der Schwester, wenn Sie es können.«

Buck starrte auf Mandys rechte Hand und beobachtete, wie ihre Finger sich langsam um die der Krankenschwester schlossen.

»Ausgezeichnet! Sie sind sicher verwirrt und haben vielleicht auch Angst, aber wir werden jetzt den Schlauch entfernen, der in Ihrem Hals steckt und Sie am Sprechen hindert. Es wird sich komisch anfühlen, aber ich verspreche, es wird schnell vorbei sein.«

Buck hasste es, dass Mandy so etwas durchmachen musste, aber er war so stolz auf sie, wie er nur sein konnte. Er drückte ihren Fuß, um sie wissen zu lassen, dass er da war, aber er wollte sie nicht von den Anweisungen des Arztes ablenken.

Innerhalb von Sekunden war der Schlauch aus ihrem Hals entfernt und sie hustete leicht.

»Alles fertig«, sagte der Arzt zu ihr. »Das haben Sie gut gemacht. Atmen Sie ein paarmal tief durch, ganz langsam. Gut so. Hier ist jemand, den Sie sicher sehen wollen.« Er bedeutete Buck, auf die andere Seite des Bettes zu gehen, näher an ihren Kopf.

Buck hatte fürchterliche Angst. Was, wenn sie ihn nicht erkannte? Was, wenn ihr Gehirn durch den Schlag und die Schwellung zu sehr geschädigt war und sie nicht mehr die Mandy war, die er kannte?

Die Krankenschwester machte ihm Platz, und er machte sich auf den Weg zu Mandys Kopf. Er nahm ihre Hand in seine und beugte sich vor.

»Hallo, Rebel. Es ist so schön, deine hübschen blauen Augen wiederzusehen«, sagte er sanft.

Sie starrte ihn eine lange Minute mit leerem Blick an.

Gerade als Bucks Welt zum zweiten Mal innerhalb einer Woche fast zusammenbrach, blinzelte sie.

Dann murmelte sie: »Nash.«

Während der letzten Woche hatte er mehr geweint als in seinem ganzen bisherigen Leben, aber Buck schämte sich nicht, als die Tränen wieder fielen. Nicht im Geringsten. Es waren Freudentränen. Begeisterte Tränen.

»Ja, Mandy, ich bin's. Ich bin so froh, dich wach zu sehen.«

Ihre Finger schlossen sich fest um seine, während ihre Augen zufielen.

Buck blickte alarmiert zu dem Arzt auf.

Aber er hatte ein breites Lächeln im Gesicht. »Es ist in Ordnung. Sie ist müde. Das ist ganz normal. Aber das sind alles gute Nachrichten. Sie hat Sie erkannt. Sie wird wieder gesund werden. Es könnte eine Weile dauern, sie wird etwas Physiotherapie brauchen, aber ich habe keinen Grund zu glauben, dass sie nicht bald wieder normal sein wird.«

Buck wischte sich mit den Schultern über die Wangen und weigerte sich, Mandys Hand loszulassen. Sie sah schlimm aus. Ihr Haar war für die Operation auf einer Seite des Kopfes rasiert worden, und sie war immer noch überall mit Schläuchen verbunden. Aber sie war am Leben. Und sie wusste, wer er war. Mit allem anderen konnten sie sich nach und nach befassen.

KAPITEL VIERUNDZWANZIG

Amanda war so froh, nach Hause zu kommen. Sie war zwei Wochen lang im Krankenhaus gewesen und hatte nun zwei weitere Wochen in der Reha verbracht. Sie wollte einfach nur in ihrem eigenen Bett schlafen. Nun, in Nashs Bett, mit dem Mann, den sie liebte, im Rücken und ihrem geliebten Hund zu ihren Füßen.

Im Krankenhaus aufzuwachen, ohne zu wissen, was passiert war, war verwirrend gewesen. Und irgendwie auch beängstigend. Aber Nash war fast die ganze Zeit an ihrer Seite. Er hatte alles so viel besser gemacht. Nicht unbedingt einfacher, aber mit ihm an ihrer Seite hatte sie nicht so viel Angst, wie sie es sonst vielleicht gehabt hätte.

Und es war nicht nur er. Es waren alle. Casper, Obi-Wan, Pyro, Chaos, Edge, Laryn ... sie alle waren gekommen, um sie zu sehen. Manchmal blieben sie eine Stunde oder länger, manchmal auch nur zehn Minuten, aber sie war selten allein. Es bedeutete ihr viel, dass sie sich die Mühe machten, den ganzen Weg ins Krankenhaus zu kommen, selbst wenn sie nur ein paar Minuten Zeit hatten. Sie war sich sicher, dass sie

Besseres zu tun hatten, aber sie machten nie den Eindruck, als hätten sie es eilig oder als seien sie aus irgendeiner Verpflichtung heraus da.

Ihr Zimmer war auch voller Blumen gewesen, und jedes Mal, wenn sie die Augen öffnete, wurde sie daran erinnert, wie viele Menschen ihr die Daumen drückten, dass es ihr besser ging und sie wieder auf die Beine kam.

Es war schwer zu begreifen, dass Blair ihr das angetan hatte. Dass sie ihr nachstellte und ihr mit einem *Brecheisen* auf den Kopf schlug. Die Tatsache, dass sie noch am Leben war, grenzte an ein Wunder.

Amanda hatte immer noch ab und zu Kopfschmerzen, aber der Arzt sagte, dass sie mit der Zeit abklingen und nicht mehr so lähmend sein sollten. Sie hoffte, dass er recht hatte.

Und heute würde sie nach Hause gehen. Sie war mehr als bereit. Die Krankenschwestern und Ärzte in der Reha-Einrichtung waren fantastisch, aber sie würde nicht traurig sein, wenn sie sich verabschieden musste. Eines der Dinge, auf die sie sich am meisten freute, war das Zusammensein mit Rain. Nash hatte ihn ein paarmal zu ihr gebracht, und es brach ihr das Herz, ihn jedes Mal erbärmlich winseln zu hören, wenn er sie sah. Er schien zu verstehen, dass sie verletzt war und er sanft mit ihr umgehen musste, denn er lag einfach neben ihr, den Kopf auf ihrer Schulter, seinen heißen Hundeatem auf ihrem Hals, und ließ sich streicheln, bis es Zeit war zu gehen.

Ein Geräusch an der Tür ließ sie den Kopf drehen. Nash war endlich eingetroffen.

Es war äußerst schwierig gewesen, ihn nicht zu bitten, jede Nacht bei ihr zu bleiben oder tagsüber so oft wie möglich da zu sein. Er hatte schon genug Urlaub genommen, und er hatte auch einiges zu tun. Sie konnte seine Zeit nicht für sich beanspruchen, so sehr sie es auch wollte. Außerdem hatte sie sich den Arsch aufgerissen, um wieder mobil zu werden und laufen zu können, ohne auszusehen, als sei sie eine Woche lang auf Sauftour gewesen.

Die Nächte waren am schwierigsten. Das Krankenhausbett schien zu groß, der Raum zu leer. Aber sich keine Sorgen machen zu müssen, dass Blair zurückkam, um zu beenden, was sie angefangen hatte, trug viel dazu bei, die Albträume zu lindern. Und es schien, als hätte *Nash* mehr Traumata von dem Abend, an dem sie angegriffen worden war, als sie selbst, was Sinn machte, da sie sich nicht an das Ereignis selbst erinnerte.

»Hallo!«, sagte sie und begrüßte Nash mit einem breiten Lächeln, als er auf sie zukam.

»Hey«, erwiderte er und beugte sich zu ihr hinüber, wo sie bereits angezogen und startklar im Bett saß. Er gab ihr einen sanften Kuss. »Bist du bereit, heute entlassen zu werden?«

»Mehr als das«, sagte Amanda inbrünstig. »Der Arzt hat gesagt, er würde heute Morgen die Entlassungspapiere unterschreiben, also werden wir hoffentlich bald eine Schwester damit sehen.«

»Fantastisch. Rain freut sich, dass du nach Hause kommst ... und ich mich auch. Wir haben dich schrecklich vermisst.«

»Ich kann es kaum erwarten«, erwiderte sie. »Ich habe euch auch vermisst.«

Wahrscheinlich war dies weder der richtige Zeitpunkt noch der richtige Ort, aber Amanda hatte über viele Dinge nachgedacht – über Guyana, Blair, ihre Zeit im Krankenhaus, darüber, was sie in ihrem Leben wollte – und sie konnte keinen Moment länger warten, um mit Nash zu reden. Bevor sie zu ihm zurückging, bevor sie mit dem loslegte, von dem sie hoffte, dass es der Beginn des Rests ihres Lebens war, musste sie etwas klären.

»Nash? Darf ich dich etwas fragen?«

»Du kannst mich alles fragen.«

»Als ich nach meiner Operation bewusstlos im Krankenhaus lag, warst du dort, richtig?«

»Natürlich. Ich bin nicht von deiner Seite gewichen«, antwortete er. »Warum?«

»Hast du mit mir gesprochen?«

Nash hatte sich auf den Stuhl neben ihrem Bett gesetzt und hielt ihre Hand, was er jedes Mal tat, wenn er zu Besuch kam. Als Erstes griff er stets nach ihr, als könnte er es nicht abwarten, sie zu berühren. Sie liebte es.

»Ja. Ununterbrochen. Ich habe gehört, dass Menschen, die bewusstlos sind oder im Koma liegen, manchmal hören können, was um sie herum vorgeht. Also habe ich deine Hand gehalten und geredet.«

»Worüber?«

»Alles. Irgendetwas. Nichts. Ich wollte nur, dass du meine Stimme hörst, dass du weißt, dass ich da bin.«

»Das habe ich«, sagte Amanda. »Ich habe dich gehört. Ich erinnere mich nicht wirklich an viel von dem, was du gesagt hast, nur an deine Stimme in meinem Hinterkopf. Sie hat mich geerdet. Ich hatte das Gefühl, dass etwas nicht stimmte, aber alles war dunkel und es fühlte sich an, als würde ich von außen auf mich herabschauen. Aber zu wissen, dass du da warst, dass du zu mir gesprochen hast, das hat mir geholfen, Nash.«

»Das freut mich.«

»An eine Sache erinnere ich mich aber ganz genau.«

»Woran?«

Amanda schluckte schwer. Das hier konnte wirklich gut laufen oder es konnte nach hinten losgehen. Aber sie musste es wissen. Sie musste wissen, ob sie sich etwas ausgedacht hatte, von dem sie wirklich wollte, dass es wahr war, oder ob er es tatsächlich gesagt hatte.

»Du hast gesagt, dass du mich liebst. Ich meine, vielleicht habe ich halluziniert«, fügte sie schnell hinzu, »aber es schien so klar zu sein. Und es ist in Ordnung, wenn du es *nicht* gesagt hast ... aber jetzt muss ich es so oder so wissen. Denn *ich* bin wahnsinnig in *dich* verliebt, und ich glaube nicht, dass ich in deine Wohnung zurückkehren, mit dir zusammenleben und dir näherkommen kann, wenn du nicht glaubst, dass du mich eines Tages auch lieben könntest.«

Die letzten Worte sagte sie schnell, wahrscheinlich weil sie wusste, dass sie sie gar nicht sagen würde, wenn sie sie nicht umgehend herausbekam. Auf keinen Fall wollte sie allein in ihre kalte, leere Wohnung zurückkehren, aber sie würde es tun. Denn diesen Mann zu lieben und seine Liebe nicht erwidert zu bekommen, würde sie langsam umbringen.

Als Antwort stand Nash auf und schwebte wieder über ihr. Sein Gesicht war nur wenige Zentimeter von ihrem entfernt, als er sprach. »Das hast du gehört? Du hast mich das sagen hören?«

»Ich glaube schon«, erwiderte Amanda ein wenig unsicher.

»Das ist fantastisch. Und ja, ich habe es gesagt. Immer und immer wieder. Ich liebe dich, Mandy. Mehr als du je wissen wirst. Was mit dir passiert ist, war der schlimmste Tag meines Lebens, und die Tage danach waren auch nicht viel besser. Ich konnte nur daran denken, dass ich dir nicht gesagt hatte, was ich fühlte. Dass du vielleicht stirbst, ohne zu wissen, dass du der wichtigste Mensch in meinem Leben bist. Dass ich nicht sicher bin, ob ich ohne dich weitermachen kann.«

Erleichterung, Freude und Liebe durchfluteten Amanda. Sie griff nach oben, zog Nashs Kopf nach unten und küsste ihn heftig. Sie wollte den Kuss vertiefen, sehnte sich nach seiner intimen Berührung, aber er zog sich viel zu schnell zurück.

»Ich werde mich nicht beim Knutschen im Krankenhaus erwischen lassen, und das an dem Tag, an dem du es verlassen sollst«, sagte er mit einem kleinen Lachen.

Amanda schmollte.

Er lachte noch mehr, dann strich er ihr mit der Hand übers Haar. »Ich liebe dich, Mandy. Du bist so verdammt stark. Der Arzt sagte, es sei ein Wunder, wie gut es dir geht, wie schnell du heilst.«

»Ich liebe dich auch, Nash. Danke, dass du hier bist. Dass du dich um mich gekümmert hast, um Rain – ich weiß, es war nicht einfach.«

»Ich würde alles für dich tun. Weißt du das nicht?«

»Jetzt schon.«

»Ich bin schockiert, dass du mich gehört hast«, murmelte er, als würde er zu sich selbst sprechen.

Sie lehnte ihren Kopf in seine Hand, mit der er immer noch ihren Kopf umschloss. »Ich glaube, das war das Einzige, was mich aufrecht gehalten hat. Ich wollte aufgeben. Mich dem Schmerz hingeben. Der Vergessenheit. Aber du hast mich nicht gelassen. Ich wollte dich nicht im Stich lassen. Und zu hören, dass du mich liebst, gab mir Hoffnung und ein Ziel, denn ich liebe dich auch.«

»Fantastisch«, sagte Nash leise.

»*Du* bist fantastisch«, sagte Amanda zu ihm. »Ich liebe dich so sehr.«

»Es ist ein gutes Gefühl, diese Worte auszusprechen. Ich hätte nicht zögern sollen, sie zu sagen«, entgegnete Nash.

»Nun, wir haben sie gesagt und machen jetzt einfach weiter«, erklärte sie entschlossen.

»Ja, das tun wir«, stimmte er mit einem Lächeln zu.

»Ich möchte nicht stören«, sagte ein Mann in der Tür.

Nash wirbelte so schnell herum, dass Amanda fast schwindelig wurde. Ihr entging nicht, wie er sich direkt vor sie stellte, als sei er bereit, sie vor jeder Gefahr zu schützen. Sie nahm an, dass es eine Weile dauern würde, bis er seine Deckung wieder fallen ließ. Sie war entschlossen, ihm zu helfen, sich mit der Zeit zu entspannen und ihn davon zu überzeugen, dass nicht *jeder* um sie herum hinter ihr her war.

»Kann ich Ihnen helfen?«, fragte Nash den Neuankömmling.

Der Mann betrat nicht den Raum, da er Nashs aggressive

Körpersprache richtig deutete. »Mein Name ist John Keegan. Du kennst mich als Tex.«

Amandas Augen weiteten sich. Sie erinnerte sich an Tex. Er war der Mann, mit dem Nash zusammengearbeitet hatte, um Blair zu finden. Der Mann, der die Behörden informiert hatte, dass das kleine Mädchen, das im Park in North Carolina gefunden wurde, höchstwahrscheinlich Bibi war.

»Tex«, sagte Nash mit einem Kopfnicken und klang dabei fast ... kalt.

Amanda runzelte die Stirn. Warum war er so abweisend? Nash hatte diesen Mann bewundert. War dankbar für seine Hilfe.

»Ich weiß, du freust dich wahrscheinlich nicht, mich zu sehen, aber ich habe gehört, dass Mandy heute entlassen wird, und ich wollte vorbeikommen und ihr persönlich sagen, wie erleichtert ich bin, dass es ihr gut geht.«

Die Männer starrten einander an, ohne etwas zu sagen.

Amanda stieß einen leisen Atemzug der Verzweiflung aus. »Danke, dass du gekommen bist, Tex. Es ist so schön, dich kennenzulernen. Ich habe fantastische Dinge über dich gehört.«

Er ließ den Blick zu ihr wandern, aber er bewegte sich immer noch nicht von der Tür weg. »Ich danke dir. Wie ich höre, geht es dir gut. Dass die Nebenwirkungen deiner Verletzung minimal sind.«

Nash schnaubte leise.

Das war's, Amanda war fertig mit seinem seltsamen Verhalten. »Bitte geh zur Seite, Nash. Ich möchte ihm die Hand schütteln.«

Nash bewegte sich langsam zur Seite, was für Tex die notwendige Erlaubnis zu sein schien, sich dem Bett zu nähern. Sie schüttelte ihm die Hand und betrachtete den unscheinbaren Mann, der offenbar in der Lage war, so ziemlich jede Art von Elektronik zu hacken, die es gab.

»Nochmals vielen Dank, dass du Geld für die Schule in Guyana gespendet hast.«

Tex nickte.

»Und dafür, dass du die Verbindung zwischen Blair und den Rebellen gefunden hast.«

Er nickte erneut.

»Und für die Identifizierung von Bibi.«

Er nickte ein drittes Mal.

Die Luft war dick vor Spannung, und das gefiel Amanda nicht. Ganz und gar nicht. »Und dafür, dass du das Heilmittel für Krebs gefunden hast.«

Tex begann zu nicken, hielt dann inne und warf ihr einen fragenden Blick zu.

»Ich wollte nur sichergehen, dass du mir zuhörst und nicht nur nickst, um mir zuzustimmen. Was ist hier los? Nash, warum verhältst du dich so seltsam? Was weiß ich nicht?«, fragte sie.

Tex sah Nash an, dann wieder sie. »Es ist meine Schuld, dass du angegriffen wurdest.«

Amanda konnte nicht anders. Sie lachte.

Beide Männer wirkten ein wenig schockiert über ihre Reaktion.

»Ich meine, ich weiß nicht mehr, was passiert ist, aber ich bin mir ziemlich sicher, dass *du* es nicht warst, der aus der Dunkelheit aufgetaucht ist und mir mit einem Brecheisen auf den Kopf geschlagen hat.«

Ihre Worte waren wahrscheinlich etwas grob, aber sie wollte nicht um die Details des Angriffs herumschleichen. Was geschehen war, war geschehen. Sie war gesund und munter, und sie hatte vor, es auch zu bleiben.

»Das stimmt. Aber ich habe bei der Suche nach Blair versagt. Ich habe nicht dafür gesorgt, dass sie festgenommen wird, damit sie keine Bedrohung für dich ist.«

Amanda seufzte. Diese Männer und ihre Gottkomplexe. Ihr

Wunsch, immer Beschützer zu sein, auch wenn das einfach nicht möglich war. »Es ist nicht deine Schuld«, sagte sie streng. »Es ist nicht Nashs Schuld. Es ist nicht die Schuld der Kneipe. Es ist nicht meine Schuld. Es ist *ihre* Schuld. Blairs. Du hast es selbst gesagt, sie war psychisch labil. Irgendwas hat in ihrem Gehirn klick gemacht und sie ist ausgerastet. Selbst wenn du sie gefunden hättest und sie in Gewahrsam genommen worden wäre, hätte sie wahrscheinlich trotzdem einen Weg gefunden, mich zu verletzen.«

»Wenn sie gefasst worden wäre, wäre sie für den Mord an Bibi im Gefängnis gewesen«, erwiderte Nash. »Sie wäre nicht auf dem Parkplatz gewesen, und du wärst nicht verletzt worden.«

»Du willst mit Schuldzuweisungen um dich werfen? Na schön. Es war *meine* Schuld, und nur meine Schuld. *Ich* war diejenige, die den Job in Guyana angenommen hat, wo Blair mich kennengelernt hat. *Ich* war diejenige, die nicht mit allen Mitteln gekämpft hat, um zu entkommen, als die Kinder und ich entführt wurden. *Ich* war diejenige, die Blair gesagt hat, dass ich Bibi und Michael adoptieren möchte. Wenn ich nicht gewesen wäre, hätte sie Bibi gar nicht erst mit sich genommen ... hätte sie nicht so vernachlässigt, dass sie *gestorben* wäre. Wenn *ich* nicht gewesen wäre, wäre sie nicht in Virginia gewesen und hätte auf dem Parkplatz des *Anchor Point* gewartet.«

»Das ist lächerlich«, knurrte Nash.

Gleichzeitig sagte Tex: »Das geht ein bisschen zu weit.«

»Es ist nicht lächerlich, und es geht auch nicht zu weit. So gern du das auch glauben magst, Tex, du bist nicht Gott. Du bist nicht der oberste Herrscher über jedermanns Handeln. Es gibt so etwas wie den freien Willen. Und du bist vielleicht gut in dem, was du tust, verdammt gut, aber manchmal passiert einfach Scheiße. Blair hielt sich unter dem Radar auf. Keine elektronischen Spuren. Kein Telefon, keine Kreditkarten, *nichts*. Sie war ein Geist. Und einen Geist kann man nicht verfolgen.«

»Ich kann es aber verdammt noch mal versuchen«, murmelte er.

»*Versuchen*«, betonte Amanda. »Und du hast es versucht. Sehr angestrengt sogar, wenn das, was mir gesagt wurde, stimmt. Lass es los. Darüber zu grübeln hilft nicht weiter. Vielleicht kannst du das, was du daraus gelernt hast, nutzen, um jemand anderem zu helfen. Du tust niemandem einen Gefallen, wenn du dich in Schuldgefühlen suhlst. Und das Gleiche gilt für dich, Nash. Glaube nicht, ich wüsste nicht, dass du dir jedes Mal, wenn du mich ansiehst, Vorwürfe machst. So sehr ich deinen Beschützerinstinkt auch schätze, du kannst nicht jede Sekunde des Tages bei mir sein.«

»Ich war an diesem Abend bei dir. Genau genommen direkt neben dir«, sagte er.

»Wie auch immer!«, erwiderte Amanda mit einer dramatischen Armbewegung. »Du bist also nicht Superman. Na und? Was denkst du, wie ich mich gefühlt hätte, wenn *du* am Kopf getroffen worden wärst? Glaubst du, ich hätte mich nicht schuldig gefühlt, dass du verletzt wurdest, wo ich doch diejenige war, hinter der Blair her war? Es hätte mich zerstört. Es ist schon schlimm genug, dass Bibi meinetwegen tot ist.«

»Nein, ist sie nicht.«

»Das war nicht deine Schuld.«

Wieder sprachen beide Männer gleichzeitig. Beide klangen verzweifelt, dass sie das glaubte.

»Hört zu. Nichts an den letzten paar Monaten war großartig. Aber andere Teile – wie das Treffen mit Nash, das Verlieben, das Kennenlernen seiner Freunde – waren für mich lebensverändernd und großartig. Wir müssen die Höhen und Tiefen im Leben hinnehmen. Man kann das eine nicht ohne das andere haben. Wenn ihr zwei euch nicht wieder zusammenrauft und Freunde oder Bekannte oder *was auch immer* werdet, werde ich nicht glücklich sein.«

Es war ein lahmes Ende für ihre kleine Rede, aber Amanda war fertig. Sie hatte gesagt, was sie sagen wollte, und sie hoffte nur, dass es genug war, um zu den beiden sturen, überbeschützenden Soldaten durchzudringen, die sich neben ihrem Bett gegenüberstanden.

»Es tut mir leid«, sagte Tex zu Nash.

Ihr Mann holte tief Luft und nickte dann. »Ich bin dir dankbar für alles, was du getan hast, um uns zu helfen.«

Die Spannung im Raum ließ ein wenig nach. Sie war zwar nicht verschwunden, aber Amanda glaubte nicht, dass es für die beiden Männer so einfach sein würde, ihre Schuldgefühle und ihre Frustration über das, was geschehen war, loszulassen.

»Ich bin mit anderen Neuigkeiten gekommen. Es sind sowohl gute als auch schlechte«, verkündete Tex.

Amanda versteifte sich. Nash setzte sich wieder auf den Stuhl und nahm ihre Hand noch einmal in seine. Ihn bedingungslos an ihrer Seite zu haben gab ihr den Mut zu sagen: »Raus damit.«

»Michael wurde adoptiert. Ich weiß, dass ihr ihn hierher in die USA bringen wolltet, aber es gab ein kinderloses Paar in Guyana, das an einer Adoption interessiert war. Sie haben Desmond kontaktiert, er hat eine Hintergrundüberprüfung gemacht, und als sie die Kinder besuchen wollten, haben sie sich sofort mit James und Patricia angefreundet. Offenbar beschützte Michael die Kleinen und war immer dabei, wenn die zukünftigen Eltern sie besuchten. Schließlich verliebten sie sich auch in ihn. Alle drei Kinder werden in ihrem Heimatland bei ihren neuen Eltern bleiben. Die übrigens genügend Geld haben, um für drei Kinder zu sorgen.«

»Oh«, sagte Amanda. »Das ist gut.«

»Das ist es, aber ich weiß, dass du selbst eine Bindung zu Michael hast.«

»Die habe ich. Aber weißt du was? Dass er in Guyana geblieben ist, inmitten seiner eigenen Kultur, ist eine gute Sache. Und er war immer beschützend. In Bezug auf mich *und* die anderen Kinder. Ich bin froh, dass er eine eigene Familie gefunden hat.«

Tex starrte sie einen Moment lang an. »Du bist ein guter Mensch, Amanda. Manche Leute wären traurig, wenn sie das Kind, das sie sich gewünscht haben, nicht adoptieren können.«

»Es gibt viele Kinder auf der Welt, die ein liebevolles Zuhause brauchen«, sagte sie leise. »Ja, ich bin ein wenig traurig, dass das Leben, das ich mir für Michael vorgestellt habe, nicht in Erfüllung geht, aber das bedeutet nicht, dass er nicht trotzdem ein großartiges Leben haben und große Dinge tun wird. Wie wir gerade sagten, das Leben hat seine Wendungen und Irrungen. Aber jede Handlung führt uns auf einen anderen Weg. So wie mein Weg mich zu Nash geführt hat, wird Michaels Weg ihn hoffentlich zu ebenso wunderbaren Dingen führen.«

»Klug ist sie auch«, sagte Tex. Er sah Nash an. »Ich hoffe, du weißt, dass ich immer für dich da bin, wenn du mich brauchst. Mir ist klar, dass du jetzt wahrscheinlich Zweifel hast, ob du in einer Krise zu mir kommen sollst, aber ich werde trotzdem da sein, wenn du oder einer deiner Freunde Hilfe braucht.«

»Danke, Tex. Ich weiß das zu schätzen.«

Amandas Ansicht nach konnte Tex von Nash keine größere Annahme seiner unnötigen Entschuldigung dafür erwarten, dass er Blair nicht gefunden hatte.

»Ich werde mich selbst hinausbegleiten. Schön, dass es dir besser geht. Oh, und diese Stelle als Vertretungslehrerin? Sie gehört immer noch dir, wenn du bereit bist. Ich habe mit dem Direktor gesprochen, und er weiß über deine Situation Bescheid. Es gibt eine andere Aushilfe, die ebenfalls unterrichtet, aber sie ist nicht bereit, so lange zu bleiben, wie es nötig wäre. Sie wird dir das Klassenzimmer gern überlassen, sobald du wieder auf den Beinen bist. Und wenn diese Lehrerin aus dem Mutterschutz zurückkommt, geht eine andere, um ebenfalls ein Baby zu bekommen, also hofft er, dass du dann einfach in diese Klasse wechseln kannst.«

»Oh! Wow, danke.«

Tex nickte, dann drehte er sich um und ging zur Tür. Einen Moment später war er weg.

Amanda wandte sich an Nash. »Ist das gerade passiert?«

Er nickte. »Jawohl.«

»Bist du jetzt wirklich mit ihm versöhnt? Oder hast du nur gelogen, um ihn zum Gehen zu bewegen?«

Nash seufzte. »Ich werde ein bisschen brauchen, aber dass er hierhergekommen ist, hat geholfen. Ich gebe ihm nicht mehr die Schuld für das, was passiert ist. Und ich versuche auch, mir selbst zu verzeihen.«

»Gut. Denn ich werde sauer sein, wenn du dich weiter damit beschäftigst. Es ist vorbei. Erledigt. Wir machen mit unserem Leben weiter, okay?«

»Hört sich gut an. Willst du Kinder?«

Amanda war verblüfft über den abrupten Themenwechsel. »Was?«

»Kinder. Ich nehme an, dass du welche willst, da du bereit warst, Bibi und Michael zu adoptieren. Bist du fest entschlossen zu adoptieren? Was würdest du von leiblichen Kindern halten? Deine und meine.«

Das Glücksgefühl blühte schnell und stark auf. Und gleich nach diesem Gefühl folgte die Erregung. Es war lange her, dass sie sich auch nur im Entferntesten sexuell gefühlt hatte, aber hier zu sitzen, sich verdammt gesund zu fühlen und Nash über Kinder – *ihre* Kinder – reden zu hören machte sie bereit, sofort welche zu machen.

»Äh, *ja*. Ich hätte gern meine eigenen leiblichen Kinder.«

»Gut. Ich auch.«

»Ähm ... jetzt?«

Er lachte. »Nein. Ich denke, wir können noch ein bisschen warten. Sesshaft werden. Heiraten. Ein Haus kaufen. So was in der Art.«

»Moment, war das ein Antrag?«, fragte Amanda.

»Nicht einmal annähernd. Ich will dich nur wissen lassen, was meine Absichten sind. Ich möchte den Rest meines Lebens mit dir verbringen. Eine Familie gründen. Glücklich sein bis ans Lebensende. Meine Mom wird eine große Hochzeit wollen. Es hat ihr Spaß gemacht, Natalies Hochzeit zu planen, und sie wird sich geehrt fühlen, wenn du sie unsere mitplanen lässt. Sie liebt dich jetzt schon. Du hast sie schon mit dem ersten Anruf, in dem ich ihr die Neuigkeiten überbrachte, für dich gewonnen. Und du wirst eine tolle Mutter sein. Aber du musst zuerst deine Karriere in den Griff kriegen. Und meine ist im Moment nicht gerade ruhig und einfach. Wir werden einfach improvisieren. Aber eines Tages werde ich einen riesigen Ring hervorholen und dich bitten, meine Frau zu werden. Dass ich dein Mann sein darf.«

Amanda konnte sich ein breites Grinsen nicht verkneifen. »Und wenn dieser Tag kommt, werde ich gern Ja sagen. Ich liebe dich so sehr, dass es fast beängstigend ist.«

»Ich stimme dir vollkommen zu. Aber diese Angst hat etwas so ... Schönes an sich, nicht wahr? Zu wissen, dass du jemanden hast, der an deiner Seite sein wird, egal was passiert?«

»Auf jeden Fall. Nash?«

»Ja, Rebel?«

»Ist es seltsam zu sagen, dass ich froh bin, dass ich entführt wurde?«

»Ja.«

»Nash! Nein, ist es nicht.«

»Du hast gefragt, ich habe geantwortet. Sei niemals froh darüber. Aber du kannst froh sein, dass wir uns getroffen haben. Du kannst froh sein, dass die Umstände mich zu dir geführt haben, oder dich zu mir, aber du kannst nicht froh sein, dass du entführt wurdest. Ich glaube fest daran, dass wir uns auch auf andere Weise kennengelernt hätten. Wir sind beide hier in Norfolk, es wäre irgendwann passiert. Und wenn es passiert wäre, hätte es zwischen uns genauso schnell gefunkt wie in Guyana, dessen bin ich mir sicher.«

»Glaubst du das wirklich?«

»Ja. Wie wäre es, wenn ich eine Krankenschwester suche und frage, wo deine Entlassungspapiere sind? Ich bin mir sicher, dass du es kaum erwarten kannst, hier rauszukommen, und Rain freut sich sehr darauf, dass du nach Hause kommst. Er beansprucht das ganze verdammte Bett, und keiner von uns beiden hat gut geschlafen, seit du weg bist.«

»Eine Sache noch, bevor du gehst.«

»Ja?«

»Ich habe mit dem Arzt gesprochen ... und er hat gesagt, dass ich Sex haben darf, wann immer ich mich dazu bereit fühle.«

Nash starrte sie mit so heißen Augen an, dass Amanda nur mit Mühe seinem Blick standhalten konnte.

»Und ich glaube, wir haben die heiße Nacht, die wir nach dem Kneipenbesuch geplant hatten, nie bekommen.«

»Daran erinnerst du dich?«, fragte Nash.

»Stückchenweise. Ich erinnere mich, dass ich betrunken war, und du warst begeistert davon, in diesem Zustand Sex mir mir zu haben.«

»Mist«, sagte Nash, rutschte in seinem Sitz herum und griff nach unten, um seinen Schwanz in der Hose zu richten.

»Also ... kein Alkohol für mich für eine Weile, ärztliche Anweisung, aber ich will den Rest. Ich möchte Nash in seiner ganzen kontrollierenden, dominierenden Pracht erleben, bei der ich mich nur noch entspannen und genießen muss. Aber vielleicht können wir langsamen, sanften Sex haben und uns zu den anderen Sachen vorarbeiten.«

»Jetzt muss ich *wirklich* eine Krankenschwester suchen«, murmelte Nash, als er aufstand.

Amanda konnte seine Erektion in der Hose sehen, und sie kicherte. »Vielleicht solltest du *damit* nicht durch die Gänge laufen«, sagte sie und deutete mit einem Kopfnicken in Richtung seines Schrittes.

Nash beugte sich über sie und küsste sie intensiv. »Ich liebe dich, Frau. Danke, dass du stark bist. Dass du durchhältst. Dass du zu mir zurückgekommen bist.«

»Ich liebe dich auch.«

Von jetzt an würde kein Tag mehr vergehen, an dem Amanda diesem Mann nicht sagte, wie viel er ihr bedeutete. Sie hätten sich fast verloren, und sie wollte ihm gegenüber kein Bedauern empfinden.

Sie lehnte sich in den Kissen zurück und lächelte, als er aus dem Zimmer ging. Sie war mehr als bereit, den Rest ihres Lebens in Angriff zu nehmen, solange Nash an ihrer Seite war. Es würde nicht einfach werden, das Leben war es nie, aber als Partner konnten sie alles durchstehen.

Es war zwei Monate her, dass Mandy aus der Rehaklinik nach Hause gekommen war. Zwei Monate, seit sie sich schluchzend an seine Schulter geklammert hatte, als sie merkte, dass in seiner Wohnung eine »Willkommen zu Hause«-Überraschungsparty auf sie wartete.

Und Buck betrachtete keinen einzigen Tag dieser zwei Monate als selbstverständlich. Er und der Rest der Night Stalkers sollten am übernächsten Tag zu einer Mission aufbrechen, und er fürchtete sich davor wie nie zuvor.

Buck war klar, es lag daran, dass er sich immer noch übermäßig beschützend fühlte, wenn es um Mandy ging. Obwohl er eigentlich keinen Grund hatte, so zu empfinden. Sie arbeitete jetzt jeden Tag in ihrem Job, und es gefiel ihr. Rain begnügte sich damit, tagsüber in der Wohnung zu bleiben und die ganze Aufmerksamkeit aufzusaugen, die er bekommen konnte, sobald Mandy nach Hause kam. Sie hatten beschlossen, ihn nicht offiziell zu einem emotionalen Assistenzhund zu machen. Nach seinem schwierigen Start ins Leben hatte er es verdient, faul zu sein und seine Tage zu verschlafen, während Mandy arbeitete.

Es lauerte keine Gefahr hinter der nächsten Ecke. Keine Sorge, dass die Rebellen in Südamerika Rache nehmen wollten, denn sie hatten Mandy nur deshalb ins Visier genommen, weil sie dafür bezahlt worden waren.

Der Oberst hatte jede Mission aufschieben können, bis Mandy vollständig genesen war. Die Pause hatte Laryn auch Zeit gegeben, die Umrüstung des Hubschraubers für Casper abzuschließen. Aber es gab für sie keinen Grund, noch länger zu warten. Es gab einen Auftrag zu erledigen, und die Night Stalkers wurden gebraucht.

Sie steckten knietief in den Vorbereitungen für die Mission, und als er von der Arbeit nach Hause kam, war es bereits nach zwanzig Uhr. Er hatte den ganzen Tag über mit Mandy kommuniziert und sie wissen lassen, dass er sich verspäten würde und dass sie sich nicht darum kümmern sollte, ihm etwas zu essen zu machen, da Obi-Wan für das Team Essen bestellt hatte.

Als er zur Tür hereinkam, war er mehr als bereit, die Arbeit für den Moment zu vergessen.

»Mandy?«, rief er, sobald er eintrat.

»Hier drinnen!«, erwiderte sie aus dem Schlafzimmer.

Rain saß wie immer in der Diele und wartete auf ihn – es war erstaunlich, dass der Hund die angeborene Fähigkeit besaß zu wissen, wann er oder Mandy eintreffen würden – und nachdem er eine Streicheleinheit bekommen hatte, trottete er zu seinem Bett im Wohnbereich und drehte sich ein paarmal im Kreis, bevor er sich hinlegte.

Buck betrat das Schlafzimmer und blieb stehen.

Mandy lag auf dem Bett und trug ein enges weißes Trägerhemd und ein Bikinihöschen, genau wie in der ersten Nacht, die sie miteinander verbracht hatten. Sie hatte ein breites Grinsen im Gesicht, ihr Haar war zerzaust – es war noch ein wenig kurz, da es für die Operation abrasiert worden war, und der Rest war abgeschnitten worden, um besser zu der geschorenen Seite zu passen, aber es wuchs schnell nach – und ihre Wangen waren gerötet.

Sie hielt ein Glas in der Hand, das halb voll mit einer hellgelben Flüssigkeit war. Diese schwappte bedenklich umher, als sie die Arme ausbreitete und sagte: »Willkommen zu Hause, Schatz!«

Es war mehr als offensichtlich, dass sie schon etwas getrunken hatte und nun betrunken war.

»Was machst du da?«, fragte er, trat vor und nahm ihr das Glas aus der Hand, bevor sie es verschüttete. Er schnupperte daran und erkannte, dass es ein Lemon Drop war, eine starke Mischung aus Wodka, Zitronensaft, Likör und einfachem Sirup.

Sie ging in die Knie und rutschte zum Rand der Matratze. Als sie nahe genug war, legte sie ihre Hände auf Bucks Schultern und sagte: »Es ist so weit. Betrunkener Sex, Baby!«

Und einfach so war Buck steinhart. Seine Frau war verdammt sexy und offensichtlich mehr als bereit für die Nacht voller Spaß, die sie vor all den Monaten verpasst hatten.

Jetzt, da ihre Hände frei waren, griff Mandy nach dem Saum ihres Hemdes und zog es über ihren Kopf. Sie grinste immer noch wie eine Verrückte und kniete jetzt auf der Matratze, nur mit ihrem Höschen bekleidet.

Buck nahm sie gierig in sich auf. Seine kleine Rebellin war

alles, von dem er nicht gewusst hatte, dass er es in seinem Leben wollte oder brauchte, und er konnte sich buchstäblich nicht vorstellen, sie nicht bei sich zu haben. Es fühlte sich an, als würde er sie schon ewig kennen. Die Dinge, die sie durchgemacht hatten, waren erschütternd und schrecklich gewesen, aber sie hatte immer wieder bewiesen, wie verdammt stark sie war.

»Und?«, neckte sie. »Was stehst du da so rum?«

Ihre Worte waren alles, was er brauchte, um sich aus seiner Benommenheit zu reißen. Buck zog sich schnell aus und ließ seine Arbeitskleidung und seine Stiefel auf dem Boden liegen, ohne einen weiteren Gedanken daran zu verschwenden, während er nach der Frau griff, die er liebte.

Mandy kicherte, und das Geräusch hallte tief in seiner Seele wider. Er hätte das hier fast verloren. *Sie* verloren. Er würde den Rest seines Lebens damit verbringen, sie wissen zu lassen, wie sehr er sie liebte. Wie wichtig sie für ihn war.

Aber im Moment dachte er nur daran, wie oft er sie zum Orgasmus bringen konnte, bevor sie ihn anflehte, sie zu ficken.

Wie sich herausstellte, war die Antwort auf diese Frage nur ein einziges Mal. Sie bettelte nach seinem Schwanz, noch bevor er ihr den ersten Orgasmus entlockt hatte. Sie war immer noch eine glückliche Betrunkene, kicherte und lachte zwischen ihrem Stöhnen. Sie sagte ihm, wie sehr sie ihn liebe, wie sehr sie es liebe, was er mit ihr machte, wie sehr sie es liebe, wie seine Hände sich anfühlten.

Ihre Worte machten ihn ebenso an wie ihr Körper, und Buck musste lächeln, als er sie auf dem Bett nach Belieben in verschiedene Stellungen brachte. In ihrem Rausch war sie nachgiebig und empfänglich für alles. Sie war ihm ebenbürtig. In jeder Hinsicht. Und Buck war wieder einmal dankbar, dass sie da war.

Lebendig und gesund. In seiner Wohnung. In seinem Bett. Sein.

Sie liebten sich stundenlang, ruhten sich zwischen den

Orgasmen aus, kuschelten und lachten. Irgendwann ließ ihr Rausch nach und sie verlor die Albernheit, die sie im betrunkenen Zustand hatte, und ihr Liebesspiel wurde intensiver. Langsamer. Bedeutungsvoller.

Als er sie das letzte Mal nahm, lag sie auf dem Rücken, die Beine um seine Hüften geschlungen, den Blick auf seinen gerichtet. Es war intimer als alles, was sie in dieser Nacht getan hatten.

»Ich liebe dich«, sagte sie, während er sich langsam in ihr bewegte.

»Ich liebe dich auch«, erwiderte er, wobei seine Stimme vor Rührung brach.

Als er sie danach in seinen Armen hielt und ihr Herzschlag sich langsam wieder normalisierte, seufzte Buck zufrieden. Er hatte sie beide herumgedreht, bis sie schlaff auf ihm lag, ihren Kopf auf seiner Brust, sein Schwanz immer noch in ihrem warmen, feuchten Körper. Nichts hatte sich besser angefühlt, als sie in seinen Armen zu haben, während ihre sanften Atemzüge über seine nackte Brust strichen.

Er würde das vermissen, wenn er auf Mission war. Er würde *sie* vermissen. Aber es würde ihr gut gehen. Seine Rebellin war stark. Zäh. Und sie würde sich um ihre Kinder in der Schule kümmern und ihre Fortbildung beenden.

»Ich bin stolz auf dich«, flüsterte sie. »Und ich bin so froh, dass du mir gehörst.«

Er *gehörte* ihr. Er gehörte ihr mit Leib und Seele. Und er schämte sich nicht, das zuzugeben. Nicht vor sich selbst, seinen Freunden, der Armee, der Welt. Er würde alles für die Frau in seinen Armen tun. Alles.

Buck öffnete den Mund, um ihr genau das zu sagen, aber ein leises Schnarchen unterbrach ihn.

Er grinste. Seine Mandy. Sie konnte praktisch überall einschlafen, und das innerhalb von Sekunden. Es war wirklich beeindruckend.

Mit der gedanklichen Notiz, dass er ihr all die Dinge, die ihm im Kopf herumschwirrten, morgen früh erzählen würde ... nun, *später* am nächsten Morgen, da es weit nach Mitternacht war – er würde seine Gedanken an sie nie wieder zurückhalten, nicht nachdem er fast seine erste Chance verpasst hatte, ihr zu sagen, wie sehr er sie liebte –, entspannte Buck sich.

Sein letzter Gedanke vor dem Einschlafen war, wie glücklich er war. Auch wenn das Leben schwer war, mit einer Frau wie Mandy an seiner Seite war es leicht.

EPILOG

Obadiah Engle, der von seinen Freunden und praktisch von allen anderen Obi-Wan genannt wurde, hatte ein Geheimnis. Es war eines, das er seit ein paar Monaten vor seinen Night-Stalker-Kameraden geheim hielt. Es war nicht so, dass er sich für das, was er tat, schämte – er wusste vielmehr, dass seine Freunde ihn gnadenlos aufziehen würden, wenn sie es herausfänden.

Und sie *würden* es herausfinden, denn in einer Gruppe, die so eng beieinanderstand wie die Night Stalkers, konnte man nichts geheim halten. Aber das war in Ordnung. Obi-Wan war bereit, es ihnen zu sagen. Er mochte es nicht, Geheimnisse zu haben, selbst wenn sie ihm ein paar gutmütige Sticheleien seiner engsten Freunde einbringen würden.

Als er nach der Rückkehr von ihrer letzten Mission seine Nachrichten abhörte, hatte er Sprachnachrichten vom Regieassistenten, dem persönlichen Assistenten am Set und dem Script Supervisor. Alle hatten Fragen oder wollten die eine oder andere Sache klären.

Obi-Wan war immer noch verblüfft, dass *er* als militärischer Berater an Henry Grubbners neuestem Kriegsfilm beteiligt war.

Grubbners Filme hatten mehrere Oscars gewonnen, und er war bekannt für seinen übermäßigen Realismus und seine extrem harten Drehs. Er war ein Perfektionist, der jede Art von Kritik ablehnte und deshalb alles daransetzte, dass seine Filme so genau wie möglich waren.

Sein neuester Film handelte von einem Night-Stalker-Piloten, der hinter den feindlichen Linien in Nordkorea abstürzte, und von allem, was er durchmachte, um zur Grenze und in Sicherheit zu gelangen. Der Film basierte lose auf der wahren Geschichte eines Kampfpiloten der Air Force ... der jetzt in Maine lebte und sich weigerte, *irgendetwas* mit dem Film zu tun zu haben. Daraufhin war Grubbner gezwungen, die Geschichte zu der eines Hubschrauberpiloten abzuändern, und er verlor das Etikett »basierend auf einer wahren Begebenheit«.

Während der Planungsphase des Films war Oberst Burgess kontaktiert und gefragt worden, ob er Night Stalkers hätte, die bereit wären, ihn zu beraten. Die Berater würden weder im Abspann erscheinen noch eine Rolle im eigentlichen Film spielen, um ihre Identität aufgrund ihrer streng geheimen Arbeit für die Armee und die Marine nicht bekannt zu machen.

Eines führte zum anderen, und Obi-Wan wurde als derjenige angeheuert, der am Set dafür sorgte, dass alles so authentisch wie möglich war. Die Uniformen, der Jargon, die Hubschrauber. Er hatte sich sogar das Drehbuch durchgelesen und Vorschläge gemacht, was geändert werden sollte, um es realistischer zu machen.

Natürlich war er immer noch an seine Geheimhaltungsverpflichtung gebunden, und er durfte keine Details über Missionen, an denen er teilgenommen hatte, oder andere Regierungsgeheimnisse preisgeben, aber bisher war die ganze Erfahrung ... interessant gewesen. Und jetzt, da die Vorproduktion stattgefunden hatte, wurde es noch spannender, denn das gesamte Filmteam war in Norfolk, um mit den Dreharbeiten zu beginnen. Schließlich würde die gesamte Operation auf die andere Seite von Virginia, in die Appalachen, verlegt werden, um die Szenen zu drehen, in denen die Hauptfigur versuchte, sich unentdeckt in Sicherheit zu bringen. Die Szenen mit den Hubschraubern, von denen Obi-Wan so viel wusste.

Eine der Sprachnachrichten informierte ihn auch über den Drehplan und ließ ihn wissen, wann er am Set gebraucht wurde, um zu beobachten und gegebenenfalls Ratschläge zu geben. Obi-Wan freute sich darauf zu sehen, wie alles funktionierte, und Grubbner persönlich zu treffen. Natürlich machte der Regieassistent ihn darauf aufmerksam, dass er nicht viel mit dem Regisseur sprechen würde, da dieser sehr beschäftigt sein würde. Aber er würde auf jeden Fall den Mann kennenlernen, der im Film den abgestürzten Piloten spielte, sowie die Nebendarsteller und die Crew.

Es war eine lustige Abwechslung in Obi-Wans sonst so langweiligem Leben in Norfolk. Er liebte es, ein Night Stalker zu sein, er liebte die Missionen, auf die er ging, aber er fand das Leben als alleinstehender Soldat in einer Stadt voller Männer, die genau wie er waren, ein wenig unbefriedigend.

Jetzt, da Casper und Buck sich mit Frauen eingelassen hatten, denen sie voll und ganz zugetan waren, verbrachten sie weniger Zeit im *Anchor Point* und mit dem Rest der ledigen Jungs im Team. Und das war gut so. Obi-Wan war nicht im Geringsten gekränkt. Aber er sah eine Veränderung in der Persönlichkeit seiner Freunde. Sie waren glücklicher. Zufriedener. Und er wollte, was sie hatten.

Ihre *Frauen* wollte er natürlich nicht. Laryn und Mandy waren Casper und Buck gleichermaßen zugetan und würden nicht einmal daran denken, sie zu betrügen. Nein, er wollte die Nähe, die seine Freunde mit einem anderen Menschen gefunden hatten.

Seinen Pilotenkameraden stand er sehr nahe, aber das war etwas ganz anderes.

Er verdrängte die Gedanken in dem Wissen, dass er sich besonders melancholisch fühlte, nachdem er gesehen hatte, wie Mandy Buck auf dem Stützpunkt überschwänglich begrüßt hatte, sobald sie US-Boden betreten hatten, und machte sich auf den Weg zur Tür des Hangars.

»Wo brennt's denn?«, rief Edge. »Ich dachte, wir wollten uns im *Anchor Point* treffen?«

Obi-Wan drehte sich um und wandte sich an seine Freunde. »Ich kann nicht. Ich habe eine Besprechung, zu der ich gehen muss.«

»Eine Besprechung?«, fragte Chaos. »Mit wem? Wir sind doch gerade erst zurückgekommen.«

Es war an der Zeit, seine Freunde in das Geheimnis einzuweihen, das er bisher für sich behalten hatte. Mit einem tiefen Atemzug sagte Obi-Wan: »Ich bin Berater für ein Projekt in der Stadt. Über Night Stalkers.«

Seine Freunde kamen näher und stellten Fragen, während sie auf ihn zugingen.

»Welches Projekt?«

»Es gibt ein Projekt über Night Stalkers? Hat die Armee es genehmigt?«

»Wobei genau berätst du?«

Obi-Wan machte sich auf die Sticheleien gefasst, die ihm bevorstanden. »Es ist ein Film. Ich wurde gebeten, der militärische Berater zu sein. Ich habe mit dem Produzenten, dem Regisseur und dem Script Supervisor am Drehbuch gearbeitet, und jetzt ist es an der Zeit, mit den Dreharbeiten zu beginnen. Ich habe heute Abend ein Treffen mit dem Hauptdarsteller und der Hauptdarstellerin, und dann werde ich so viel Zeit wie möglich am Set verbringen, sobald die Dreharbeiten beginnen.«

Wie erwartet, begannen seine Freunde sofort mit dem Spott.

»Ooooh, wie schick!«

»Wirst du uns verlassen, um eine berühmte Schauspielerin zu heiraten?«

»Er braucht sie nicht zu heiraten. Er kann aber auf jeden Fall viel Spaß haben, solange sie hier ist.«

»Wer ist der Regisseur?«

»Scheiß auf den Regisseur, wer spielt die Hauptrolle? Worum geht's in dem Film?«

Obi-Wan grinste. Er liebte diese Jungs. Sie waren seine besten Freunde, und er hatte das große Glück, jeden Tag mit ihnen arbeiten zu dürfen.

Er erzählte ihnen so viel wie möglich, und als er fertig war, war er überrascht, dass alle die Informationen gelassen hinnahmen. Er dachte, sie würden ihn viel mehr auslachen, als sie es taten. Aber Casper und Buck waren nur allzu bereit, mit ihren Freundinnen nach Hause zu fahren, und die anderen waren wahrscheinlich eher an einer richtigen Mahlzeit und einem Bier im *Anchor Point* interessiert.

Ihre lang gehegten Traditionen änderten sich. Früher hätte niemand den Besuch im *Anchor Point* nach der Mission verpasst, aber Veränderung war keine schlechte Sache.

»Viel Spaß. Aber sei vorsichtig«, mahnte Pyro ihn. »Es wird gemunkelt, dass Carmen St. James ein Miststück ist.«

Obi-Wan rollte mit den Augen. »Sie wird nichts mit mir zu tun haben wollen. Ich bin nur der Militärberater.«

»Wie auch immer, Obi-Wan. Du bist heiß«, sagte Mandy grinsend.

»Ja. Wenn sie nicht einen Blick auf dich wirft und dich für ihre nächste Eroberung ins Auge fasst, ist sie dumm«, stimmte Laryn zu.

»Danke für den Vertrauensbeweis, meine Damen«, sagte er lachend, »aber das wird nicht passieren.«

»Aha.«

»Natürlich nicht.«

»Hör auf, mit meiner Frau zu flirten«, beschwerte Buck sich und zog Mandy fester an seine Seite.

Mandy stieß ihn mit dem Ellbogen an. »Er flirtet nicht, Nash. Meine Güte.«

Buck grinste seinen Co-Piloten an und nickte ihm zu. »Viel Spaß. Arbeite nicht zu hart.«

»Das werde ich nicht«, sagte Obi-Wan. »So ein Job ist das nicht. Ein Kinderspiel nach der Mission, die wir gerade abgeschlossen haben.«

»Berühmte letzte Worte«, murmelte Casper.

Aus irgendeinem Grund durchlief Obi-Wan bei der Bemerkung seines Teamleiters ein Schauer. Das Team hatte mit Laryns und Mandys Situation schon zu viel durchgemacht. Niemand brauchte im Moment noch mehr Drama. Schon gar nicht er.

»Wir sehen uns morgen zum Einsatzbericht«, sagte er zu seinen Freunden.

»Bis dann.«

»Tschüss.«

»Viel Spaß!«

Es war eine Erleichterung, dass sein Geheimnis ans Licht gekommen war. Dass er nichts mehr vor seinen Freunden verbergen musste. Er rechnete fest damit, dass sie ihn weiterhin aufziehen würden, weil er mit den Reichen und Berühmten herumhing, aber in Wahrheit freute er sich auf diese kleine Abwechslung in seinem Alltag.

Wer weiß? Vielleicht würde er jemanden treffen, der sein Leben auf den Kopf stellte, so wie Laryn und Mandy es für Casper und Buck getan hatten. Oder vielleicht würde er die Chance auf eine heiße Affäre mit einer der Frauen haben, die an dem Film arbeiteten.

So oder so, Veränderung war eine gute Sache. Und Obi-Wan freute sich darauf.

Oh, Obi-Wan *wird* jemanden treffen, der sein Leben durchrüttelt, ganz sicher. Nicht nur durchrüttelt, sondern es auf die bestmögliche Weise auf den Kopf stellt. Aber Sie wissen natürlich, dass ich es meinem Helden und meiner Heldin nie zu leicht machen würde. Obi-Wan wird zum Empfänger nicht wirklich willkommener Aufmerksamkeit, und seine Zurechtweisung wird nicht nur ihn, sondern auch Zita verfolgen. Finden Sie das Wer, Wie und Was in *Hilfe für Zita* heraus!

BÜCHER VON SUSAN STOKER

<u>Die Rescue Angels</u>
Hilfe für Laryn
Hilfe für Amanda
Hilfe für Zita (10 Feb)
Hilfe für Penny (5 Mai)
Hilfe für Kara
Hilfe für Jennifer

<u>Die Männer von Alpha Cove</u>
Ein Soldat für Britt
Ein Seemann für Marit (3 Mar)
Ein Pilot für Harper
Ein Wächter für Jordan

<u>SEALs of Protection: Alliance</u>
Schutz für Remi
Schutz für Wren
Schutz für Josie

Schutz für Maggie
Schutz für Addison
Schutz für Kelli
Schutz für Bree (6 Jan)

Die Zuflucht in den Bergen
Zuflucht für Alaska
Zuflucht für Henley
Zuflucht für Reese
Zuflucht für Cora
Zuflucht für Lara
Zuflucht für Maisy
Zuflucht für Ryleigh

Ein Spiel des Glücks
Ein Beschützer für Carlise
Ein Prinz für June
Ein Held für Marlowe
Ein Holzfäller für April

Badge of Honor: Die Texas Heroes
Gerechtigkeit für Mackenzie (1 Dez)
Gerechtigkeit für Mickie (1 Dez)
Gerechtigkeit für Corrie (1 Mar)
Gerechtigkeit für Laine (1 Mar)
Sicherheit für Elizabeth (1 Apr)
Gerechtigkeit für Boone (1 Apr)
Sicherheit für Adeline (1 Jun)
Sicherheit für Sophie (1 Jun)
Gerechtigkeit für Erin (1 Aug)
Gerechtigkeit für Milena (1 Aug)
Sicherheit für Blythe (1 Oct)
Gerechtigkeit für Hope (1 Oct)

Sicherheit für Quinn
Sicherheit für Koren
Sicherheit für Penelope

Die Männer von Silverstone

Vertrauen in Skylar
Vertrauen in Taylor
Vertrauen in Molly
Vertrauen in Cassidy

Die Zuflucht in den Bergen

Zuflucht für Alaska
Zuflucht für Henley
Zuflucht für Reese
Zuflucht für Cora
Zuflucht für Lara
Zuflucht für Maisy
Zuflucht für Ryleigh

Das Bergungsteam vom Eagle Point

Ein Retter für Lilly
Ein Retter für Elsie
Ein Retter für Bristol
Ein Retter für Caryn
Ein Retter für Finley
Ein Retter für Heather
Ein Retter für Khloe

SEALs of Protection: Legacy

Ein Beschützer für Caite
Ein Beschützer für Brenae
Ein Beschützer für Sidney
Ein Beschützer für Piper
Ein Beschützer für Zoey

Ein Beschützer für Avery
Ein Beschützer für Kalee
Ein Beschützer für Jane

Die SEALs von Hawaii:
Die Suche nach Elodie
Die Suche nach Lexie
Die Suche nach Kenna
Die Suche nach Monica
Die Suche nach Carly
Die Suche nach Ashlyn
Die Suche nach Jodelle

Delta Team Zwei
Ein Held für Gillian
Ein Held für Kinley
Ein Held für Aspen
Ein Held für Jayme
Ein Held für Riley
Ein Held für Devyn
Ein Held für Ember
Ein Held für Sierra

Mountain Mercenaries:
Die Befreiung von Allye
Die Befreiung von Chloe
Die Befreiung von Morgan
Die Befreiung von Harlow
Die Befreiung von Everly
Die Befreiung von Zara
Die Befreiung von Raven

Ace Security Reihe:
Anspruch auf Grace

Anspruch auf Alexis
Anspruch auf Bailey
Anspruch auf Felicity
Anspruch auf Sarah

Die Delta Force Heroes:
Die Rettung von Rayne
Die Rettung von Emily
Die Rettung von Harley
Die Hochzeit von Emily
Die Rettung von Kassie
Die Rettung von Bryn
Die Rettung von Casey
Die Rettung von Wendy
Die Rettung von Sadie
Die Rettung von Mary
Die Rettung von Macie
Die Rettung von Annie

SEALs of Protection:
Schutz für Caroline
Schutz für Alabama
Schutz für Fiona
Die Hochzeit von Caroline
Schutz für Summer
Schutz für Cheyenne
Schutz für Jessyka
Schutz für Julie
Schutz für Melody
Schutz für die Zukunft
Schutz für Kiera
Schutz für Alabamas Kinder
Schutz für Dakota
Schutz für Tex

Eine Sammlung von Kurzgeschichten
Ein langer kurzer Augenblick

BIOGRAFIE

Susan Stoker ist die New York Times, USA Today und Wall Street Journal Bestsellerautorin der Buchreihen »Badge of Honor: Texas Heroes«, »SEAL of Protection«, »Die Delta Force Heroes« und einigen mehr. Stoker ist mit einem pensionierten Unteroffizier der US-Armee verheiratet und hat in ihrem Leben schon überall in den Vereinigten Staaten gelebt – von Missouri über Kalifornien bis hin zu Colorado. Zurzeit nennt sie die Region unter dem großen Himmel von Tennessee ihr Zuhause. Sie glaubt ganz und gar an Happy Ends und hat großen Spaß daran, Geschichten zu schreiben, in denen Romantik zu Liebe wird.

Besuchen Sie Susan im Netz!
www.stokeraces.com
facebook.com/authorsusanstoker
twitter.com/Susan_Stoker
bookbub.com/authors/susan-stoker
instagram.com/authorsusanstoker
Email: Susan@StokerAces.com